Sara Molin

Zimtschnecken zum Frühstück

SARA MOLIN

Zimtschnecken zum Frühstück

Roman

Aus dem Schwedischen
von Sabine Thiele

DIANA

Das den folgenden Kapiteln vorangestellte Zitat
kann als Destillat des nachfolgenden Textes gelesen werden.

MIX
Papier aus verantwortungsvollen Quellen
FSC® C014496
FSC www.fsc.org

Penguin Random House Verlagsgruppe FSC® N001967

Deutsche Erstausgabe 07/2022

Die Originalausgabe erschien 2020 unter dem Titel *Som en öppen bok*
bei Norstedts, Stockholm.

Redaktion: Julie Hübner
Umschlaggestaltung: das verlagsatelier ROMY POHL,
Landsberg am Lech
Umschlagmotive: © Shutterstock.com (IhorZigor; peaze)
Satz: Uhl + Massopust, Aalen
Druck und Bindung: GGP Media GmbH, Pößneck
Printed in Germany

ISBN 978-3-453-36103-4

www.diana-verlag.de

Zwar bin ich selbstlos von Natur und denke zuerst an das Glück der anderen, aber es gibt ja Grenzen.

Merri Vik, Ja, ja, unsere Lotta!

Eins

Angeblich bereut man nur das, was man nicht getan hat.

Doch das stimmt nicht. Ich bereue, dass ich drei Stunden meines Lebens auf ein Treffen mit Klas verschwendet habe. Ich bereue auch, diesem Treffen zwei Jahre nach unserer Trennung überhaupt zugestimmt zu haben. Wir haben gerade mal gegessen, und ich koche innerlich bereits vor Wut.

»Toll, dass du so kurzfristig Zeit hattest, Clara. Ich würde dir gern Feedback zu ein paar Sachen geben, was dir sicher auch helfen wird.«

Mein Exfreund spricht in geschäftsmäßigem Ton. Wir sitzen einander im Pub *O'Learys* gegenüber, es ist Freitagabend, und ich verstehe ihn kaum, weil es so laut ist.

»Feedback? Wie spannend.«

Das ist es tatsächlich. Während der drei Jahre, die Klas und ich zusammen waren, las er insgesamt fünf meiner Gedichte, nachdem er sie unbedingt hatte sehen wollen. Als ich ihn dann nach seiner Meinung fragte, bat er um etwas mehr Bedenkzeit, um mir dann später eine vernünftige Antwort geben zu können. Super, dachte ich, nachdem ich es bis dahin nie gewagt hatte, jemandem meine Arbeiten zu zeigen. Und jetzt sitzen wir hier, drei Jahre später. Meine Poesie muss ihn ja komplett umgehauen haben.

Als Klas mir eine Nachricht schrieb und mich treffen wollte, glaubte ich zuerst, dass er es noch einmal mit uns versuchen wollte. Auch wenn ich zwiespältig war, sagte ich zu. Mein Leben ist nicht gerade reich an aufregenden Liebesgeschichten, geschweige denn an geglückten Beziehungen. Ein Date mit meinem Ex erschien mir da verlockender, als zu Hause zu sitzen und mich in Arbeit zu vergraben.

Auch wenn besagter Ex mit einer jungen, schlanken Frau zusammenlebt, mit der er außerdem nur ein Jahr nach der Trennung von mir ein Kind bekommen hat.

Klas trinkt ein paar große Schlucke von seinem Bier, als ob er seinen ganzen Mut zusammennehmen müsse, und holt sein Handy aus der Tasche. »Ich habe mir ein paar Notizen gemacht«, erklärt er. Verzückt setze ich mich aufrechter hin und nippe an meinem Weinglas.

»Erstens: Das ständige Ausmisten in der Küche.«

Ich senke das Glas und denke hektisch nach. Den Titel kenne ich gar nicht. Hat Klas vielleicht irgendetwas in meine Gedichte hineininterpretiert, existenzielle Fragen und den Wechsel der Jahreszeiten zum Beispiel?

»Sag mehr dazu«, bitte ich ihn.

»Muss ich das, Clara?« Klas neigt den Kopf und lässt seine Worte klingen, als würde ich mich komisch benehmen. »Mindestens einmal in der Woche bist du wie verrückt durch den Kühlschrank und die Speisekammer gefegt. Ein Mindesthaltbarkeitsdatum ist nicht gesetzlich verpflichtend, weißt du, und einen Schokoriegel kann man auch noch essen, wenn er vor einer Woche abgelaufen ist.«

»Moment mal.« Ich hebe die Hände und merke, dass ich mit meiner mahnenden Lehrerinnenstimme spreche. »Ja, ich habe ab und zu abgelaufene Sachen weggeworfen, weil es sonst ja niemand gemacht hat. Worum geht es hier eigentlich? Trauerst du einem Schokoriegel nach?«

»Der ist eine Metapher.« Klas' Gesicht ist gerötet, und es wird immer klarer, dass er mich nicht hergebeten hat, um mich eventuell zurückzugewinnen. »Ich habe viel nachgedacht und bin zu dem Ergebnis gekommen, dass ich dir ein Feedback geben muss. Damit du nicht dieselben Fehler noch einmal machst, falls du irgendwann einen neuen Freund haben solltest. Willst du das jetzt also hören oder nicht?«

Öhm. Ob ich eine Auflistung meiner Fehler hören möchte, die mir ein Mann unter die Nase reibt, der nicht einmal weiß, was eine Metapher ist?

Ich bin so sprachlos, dass Klas mein Schweigen als stummes Flehen interpretiert, doch bitte mehr Gründe zu hören, warum Clara eine unerträgliche Partnerin ist.

»Ein Mann will sich in seinem Zuhause entspannen können, das will ich damit sagen. Nach einem harten Arbeitstag will man nach Hause kommen und wissen, dass das Bier im Kühlschrank wartet und nicht von einer überspannten Freundin in den Ausguss gekippt worden ist.«

Dazu muss ich anmerken, dass Klas von seinen Freunden Party-Klas genannt wird. Er ist offen, sympathisch und unkompliziert – ein echter Partytyp, den man gern um sich hat. Das hier ist wirklich eine ganz neue Seite an ihm. Als wir noch zusammen waren, klang er überhaupt nicht wie ein Briefkastenonkel aus dem neunzehnten Jahrhundert. Irgendetwas muss in seinem Leben passiert sein.

»Vielen Dank für den Hinweis, sehr aufmerksam«, sage ich.

Klas nickt gnädig und scheint meinen Sarkasmus nicht wahrzunehmen.

»Zweitens«, er blickt wieder auf sein Handy, »der Fortpflanzungswahn.«

Er verstummt und lässt das Wort für sich selbst sprechen.

»Noch mal zurück zu dem Schokoriegel«, erwidere ich. »Ich kann mich nicht erinnern, dass du den jemals erwähnt hättest, als wir noch zusammengewohnt haben. Geschweige denn, dass du mir dein Missfallen mitgeteilt hast, dass ich schimmeliges Essen wegschmeiße. Warum kommst du jetzt damit an?«

»Ich habe ein Buch gelesen, *Hilf dir selbst.*« Klas sieht stolz aus. Er trinkt von seinem Bier und wischt sich den Mund mit dem Handrücken ab. »Danach sieht man die Dinge wirklich in einem ganz neuen Licht, wie zum Beispiel gescheiterte Beziehungen. Das Buch hilft einem, Abstand zu gewinnen und sich von dem zu lösen, was nicht gut war. Und man wird darin bestärkt, dem früheren Partner eine sachliche Rückmeldung zu geben, quasi wie ein Geschenk.«

»Sachlich« findest auch nur du das Ganze, denke ich. Der Grund dafür, dass ich hier meinen Freitagnachmittag damit verbringe, in Grund und Boden gestampft und gedemütigt zu werden, ist also ein Selbsthilfe-Bestseller, der von einem früheren Dokusoap-Sternchen geschrieben wurde und dessen Titel wie eine Aufforderung zum Masturbieren klingt.

»Danke für dein Geschenk«, antworte ich kühl. »Wie umfangreich ist es denn, also in Minuten gemessen?« Ich lasse den Blick durchs Pub schweifen und sehe neidisch zu den anderen Gästen, die lachen und Spaß haben. Vielleicht habe ich ja Glück, und ich kenne hier drin jemanden, der mich retten kann. Eine Nachbarin, eine Verkäuferin aus meinem Stammsupermarkt … Sogar mit den Eltern meiner Schüler würde ich mich jetzt abgeben.

»Insgesamt sind es zwölf Punkte.« Als Klas meine aufgerissenen Augen sieht, fügt er hastig hinzu: »Der letzte Punkt ist kurz. Den habe ich eigentlich nur aufgeschrieben, weil zwölf eine schönere Zahl ist als elf. Du weißt schon, zwölf Monate, zwölf Stunden … Hm, da war doch noch mehr …«

»Jesus und seine zwölf Jünger?«

»Das passt super! Siehst du, da liege ich ja richtig.«

Nein, Klas, nichts von dem Ganzen hier ist super. Und wenn du hier richtigliegst, ist auch Donald Trump der beste Mann, um das mächtigste Land der Welt zu führen.

Ich stelle das Glas auf den Tisch. Der Wein schmeckt sauer, und ich bin auf einmal unbeschreiblich müde. Ob ich Klas bitten kann, mir die Liste einfach zu mailen, und dann fahre ich nach Hause und schlafe? Ich sehe ihn an, und mir wird klar, dass er wirklich glaubt, mir etwas Gutes zu tun. Dumme, pflichtschuldige Clara. Wenn ich doch Paulina wäre. Meine Schwester würde nicht hier sitzen und sich von einem Ex ungerechtfertigt abkanzeln lassen, nur um nett zu sein. Sie würde ihm ihren schicken Schuh in den Schritt rammen und zudrücken, und dann würde sie mit ihrem Leben weitermachen.

Da entdecke ich ihn. An einem der großen Ecktische am Fenster sitzt er, zusammen mit sechs, sieben anderen Männern. Mein Herz schlägt plötzlich schneller, als ich sein Lachen höre. Seine Haare sind goldblond und gewollt zerzaust, und seine Augen leuchten himmelblau bis hinüber zu dem unglückseligen Tisch, an dem Klas und ich sitzen. Er ist einfach perfekt.

Jonathan. Meine erste Liebe (nennt man das wirklich erste

Liebe, wenn diese unerwidert blieb?). Ich war fünfzehn und so verliebt, dass mein Notendurchschnitt um einiges unter dem landete, was ich eigentlich hätte erreichen können. Oder besser gesagt, ich war fünfzehn, sechzehn, siebzehn und schließlich achtzehn, bis unsere Liebesgeschichte den Bach runterging, bevor sie überhaupt angefangen hatte.

Das ist jetzt vierzehn Jahre her. Jonathan war bis gerade eben in genauso weiter Ferne wie die Zeit der Dinosaurier – und jetzt sitzt er hier, leibhaftig! Mit seinen Lachgrübchen und isst Pommes frites. Party-Klas ist mittlerweile bei Punkt fünf angekommen, glaube ich – ich höre nur Bruchstücke, die nach einer Tirade über meine mangelnde Spontaneität klingen –, denn ich habe nur noch Augen für Jonathan. Als er aufsteht und in unsere Richtung kommt, atme ich so laut, dass das Personal eigentlich jede Sekunde mit einem Defibrillator herbeirennen müsste.

Ich fixiere ihn mit dem Blick und sehe hingerissen, wie er immer näher kommt.

Schau her, schau her, schau her.

Keine Ahnung, ob er das Flehen meines Herzens erhört hat oder ich einfach nur Glück habe. Jedenfalls dreht er sich im genau richtigen Augenblick in meine Richtung, unsere Blicke treffen sich, und in dem Moment verzeihe ich Klas alles.

Wenn das die Belohnung dafür ist, dass ich mir sein Feedback anhöre, ertrage ich mit Freuden noch zwölf weitere Punkte.

»Clara! Verdammt, das ist aber lange her!«

In meinem Gehirn blinkt und kreischt es. *Er spricht mit dir. Mach etwas! Er spricht mit dir!*

»Alles okay?«, fragt Jonathan. Er ist braun gebrannt. Wie kann man im März braun sein? Jonathan kann das natürlich. Seine goldene Haut ist ein Gottesgeschenk.

»Aber klar!«, sage ich ein wenig zu laut.

Erst jetzt merkt Klas, dass jemand an unserem Tisch steht. Er streckt die Hand aus und stellt sich vor.

»Jonathan und ich waren zusammen auf dem Gymnasium«, erkläre ich. Leider kann ich die Wahrheit nicht weiter verbiegen, wie gern ich auch sagen würde, dass wir Seelenverwandte sind.

»Und ich bin Claras Ex«, verkündet Klas. »Ich habe ihr gerade meine Gedanken zu …«

»Und selbst, Jonathan? Geht's dir gut? Wow, du siehst echt super aus. Ich meine, du siehst aus, als ginge es dir gut«, plappere ich. »Sehr gut.«

Er lächelt sein wunderschönes Lächeln. »Ja, mir geht's gut.« Er scheint zu überlegen, dann fährt er fort: »Ex, hast du gesagt? Dann ist es nicht unangemessen, wenn ich dich nach deiner Nummer frage?«

Ein schrilles Lachen entfährt mir. »Nein, überhaupt nicht!« Jonathan hat schon sein Handy griffbereit, und ich kann mich ausreichend zusammenreißen, um meine Nummer herunterzurattern.

»Cool. Ich melde mich!« Er zwinkert mir zu und geht weiter, zu den Toiletten.

Ich lege die Hand aufs Herz und lächele so breit, dass Klas mir einen Nachochip quer in den Mund werfen könnte.

»Okay, Punkt zwölf noch«, sagt Klas, dem das Wunder, das sich gerade vor meinen Augen abgespielt hat, offensichtlich entgangen ist. »Der letzte. Wollen wir ihn Judas nennen?«

Zwei

Während ich mit dem störrischen Schlüssel im Türschloss kämpfe, ihn wie ein Einbrecher drehe und daran herumrüttele, nicke ich meinem Nachbarn zu. Er sieht aus wie eine jüngere Version des Bocksten-Mannes, dieser mittelalterlichen Moorleiche, oder wie eine ältere Version von Owen Wilson. Heute ähnelt er eher Ersterem und begrüßt mich mit einem zischenden Geräusch, das seinen alkoholgeschwängerten Atem zu mir herüberträgt. Damit wäre unser übliches Begrüßungsritual eigentlich abschlossen – ich nicke, er zischt –, weshalb ich überrascht zusammenzucke, als er sich räuspert und sagt:

»Haben Sie im Lotto gewonnen?«

Ich sehe zu ihm, während ich gegen die Tür drücke und angestrengt versuche, das widerspenstige Schloss zu überlisten.

»Nein, ich freue mich wegen etwas anderem«, gebe ich zu. »Aber jetzt, wo Sie es sagen, sollte ich mir wohl tatsächlich ein Los kaufen. Bei dem Glück, das ich heute hatte, müsste ich den Jackpot knacken.«

»Na, das wäre doch schön«, keucht mein Nachbar. »Dann müssten Sie sich nicht mehr mit Ihrer jetzigen Arbeit herumschlagen.«

Ich halte inne. Soweit ich mich erinnern kann, haben wir uns bisher nie unterhalten. Woher kennt er meinen Beruf? Wegen der tiefen Falten in meiner Stirn, meines müden Blicks, der Farbreste von den Whiteboardstiften an meiner Hand?

»Ich kann mich nicht erinnern, mal von meiner Arbeit erzählt zu haben«, sage ich daher.

»Haben Sie auch nicht. Aber man sieht doch schon von Weitem, wie Sie sich abrackern, womit auch immer. Abends sind Sie immer mindestens fünf Zentimeter kleiner, als wenn Sie morgens das Haus verlassen.«

Hm, jetzt wird es aber ein bisschen gruselig. Steht er etwa hinter der Tür und beobachtet mich durch den Spion?

»Und ganz grau im Gesicht sind Sie auch.«

Das wird ja immer besser.

»Ich bin Lehrerin«, antworte ich. »Und ja, das ist ziemlich anstrengend.«

Mein Nachbar verzieht das Gesicht. »Lehrerin? Verdammt. Das tut mir leid, Mädchen.«

»Äh, ja, danke.« Endlich ist die Wohnungstür offen. »Schönen Abend noch.«

Ich gehe hinein und schließe die Tür hinter mir. Keine Ahnung, ob die plötzliche Gesprächigkeit meines Nachbarn auf mehr oder weniger Alkohol zurückzuführen ist oder vielleicht sogar auf das Bedürfnis nach menschlichem Kontakt. Ich gehe direkt zur Küchenzeile und hole eine Fertiglasagne aus dem Tiefkühlfach. Während sich der Teller in der Mikrowelle dreht, räume ich die kleine Tischspülmaschine aus und versuche, nicht daran zu denken, dass nichts von dem, was ich in die Schränke stelle, mir gehört. Bunte Gläser, Tassen mit orientalischen Mustern und nicht zueinanderpassende Teller. Schon irgendwie charmant, aber nicht das, was ich mir ausgesucht hätte. Nicht wie das romantische Service von Rosenthal, das ich letztens sah, als ich in einem masochistischen Anfall in eine Filiale der Haushaltswarenkette Cervera ging und mich wie eine liebeskranke Nonne danach verzehrte.

Die einundzwanzig Quadratmeter, die derzeit mein Zuhause sind, liegen am nördlichen Ende von Sollentuna, im Stadtteil Rotebro. Ich bin Untermieterin auf unbestimmte Zeit. Sehr unbestimmte Zeit, so wie ich Marielle, meine alte Freundin vom Gymnasium, kenne. Sie ist so spontan, dass sie am Vormittag als Croupier in Las Vegas arbeiten kann und ihr beim Kaffee am Nachmittag einfällt, dass sie doch lieber wieder zurück nach Schweden möchte. Dann zieht sie bei ihren Eltern auf dem Dachboden ein und verdient ihr Geld mit dem Verkauf von Kreuzsticharbeiten.

Als sie mir vor zwei Jahren anbot, die Wohnung zu mieten, wollte sie zum Yoga nach Indien. Seither hat es sie nach Örebro verschlagen (wo sie töpfern gelernt hat), nach Malmö (wo sie einen Schreibkurs besucht hat) und Peru (wo sie nach meinen letzten Informationen ihren Traummann gefunden hat und jetzt in einer Art Hippiekommune lebt). Ich bin dankbar für das Apartment, denn die Wohnsituation im Großraum Stockholm ist nun mal, wie sie ist. Trotzdem ist es nicht leicht, mit dem Geschmack eines anderen Menschen zu leben. Abgesehen von dem Schlafsofa mit Batiküberwurf, das die halbe Wohnung einnimmt und von selbst genähten Kissen in allen Regenbogenfarben bedeckt wird, ist überall Marielles Vorliebe für nackte Körper sichtbar. Nackte Statuen zieren Regale und Fensterbretter; die größte ist einen Meter hoch und steht auf dem Boden. Wegen der Bilder an den Wänden kommt Mama mich nicht besuchen. Sie schiebt es auf die räumliche Enge und mein mangelndes Interesse am Kochen, wenn ich versuche, sie und Papa einzuladen, aber ich weiß, dass meine Wohnung sie anstrengt, weil sie nicht weiß, wo sie hinschauen soll. Ehrlich gesagt, sehe ich mir die Bilder auch nicht genauer an. Wenn ich vor zwei Jahren – nach der Trennung von Klas – gewusst hätte, dass ich so lange hierbleiben würde, hätte ich vielleicht ein paar abgehängt. Aber jetzt würde es sich wie eine endgültige Kapitulation anfühlen, sie abzunehmen. Nach dem Motto: *Also gut, hier wohne ich jetzt, und hier werde ich auch sterben.*

Mein einziger Trost ist, dass ich mich die meiste Zeit in einer fiktiven Welt aufhalte, weit weg von schrecklichen Möbeln und nackten Statuen. Das klappt jetzt noch genauso gut wie mit dreizehn, als ich mich in Nancy Drews Detektivwelt flüchtete und Mama sich Sorgen machte (heimlich, dachte sie), weil ich mich nicht für mein Aussehen oder das andere Geschlecht interessierte. (Das war zwei Jahre, bevor Jonathan in mein Leben getreten ist.)

Ich setze mich aufs Sofa und esse, während ich den Laptop hochfahre. Eine kurze Google-Recherche zeigt mir einige unglaublich schöne Fotos – Profilbilder aus den sozialen Medien, schätze ich mal. Ich bleibe bei einem Bild von Jonathan auf einem Boot hängen. In einem hellgelben Polohemd und mit beiden Armen auf der Reling steht er da und lacht mit zurückgelegtem Kopf in den Himmel. Ich muss mir einfach ausmalen, wie ich mich verführerisch vorbeuge, die Finger in seinen blonden Haaren vergrabe und ihn küsse.

Als ich das Bild vergrößere, um meine leidenschaftlichen Fantasien noch weiter anzuheizen, ruft Mama an und reißt mich effektiv zurück in die harsche Wirklichkeit.

Normalerweise ruft Mama nicht einfach so an, um zu fragen,

wie es in der Arbeit läuft oder mich daran zu erinnern, wie sehr sie ihre Kinder liebt, sondern weil sie einen konkreten Grund hat.

»Clara, im Sommer werde ich sechzig.«

»Ja?« Diese Aussage kann auf alles Mögliche hinauslaufen. Eine lange oder originelle Wunschliste, das Bedürfnis, über ihre Probleme mit dem Älterwerden zu sprechen oder ein planloses Herumirren durch das Labyrinth der Erinnerungen.

»Das sollte man doch wohl feiern, oder?«

»Definitiv!«

»Helft ihr mir?«

»Aber klar doch.«

»Ich meine, nicht nur mit dem Abwasch, sondern … mit der Planung einer großen Feier?«

»Natürlich, Mama.« Ich stehe auf und werfe einen Blick auf den Kalender, während ich den Teller in die Miniküche bringe. »Es sind noch zwei Monate bis dahin.«

»Ja. Aber dieses Mal will ich nicht nur Yvonne und Göran zum Abendessen einladen. Ich will ein richtiges Fest. Glamourös und … würdevoll.«

Ich zucke zusammen und lasse den Teller, den ich gerade vorspüle, fallen. Rasch nehme ich ihn aus dem Becken und stelle ihn nachdenklich in die Spülmaschine. Hat Mama zu tief in die Baileys-Flasche geschaut? Das klingt jedenfalls alles sehr seltsam.

»Aber Yvonne und Göran willst du schon einladen, oder?«

»Natürlich, sie ist ja meine Schwester. Aber dieses Mal darf sie nicht in Jeans und irgendeinem alten Pullover kommen, sag ihr das.«

Ich breche einen Spülmaschinentab entzwei, lege eine Hälfte in das entsprechende Fach, schließe die Maschine und schalte sie ein. »Ja, gut … Du, Mama, können wir darüber sprechen, wenn wir uns nächsten Samstag alle sehen? Paulina kommt doch, oder?«, frage ich misstrauisch. Es wäre so typisch für meine Schwester, sich ein Wellnesswochenende zu gönnen oder durch die Bars zu ziehen und es mir zu überlassen, mich beim Familienessen um unsere Mutter zu kümmern, die Panik vor ihrem sechzigsten Geburtstag hat.

»Natürlich!«, antwortet Mama. »Mit ihrem neuen Freund. Sie ist übrigens etwas komisch. Hat uns gesagt, dass wir den Jungen nicht ›in die Mangel nehmen‹ sollen. Haben wir das schon jemals bei einem Mann gemacht, den sie mitgebracht hat?«

»Vielleicht ist es ja dieses Mal was Ernstes?«, meine ich, auch wenn ich das stark bezweifle.

»Oh, glaubst du wirklich?« Mama klingt fast euphorisch angesichts dieser Möglichkeit. »Vielleicht, ja. Sie stellt ihn sogar Jesper vor. Es ist so schön, dass er endlich ein bisschen Zeit hat und herkommen kann!«

Unser großer Bruder Jesper wohnt mit seiner Partnerin Lisen und dem einjährigen Sohn Noah in London, und manchmal glaube ich, dass er vergessen hat, dass er auch noch Eltern und Geschwister hat. Sie kommen nur nach Schweden, weil sein bester Freund ihn und Lisen nächsten Sonntag zu einer Taufe eingeladen hat.

»Ein richtiges Familienessen«, fährt Mama glücklich fort. »Was kocht man denn da? Marianne findet, ich soll Truthahn machen, aber da weiß ich ehrlich gesagt nicht, ob ich das kann. Gibt es eine feinere Variante mit Huhn?«

Ich sehe wieder Jonathan auf dem Boot an und versuche, mich kraft meiner Gedanken dorthin zu versetzen.

»Aber du bist eigentlich nicht die Richtige für dieses Thema«, korrigiert sich Mama. »Ich rufe Ing-Britt an.«

»Mach das, Mama. Grüß sie von mir.«

Wir beenden das Gespräch, und ich nehme meine Nachforschungen wieder auf. Man muss nicht Lisbeth Salander sein, um ein paar übersichtliche Informationen zu Jonathan auszugraben. Die ersten Treffer ergeben jedoch nichts Neues. Am 17. November wird er zweiunddreißig, mit vollem Namen heißt er Jonathan Lars Palm. Sein Namenstag ist am 22. Dezember. Der Name Jonathan bedeutet »Gottes Gabe« (natürlich, was sonst?).

Doch dann erwacht meine innere Masochistin, und ich lösche Jonathans wohlklingenden Namen aus dem Suchfeld, um stattdessen »Felicia Svensson« einzutippen. Nach den ersten Treffern stoße ich auf einen Blog. Ein großes Foto von Felicia mit ihren Hollywoodhaaren. Der letzte Eintrag ist einen Monat alt, doch als ich ihn überfliege, droht die Lasagne, sich wieder zu verabschieden.

Jonte fährt am Freitag nach Schweden. Vermisse ihn jetzt schon.

Verdammt. Ist er etwa immer noch mit ihr zusammen?

Drei

Die Schülerinnen und Schüler der Klasse 9b sehen mich an, als hätte ich sie gerade gebeten, sich die Ohren abzusäbeln. »Ihr sollt das Buch also nicht nur zusammenfassen, sondern auch eure eigenen Gedanken dazu, eure eigenen Interpretationen in den Aufsatz einfließen lassen«, wiederhole ich.

»Aber Sie haben doch schon gesagt, dass es nicht reicht zu schreiben, dass es schlecht ist.« Måns verdreht die Augen, sieht sich um und streckt sich zufrieden, als einige zustimmend nicken.

Ich schlucke die spöttische Antwort, die mir auf der Zunge liegt, hinunter und bemühe mich um eine ruhige, freundliche und professionelle Miene. Dann will ich gerade alles noch einmal erklären, als die Tür geöffnet wird. Schuldirektor Torbjörn Skoog füllt den Türrahmen. Als ob er seine Ankunft noch zusätzlich ankündigen müsse, räuspert er sich lautstark, worauf ich ihm zunicke, dass er hereinkommen solle. Die Schülerinnen und Schüler folgen dem Direktor mit dem Blick und scheinen dankbar für den Aufschub zu sein. Wie immer trägt er eine Krawatte mit grünen Äpfeln (»die Frucht der Wissenschaft, Herrschaften!«), die aus einem gewissen Winkel betrachtet eher aussehen wie ein verschimmeltes Geschlechtsorgan.

Mein Chef wendet sich an mich und sieht dann unsicher auf die dreißig Augenpaare, die auf uns gerichtet sind. »Möchtest du etwas Bestimmtes?«, frage ich. »Wir wollten gerade mit einer Klassenarbeit anfangen.«

»Ja, da wäre etwas«, sagt Torbjörn und senkt die Stimme, die dreißig Fünfzehnjährigen können ihn allerdings immer noch gut verstehen. »Es ist eine Beschwerde eingegangen.« Er verlagert das Gewicht von einem Fuß auf den anderen. Sein Blick flackert hinter der Brille, und er zwingt sich zu einem Lächeln, um das gerade Gesagte etwas abzumildern.

»Ach ja?«, erwidere ich so leise wie möglich. »Was für eine Beschwerde?«

Mein Chef zögert. Sicher nicht, weil er mich hinhalten und quälen will, sondern weil er ganz einfach Angst vor Konflikten hat. Er setzt sich auf meinen Stuhl hinter dem Schreibtisch. Zu meiner Erleichterung verlieren die Schülerinnen und Schüler das Interesse an uns und unterhalten sich jetzt laut miteinander.

»Also, Kelly Edskogs Mutter hat angerufen.« Torbjörn sieht ausdruckslos den jugendlichen Skatern vor dem Fenster zu und räuspert sich. »Kelly muss diese Arbeit ein anderes Mal schreiben. Ihre Mutter meint, sie hätte nicht die geringste Chance gehabt, dem Unterrichtsstoff zu folgen.«

Ich verziehe keine Miene, doch innerlich stöhne ich laut. »Alle, die zu den betreffenden Unterrichtsstunden da waren, haben jede denkbare Unterstützung bekommen. Das Buch wurde laut vorgelesen, wir haben diskutiert, ich habe sie einen Aufsatz zu Hause darüber schreiben lassen«, sage ich leise.

Die Falten in seinem Gesicht vertiefen sich. »Okay«, antwortet er müde. »Doch laut der Mutter hat Kelly es wirklich versucht. Sie sagt, ihre Tochter gibt immer ihr Bestes, und dass sie sie jetzt zum ersten Mal so mutlos erlebt. Zugegeben, das Mädchen tut sich mit großen Textmengen schwer und lässt sich leicht ablenken, wenn sie das Gefühl hat, der Inhalt sei nicht relevant für sie. Man kann sich Text ja auf so viele andere Weisen aneignen. Kelly ist sehr aktiv in den sozialen Medien, liest jeden Tag Blogs. Ich glaube, wir müssen unseren Blick auf die Förderung der Lesekompetenz erweitern, Clara. Die Welt von heute ist nicht mehr dieselbe wie damals, als du und ich jung waren.«

Ich fixiere den großen Tacker, der ein wenig unsicher an der Tischkante balanciert, und stelle mir vor, wie ich ihn packe und meinem Chef eine Heftklammer in die gerunzelte Stirn verpasse. Dass er meine und seine Jugend gleichsetzt, stört mich an dem, was er gesagt hat, noch am wenigsten, und das will etwas heißen.

Ich atme tief durch. »Wenn Kelly im Unterricht mitgemacht hätte, hätte sie sich leicht in das Buch einarbeiten und mit uns diskutieren können, inwiefern der Inhalt für unsere Zeit relevant ist. Da sie aber öfter in der Cafeteria saß und *Paradise Hotel* auf dem Handy angeschaut hat, als an meinem Unterricht teilzunehmen, kann ich nachvollziehen, dass sie das Gefühl hat, etwas verpasst zu haben.«

Torbjörn seufzt ungeduldig. »Jaja, Clara, du machst das sicher so gut du kannst. Aber ich kann Kellys Mutter ja wohl schlecht sagen, dass ihre Tochter lügt, oder? Wir alle haben unterschiedliche Auffassungen von der Wirklichkeit. Und ich kann es nicht tolerieren, dass Eltern der Schule vorwerfen, sich nicht für diejenigen einzusetzen, die unsere Unterstützung am meisten brauchen.«

Sprachlos starre ich ihn an.

»Es wäre gut, wenn du der Mutter heute noch ein paar Zeilen per Mail schicken könntest«, fährt er fort, »damit wir das aus der

Welt geschafft haben. Eine kurze und professionelle Entschuldigung reicht vollkommen. Irgendetwas von wegen, dass wir alles in unserer Macht Stehende tun werden, damit Kelly ihr Wissen noch einmal nachweisen kann.«

Er steht auf, entfaltet sich in seinem dunkelbeigen, leicht zerknitterten Anzug und geht wieder. Mit aller Kraft dränge ich die Wut zurück und lenke die Aufmerksamkeit meiner Klasse wieder auf mich.

»Die Arbeitsanweisungen stehen auf dem Blatt, lest sie euch genau durch. Noch Fragen? Ja, Dani?«

»Was würden Sie gern werden?«

»Dani, ihr müsst jetzt wirklich anfangen. Und was ist das überhaupt für eine Frage? Ich bin doch Lehrerin.«

»Klar.« Dani lässt mich nicht aus den Augen. »Aber ich meine, was Sie *eigentlich* werden wollten.«

Einige Schülerinnen und Schüler sehen mich interessiert an, und mir ist klar, dass sie eine aufregendere Antwort erwarten, als sie bekommen werden.

»Ja, also … Ich *wollte* wirklich Lehrerin werden«, erkläre ich. »Sonst wäre ich es nicht geworden.«

Die Fünfzehnjährigen lächeln mich geduldig an. Yousif, der ständig die Nase hoch in der Luft und ein paar errötende Mädchen um sich herum hat, sagt:

»Ich glaube, Dani meint, wenn Sie sich irgendwas aussuchen könnten. Was Sie am *allerliebsten* machen würden. Astronautin sein oder Fußballprofi oder Fotomodell oder so was.«

Ich kaschiere mein Lachen mit einem Niesen. Fotomodell? Diese Teenager sind einfach zu süß. Süß oder unverschämt – als ob ich mit meinen einen Meter einundsechzig und den widerspenstigen Locken auch nur davon träumen könnte, Model zu werden. Als endlich Ruhe eingekehrt und nur noch das Tippen vieler Finger auf den Laptoptastaturen zu hören ist, schlage ich Sophie Kinsellas aktuellen Roman auf. Durch die Glaswand sehe ich Solveig misstrauisch vorbeigehen. Solveigs Verständnis des Lehrerberufs besteht aus einer beträchtlichen Menge strikter Vorschriften, die sie dem ganzen Kollegium einhämmern will. Nach einer Weile klappe ich seufzend das Buch zu und versuche, Danis Frage zu verdrängen. Er hat nichts Besonderes damit gemeint, rede ich mir ein. Trotzdem habe ich das Gefühl, als hätte er eine Kanonenkugel voller Zweifel und Unruhe in meine sorgfältig errichtete Fassade aus Kontrolle und Genügsamkeit abgeschossen.

Ich werfe einen Blick auf mein Handy und lege es wieder weg. Immer noch nichts von Jonathan. Er hat also doch nur aus reiner Nettigkeit nach meiner Nummer gefragt. Wollte nur einer alten Bekannten Hallo sagen, sonst nichts.

Denn wie wahrscheinlich ist es, dass er im letzten Monat mit Felicia Schluss gemacht hat?

Auf der anderen Seite …

Denk nicht einmal daran!, sagt die Vernunft.

Aber das Schicksal scheint uns doch zusammengebracht zu haben … Warum sollten sich unsere Wege sonst auf einmal wieder kreuzen?

Weil er ein Bier mit seinen Kumpels getrunken hat und du zufällig im selben Pub gesessen hast, wo Party-Klas deinen Stolz durch die Mangel gedreht hat und du es zugelassen hast. Also hör auf damit.

In Gedanken reise ich siebzehn Jahre zurück, als mein fünfzehnjähriges Ich vergeblich nach Jonathan geschmachtet hat.

Auf dem Weg zur Schule hielt ich ständig nach ihm Ausschau und wäre jedes Mal fast in den Graben gestolpert, wenn ich ihn dann sah, wie er mit seinem Spiderman-Rucksack lässig über der Schulter dahinschlenderte. Andere Teenager wären wegen so eines Rucksacks gnadenlos gehänselt worden, doch bei Jonathan war das »niedlich«. Mit seinem entwaffnenden Charme konnte er sich alles leisten.

Im Nachhinein betrachtet, hätte ich damals natürlich schon kapieren müssen, dass ich keine Chance hatte. Nicht solange Felicia in der Nähe war, mit ihren knappen Klamotten, ihrem beneidenswerten Hollywoodhaar und den lässigen Zigaretten. Aber er nannte mich Gullan, als ich ihm in einem Anfall von Vertraulichkeit meine Liebe zu den Kinderbüchern um das Waisenkind Gulla gestanden hatte, und ich klammerte mich störrisch an der Hoffnung fest, dass das doch etwas zu bedeuten haben musste. Ich meine, man nennt ja schließlich nicht einfach irgendwen grundlos Gullan, also Süße, oder? Ich war überzeugt davon, dass er tief in seinem Inneren zärtliche Gefühle für mich hegte, auch wenn es ihm selbst vielleicht noch nicht bewusst war (man weiß ja, dass Jungen entwicklungstechnisch immer ein wenig hinterherhinken).

Auf dem Weg zum Haupteingang höre ich das rhythmische Klappern von Solveigs Pumps auf dem Steinboden. Zuerst erreicht mich ihre Parfümwolke, die wie ein ganzer Wald aus genmanipulierten Lilien riecht, dann hat mich auch Solveig selbst eingeholt. Sie rückt das dicke Brillengestell auf ihrer schmalen Nase zurecht und lächelt nachsichtig. Solveig ist Expertin darin, nachsichtig zu lächeln, *bevor* sie etwas Vernichtendes sagt, als ob sie die Haut erst mit einem Kühlpack betäuben will und dann die Nadel hineinsticht.

»Clara, bitte denk daran, was du unseren Schülerinnen und Schülern vermittelst.« Ich sehe sie fragend an, und sie fährt fort: »Wir müssen mit gutem Beispiel vorangehen. Als Schwedischlehrerin solchen Schwachsinn zu lesen, direkt vor der Klasse … Das ist wirklich ganz schön dreist, selbst für dich.«

Schwachsinn? Mir fällt Solveigs misstrauischer Blick vor meinem Klassenzimmer ein, und mir wird klar, dass sie das Sophie-Kinsella-Buch meinen muss.

»… selbst für mich?«, wiederhole ich, weil ich viel zu verblüfft bin, um auf ihre Frage das zu antworten, was ich eigentlich denke (und viel zu gut erzogen, um ihr einen ganz bestimmten Finger hinzuhalten).

»Lass die Schundliteratur beim nächsten Mal bitte zu Hause.«

Die Absätze entfernen sich klappernd, und ich schüttele leicht den Kopf. Dann drücke ich die schwere Tür auf und trete hinaus in die feuchtkalte Luft. Jetzt ist der März endlich vorbei. Die Plusgrade kehren nach einem langen und beharrlichen Winter zurück und lassen allmählich die Schneemassen verschwinden. Doch noch liegt überall abgasgrauer Schneematsch, und bevor ich den Schulhof überquert habe, fällt ein kalter Regen.

Vier

Am Samstag liegt der Schneematsch immer noch auf den Straßen, und ich gehe vorsichtig in meinen Stiefeletten hindurch. Den Trenchcoat statt der Daunenjacke anzuziehen war etwas zu optimistisch, merke ich und knöpfe den Mantel bis zum Hals zu. Es ist schließlich erst Anfang April, die Zeit, in der strahlende Sonne und blauer Himmel eine naive Optimistin dazu verleitet haben, sich trotz des eiskalten Windes zu dünn anzuziehen.

Ich bin die vier Stationen bis nach Helenelund mit der S-Bahn gefahren und gehe jetzt den kurzen Weg vom Bahnhof zum Haus meiner Eltern zu Fuß, in einer Hand einen Tulpenstrauß, in der anderen eine Tüte mit Korrekturarbeiten. Man weiß nie, wie sich Familienessen bei der Familie Rennel entwickeln, weshalb ich immer Arbeit mitnehme, falls ich Zeit totzuschlagen habe. Wenn ich es schaffe, am Samstagnachmittag zwei Romananalysen zu benoten, habe ich nur noch achtundzwanzig statt dreißig vor mir – immerhin etwas.

Mit raschen Schritten biege ich in den Schotterweg ein, der zum Haus meiner Eltern führt. Heute könnten sie sich nicht einmal den Pavillon hinten im Garten leisten, doch vor dreißig Jahren waren die Immobilienpreise noch anders, und normale Menschen wie Anja und Rune Rennel konnten sich ein großes, frei stehendes Haus im begehrten Helenelund kaufen. Ganz gerecht ist das nicht, denke ich und frage mich, wie lange ich noch in meinem kleinen Nacktkabuff wohnen muss.

Neben Papas und Mamas Volvo steht ein dunkelblauer Opel in der Einfahrt. Paulina ist also schon da. Und ihr neuer Liebhaber, wenn ihre Romanze nicht bereits wieder vorbei ist.

Ohne zu klopfen, ziehe ich die Tür auf und trete ein. Wahrscheinlich ist Mama vollauf mit Kochen beschäftigt und will nicht davon gestört werden, dass sie einem gewöhnlichen Gast wie mir die Tür aufmachen muss.

Sie steht im Flur zur Küche und wühlt in der Kommodenschublade mit den Servietten. Bevor ich die Tür hinter mir schließen kann, sehe ich die kleinen Stressschweißperlen an ihrem Haaransatz. Mit Mühe hänge ich meinen Trenchcoat an einen Haken in der Garderobe, wo sich Jacken für eine ganze Armee und für jede Jahreszeit drängen.

»Nimm die gestreiften«, sage ich, lege den Arm um Mamas Schultern und drücke sie kurz an mich.

Mama reißt sich von dem Serviettenchaos in der Schublade los und gibt mir einen Kuss auf die Wange. Trotz ihrer bald sechzig Jahre hat sie etwas Mädchenhaftes an sich mit ihrer kleinen Nase und den Sommersprossen. Die sind das Einzige, was ich von meiner Mutter geerbt habe. Paulina dagegen ist ihr wie aus dem Gesicht geschnitten, bis zu dem breiten Mund, der immer zu lächeln scheint. Mama wirkt erleichtert, wenn auch nicht ganz überzeugt.

»Sind die in Ordnung, was meinst du?«

»Sie sind perfekt«, sage ich. »Frühlingshaft und frisch. Außerdem passen sie zu den Blumen.« Ich schwenke den Tulpenstrauß, strecke mich nach einer Vase im Schrank über der

Kommode und gehe dann in die Küche, um sie mit Wasser zu füllen.

Paulina sitzt an dem ovalen Holztisch, dicht neben einem dunkelhaarigen Mann mit grauem Hemd. Der Arme. Er glaubt wohl, dass ein Essen bei Rennels eine schicke Angelegenheit ist, doch sein fein säuberlich gebügeltes Hemd wird viel zu overdressed aussehen, wenn Papa in einem seiner ausgewaschenen T-Shirts hereinkommt.

»Hallo.« Ich umarme meine Schwester. »Clara«, sage ich dann und strecke dem Hemdtypen, der etwa in Jespers Alter zu sein scheint, meine Hand entgegen.

»Schön, dich kennenzulernen«, antwortet er, schüttelt mir die Hand und stellt sich vor. Völlig unnötig, denn in der nächsten Sekunde habe ich seinen Namen schon wieder vergessen. Das passiert automatisch, denn mein Gehirn hat sich das bei dem turbulenten Liebesleben meiner Schwester im Lauf der Jahre angewöhnt. Es rationalisiert Informationen weg, die in ein oder zwei Wochen sowieso wertlos sein werden. Ohne die Stiele zu beschneiden, stelle ich die Tulpen in die Vase, fülle sie mit Wasser und stelle sie auf den Tisch. So wie ich Mama kenne, braucht sie noch genügend Hilfe, bevor die Ehrengäste eintreffen.

Jesper ist fünf Jahre älter als ich und wohnt schon seit meiner Zeit auf dem Gymnasium in London. Er hat dort Marketing studiert und danach einen Job und eine Wohnung gefunden. Jetzt arbeitet er irgendwas mit PR, so ein stressiger, hipper Job mit hohem Gehalt und ohne Freizeit. Manchmal bin ich eifersüchtig auf Jesper, der kein bisschen traurig zu sein scheint, das heimische Nest vollständig hinter sich gelassen zu haben. Das ist natürlich albern, aber ich selbst schaffe kaum eine zweiwöchige

Charterreise, ohne mir Sorgen zu machen, wie unsere Eltern zurechtkommen. In den letzten Jahren war Jesper immer seltener in Schweden, und auch wenn er schon seit vier Jahren mit Lisen zusammen ist, haben wir sie erst ein paarmal gesehen. Ich habe meine Eltern nicht gefragt, aber an ihrer Stelle käme ich mir um mein Enkelkind betrogen vor.

Heute kommen sie jedenfalls. Wenn Paulina nicht Wind davon bekommen hätte, dass sie in Stockholm zu einer Taufe eingeladen sind, wäre er wahrscheinlich nur für den Sonntag nach Schweden gereist und hätte für uns keine Zeit gehabt.

»Himmel«, sagt sie jetzt. »Ich musste Jesper ja geradezu drohen, damit die beiden herkommen. Hat sie ihn so verhext, dass er seine eigene Familie nicht mehr treffen kann?«

Ich bin mir nicht sicher, ob Lisen die Böse ist – Jesper hat sich noch nie besonders darum bemüht, Kontakt zu halten. Aber Paulina hat Lisen von Anfang an nicht gemocht.

»Sie glaubt offensichtlich, dass sich alles um sie dreht, oder?«, fährt meine Schwester fort. »Stolziert mit ihren Manolo Blahniks herum, als ob sie sich für Carrie aus *Sex and the City* hält. Wahrscheinlich von Jesper finanziert. Die hat es doch nur auf sein Geld abgesehen.«

»Jetzt übertreibst du aber ein bisschen«, sage ich.

»Überhaupt nicht. Kannst du ehrlich sagen, dass sie ein netter Mensch zu sein scheint?«

»Ich habe sie noch nicht oft genug getroffen, um das beurteilen zu können …«

»Genau! Denn sie ist ja nie hier. Und Jesper folglich auch nicht.«

Die Arbeitsfläche sieht aus wie immer, wenn Mama Gäste zum

Essen einlädt, also wie eine Prügelei zwischen einem Hühnchen und einem Gemüsebeet. Hautfetzen, Knochen, Kerngehäuse und Stiele liegen neben klebrigen Messern, benutzten Schneidebrettern, Knoblauchpressen, Schöpfkellen, Dosenöffnern, Flaschen, Korken und verschmierten Topfhandschuhen. Gerade als ich den Biomülleimer holen will, um das Schlimmste wegzuräumen, kommt Mama in die Küche. Ihre abgewetzten Pantoffeln quietschen auf dem Linoleumboden.

»Danke, Schatz, aber kannst du vielleicht stattdessen die Sahne schlagen? Dann machen wir sauber, wenn alles fertig ist. Sie kommen erst in …« Sie sieht auf die Wanduhr. »Himmel, in einer Viertelstunde. Okay, die Sahne steht in der Kühlschranktür!«, ruft sie über die Schulter, während sie quietschend mit einem zerknitterten Tischtuch über dem Arm davoneilt.

»Kann ich irgendwas tun?«, fragt der Mann neben Paulina, worauf diese lacht und ihren Kopf an seinen legt.

»Keine Sorge«, sagt sie. »So ist es immer. Mama ist erst furchtbar gestresst, und dann kommt doch alles immer in Ordnung.«

Ja, denke ich mit zusammengebissenen Zähnen, auf *magische* Weise kommt immer alles in Ordnung. Mit abgehackten Bewegungen hole ich die Sahne, den Handmixer und eine Schüssel und gehe ins Wohnzimmer. Es ist mir egal, ob Sahne aufs Parkett spritzt, ich bleibe keine Sekunde länger in der Küche.

Papa sitzt wie üblich in einer Ecke des weinroten Ledersofas und hat die Füße bequem auf dem Hocker abgelegt. Ein Strumpf hat an der Fußsohle ein Loch. Papa ist in eine zerlesene Ausgabe seiner Jagd- und Angelzeitschrift *Jakt & Fiske* vertieft. Erst als ich ihm einen Gruß zurufe, streckt er sich zu mir und umarmt mich aus seiner sitzenden Position heraus.

»Ist Jesper schon da? Gibt es Essen?«, fragt er, während er das Bild eines aufgeschlitzten Hechts betrachtet.

»Nein, Papa, sie sind noch nicht hier. Und nein, das Essen ist noch nicht fertig, weil noch einiges erledigt werden muss. Wie zum Beispiel, den Tisch zu decken.«

Papa nickt abwesend, und ich gebe auf und schotte mich eine Weile mit dem wütenden Surren des Handmixers von der Faulheit der anderen ab. In diesem Haushalt wird es niemals so etwas wie Gleichberechtigung geben. Papas Faszination für diese Zeitschrift habe ich nie verstanden. Seit seiner Jugend war er nicht mehr beim Angeln, gejagt hat er auch nie, aber diese Zeitschriften liest er mit demselben Eifer wie ein Protestant im sechzehnten Jahrhundert den Kleinen Katechismus.

Manchmal habe ich tatsächlich schon gedacht, dass Mama ihn des Geldes wegen geheiratet hat. Nicht dass er ein zweiter Bill Gates wäre, aber bei seiner Arbeit als Programmierer verdient er trotzdem um einiges mehr als Mama beim ambulanten Pflegedienst. Doch diese Gedanken versuche ich immer sofort wieder wegzuschieben, weil ich mich schäme – er ist doch schließlich mein Vater. Kein böser Mann, keiner, der seine Frau misshandelt, er hat nur eine sehr entspannte Haltung zum Thema Hausarbeit.

Ich gehe mit der fertig geschlagenen Sahne in die Küche, wo Mama gerade das Besteck neben einem Teller gerade rückt. Sie macht einen Schritt zurück und mustert zufrieden den gedeckten Tisch, der richtig hübsch aussieht mit dem weißen Leinentischtuch, den dunkellila und weißen Tulpen und den dazu passenden gestreiften Servietten. Doch das Chaos im Hintergrund ist immer noch ein schrecklicher Kontrast zu dem ordentlichen Arrangement. Ich werfe einen panischen Blick auf die Arbeitsfläche und überlege, ob ich es noch schaffe aufzuräumen und die Tarte für den Nachtisch zu belegen. Mama hat immer noch ihre bequeme Kleidung an, und Paulina ist vollauf damit beschäftigt, ein ihr schmeichelndes Selfie zu schießen. Es ist sinnlos, sie zum Aufräumen abzukommandieren – es geht schneller, wenn man es selbst erledigt.

Von Papa ist nichts zu sehen.

»Mama«, sage ich. »Ich bitte Papa, hier sauber zu machen, während ich die Tarte belege. Zieh du dich um, sie müssten ja jede Minute da sein.«

Mama wirkt verletzt und schüttelt den Kopf. »Nein, mach bitte nichts«, erwidert sie. »Ich räume auf, wenn ich wieder da bin.«

Sie eilt nach oben, und ich kümmere mich um den Kuchen. Ich versuche, ihm meine ganze Aufmerksamkeit zu widmen, und grübele über die Struktur und Form jeder Beere, die ich darauflege. Langsam legt sich meine Verärgerung. Dass Mama Papa nicht um Hilfe bitten will, wusste ich ja schon. Meine Mutter vertritt die Einstellung, dass sich Hausarbeit so verteilt, wie es am besten passt. Zugegeben, sie kümmert sich um die meisten Sachen im Haus, doch Papa macht alles, was mit dem Auto zu tun hat, und sie ist überglücklich, dass sie sich damit nicht beschäftigen muss. Solange er sie nicht bittet, die Reifen zu wechseln, würde ihr im Traum nicht einfallen, ihn aufzufordern, seinen Teller in die Spülmaschine zu stellen.

Während ich weiter meine Beeren auf dem Kuchen verteile, sehe ich aus dem Augenwinkel, wie Dinge von der Arbeitsfläche verschwinden, und höre Wasser ins Spülbecken laufen. Was mich aus irgendeinem Grund noch wütender macht – es ist wirklich höchste Zeit, dass Paulina endlich mithilft!

»Bist du dir sicher, dass du das schaffst?«, frage ich. »Die Messer kommen nicht in den Biomüll, nur zu deiner Information.«

»Das weiß ich.«

Eine Männerstimme. Ich drehe den Kopf und sehe, wie der schicke Freund meiner Schwester Gemüseabfälle zusammensammelt und Kochutensilien in der Spüle stapelt, um sie abzuwaschen. Rasch räumt er danach die Spülmaschine ein und wischt die Arbeitsfläche ab. Im nächsten Augenblick kommt Mama in einem groß geblümten Kleid die Treppe hinunter, während der Fremde das ausgewaschene Spültuch aufhängt und es an der Tür klingelt. Bleiche Aprilsonnenstrahlen fallen durch das Küchenfenster und werden von der glänzenden Arbeitsfläche zurückgeworfen.

»Oh, danke, Clara, das ist lieb!«, sagt Mama, als sie zur Haustür huscht. »Das hast du toll gemacht!«

Verlegen sehe ich zu dem Hemdtypen und murmele einen Dank.

»Keine Ursache«, sagt er ernst und sieht mich an. »Du darfst gern den Biomülleimer durchsehen, ob ich nicht versehentlich eine Reibe oder etwas anderes entsorgt habe.«

Fünf

Offenbar hat Jespers Leben mit PR-Job, Partnerin und Kind einen gehobenen Kleidungsstil mit sich gebracht. Von meinem lässig gekleideten Bruder von früher ist nichts mehr zu sehen. Er ist ordentlich frisiert, glattrasiert und trägt weinrote Chinos zu einem schwarzen Hemd. Vielleicht hat Paulina recht, dass Lisen ihn verändert hat?

Lisen selbst sieht aus, als ob sie ihrem Freund zuliebe ein riesiges Opfer bringt, weil sie bei dem Essen dabei ist. Ihre Lippen sind hellrosa geschminkt und zu einem so leichten Lächeln verzogen, dass es mit bloßem Auge kaum zu erkennen ist. Sie hat die Art Kurven, bei denen Männer schneller atmen und etwas murmeln von wegen »man will ja auch was zum Anfassen haben«, einen sorgfältig frisierten Pagenkopf und trägt eine Brille mit dunkler Fassung. In ihrem Kostüm sieht sie aus wie Jespers andere Hälfte, was wahrscheinlich auch der Sinn des Ganzen ist.

Ich lasse den Blick über die um die weiß eingedeckte Tafel gruppierte Tischgesellschaft schweifen. Mama im Kleid ist ein seltener Anblick, und zu meiner Verwunderung hat Papa sich ein Hemd angezogen. Der Dresscode hat sich offenbar geändert. Paulinas Freund liegt also genau richtig, während ich in Jeans und Poloshirt aussehe wie die Cousine vom Land. Immerhin passe ich zu Noah, der sich Gemüse in den Schoß wirft, während seine Eltern verliebte Blicke tauschen.

Nachdem er eine Weile mit Jesper geredet hat, wendet sich Papa an Paulinas Freund.

»Also, Marcus«, sagt er und steckt sich ein Stück Huhn in den Mund. »Nehmen Sie oft Gäste mit nach Hause?«

Marcus sieht auf und hebt die Augenbrauen.

Papa streckt sich nach dem Reis und fährt ungerührt fort: »Oder wird das sogar von der Arbeit gefördert?«

»Aber Papa!« Paulina legt die Hand auf Marcus' Schulter und sieht ihn entschuldigend an. »Kümmer dich nicht um ihn.«

»Erzählen Sie doch ein bisschen von sich«, bittet Mama und versucht, die Unverschämtheit ihres Mannes zu überspielen. So richtig interessiert klingt sie allerdings nicht. Sie kennt das Spiel bereits und weiß genauso gut wie wir anderen, wie lange Paulinas sogenannte Beziehungen normalerweise dauern.

Marcus beginnt unbekümmert zu erzählen. Er ist Barkeeper, was die schnelle und ordentliche Säuberung der Arbeitsfläche erklären könnte. Außerdem verleiht es Paulinas oberflächlicher Lebensweise eine neue Dimension. Mit dem Barkeeper aus der Kneipe nach Hause gehen? War da wirklich kein anderer durchschnittlicher Kerl zum Aufreißen gewesen?

Marcus verstummt und schenkt sich Bier nach. Papa ruft laut, dass er ihm auch nachschenken soll, »wenn wir schon mal einen Fachmann am Tisch haben, haha!« Marcus gehorcht, dann wendet er sich an Jesper und Lisen.

»Wie seid ihr eigentlich in London gelandet? Habt ihr euch dort kennengelernt?«

Lisen übernimmt das Kommando und trägt eine anscheinend eingeübte Zusammenfassung vor, wie Jesper und sie sich in dem Museum, in dem sie arbeitet, über den Weg gelaufen sind und

Hals über Kopf ineinander verliebt haben. Ich sehe, wie Paulina auf der anderen Tischseite die Augen verdreht und mit dem Besteck klappert, als sie sich noch eine Portion nimmt.

»Dann trinken wir doch auf Jesper und Paulina und ihr Liebesglück«, sagt Papa und hebt sein Glas. »Und was Clara betrifft ... Ja, wie läuft es eigentlich bei dir, Clara? Bist du über Klas schon hinweg?«

»Das ist zwei Jahre her, Papa. Aber danke, dass du dir Gedanken machst.« Wütend merke ich, wie meine Wangen zu glühen beginnen.

»Na ja, trotzdem«, gibt Papa keine Ruhe. »Es muss schwer gewesen sein, als er so kurz danach schon seine neue, junge Freundin geschwängert hat.«

Mama wirft ihm einen warnenden Blick zu, den er überhaupt nicht bemerkt.

»Weil du doch immer wieder von Kindern gesprochen hast, meine ich. Man hätte ja denken können, dass der Mann keine Kinder will. Tja, und dann wollte er sie nur mit *dir* nicht.«

Ich erröte so stark, dass mein Gesicht bestimmt gleich Feuer fängt. Was aber vielleicht sogar besser wäre als das hier. »Können wir bitte über etwas anderes reden?«, erwidere ich scharf.

Papa hält abwehrend die Hände hoch und wischt sich dann mit der Serviette umständlich Hühncheneintopfreste aus den Mundwinkeln.

»Und Sie?«, fragt Marcus und sieht von Mama zu Papa. »Wenn wir schon bei dem Thema sind: Wie haben Sie sich kennengelernt?«

Auch wenn er mit Paulina ins Bett geht, bin ich ihm gerade zutiefst dankbar, dass er das Gespräch von mir abzubringen versucht. Er stützt die Ellbogen auf den Tisch und legt das Kinn in eine Hand, während er offenbar aufrichtig interessiert auf Papas Antwort wartet.

»Ach«, erwidert dieser, »das will doch sicher keiner hören, wie das bei uns alten Leuten damals so war. Da gibt es nicht viel zu erzählen.«

Paulina stößt ihn verärgert mit dem Ellbogen an. Papa ist der Einzige, der den Hinweis nicht versteht.

»Nicht wahr, liebe Köchin?«, meint er kichernd an Mama gewandt. »Damals gab es noch keine Dating-Apps. Man hat genommen, was man kriegen konnte, und sich dann damit zufriedengegeben.«

Ich trete Papa unter dem Tisch gegen das Bein, stärker als beabsichtigt, doch immer noch nicht so fest, wie er es verdient hätte. Was macht er da eigentlich? Klar, er war nie der romantische Typ, aber so vor uns allen zu reden?

»Also«, sagt Mama und ignoriert ihn so gut wie möglich, »wenn alle fertig sind, hole ich mal den Kuchen!«

»Es war sehr lecker«, meint Lisen lächelnd, als Mama ihren Teller nimmt. Mama wird leicht rot und sieht aus, als hätte jemand gerade ihr Menü für die Nobelpreisfeier gelobt.

Als sie die Tarte auf den Tisch stellt, brüllt Noah plötzlich wie ein Schwein auf dem Weg zum Schlachthof, nachdem er bisher nur leise, unzufriedene Laute von sich gegeben hat. »Er ist müde«, sagt Lisen entschuldigend. »Ich bringe ihn hoch und hoffe, dass er einschläft.«

»Oh«, antwortet Mama, die gerade Kaffee in Lisens Tasse füllt.

»Ich kann mit ihm nach draußen gehen«, biete ich an und

sehe meine Chance, diesem unangenehmen Gespräch für eine Weile zu entkommen. »Glaubt ihr, dass er im Kinderwagen einschläft?«

Lisen sieht mich verwundert und gleichzeitig dankbar an. »Willst du das wirklich? Das ist aber lieb von dir.«

Sie steht auf und hilft mir, Noah in den Wagen zu legen und diesen dann die zwei Treppenstufen vor der Haustür hinunterzutragen. »Komm zurück, wenn es nicht klappt, ja?«

»Versprochen.«

Die Tür schließt sich hinter mir, und ich atme aus. Dann spaziere ich rasch mit dem Wagen davon und wiege ihn leicht im Gehen.

»Ich verstehe dich so gut«, sage ich zu meinem schreienden Neffen. »Da drin hält man es echt nicht aus.«

Zwei Häuser später schläft Noah ein. Ich nicke Ragnvald zu, einem der Nachbarn, mit denen Papa immer Werkzeug austauscht, und beuge mich über den Wagen, um die Decke um Noah zurechtzustopfen, bevor ich weitergehe.

»Armer kleiner Junge. Musst dabeisitzen und zuhören, wie dein Großvater eine Unverschämtheit nach der anderen von sich gibt. Werd bloß nicht wie er, Noah. Such dir andere männliche Vorbilder. Dein Papa ist in Ordnung. Leider sind die meisten Männer auf die eine oder andere Weise Schweine. Aber ich werde die Augen offen halten und es dir sagen, wenn ich noch ein paar nette Kerle finde.«

Wir gehen eine Runde durchs Viertel, und dann ist mir kalt genug, um zurückzuschlendern.

Lisen strahlt, als sie den friedlich schlafenden Noah sieht. »Großartig! Danke, Clara.«

Jesper hilft uns, den Wagen ins Haus zu tragen. »Supertante«, sagt er und zwinkert mir zu.

Hinter ihm verdreht Paulina die Augen.

»Iss ein Stück Kuchen!«, ruft Mama aus dem Wohnzimmer, wo sich alle niedergelassen haben, während ich draußen war.

Papa bedeutet ihr, leiser zu sein. »Wenn du so brüllst, muss sie gleich wieder mit dem Kind rausgehen.«

Jesper ist zu ihnen ins Wohnzimmer gegangen, weshalb ich sein Gesicht nicht sehen kann, doch seinem Tonfall nach zu schließen, ist er nicht erfreut. »*Das Kind* ist dein *Enkelsohn*.«

»Habe ich was anderes behauptet?«

»Himmel, seid ihr albern. Ihr klingt wie streitende Sandkastenkinder«, schnaubt Paulina.

»Wie gut, dass du hier bist und mit deiner ganzen Reife einen Ausgleich schaffst«, entgegnet Jesper. »Kannst du uns Sandkastenkindern etwas von deiner Weisheit abgeben? Nur ein klein bisschen?«

»Clara, Liebes, kommst du?«, ruft Mama gedämpft.

Ich werfe einen Blick ins Wohnzimmer und zögere nur einen Augenblick. »Ich verziehe mich nach oben ins Arbeitszimmer und korrigiere ein bisschen. Ich komme später wieder.«

»Was will sie machen?«, fragt Papa, während ich zwei Stufen auf einmal nehmend nach oben eile. »Will sie sich jetzt wieder mit einem Buch verstecken?«

Der große, dunkle Schreibtisch meiner Eltern im englischen Stil fällt einem zuerst ins Auge, wenn man in das kleine Arbeitszimmer kommt. Um die Tür hat Papa Regale angebracht, die bis zum letzten Zentimeter mit Mamas Büchern gefüllt sind. Das liebe ich.

Auf dem Schreibtisch breite ich ein paar der *Hobbit*-Textanalysen aus, die die Neunte geschrieben hat. Nach kurzem Überlegen beginne ich mit Yousifs Aufsatz, vor allem, um zu sehen, ob er seiner Gewohnheit treu geblieben ist und einen halbherzigen Versuch abgegeben oder ob er sich dieses Mal tatsächlich angestrengt hat. Es ärgert mich, wenn Schüler, die es weit bringen könnten, es gar nicht erst versuchen.

Lautes Gelächter ertönt aus dem Erdgeschoss, während ich die Zeilen überfliege (schön für sie, so offen über den komischen Kauz lachen zu können, der nach oben geflüchtet ist, schätze ich mal). Diesmal scheint sich endlich etwas getan zu haben. Yousif argumentiert, dass Bilbo ein Symbol für jemand Kleines ist, der Großes ausrichten kann. Zwei Seiten hat er geschrieben. Über die verschiedenen Settings, die unterschiedlichen Persönlichkeiten der Zwerge, Gandalfs Rolle und den Drachen. Mir wird ganz warm vor Freude.

Es klopft leise an der Tür. Überrascht sehe ich, wie Marcus den Kopf hereinsteckt. »Darf ich reinkommen?«

»Äh, ja?«

Er setzt sich auf den anderen Stuhl. »Was machst du gerade?«

Bei seinem freundlichen Tonfall werde ich misstrauisch. Was will dieser schöne Mensch von mir? Warum sitzt er nicht unten und sonnt sich in Paulinas Glanz?

»Ich arbeite«, antworte ich. Wahrheitsgemäß und gerade richtig distanziert, denke ich zufrieden.

Marcus beugt sich vor und wirft über meine Schulter einen Blick auf Yousifs Aufsatz. Dass er plötzlich und ohne Vorwarnung neben mir sitzt – nahe genug, dass ich seinen frischen Duft wahrnehme –, ist völlig falsch. Paulinas Typen kommen und gehen. Meistens lernen sie die Familie nicht einmal kennen und falls doch, haben sie selten Interesse an uns.

»Der Hobbit«, stellt Marcus fest. »Du verwöhnst deine Schüler, wie ich sehe.«

Ich schaue ihn an, ob er mich auf den Arm nimmt, doch ich erkenne keine Spur von Sarkasmus, er wirkt aufrichtig interessiert. Kann er das ernst meinen? Ein lesender Barkeeper? Ein netter Freund von Paulina?

»Ausgerechnet dieser Schüler war so schlau, das auch einzusehen.« Ich verziehe leicht das Gesicht, und dann wird mir klar, dass ich lächele. »Offenbar liebt er das Buch.«

»Kluger Junge.« Marcus beugt sich weiter vor, um Yousifs Aufsatz zu überfliegen, während ich zum ersten Mal in meinem Leben überlege, wie unangemessen es ist, den warmen Arm des Freundes der kleinen Schwester am eigenen nicht völlig abstoßend zu finden.

Ich räuspere mich. »Das kann man wohl sagen. Wenn er sich nicht stattdessen den Film angeschaut hat. Aber nein, er muss es eigentlich gelesen haben.«

»Scheint so«, stimmt Marcus mir zu. »Aber selbst wenn er sich stattdessen sieben Stunden Film angesehen hat, hat er sich vielleicht trotzdem eine gute Note verdient?«

Er lacht, und ich nicke bestätigend. »Da hast du recht. Ich hätte nicht gedacht, dass sie es schaffen, drei Filme daraus zu machen, aber offensichtlich hat es ja funktioniert.«

Marcus will gerade antworten, als die Tür geöffnet wird und Paulina erscheint. »Wir fahren jetzt!«, verkündet sie an Marcus gewandt und verzieht zerknirscht den Mund. »Ich bin dir bestimmt fünfzig Bier oder so schuldig, weil du es drei Stunden in diesem Irrenhaus ausgehalten hast.«

»Was redest du da? Ich fand es sehr nett.« Er dreht sich zu mir. »Schön, dich kennengelernt zu haben! Ich hoffe, der Rest deiner Schüler hat sich genauso gut geschlagen.«

Warum habe ich Schuldgefühle, weil er mich anlächelt?

»Hm, ja, klar. Nein, das haben sie bestimmt nicht. Aber danke trotzdem.«

Ich brauche frische Luft. Frische Luft und die Korrektur von neunundzwanzig Klassenarbeiten sollten meine seltsam warmen Wangen wieder herunterkühlen. Mich zurück auf die Erde bringen und Marcus' seltsame Freundlichkeit verdrängen. Oder noch besser, denke ich, als mein Handy klingelt und ich eine fremde Nummer auf dem Display sehe, eine ordentliche Portion von Jonathans Charme.

Abgang netter Freund von Paulina.

Auftritt Jonathan mit den funkelnden Augen.

Sechs

Als ich am Montagmorgen durch die Schule gehe, Jonathans honigsüße Stimme noch in wunderbar frischer Erinnerung, stoße ich mit Yousif zusammen, der an seinem Schließfach steht und in ein Mathematikbuch vertieft ist.

»Das war eine schöne Textanalyse, Yousif!«, sage ich.

Er sieht auf und mustert mich, unsicher, ob ich es ernst meine. Mir wird klar, dass er so etwas vielleicht das erste Mal in zwei Jahren von mir gehört hat. Normalerweise sage ich nur verschiedene Varianten von: *Vergiss nicht, das Buch morgen mitzubringen, Yousif,* oder: *Yousif, bitte lies die Anweisungen genau.* Oder: *Warum hast du den Aufsatz noch nicht abgegeben, Yousif?*

»Danke«, sagt er schließlich. »Das Buch war gut.«

Oh, dieses Glücksgefühl! Und dann, als ich sowieso schon schwebe, fährt er fort: »Was lesen wir als Nächstes?«

»Ich dachte an *Zirkel,* von Mats Strandberg und Sara Bergmark Elfgren«, antworte ich enthusiastisch. »Kennst du das?«

Yousif schüttelt den Kopf. »Ich kenne mich mit Büchern nicht so gut aus …«

»Das ist auch Fantasy, aber modern und aus Schweden. Ich hoffe, es gefällt dir.«

»Cool.« Dann kommt eine zu stark parfümierte, selbstbewusste Schülergruppe vorbei und verschluckt ihn. Ich bleibe allein zurück und freue mich.

Um halb vier lasse ich mich im Lehrerzimmer auf eines der zerschlissenen Sofas neben Solveig und Lillemor sinken. Der Fachbereich Schwedisch besteht aus völlig unterschiedlichen Persönlichkeiten, und ich bin mit meinen zweiunddreißig Jahren die Zweitjüngste. Lillemor ist etwa Mitte fünfzig und Solveig Anfang sechzig. Sie steht für Erfahrung, Routine und »So haben wir das immer schon gemacht«. Wie eine Königin spaziert sie die Flure auf und ab, als würde sie die ganze Zeit ein Exemplar von Strindbergs *Das rote Zimmer* auf dem Kopf balancieren. Allmählich werden die Falten in ihrem Gesicht tiefer, Folge ihres ständig missbilligenden Gesichtsausdrucks. Gerade begegne ich ihr mit wahrscheinlich ähnlich verkniffener Miene, weil ich immer noch wütend bin über ihren unangemessenen Kommentar zu meiner Sophie-Kinsella-Lektüre.

Lillemor ist eigentlich immer Solveigs Meinung. Man könnte fast sagen, dass sie eigentlich immer der Meinung von allen anderen ist. Nach vielen Jahren als Verkäuferin in einem Laden hat sie noch mal den Beruf gewechselt und geht übermäßig eifrig in ihrer neuen Rolle als Lehrerin auf. Jetzt sitzt sie mit fest zusammengepressten Knien da, auf denen ihr Laptop liegt, und trägt eine frische Lage dunkellila Lippenstift auf.

»Heute haben wir etwas Wichtiges zu besprechen«, fängt Solveig an, wird aber von Niklas unterbrochen, der sich mit ausufernden Gesten und laut stöhnend zu uns aufs Sofa setzt. In der Hand hält er seine große Tasse, die bis zum Rand mit dem ekligen Kaffee aus dem Gratisautomaten gefüllt ist. Damit wäre der Fachbereich Schwedisch komplett.

Ich unterdrücke den Impuls, eine Hand über Nase und Mund zu legen. Die Leute denken ja immer, der Lehrerberuf sei reinster Luxus und bestünde nur aus Ferien, doch während der Unterrichtsmonate reicht die Freizeit oft gerade mal zur Körperhygiene. Und in Niklas' Fall nicht einmal das.

»Himmel, die 8c«, sagt er. »Die quatschen so viel, dass einem die Ohren bluten.«

Ich schiele zu Solveig, ob sie das Wort wieder an sich reißen und die Besprechung beginnen wird, doch sie lächelt nur dümmlich und scheint darauf zu warten, dass Niklas weiterspricht. Was auch garantiert passieren wird, wenn man ihn nicht daran hindert. Warum meine sonst so selbstbewusste Kollegin sich plötzlich wie ein unterwürfiges Weibchen benimmt, sobald dieser Gockel dabei ist, ist mir ein Rätsel. Er ist um einiges jünger als sie und hat im Januar nach seinem Lehramtsabschluss bei uns angefangen. Nach nur drei Monaten Berufserfahrung denkt er aber trotzdem, er wüsste über alles am besten Bescheid.

»Der Trick ist, dass man sie einfach reden lässt«, fährt Niklas fort und schlürft seinen Kaffee. »Ich verstehe, dass andere Lehrer schwer mit ihnen klarkommen – es sagen ja viele, dass das eine echt anstrengende Klasse ist. Aber ich hatte noch nie ein Problem mit ihnen.« Er schüttelt den Kopf, sodass sich die lange, schmutzig blonde Haarsträhne auf seiner hohen Stirn bewegt. »Es kommt darauf an, wie man sie behandelt. Sie müssen das Gefühl haben, dass man ihnen zuhört.«

Ja, zuhören kannst du wirklich gut, denke ich und sage laut: »Also, wollen wir anfangen? Wir wollten heute doch einiges besprechen, nicht wahr, Solveig?«

Lillemor schreckt auf und beginnt, auf ihrem Laptop zu tippen. »Ich führe Protokoll!«, verkündet sie. Das tut sie jedes Mal, und mit dieser Arbeitsteilung sind alle zufrieden. Lillemor sieht

Solveig mit dem unterwürfigen Blick eines Jüngers an. Diese streckt sich, setzt eine noch strengere Miene auf als sonst und beginnt endlich:

»Wir dürfen nicht vergessen, dass wir Schwedischlehrkräfte sind«, sagt sie. »Keine Stiefeltern, die sich das Wohlwollen der Jugendlichen erarbeiten müssen. Wir zeigen ihnen, was für eine Goldgrube Literatur sein kann, und geben uns nicht damit zufrieden, dass sie Hörbücher konsumieren, die dasselbe Niveau wie eine Kinderzeitschrift haben.« Sie macht eine theatralische Pause und lässt uns darüber nachdenken, bevor sie weiterspricht: »Mir ist aufgefallen, dass *jemand* neue Bücher ins Lehrmittelregal gestellt hat, ohne das mit den anderen abzusprechen. Außerdem habe ich von mehreren Schülern gehört, dass sie ihre Lektüren selbst auswählen durften, was völlig inakzeptabel ist.«

Niklas schüttelt leicht den Kopf, als könne er gar nicht glauben, dass jemand so grob gegen die Regeln verstoßen hat. Lillemors dunkellila Gelfingernägel huschen klappernd über die Tastatur. Dann hebt sie den Kopf und nickt ernst. Die Weltuntergangsstimmung verstärkt sich, und ich frage mich, was mir bei Solveigs Anklage entgangen ist. Lesen die Schüler Pornomagazine und die Mao-Bibel im Schwedischunterricht?

»Ich nehme das ins Protokoll auf«, verkündet Lillemor.

Nachdem nun alle anderen Solveig zugestimmt haben, bleiben keine Zweifel mehr, wen sie mit *jemand* gemeint hat. Voller Unbehagen verlagere ich mein Gewicht und zähle so ruhig wie möglich bis zehn, während ich den Blick über die Sofas und die großen, halb toten Topfpflanzen im Lehrerzimmer schweifen lasse. Eigentlich ist es Violas Aufgabe, die Pflanzen zu gießen, aber sie muss sich jetzt in der Erkältungszeit um den Vertretungsplan kümmern. Irgendwie sehen die riesigen verwelkten Pflanzen noch trauriger aus als die schlappen kleinen Blumen vor meinem Küchenfenster. Noch mehr Grün, das hopsgegangen ist.

»*Zirkel* habe ich hineingestellt«, wehre ich mich. »Wir haben doch bei der letzten Besprechung entschieden, dass jeder einen neuen Titel einkaufen darf.« Gespanntes Schweigen folgt auf meine Rechtfertigung. »Ich zwinge natürlich niemanden, damit in seinem Unterricht zu arbeiten«, füge ich hinzu.

Die Falten in Solveigs Augenwinkeln vertiefen sich einen Hauch, und wer sie kennt, weiß, dass das ein Zeichen wachsender Frustration ist.

»Aber wir sind doch immer noch ein Team«, erwidert sie unnötig langsam.

Ich sehe geradezu den Aufruhr unter der hellen, diskret gepuderten Haut. »Wir sind keine Einzelgänger, die ihren Launen nachgeben. Es ist wirklich beunruhigend, wie sich die Auffassung von Literatur in den letzten Jahren verwässert hat.«

»Hast du *Zirkel* gelesen?«, frage ich und bekomme einen beleidigten Blick als Antwort.

»Wir können nicht einfach ein Buch einkaufen, nur weil es zufällig auf irgendeiner Bestsellerliste steht«, sagt Solveig, und ich habe das Gefühl, das Wort »Bestsellerliste« ist für sie wie eine grobe sexuelle Beleidigung. »*Candide oder der Optimismus* war zum Beispiel überhaupt nicht erfolgreich, als es erschien. Voltaire ist sogar im Gefängnis gelandet«, fügt sie mit Nachdruck hinzu. »Das war kein Anbiedern ans Lesepublikum, sondern eine *Provokation.*«

»Was *Zirkel* ja auch zu sein scheint«, murmele ich.

Solveig schiebt das Kinn vor, wodurch sie wie ein Vogel aussieht. »Ich schlage vor, dass wir ein System zur Qualitätssicherung einführen. Ich trage mich schon länger mit dem Gedanken und finde, dass es jetzt Zeit dafür ist.«

Lillemor haut in die Tasten und nickt dabei eifrig.

»Man könnte sich ja etwas ausdenken, damit alle wissen, welche Bücher nach unserer Meinung ein ausreichend hohes Niveau haben«, sagt Niklas.

Manchmal frage ich mich, ob man einen Unterschied merken würde, falls Niklas aufhören und durch einen Papagei auf Solveigs Schulter ersetzt werden sollte.

»Wir könnten Aufkleber aus dem Internet bestellen und uns ein Symbol aussuchen, beispielsweise ›N‹ für Niveau«, spinnt Solveig die Idee weiter. »Das kostet nicht viel und wäre eine zumutbare Investition. Was sagt ihr?«

»Toll«, meint Lillemor nickend und tippt weiter.

»Perfekt«, stimmt Niklas zu. »Oder sollen wir vielleicht ›O.K.‹ nehmen, für ›Okay?‹«

Auf der Personaltoilette ziehe ich bunte, eng sitzende Trainingskleidung an, die ich von meinen Eltern zu Weihnachten bekommen habe. Also, ich habe sie mir von dem Gutschein gekauft, den ich bekommen habe (»*Wir* können ja schlecht aussuchen, was *ihr* haben wollt!«). Danach trinke ich ein großes Glas Wasser, packe Handy, Geldbeutel und Schlüssel in die Gürteltasche und will mich gerade auf den Weg machen, als das Telefon klingelt. Ich hole es wieder hervor und melde mich.

»Hallo, Mama. Ich wollte gerade von der Arbeit nach Hause joggen.«

»Ach, bist du tüchtig. Glaubst du, Jesper und Lisen hat das Hühnchen geschmeckt?«

Wie immer kommt sie gleich zur Sache.

»Aber klar doch. Es war sehr lecker, Mama, das haben alle gesagt.«

»Und was hältst du von Marcus? Ein echter Traum! Sag Paulina, dass sie den Mann auf keinen Fall gehen lassen darf.«

Als ob Paulina und ich solche vertraulichen Gespräche führen würden. Außerdem muss ich immer wieder daran denken, dass vielleicht eher Marcus Paulina gehen lassen sollte. Wenn er schon so ein Traum ist. Paulina ist es jedenfalls nicht. Zumindest nicht, wenn man auf eine ernsthafte Beziehung aus ist.

»Wann können wir uns treffen und meine Feier planen?«, fragt Mama.

»Ich weiß es nicht genau. Du, ich muss jetzt los. Kann ich dich später anrufen?«

»Ja, mach das. Ich rufe in der Zwischenzeit Paulina an.«

»Gut.«

Die Luft ist kalt, als ich langsam nach Hause jogge. Die Gedanken bewegen sich im Takt mit den Beinen. Was meint Mama eigentlich mit einer würdevollen Feier zu ihrem sechzigsten Geburtstag? Warum macht sie eine so große Sache daraus? Ja, es ist typisch für sie, alle nach ihrer Meinung zu befragen, bevor sie eine Entscheidung trifft. Nicht einmal eine Topfpflanze wird für das Haus der Familie Rennel gekauft, ohne dass Nachbarn, Kollegen und die Freundinnen im Lesekreis vorher interviewt wurden. Welche Sorte? Eine leicht zu pflegende Efeutute oder vielleicht eine prächtige Begonie? Dann werden die verschiedenen Meinungen gegeneinander abgewogen, bis meine Mutter sich schließlich für etwas entscheidet. Das kann seine Zeit dauern. Wie Mama sich entscheiden konnte, Papa zu heiraten, ist ein Mysterium. Die Kinder sind etwas anderes – wir drei kamen wahrscheinlich alle auf die Welt, während Mama noch darüber nachdachte, welches Verhütungsmittel das beste war.

Dass sie rechtzeitig mit der Planung ihrer Feier anfangen möchte, ist daher nur vernünftig, ein Zeichen der Selbsterkenntnis. Mich verwirrt allerdings das Gerede, dass die Feier würdevoll sein soll und keiner einen ausgewaschenen Pullover anziehen darf. Kommt das von Papas neuen, gemeinen Bemerkungen? Beide verhalten sich jedenfalls anders als sonst, so viel ist sicher.

Ich weiche einer Pfütze aus. Atmung und Beine werden immer schwerer, aber es ist schön, draußen zu sein und die Muskeln zu spüren. Ich denke an Jonathan. Er war am Telefon kurz angebunden und offensichtlich bei der Arbeit. Aber wir haben immerhin Zeit und Ort festgemacht für ein … Kaffeetrinken? Ein Date …? Keine Ahnung, aber morgen um fünf werde ich meiner ersten, größten und nie ganz vergessenen Liebe gegenüberstehen.

Sieben

Ich war fünfzehn und vorher noch nie verliebt gewesen. Nicht so richtig jedenfalls. Darum merkte ich es auch nicht sofort, doch als mir irgendwann ein Licht aufgegangen war, war es völlig klar. Wenn Jonathan krank war, hinterließ er im Klassenzimmer eine Leere, die größer war als sein Sitzplatz. Wenn er sprach, lauschte ich andächtig, und wenn er mich ansah, gab es nur noch ihn. Die geringste Berührung von ihm schickte einen Stromstoß durch meine langweiligen Klamotten direkt in mein hämmerndes Herz.

Wir wurden Freunde, und fast drei Jahre lang war ich heimlich in ihn verliebt und klammerte mich an der Hoffnung fest, dass aus uns noch ein Paar werden würde. Sie wurde von dem Funkeln in seinen Augen genährt, von unseren gemeinsamen Lernabenden, an denen wir nicht besonders viel gelernt haben, und von Harrys Bemerkung in *Harry und Sally*, dass Männer und Frauen niemals nur Freunde sein können. Wenn ich ins Zweifeln geriet, sah ich mir den Film an und stellte mir schniefend vor, dass das verliebte Paar am Schluss Jonathan und ich waren.

Auf dem letzten Ball vor dem Abitur wurde alles anders. Wir machten uns bei mir zu Hause fertig, tranken Wein, bewunderten gegenseitig unsere Outfits (zu meiner großen Freude blieb ihm der Mund offen stehen, als ich ihm mein schwarzes Kleid mit Ausschnitt zeigte) und redeten über das Leben und die Zukunft.

Auf der Party wichen wir einander nicht von der Seite, weder auf der Tanzfläche noch an der Bar. Je später es wurde, desto betrunkener wurden wir vom Alkohol und voneinander.

Dachte ich zumindest.

Unglaublicherweise sprach er das Dilemma an, in eine Freundin verliebt zu sein und das damit verbundene Risiko, die Freundschaft zu zerstören, falls er es ihr sagte. Ich wies seine Zweifel mit Nachdruck zurück. Nein, nein, nein! Man musste etwas wagen! Es bestand doch schließlich die Chance, die Liebe seines Lebens für sich zu gewinnen! Ich glaube, ich brachte sogar *Harry und Sally* als Beweis dafür an, dass zwei Menschen, die füreinander bestimmt sind, früher oder später auch zusammenkommen. Er wirkte erleichtert. Beugte sich vor, küsste mich auf die Wange, dankte mir für die Unterstützung und sank in Felicias Arme.

Als ich über den Platz Richtung Sollentuna Centrum gehe, wagt sich die bleiche Sonne hinter der Wolkendecke hervor. Seit das Einkaufszentrum in den Siebzigern eingeweiht wurde, hat man es umfassend renoviert. Gepflegte Boutiquen reihen sich an gemütliche Cafés mit Aussicht durch die Glaswände. Ich stelle mich an den Eingang und versuche, entspannt auszusehen. Draußen hetzen Menschen zum Zug oder zu den Bussen, manche sitzen dagegen ruhig mit einer Dose Bier in der Hand auf einer Bank. Ein magerer Teenager versucht, seinen Hund zurückzuhalten, der alle anspringt, die ihm nahe kommen. Eltern schlendern mit ihren Kinderwagen durch das Chaos und bemerken die wütenden Blicke nicht, die ihnen vorbeieilende, gestresste Leute zuwerfen. Ich atme tief durch und befehle mir noch einmal, mich zu entspannen. Vor Nervosität völlig verschwitzt zu sein, noch bevor Jonathan überhaupt auftaucht, war kein guter Anfang.

»Da bist du ja, Gullan!«

Verzaubert sehe ich mich um. Da steht er und lächelt breit. Er trägt gut sitzende Jeans und ein weißes T-Shirt mit V-Ausschnitt. Über einem Arm hängt eine schwarze Jacke, und in der anderen Hand hält er sein Handy. Jede Strähne seiner blonden Haare liegt perfekt. Er geht mit diesem selbstsicheren Gang auf mich zu, der Madonna schüchtern wirken lässt. Je näher er kommt, desto deutlicher sehe ich seine funkelnden Augen, und die letzten vierzehn Jahre scheinen sich in Luft aufzulösen. Da ist er, höchstpersönlich, genauso real wie damals. Er umarmt mich. Die Augen sind noch dieselben, auch das Lächeln. Doch sein Geruch ist neu. Ein warmer Duft, der mich schwindeln lässt und bei dem ich an Orangen denken muss.

Ich räuspere mich und hoffe, dass meine Stimme fest klingt. »Wollen wir uns was holen?«

»Klar!«

Wir kaufen uns jeder einen Caffè Latte, er nimmt dazu einen Apfelkuchen mit Vanillesoße, ich ein Stück Karottenkuchen, und wir setzen uns an einen kleinen Tisch am Fenster.

»Dann bist du also zurück?«, frage ich und hebe das große, warme Glas. »Du warst doch im Ausland und hast da gearbeitet, oder?«

»Ja, ich bin zurück. Und du? Warst du die ganze Zeit hier?«, fragt er und schiebt sich Apfelkuchen in den breiten, perfekten Mund.

»Ja.« Ich lächele verlegen. Bei seiner selbstsicheren Ausstrahlung komme ich mir langweilig vor. Während er auf Reisen war, die Welt gesehen und Erfahrungen gesammelt hat, bin ich im sicheren Sollentuna geblieben, habe vernünftig auf Lehramt studiert und an einer gewöhnlichen Schule zu unterrichten begonnen. Das wird nicht besonders spannend klingen, wenn ich es erzähle. Doch schon nach kurzer Zeit ist das Gefühl verschwunden. Auch wenn ich recht habe – Jonathan war fünf Jahre mehr oder weniger konstant auf Reisen. Im letzten Jahr hat er in London gearbeitet, doch seit ein paar Wochen ist er zurück in Sollentuna und ist bei einem Mobilfunkunternehmen im Vertrieb beschäftigt. Er lacht, als ich von meinem Beruf und den letzten Diskussionen über Bücher erzähle, und mir wird klar, dass er hinter der selbstsicheren Fassade noch derselbe ist. Er ist genauso entspannt und charmant und vermittelt mir ein ruhiges Gefühl, auch wenn ich Schmetterlinge im Bauch habe.

»Willst du damit sagen, dass sie alle Bücher kennzeichnen will, die sie gutheißt? Was macht ihr dann mit dem Rest? Ein großes Lagerfeuer?«, fragt er lachend.

Ich kichere und lege die Hand vor den Mund, damit ich keinen Kaffee verspritze.

»Das wäre doch was für das Walpurgisfeuer an Valborg«, antworte ich.

Jonathan streckt den Daumen hoch.

»Aber ja! *Herzlich willkommen zur Valborgsfeier der Schule. Wir begrüßen den Frühling, indem wir alle Bücher verbrennen, die nach 1950 veröffentlicht wurden.*«

»Ja, tolles Marketing, was?« Unsere Blicke treffen sich, und ich bin dankbar und erleichtert. Es ist schön, darüber zu lachen, und es ist schön, jemand anderen darüber lachen zu hören.

»Gefällt dir deine Arbeit?«, frage ich.

Jonathan stellt sein leeres Glas auf den Tisch, lehnt sich zurück und verschränkt die Hände vor dem Bauch. »Ja doch. Ich bin ja erst kurz dort, aber es wirkt vielversprechend. Es gibt genügend Aufstiegsmöglichkeiten, wenn man sich ordentlich anstrengt, das mag ich. Ich würde es nicht aushalten, jahrelang auf derselben Position zu arbeiten, mit denselben Aufgaben. Nicht falsch verstehen, okay?«, fügt er rasch hinzu.

Ich schüttele den Kopf. »Kein Problem. Mir macht das nichts aus, solange ich von Zeit zu Zeit die Bestätigung bekomme, dass ich meinen Job gut mache.«

»Und solange die Kollegen nicht das Arbeitsmaterial abfackeln.« Er grinst.

»Genau.«

»Bekommst du sie auch?«

»Was meinst du?«

»Die Bestätigung, dass du deinen Job gut machst.«

Ich überlege. »In gewisser Weise. Es ist toll zu sehen, wie sich die Schülerinnen und Schüler entwickeln.« Ich sehe zu Jonathan, in sein unbekümmertes Gesicht, und schlucke. »Gleichzeitig habe ich immer mehr das Gefühl, dass mir ein kalter Wind entgegenweht, wenn ich durch die Schultüren gehe.«

»Scheiß auf die verknöcherten Tanten. Du hast doch sicher genauso viel zu sagen wie sie?«

»Schon, aber … Es geht nicht nur darum. Dem Schulleiter ist nur wichtig, dass die Eltern zufrieden sind. Und die Eltern sind nur zufrieden, wenn mein Unterricht spannend genug ist. Und wenn ihre Kinder gute Noten bekommen, natürlich. Egal, ob sie etwas können oder nicht.«

Jonathan rutscht ein wenig auf seinem Stuhl herum, und ich

bereue, dass ich so viel erzählt habe. Wer will sich schon mit jemandem treffen, der nur jammert? Ich muss wirklich versuchen, mich zurückzunehmen, gerade jetzt am Anfang. Es ist erst das erste Date. Ich sollte nur daran denken zu lächeln, hübsch auszusehen und über das zu lachen, was er sagt.

»Vielleicht brauchst du mal eine Auszeit?«, schlägt er vor.

»Nein, ich denke nicht. Was soll ich denn machen, wenn ich mich beurlauben lasse?«

»Ich meine gar nicht so lang«, sagt Jonathan. »Eher eine kurze Pause, wenn es zu unerträglich wird. Meld dich einen Tag krank.«

Ich lache laut. »Ein freier Tag? Und das soll meine Probleme lösen?«

Jonathan zuckt mit den Schultern. »Gönn dir einen Wellnesstag. Entspann dich ein bisschen. Denk an dich und nicht daran, es ständig allen recht zu machen.«

»Ich versuche nicht ständig…«, antworte ich, doch Jonathan unterbricht mich, indem er seine Hand auf meine legt und mir tief in die Augen sieht.

»Die sind doch selbst schuld, wenn sie meine fleißige Gulla nicht wertschätzen«, sagt er lächelnd.

Meine. Er hat gesagt, *meine* Gulla. Als ich nach Hause komme, koche ich Tee und setze mich mit der Tasse auf das orangefarbene Ende des Batiksofas. Die Stimme der Vernunft versucht sich immer noch in meinem Hinterkopf bemerkbar zu machen. *Lass es,* sagt sie beharrlich. *Hör auf damit.*

Jonathan und ich haben kaum über die Vergangenheit gesprochen. Nebenbei hat er erwähnt, dass unser alter Klassenkamerad Olle Arzt geworden ist, doch dann hat er wieder über andere

Sachen geredet, die nichts mit unseren gemeinsamen Erinnerungen zu tun hatten. Ich bin genauso auf ungefährlichem Terrain geblieben, aus Angst, die Stimmung kaputt zu machen. Nach Felicia habe ich auch nicht gefragt, obwohl es mich brennend interessiert hätte.

Acht

»Na, heute mal früh da.« Solveig sieht von dem Aktenordner auf, der aufgeschlagen vor ihr liegt.

Ich gehe zu meinem Schreibtisch und hänge meine Jacke auf. »Guten Morgen, Solveig.«

Beim Hinsetzen nicke ich Niklas zu, der versunken auf seinen Bildschirm starrt, und fahre meinen Rechner hoch. Von den acht Lehrkräften, die sich das Büro teilen, arbeitet nur noch Solveig mit Papierunterlagen. Was wir anderen schon längst mit dem Computer erledigen – Unterrichtsmaterial, Benotungen, Extrahilfen für einzelne Schüler –, heftet Solveig in ihren sorgfältig mit Farbstreifen gekennzeichneten Ordnern ab. Auf ihrem Schreibtisch steht immer ein Locher, säuberlich mit dem Namen der Besitzerin versehen, und quer über ihrer Pinnwand hängt ein Spruchband mit der Aufschrift *Jede Minute zählt.* Wer Solveig kennt, weiß, dass sie diese Worte nicht in dem lebensbejahenden, den Moment nutzenden Sinn des Verfassers versteht, sondern als versteckte Drohung. Solveig behält die Arbeitszeiten ihrer Kollegen sehr genau im Auge und auch, ob jemand das Gebäude fünf Minuten zu früh verlässt.

Mit einer Tasse Kaffee in der Hand rufe ich den Terminplan für heute auf. Es stehen Halbjahresgespräche mit den Schülern und Erziehungsberechtigten für das Frühjahr an, statt Unterricht also fünfzehn Termine.

Von Solveigs Schreibtisch ertönt ein lauter Seufzer.

»Habt ihr den Artikel in der *Dagens Nyheter* von heute gelesen? Diese Gute-Noten-Inflation an den Privatschulen ist wirklich himmelschreiend.«

Niklas steht auf und geht zum Drucker, der gerade zum Leben erwacht.

»Ich habe ihn gelesen!«, ruft er. »Verdammt, die verschenken die guten Noten ja geradezu.«

Er kratzt sich unter den leicht fettigen Haaren und will offensichtlich noch etwas sagen. Ich versuche, mich auf eine E-Mail zu konzentrieren und überlasse es Solveig zu antworten.

»Habt ihr die Kolumne zu Handys im Klassenzimmer gelesen?«, will er wissen. »Total übel. Wenn ihr mich fragt, sind die Dinger an allem schuld. Meiner Meinung nach sollte man sie einfach wegsperren.«

Niklas hat viele entschiedene Ansichten zu dem Thema. Er selbst würde natürlich nie ohne sein Handy in den Unterricht gehen.

Solveigs Gesicht verfinstert sich, und sie murmelt etwas aus dem Meer aus Unterlagen, das sich über ihren Schreibtisch erstreckt. Dann sieht sie auf. »Also, wenn ihr mich fragt …«

»Ich muss los«, entschuldige ich mich rasch und mache mich auf den Weg zu dem Klassenzimmer, in dem ich die Halbjahresgespräche führen werde. Solveigs Standpunkt kann ich mir nur allzu gut vorstellen. Wenn sie entscheiden dürfte, würden die Schülerinnen und Schüler nicht nur ihre Handys während des Unterrichts in ihren Schließfächern einsperren müssen, sondern auch ihren freien Willen und ihre rechte Gehirnhälfte.

»Herzlich willkommen, Yousif! Und Sie natürlich auch.« Ich schüttele Yousifs Vater die Hand. »Schön, dass Sie beide da sind.«

»Also gut, was hat mein Sohn in letzter Zeit so alles angestellt?«

»Fangen wir mit Schwedisch an«, sage ich und versuche, seinen unzufriedenen Tonfall zu ignorieren. »Es hat sich wirklich was getan. Die letzte Romananalyse ist dir sehr gut gelungen, Yousif!«

Der Junge knetet die Baseballkappe auf seinen Oberschenkeln. »Danke.«

»Und was ist mit Mathematik?«, fragt der Vater.

»Da gibt es immer noch einiges zu tun. Jeden Mittwochnachmittag finden Förderstunden statt, und ...«

»Wie ich es mir gedacht habe. Verstehen Sie, er ist nicht wie sein großer Bruder. Erinnern Sie sich an Hussein? Der ist ein schlauer Kopf.« Stolz blitzt einen Moment in seinen Augen auf.

»Das glaube ich Ihnen gern, aber jetzt reden wir über Yousif«, erwidere ich.

Der Vater sieht zu dem Jungen und verzieht den Mund.

»Ja, was soll man da sagen? Manche haben einfach Köpfchen, manche nicht. Das muss man eben akzeptieren.«

Als der Vater zur Toilette geht, wende ich mich an Yousif. Ich suche nach den richtigen Worten, will ihn irgendwie aufmuntern. Doch zu meiner Überraschung ergreift der Junge zuerst das Wort.

»Ich habe da so eine Idee.«

»Ach ja? Was denn für eine?«

»Oder, ich weiß nicht, ob es überhaupt eine Idee ist. Aber mir ist etwas eingefallen, aus dem man eine Geschichte machen könnte. So fantasymäßig.«

Ich zucke zusammen. »Nein, wirklich? Das ist superspannend! Willst du mit dem Schreiben anfangen?«

»Ach, keine Ahnung… Kann das denn jeder?«

Ich lächele breit und lege ihm eine Hand auf die Schulter. »Aber natürlich. Fang einfach an, würde ich sagen.« Ich sehe, wie sein Vater von der Toilette zurückkommt, und spreche leise weiter: »Und erzähl mir dann, wie es läuft.«

Nach sieben Gesprächen fühle ich mich wie ein ausgewrungener Spüllappen und rieche wahrscheinlich auch so. Ich esse ordentlich zu Mittag und trinke zwei Tassen Kaffee, um den Nachmittag zu überstehen, dann rufe ich noch einmal Jonathans letzte SMS auf.

Wann sehen wir uns wieder, Gullan? Vermisse dich.

Nachdem ich sie zweimal gelesen habe, setzt sich Lillemor in der Gemeinschaftsküche auf den Platz gegenüber. Sie riecht leicht nach Haarspray, und ich höre das Schaben ihrer langen Fingernägel, als sie mit ihrer Lunchbox kämpft.

»Glaubst du, dass Kellys Mutter sich für die sogenannten Lernfortschritte ihrer Tochter interessiert hat? Keine Spur«, verkündet Lillemor zwischen großen Bissen. »Das arme Mädchen. Der Vater ist offenbar Alkoholiker.«

»Ach ja?«, sage ich. Das würde einiges erklären. Ich denke zurück an Unterrichtsstunden, in denen Kelly ihre Klassenkameraden und auch mich angeschrien hat. Ich habe schon befürchtet, dass es ihr nicht gut geht. Gleichzeitig weiß ich aber auch nicht, wie sehr ich dieser neuen Information trauen kann. Der Wahrheitsgehalt von Lillemors Behauptungen schwankt gewaltig, weil sie manchmal auch unbelegten Klatsch untermischt.

»Zumindest hatte ich den Eindruck«, stellt Lillemor fest. »Er wohnt ja nicht bei ihnen, aber ich verwette meine beste Handtasche, dass sich Kellys Mutter wieder mit ihm trifft, so zerstreut, wie sie heute war. In der siebten Klasse war er beim Halbjahresgespräch dabei. *Was für ein attraktiver Mann!* Kellys Mutter saß wie verzaubert da, und ich konnte ihr das nicht verübeln.«

»Ähm, ja. Habt ihr auch darüber gesprochen, wie es Kelly mit Schwedisch geht?«

Lillemor kaut eifrig ihre Pasta und antwortet: »Nur das Übliche. Sie hängt ein wenig hinterher, wird das aber aufholen, bla, bla.«

Bla, bla. Besser hätte ich es nicht ausdrücken können.

Aus strategischen Gründen habe ich das Gespräch mit Måns als letztes anberaumt. Ich möchte mich ausführlich mit seinen Eltern unterhalten und ihnen klarmachen, was passieren wird, wenn er nicht bald am Unterricht teilnimmt.

Ich schließe den Klassenraum auf und kann gerade noch die Stühle aufstellen, als es schon an der Tür klopft. Måns schlendert mit gleichgültiger Miene herein, im Schlepptau zwei ältere Ausgaben seiner selbst. Herr und Frau Aspegren halten die Köpfe hoch erhoben und schütteln mir mit den Fingerspitzen die Hand. Frau Aspegren mustert erst den Stuhl, bevor sie sich hinsetzt, als hätte sie Angst, ihren Rock zu beschmutzen, wenn sie irgendetwas berührt.

»Herzlich willkommen«, beginne ich. »Wunderbar, dass Sie beide kommen konnten.«

Bevor noch jemand etwas sagen kann, wird die Tür geöffnet,

und Torbjörn kommt herein. Die Apfelkrawatte hängt schief. Mit ein paar großen Schritten ist er bei uns und setzt sich auf den Stuhl neben mir.

»Entschuldigen Sie die Verspätung, ich hatte noch eine Besprechung«, sagt er.

Als ich zögere, wendet sich Torbjörn an mich. »Herr und Frau Aspegren, Marita und Jörgen, haben mich gebeten, dabei zu sein, weil die Situation ihres Sohnes Måns offensichtlich etwas speziell ist«, erklärt er.

»Etwas speziell, ja«, wiederhole ich leise. Warum wurde das über meinen Kopf hinweg entschieden? Ich habe gute Lust, aufzustehen und zu gehen, damit sie ihr Gespräch in Ruhe führen können, aber ich will das Gesicht wahren.

»Måns.« Ich wende mich an den Jungen. »Du hast viele starke Seiten. Zum Beispiel kannst du richtig gut vor Publikum sprechen. Doch Schwedisch ist ein breit angelegtes Fach, und man muss viele Kriterien erfüllen, um das Schuljahr zu bestehen.«

Måns verzieht verächtlich den Mund. »Sie meinen, ich hätte dieses Kinderbuch lesen sollen? Mit Zwergen und Zauberern und Drachen?«

Sein Vater räuspert sich. »Die Sache ist die«, sagt er und sieht zu Torbjörn, »und das haben wir der jungen Dame hier versucht zu erklären, dass Måns irgendwie das Gefühl haben muss, dass der Unterricht einen Sinn hat, damit er genug Motivation hat, um daran teilzunehmen. An Intellekt mangelt es Måns nicht, im Gegenteil, er ist eigentlich ein bisschen zu intelligent für eine normale Klasse. Wir würden uns wirklich wünschen, dass man unsere Bitte ernst nimmt und den Unterrichtsinhalt besser auf unseren Sohn abstimmt.«

Torbjörns Atemzüge werden lauter. Måns starrt auf sein Handy.

»Wir wollen damit nicht zur Presse gehen müssen«, sagt Frau Aspegren freundlich. »Natürlich wäre es das Beste, wenn wir unter uns eine Lösung fänden.«

Das Wort »Presse« hat ungefähr dieselbe Wirkung, als käme jemand mit Torbjörns Dackel Totte in der einen und einer Axt in der anderen Hand herein, und mein Chef setzt sich abrupt auf.

»*Natürlich* werden wir dafür sorgen, dass Ihr Sohn bekommt, was er benötigt«, verspricht er. Dann folgt ein unkontrollierter Wortschwall darüber, dass alle Schüler unterschiedlich lernen, mit diversen vagen Verweisen auf irgendwelche angeblichen Forschungsergebnisse. Torbjörn spricht jetzt mit seiner überzeugendsten Verkäuferstimme, als ob Måns' Eltern die potenziellen neuen Besitzer eines schweineteuren Porsches wären.

Schließlich stehen alle auf und schütteln einander die Hände, und mir wird klar, dass ich mich irgendwo zwischen den Forschungsverweisen und den Anekdoten aus Torbjörns eigener Schulzeit ausgeklinkt habe.

»Frau Rennel ist eine sehr kompetente Lehrerin«, sagt mein Chef und legt mir eine raue Hand auf die Schulter. »Ich garantiere, dass Måns unter ihrer Anleitung eine passable Note im Zeugnis haben wird.«

Herr und Frau Aspegren nicken gnädig. Nachdem sie gegangen sind, wendet sich Torbjörn mit einem selbstzufriedenen Lächeln an mich. »Du musst mir nicht danken. Als Schulleiter ist es meine Aufgabe, meine Mitarbeiter zu unterstützen. Jetzt feiern wir die gewonnene Schlacht mit einer Mitarbeiterbesprechung, nicht wahr?«

Da passiert etwas in meinem Kopf. Ein Kurzschluss, ein Reflex, oder vielleicht schaltet sich auch ein Autopilot ein.

»Ich muss mich nur noch um ein paar Sachen kümmern«, entschuldige ich mich und eile davon.

Auf dem Flur hole ich sofort das Handy aus der Tasche und sehe eine neue Nachricht von Jonathan.

Bin gerade mit der Arbeit fertig. Magst du in die Stadt kommen, und wir treffen uns irgendwo? X

»Clara!«, ruft Torbjörn zehn Meter hinter mir. »Vergiss nicht den Laptop! Niklas will uns alten Knackern ein paar pädagogische Computertricks zeigen.«

Meine Finger huschen über das Display.

Ich fahre jetzt gleich von Sollentuna los. XX

Torbjörn ist schon davongeschlendert. Er und Niklas und die anderen müssen ohne mich zurechtkommen, und ich bin gerade viel zu aufgebracht, um mich darum zu kümmern, was sie von meiner Flucht denken werden.

Neun

Ich wünschte, ich könnte der achtzehnjährigen Clara Rennel eine Botschaft schicken, mit ihrem Kater nach dem Ball, am Boden zerstört nach dem Verlust der Liebe, die sie naiverweise geglaubt hatte zu besitzen. »Halt durch, Liebes!«, würde ich sagen. »Es war einfach nur noch nicht die richtige Zeit. Eure Zeit kommt, weil ihr füreinander bestimmt seid. Warte also ab (und verschwende um Himmels willen keine Kraft auf Klas Johansson, wenn sich eure Wege kreuzen, er will dich sowieso nicht, egal, was er behauptet).«

»Gut?« Jonathan kaut gerade und schafft es trotzdem, mit dem gesamten Gesicht zu lächeln.

Ich schlucke und nicke selig. Es ist sechs Uhr, und statt zu Hause in meinem kleinen Kabuff zu sitzen und zu arbeiten, bin ich hier, in der *Skybar* im obersten Stockwerk des Skrapan-Hochhauses im Stadtteil Södermalm, esse Kalbscarpaccio und Artischockenherzen und trinke Weißwein. Stockholm liegt hell unter mir, Jonathan sitzt mir gegenüber, so nahe, dass sich unsere Knie unter dem Tisch berühren.

Wir reden über seine Arbeit, über London und Tokio und Johannesburg und andere Orte, an denen er schon war. Mit jedem Thema wird der Elefant im Raum größer. Ich will Jonathan so viel fragen. Zu damals. Was er gedacht hat, über mich, über Felicia. Zu jetzt. Was er für Absichten hat, wie sein Liebesleben aussieht, was er über mich denkt. Doch ich traue mich nicht.

»Wie ist es, wieder in Schweden zu sein?«, frage ich stattdessen.

Jonathan legt das Besteck beiseite und wischt sich mit der Serviette schnell den Mund ab. Dann lässt er den Blick über die anderen Gäste schweifen, die Serviette immer noch zwischen den Fingern.

»Ich bin tatsächlich früher heimgekommen als geplant.«

Ich sehe ihn fragend an, und er räuspert sich.

»Meine Mutter ist krank«, sagt er und wendet den Blick wieder ab, sieht durchs Fenster Richtung Straße.

Mir wird ganz schwach. Ich sehe Gun Palm vor mir, eine kleine, warmherzige Frau, die ständig kichert. »Was hat sie denn?«

»Brustkrebs.« Erst jetzt sieht Jonathan mich an, und eine Woge des Mitgefühls steigt in mir auf. Er sieht so gequält und besorgt aus.

»O nein, Jonathan, das tut mir leid.« Ich beuge mich vor und streiche ihm leicht über den Unterarm. »Wie … schlimm ist es?«

Er zuckt mit den Schultern. »Sie wird nächste Woche operiert. Wir wissen noch nicht, ob der Krebs gestreut hat«, murmelt er.

Ich umfasse seinen Arm und suche verzweifelt nach einer Antwort. Irgendetwas Tröstendes und Kluges, das ihm ein Gefühl der Geborgenheit und Wärme vermittelt, der Gewissheit, dass alles gut werden wird.

Die Bar hat sich mittlerweile gefüllt, und es wird immer lauter um uns herum. Aus irgendeinem Grund fühle ich mich dadurch in seiner Gegenwart entspannter und weniger ausgeliefert. Jetzt sind wir nur irgendwelche anonymen Gäste.

»Wie läuft es in der Arbeit«, fragt er nach einer Weile, und ich ziehe vorsichtig meine Hand zurück. »Ist es immer noch so frustrierend?«

»Ach, ich will mich jetzt nicht darüber beschweren, das ist so albern.«

»Nein, bitte erzähl mir davon. Werd bitte nicht so komisch wie alle anderen, sobald sie erfahren, dass meine Mutter Krebs hat. Das ertrage ich nicht. Also, wie war dein Tag?«

Und so erzähle ich von den Eltern-Schüler-Gesprächen, von denen eines unangenehmer war als das andere, und von Torbjörns absurdem Versprechen Måns' Eltern gegenüber als Höhepunkt. Jonathan nickt aufmunternd, und zum ersten Mal kann ich meine diffusen Gedanken in Worte fassen:

»Ich halte das nicht länger aus. Ist das albern?«, frage ich. »Als ich heute von der Arbeit weggegangen bin, dachte ich nur: Ihr könnt mich alle mal.«

»Hoppla. Dass ich solche Worte mal von Clara Rennel höre, hätte ich auch nicht gedacht«, meint Jonathan grinsend. »Du bist doch das personifizierte Pflichtbewusstsein. Außerdem wolltest du doch schon immer Lehrerin werden, oder?«

Er erinnert sich also daran.

Ja, natürlich habe ich davon geträumt. Ich habe mich als eine Laura Ingalls aus *Unsere kleine Farm* gesehen, und ich wollte genauso unterrichten wie sie: ruhig, warmherzig, klug und mit ordentlicher Frisur, was für mich ein Symbol für Würde war. (Die Details erzählte ich Jonathan damals natürlich nicht, er musste sich mit einem bewusst vage gehaltenen Zukunftsplan zufrieden geben.)

Ich halte seinen Blick fest. Aus dem Augenwinkel sehe ich, wie ihm einige junge Frauen im Vorbeigehen lange Blicke zuwerfen. Er bemerkt sie nicht, ist völlig auf mich konzentriert, und Dankbarkeit erfüllt mich. Ich räuspere mich, damit meine Stimme nicht verrät, wie gerührt ich von seinem Interesse bin. Dass er überhaupt hier sitzt, mit *mir*. »Aber jetzt, hier mit dir, ist alles schon so viel besser. Das ist der schönste Abend seit Langem. Seit sehr Langem.«

Nun ist es an Jonathan, gerührt zu sein, denn sein selbstsicheres Gesicht wird weich, und er legt die Hand auf meinen Unterarm. »Du bist zu lieb«, sagt er lachend. »Dann habe ich also die richtige Location ausgesucht?«

Ich schaue aus dem Fenster auf die tolle Aussicht, die sich uns eröffnet, und mein Magen macht einen Satz. Gerade stehe ich in mehr als einer Hinsicht nicht mit beiden Beinen auf dem Boden, doch heute Abend ist das egal.

»Es ist perfekt«, antworte ich und füge nach einem Schluck Wein hinzu: »Du weißt, dass ich in dich verliebt war …« Viele Jahre, will ich noch hinzufügen, doch ein kleines bisschen Selbsterhaltungstrieb habe ich noch, und so sage ich nur: »… damals, in der Schule?«

»Machst du Witze?« Jonathan lacht. »*Ich* war völlig verknallt in *dich*.«

Okay. Wenn mich jemand aus dem Fenster werfen will, bitte schön. Jetzt kann ich glücklich sterben.

»Du warst das perfekteste Mädchen der ganzen Schule.«

»Ach was, hör schon auf …« Ich versuche, nicht über und über rot zu werden und den inneren Jubel zu unterdrücken. Stattdessen setze ich eine leicht amüsierte Miene auf. »Das stimmt doch gar nicht.«

Jonathan bestellt uns noch mehr Wein, als ein Kellner vorbeieilt, dann beugt er sich wieder zu mir, und wir halten uns an den Handgelenken fest. Sein Knie drückt sich fester an meins, und ich weiß nicht, was schwindelerregender ist – aus dem Fenster und hundert Meter in die Tiefe zu sehen oder in Jonathans forschende Augen zu blicken.

»Natürlich warst du das«, beharrt er. »Du warst die Klügste, mit all deinen Büchern, die du so ungeniert geliebt hast. Du warst von allen die Gutherzigste, Gerechteste und Niedlichste.«

Ich schüttele leicht den Kopf. »Das erfindest du jetzt. Glaubst du nicht, ich hätte gemerkt, wenn du dich für mich interessiert hättest? Wie gesagt, ich war in dich verliebt.«

Sein Lächeln erstirbt, und er streicht mit dem Daumen über die zarte Haut an meinem Handgelenk. »Oh, Clara. Wie hättest du das auch merken sollen? Ich habe niemandem gesagt, wie viel du mir bedeutet hast. Habe es mir selbst kaum eingestanden. Du warst so perfekt, so völlig ohne Fehler, ich konnte mir nicht vorstellen, dass du mit so jemandem wie mir zusammen sein wolltest. Einem normalen Jungen, der bei den Schulaufgaben schummelte, heimlich rauchte und Pornomagazine unter dem Bett hatte.«

Ich erröte, suche nach einem Halt, mir ist schwindelig. Heute Abend passiert so viel, so viele Fragen werden beantwortet, so viele neue Fragen tauchen in mir auf. Tausend Worte drängen sich auf meiner Zunge, ich will so viel sagen. Und was bringe ich zustande?

»Du bist ja verrückt.«

Jonathan zwirbelt eine meiner Haarsträhnen zwischen seinen Fingern.

»Ernsthaft«, sage ich. »Du bist verrückt. Du kannst mich nicht als irgendein perfektes, unnahbares Wesen darstellen, denn das war ich nicht.«

»Doch, das warst du. Bist du. Dass du das nicht selbst siehst, bestätigt es nur.«

Dann lässt er hastig meine Haare los und lehnt sich zurück, als wäre ihm plötzlich aufgefallen, dass er sich mir aufgedrängt hat (hat er nicht). Ich beuge mich über den Tisch, um den Abstand zwischen uns wieder zu verkleinern, doch Jonathan stößt einen langen Seufzer aus, der eher gequält als aufgeregt klingt.

»Was ist los?«, frage ich.

»Nichts, nur … Hast du dich schon mal vor jemandem entblößt, jemandem dein Herz zu Füßen gelegt und eine gerümpfte Nase als Reaktion erhalten?«

Ob ich das getan und erlebt habe? Ist das hier eine sehr merkwürdige Art, um Entschuldigung zu bitten? Versucht er etwa gerade seine Reue darüber auszudrücken, dass er Felicia mir und meinem dargebotenen Herzen vorgezogen hat?

Bevor ich antworten kann, schüttelt er den Kopf und steht auf.

»Vergiss es, entschuldige. Sollen wir gehen?«

Kurz darauf spazieren wir die Götgatan entlang, auf Slussen und Gamla Stan und unweigerlich auch auf den Hauptbahnhof zu. Ich hake mich bei Jonathan ein und lege meinen Kopf an seine Schulter, bin mir bewusst, dass der morgige Tag mit jedem Schritt auf dem stellenweise überfrorenen Asphalt näher rückt, schiebe den Gedanken jedoch weit von mir. Eine kleine Weile will ich mich von diesem vorbildlichen Mädchen lösen, von dem Jonathan gesprochen hat (so hat er es nicht ausgedrückt, aber ich kann zwischen den Zeilen lesen), und mich vom Jetzt mitreißen lassen.

Ich seufze. »Das war ein wunderschöner Abend. Wie deprimierend, schon bald wieder zur Arbeit zu müssen. In …« Ich sehe auf meine Armbanduhr. »… zehn Stunden. Arbeitest du morgen?«

Jonathan schüttelt den Kopf. »Nein.«

»Oh, das ist unfair«, jammere ich.

»Dann bleib doch zu Hause.«

»Haha.«

Er bleibt stehen und umarmt mich. »Wie wäre es, wenn ich mit zu dir fahre und dir helfe, ein bisschen von der Arbeit abzuschalten …?«

Er sieht mich erwartungsvoll an.

»Äh«, antworte ich.

Blöde Nuss, schimpft mich mein achtzehnjähriges Ich. *Bist du bescheuert? Sag einfach ja!*

»Ich weiß nicht«, sage ich. »Das geht vielleicht ein bisschen schnell.«

Die achtzehnjährige Clara soll ruhig maulen. Ich bin zweiunddreißig, und auch wenn ich tief im Inneren nichts lieber möchte, als mich mit Jonathan in ein Taxi zu werfen, hält mich etwas zurück. Etwas oder jemand.

»Aber wir haben vielleicht nicht alle Zeit der Welt!«, erwidert Jonathan, und auch wenn ich seine Enttäuschung verstehe, klingt er übertrieben frustriert.

Was meint er damit, nicht alle Zeit der Welt? Und dann kapiere ich es. Natürlich. Wegen der Krankheit seiner Mutter hat er Todesangst, und jetzt glaubt er, dass er so schnell wie möglich alles von seiner Bucketlist abarbeiten muss.

Ich frage mich, ob ich tatsächlich auf seiner Liste stehe oder ob das nur eine momentane Eingebung ist.

Behutsam lege ich meine Hand an seine Wange und streichele sie mit dem Daumen. »Ich verstehe, dass du gerade eine beunruhigende Zeit durchmachst, Jonathan, aber wir können es doch langsam angehen lassen? Wenn wir eine Chance haben wollen, ist es doch sicher keine gute Idee, etwas zu überstürzen, oder?«

Einerseits hasse ich mich, dass ich die vernünftige Spielverderberin geben muss, andererseits halte ich es für nötig.

»Klar«, antwortet Jonathan mit dem charakteristischen gekränkten Tonfall eines zurückgewiesenen Mannes. Ich frage mich, ob ich meine Chance vertan habe, und schicke der achtzehnjährigen Clara eine verschämte Entschuldigung.

Zehn

Ich halte das Handy ans Ohr, höre das Freizeichen und hoffe insgeheim, dass niemand sich meldet.

»Björkskolan, Sie sprechen mit Viola. Womit kann ich Ihnen helfen?«

»Hallo, Viola, hier ist Clara. Ich … fühle mich heute nicht besonders.«

»Oje. Kannst du Anweisungen für deine Vertretung mailen?«

Wie effizient sie ist. Verschwendet keine Zeit auf Mitgefühl oder Nachfragen. Sie glaubt mir doch wohl? Zur Sicherheit huste ich ein wenig.

Nach dem Gespräch lasse ich mich zurück aufs Kissen fallen. Ich kann kaum glauben, dass ich es wirklich getan habe. Was aus Jonathans Mund erst wie der helle Wahnsinn geklungen hat, habe ich jetzt ohne mit der Wimper zu zucken geschafft.

Gleichzeitig bin ich zufrieden. Vor meinem inneren Auge beschwöre ich Torbjörn herauf. Er verzieht vor Stress das Gesicht und bereut offensichtlich, dass er seinen Mitarbeitern nicht mehr Wertschätzung entgegengebracht hat. Jetzt, da ich mit Kopfweh zu Hause bin, wird ihm plötzlich siedend heiß bewusst, was für ein Problem meine Abwesenheit darstellt. Nachdem er genauer darüber nachgedacht hat, muss er mich wohl anrufen und sofort um Entschuldigung bitten, bevor ich mir eine andere Stelle suche …

Es klingelt. Erst nach ein paar Sekunden wache ich aus meinem Tagtraum auf und merke, dass sehr wahrscheinlich nicht mein verzweifelter Chef anruft. Sondern meine Mutter.

»Schatz, bist du in der Arbeit?«

Der Zauber ist gebrochen, und die Scham, mich einfach so krankgemeldet zu haben, überwiegt. Ich schiebe die Decke zur Seite und setze mich auf den Bettrand.

Ich klemme das Handy zwischen Ohr und Schulter, um das Bett wieder in das Batiksofa zu verwandeln. »Nein, ich fühle mich heute nicht so toll«, antworte ich. Um meine Aussage zu unterstreichen, ringe ich mir noch einmal ein Husten ab.

»Nicht so toll?« Mama klingt skeptisch. »Was soll das heißen, bist du nun krank oder nicht?«

Ich huste wieder. »Doch, ich fühle mich wirklich ziemlich mies.« Ich spüre Mamas Misstrauen durch den Hörer. Für sie gibt es so etwas wie »sich ein bisschen schlecht oder schlapp fühlen« nicht. Entweder liegt man mit hohem Fieber oder Magen-Darm im Bett, oder man beißt die Zähne zusammen und erledigt seine Pflichten. »Wie läuft es mit den Planungen für die Feier?« Ich führe das Gespräch bewusst auf neutraleres Gebiet.

»Wie nett, dass du fragst. Genau deshalb rufe ich auch an. Darf ich dich um etwas bitten? Ja, ich weiß schon, dass sie dich mit Arbeit zuschütten, aber vielleicht hast du ja mal ein bisschen Luft?«

»Aber klar.« Ich gehe in die Küchennische und starte die Kaffeemaschine, bevor ich Joghurt in eine Schüssel gebe. Die stelle ich auf den Couchtisch, setze mich aufs Sofa und strecke die Hand nach der Fernbedienung aus. Ich stelle den Fernseher auf leise und richte den Blick auf die Menschen im *Morgenmagazin*.

»Kann dir Paulina am Nachmittag einen Katalog vorbeibringen? Ich wollte dich fragen, wann du mit der Arbeit fertig bist, aber jetzt kann sie ja auch schon vorher kommen?«

Die sorgfältig geschminkten Menschen auf dem Sofa in der Sendung lachen sehr hübsch und alle gleichzeitig. Ob sich von ihnen schon mal jemand einfach so krankgemeldet hat?

»Was für einen Katalog?«, frage ich.

Kataloge und Zeitschriften sind Mamas ständige Begleiter. Oft sitzt sie davor und grübelt über einer Entscheidung. Der Inhalt variiert – Möbel, Garten, Kleidung, Bücher, Rezepte. Im letzten Möbelkatalog hat sie Dutzende Terrassenmöbel eingekreist, doch der kleine Vorplatz vor dem Haus ist immer noch leer.

»Das ist so eine Zeitschrift für Feste und festliches Essen. Ich dachte, ich lasse sie herumgehen, damit ihr Mädchen eure Meinung abgeben könnt. Kreis einfach ein, was du gut findest, und schreib vielleicht noch eine kleine Anmerkung dazu. Dann können wir uns später treffen und darüber reden.«

Ich seufze so lautlos wie möglich.

»Klar, Mama.«

Nach dem *Morgenmagazin* und einem schnellen Frühstück aus Joghurt und Kaffee ziehe ich Leggins an sowie Gummistiefel und Windjacke und verlasse die Wohnung. Die Straße ist mit Schneematsch bedeckt, und schiefergraue Wolken überziehen den Himmel, doch die Luft ist klar und rein. Ich fühle mich irgendwie nackt und seltsam, so ganz ohne Ziel einfach loszugehen. Niemand wartet auf mich, ich habe keine Tasche über der Schulter. Ich sauge die kalte Luft in die Lunge und setze mich in Bewegung. Eigentlich müsste ich einkaufen, aber ich will nicht riskieren, jemand Bekannten zu treffen. Stattdessen entferne ich mich von den Häusern und gehe zum Wald und zum beleuchteten Joggingpfad.

Hin und wieder ziehe ich das Handy aus der Tasche mit der Frage, ob er sich gemeldet hat, doch das Display bleibt leer. Habe ich es mit Jonathan endgültig vermasselt? Bei dem Gedanken wird mir übel.

Wenn er sich nicht mehr meldet, werde ich dann jemals aufhören, mich zu grämen? *Das geht vielleicht ein bisschen schnell.* Ging es das wirklich, wenn man bedenkt, wie viele Jahre meines Lebens ich in ihn verliebt gewesen bin? Nach zwei Runden auf dem Joggingpfad hole ich verschwitzt wieder das Handy aus der Tasche und tippe rasch eine Nachricht, die ich sofort abschicke, bevor ich es bereuen kann.

Vielen Dank für gestern, ich hatte einen wunderschönen Abend. Und ich bin deinem Rat gefolgt und heute zu Hause geblieben.

Die Antwort kommt sofort.

Gut gemacht, Gullan. Sehen wir uns bald wieder? Ich rufe dich an.

Ich bleibe abrupt stehen und stoße einen kleinen Jubelschrei aus. Er ruft mich an! Trotz meiner Abfuhr will er mich wiedersehen! Ich blinzele ein paarmal, um die Freudentränen zurückzudrängen, und Hoffnung steigt in mir auf. Habe ich nicht schon immer gewusst, dass wir zusammengehören? Hatte ich nicht schon immer die Gewissheit, dass er eines Tages zurückkommen würde?

Ich ziehe den Jackenärmel zurück und sehe auf die Uhr. Zehn vor elf. Jetzt gerade hätte ich die Neunte, wir würden über die Klassenlektüre sprechen. Was sie wohl machen? Haben sie eine Vertretung, die einigermaßen Unterricht mit ihnen macht? Oder treiben sie sich in den Fluren herum? Ob Yousif angefangen hat, das Buch zu lesen? Das schlechte Gewissen wirbelt in meinem Kopf wie die Schneeflocken, die schmelzen, sobald sie auf dem Boden aufkommen.

Ich schüttele die Schuldgefühle ab und denke wieder an Torbjörn. Das Ganze ist seine Schuld. Seine und Solveigs und die der fordernden Eltern und der völlig unmenschlichen Arbeitsbelastung.

Die Schneeflocken vermischen sich mit Regen, und es wird immer nasser. Als ich nach Hause komme, kleben meine Haare an den Wangen, und mein ganzer Körper ist feucht von Schweiß und Nässe. Ich reibe Haare und Gesicht mit einem Handtuch ab und öffne dann den Küchenschrank. Mein Magen knurrt nach dem mageren Frühstück, die Dusche muss warten. Ich habe ja den ganzen Tag Zeit. Ich hole drei Knäckebrote aus der Packung, streiche Butter und Marmelade darauf und gieße mir ein Glas Milch ein. Dann breite ich ein großes Handtuch auf dem Sofa aus, bevor ich mich darauf niederlasse und esse. Ich schalte wieder den Fernseher ein und knuspere mein Brot zu einer Diskussion im Reichstag. Mein Körper ist schwer und träge nach dem Spaziergang, ich lehne mich zurück und kümmere mich nicht darum, dass ich überall um mich herum Krümel verteile.

Als ich mich nach dem letzten Knäckebrot strecke, klingelt es. Ich stehe auf und wische die Krümel von meiner Kleidung. Mit einer Hand öffne ich die Tür, während ich versuche, mit der anderen ein paar verirrte Brösel aus dem Ausschnitt zu schütteln. Beim Anblick des dunkelhaarigen Mannes vor meiner Tür stutze ich.

»Du bist nicht Paulina.«

Ausgerechnet er steht vor meiner Wohnung? Marcus hebt eine Hand zum Gruß. »Dir kann man wirklich nichts vormachen.«

Der Regen tropft von seiner Jacke und seinen dunklen Haaren. Er hält eine Tüte in der Hand.

»Kataloglieferung.« Er schwenkt die Tüte.

Ich nicke knapp. »Stimmt. Vielen Dank.« Die Krümel sind in den BH gerutscht, wo sie auf meiner verschwitzten Haut reiben. »Wo ist Paulina?«

Marcus überreicht mir die Tüte. »Der Salon hat angerufen, sie sollte früher zur Arbeit kommen.«

»Also ein akuter Körperbehaarungsnotfall.« Ich reagiere ganz automatisch sarkastisch und wünsche mir direkt danach, ich hätte etwas anderes geantwortet. Man hat mir vorgeworfen, dass meine Einstellung zu Paulinas Arbeit im Salon »Hübsch und Glatt« oder »Zupf und Wachs« oder wie auch immer er heißt, voller Vorurteile und herablassend sei (womit Paulina leider wahrscheinlich ein wenig recht hat), und ich sollte es besser wissen, anstatt so zu reden. Vor allem in Gegenwart ihres neuen Freundes.

»Du, tut mir leid, wenn ich störe«, sagt Marcus, »aber dürfte ich vielleicht schnell bei dir auf die Toilette?«

»Na klar!« Ich lasse ihn eintreten und zeige auf die Klotür.

»Danke.« Marcus nickt und hängt seine Jacke auf, bevor er

durch die Tür verschwindet. Die Regentropfen von seiner Jacke bilden kleine Pfützen auf dem Boden. Ich räume schnell das Milchglas und den Teller mit dem letzten Knäckebrot weg und versuche, das Sofa von Krümeln zu befreien. Aus der Toilette höre ich, wie der Wasserhahn läuft, dann schließt Marcus auf und kommt wieder heraus. Er hat sich das Gesicht abgetrocknet und zieht an dem feuchten schwarzen T-Shirt. Ich frage mich, ob er das Gästehandtuch oder Klopapier benutzt hat, um sich das Regenwasser abzuwischen.

»Hast du es eilig? Oder möchtest du eine Tasse Tee?«

Sofort bereue ich das Angebot. Der Regen ist schuld. Nicht einmal Paulinas letzten Aufriss kann ich zurück in das schlechte Wetter schicken, ohne ihm zumindest eine Weile Unterschlupf zu gewähren.

»Nein danke.« Seine Augen sind warm und ruhig, und mir wird plötzlich bewusst, wie ungepflegt ich aussehen muss. Ganz zu schweigen von dem Schweißgeruch, den ich garantiert absondere. Marcus duftet nach Seife. »Aber ich nehme gerne eine Tasse Kaffee, falls du welchen hast.«

Elf

Marcus nimmt die Tasse, die ich ihm reiche, und lässt den Blick durch meine Wohnung streifen (am liebsten würde ich sofort betonen, dass sie eigentlich Marielle gehört). Ich sehe, wie er ein anstößiges Bild nach dem anderen mustert und dann zu mir schaut. Er ist offensichtlich verwirrt, und einen Moment genieße ich das Gefühl, nicht total vorhersehbar zu sein. Doch dann blicke ich auf das Gemälde, das Mama vor allen anderen von dieser Wohnung fernhält, und muss sofort dringend alles klarstellen.

»Ich wohne hier zur Untermiete. Mir selbst gehört in dieser Wohnung nicht viel mehr als die Zahnbürste im Bad.« Ich lache nervös, und er sieht mich amüsiert an.

»Ich finde sie super«, antwortet er, und ich weiß nicht, ob er es ernst meint oder mich aufzieht. Er setzt sich ans andere Ende des Sofas, auf den grünen Teil, und trinkt seinen Kaffee. Hinter meiner Tasse schiele ich zu ihm hin, und mir fällt auf, wie entspannt er wirkt. Nicht wie Jonathan mit seiner nonchalanten, leicht frechen Welterobererart, sondern als hätte er keinen Grund, sich unwohl zu fühlen. Im Gegensatz zu Jonathan hat er breite Schultern. Um seinen Oberkörper könnte man die Arme legen, ohne Angst zu haben, ihn zu erdrücken. Jonathan ist schlaksig, und neben Marcus würde er wie ein Junge wirken.

»Ich kann nicht lange bleiben«, sagt Marcus.

»Kein Problem, bleib, solange du möchtest.«

Der Regen prasselt rhythmisch gegen die Fenster. Woran denkt er? Freut er sich über die Gelegenheit, die Schwester seiner neuen Freundin ein wenig besser kennenzulernen? Vielleicht etwas über besagte Freundin zu erfahren? Ich denke an das Essen bei meinen Eltern zurück, an die Verachtung, die ich gegenüber Paulinas und Marcus' Beziehung empfunden habe. Als er jetzt auf meinem Sofa sitzt, spüre ich nichts davon. Irgendetwas an diesem Mann widerspricht meinem ersten Eindruck von ihm, dass er genauso oberflächlich sein muss wie Paulina. Ich wende mich ihm zu und sehe, dass er mich beobachtet.

»Ich bin nicht erkältet, falls Paulina das gesagt haben sollte.« Ich weiß nicht, warum ich ihm das erzähle. »Es stimmt, dass ich heute wirklich nicht zur Arbeit gehen konnte, aber eigentlich ist das eher eine Kopfsache.«

Marcus lächelt hinter seiner Tasse, und ich merke, dass ich wie ein Hypochonder oder ziemlich einfältig geklungen haben muss. Deshalb erzähle ich weiter. Von Torbjörn, der keine Ahnung zu haben scheint, wie ich meine Arbeit mache. Von Solveig, die in ihren Schülern jegliche Lust am Lesen ersticken will. Von den aus unterschiedlichen Richtungen kommenden Erwartungen an mich, den Schülerinnen und Schülern gute Noten zu geben. Von den Eltern, den Politikern. Marcus sitzt zurückgelehnt da, sieht mich aufmerksam an und macht ab und zu zustimmende Geräusche.

»Ist es wirklich so schlimm?«, fragt er, als ich verstumme. »Die Zeitungsschlagzeilen übertreiben also nicht?«

Entschieden schüttele ich den Kopf. »Und dann sind da natürlich noch die Schüler selbst. Manche sind superlieb, aber manche rauben einem wirklich die Kraft. Wie Måns, der immer zu spät zum Unterricht kommt und dann schon wieder ›zur Toilette‹ geht. Manchmal kommt er am Ende der Stunde zurück, manchmal auch nicht. Der Direktor hat dazu nur gesagt, dass man natürlich niemandem den Toilettenbesuch verwehren kann. Und als ich Måns' Eltern angemailt habe, hat seine Mutter geantwortet, dass der Junge wegen seiner besonderen Begabung Motivation und Stimulanz braucht, um am Unterricht teilzunehmen. Sie wäre äußerst dankbar, wenn ich daran denken könnte, den Unterricht so anzupassen, dass er ihrem Sohn zusagt.«

Marcus verzieht das Gesicht. »Ich verstehe. Wenn du also die Stunden unterhaltsamer gestaltest, dann bequemt sich das Wunderkind zur Anwesenheit?«

Ich zucke mit den Schultern. »Ungefähr so, ja. Bei der Tatsache, dass er noch nicht mal einen verständlichen Text schreiben kann, muss ich wohl ein Auge zudrücken.«

Aus dem Augenwinkel sehe ich, wie mich Marcus weiter ansieht.

»Bist du Lehrerin geworden, weil du selbst so gerne gelesen hast?«

Ich trinke meine Tasse aus und überlege.

»Ja. Zumindest zum größten Teil.«

Und vielleicht zum ersten Mal fasse ich in Worte, was mich angetrieben hat. Eifrig erzähle ich, wie sich mir als Kind neue Welten zwischen den Buchdeckeln eröffnet haben. Wie die Faszination mit dem Älterwerden immer größer wurde, ich immer mehr und immer dickere Bücher las. Wie ich – statt Paulina zur Schuldisco zu begleiten oder den lauten Unterhaltungen meiner Eltern zuzuhören –Trost und Freude darin fand, mich mit

Lotta, Nancy Drew oder Gulla zurückzuziehen. Und wie ich irgendwie glaubte, dass ich meine Leidenschaft für Bücher mit meiner Berufswahl verbinden, sie sogar ausdehnen und weitergeben könnte.

»Was?«, frage ich. Marcus betrachtet mich fasziniert und auch irgendwie amüsiert.

»Es ist einfach nett, dich erzählen zu hören. Dein Enthusiasmus ist so offensichtlich.«

Ich lache und versuche, nicht genauer darüber nachzudenken, dass Marcus mich beobachtet, einschätzt und sich eine Meinung über mich bildet.

»Aber es ist nicht alles so schlimm«, sage ich. »Du hast ja Yousifs Analyse des *Hobbits* gesehen. Er hat das Buch geliebt und will jetzt selbst Fantasy schreiben.«

»Na also! Du vermittelst also doch Lust am Lesen.«

»Haha. Ja, vielleicht hier und da mal. Ich wünschte nur, dass es mehr von diesen kleinen Glücksmomenten gäbe.«

Es hat aufgehört zu regnen. Einzelne Tropfen fallen noch herab, aus der Wohnung über mir sind dumpfe Stimmen zu hören. Marcus hat aufmerksam zugehört, ab und zu nachgefragt und verstehend genickt. Jetzt sollte ich ihn auf das bessere Wetter aufmerksam machen, damit er aufbrechen kann.

»Macht dir deine Arbeit Spaß?«, frage ich.

Marcus stellt seine Tasse auf den Tisch und wischt einen Tropfen weg.

»Ja doch. Ich mag das Tempo, die Menschen, dass die ganze Zeit etwas passiert. Und mir gefallen die Arbeitszeiten. Ich bin ein Nachtmensch.«

Ich nicke. »Hast du nie das Gefühl, dass es zu …« Ich suche

nach den richtigen Worten, weiß nicht, wie ich es formulieren soll, ohne dass es herablassend oder vorurteilsbehaftet klingt.

»… zu chaotisch wird?«, hilft er mir auf die Sprünge.

»Ja. Zu viel Alkohol, betrunkene, unerträgliche Menschen …«

Angeschickerte Frauen, die sich an dich heranmachen.

Marcus überlegt, bevor er antwortet. Es ist seltsam beruhigend, schweigend mit diesem Fremden zusammenzusitzen.

»Manchmal wird es mir zu viel. Aber im Gegensatz zu dir muss ich es nicht allen recht machen. Wenn jemand zu viel getrunken hat, bekommt er nichts mehr. Benimmt sich jemand daneben, bitte ich den Türsteher, ihn rauszuwerfen.« Er sieht mich vielsagend an. »Gib zu, dass du das mit manchen Schülern am liebsten auch machen würdest. Oder den Eltern?«

Ich lache. Dann frage ich: »Und warum bist du Barkeeper geworden?«

»Als Kind habe ich Alkohol geliebt. Ich konnte stundenlang dasitzen und Bier kippen.«

Ich werfe ein mit Perlen besticktes Plüschkissen nach ihm, und er lächelt. »Nein, ein Kumpel hat in der Bar gearbeitet und mich dort untergebracht. Dann bin ich dabeigeblieben.«

Ich nicke.

»Stört es dich?« Marcus klingt nicht abweisend, sondern neugierig. »Du findest eher, dass man das tun sollte, wozu man berufen ist?«

Hoppla. Sieht man mir so deutlich an, was ich denke?

»Na ja, vielleicht nicht gerade berufen, aber …« Ich taste mich vorsichtig voran, um die passende Antwort zu finden, will ihm nicht recht geben. »Jeder kann etwas anderes gut. Wir alle können auf unterschiedliche Weise etwas beitragen.«

»Das stimmt.« Marcus nickt. »Aber zu meiner Verteidigung kann ich sagen, dass ich ziemlich gut in meinem Job bin.«

»Klar«, beeile ich mich zu sagen. »Ich wollte nicht das Gegenteil andeuten.«

Wir schweigen. Ich sehe durch das Fenster zum Wagen der Müllabfuhr, der vor dem Haus stehen bleibt. Ein Mann springt heraus und zieht die Mülltonnen über die Straße.

»Wenn du das tun könntest, was du wirklich willst«, fahre ich fort. »Astronaut sein oder Fußballprofi oder Model oder was auch immer. Was würdest du dann machen?«

Marcus legt den Kopf zurück und sieht zur Zimmerdecke.

»Fußballprofi kann ich sofort streichen«, antwortet er schließlich. »Eishockey ist eher meins. Aber als Beruf? Nein, das glaube ich nicht.«

»Astronaut?«

Er lacht. »Ich habe Flugangst. Ich schaffe es kaum zu meinen Eltern nach Luleå, ohne zu kotzen. Mich in eine Weltraumrakete zu setzen klingt daher nicht besonders verlockend. Aber wenn du wirklich einen Traum von mir hören willst, dann würde ich gern mehr mit Fotografie machen.«

»Ah ja? Aber das kannst du doch?«

Er zuckt mit den Schultern. »Ich habe keine Ausbildung. Ich fotografiere, weil es mir Spaß macht und weil ich gut darin bin.«

»Kannst du keinen Kurs oder so was machen?«

»Lass mich raten, was dein größter Traum ist.« Marcus setzt sich auf. »Du willst Jobcoachin werden und Menschen dazu bringen, in sich zu gehen und vielleicht etwas zu finden, das ihnen noch mehr Spaß macht als ihre bisherige Arbeit.«

Ich lache bei seinem neckenden Ton und will ihn fast schon mit einem zweiten Kissen bewerfen, als er weiterspricht:

»Doch im Ernst, Clara. Du bist diejenige, die unglücklich ist in ihrem Job. Was würdest du machen, wenn du es dir aussuchen könntest?«

Da muss ich nicht überlegen. »Ich würde mit Büchern arbeiten. Nur mit Büchern.«

Marcus hebt die Augenbrauen. »Also … Bibliothekarin? Buchhändlerin? Autorin? Verlegerin? Übersetzerin?«

»Wer ist denn jetzt hier der Jobcoach?«, sage ich, und Marcus lacht laut. »Ja«, fahre ich fort, »all diese Berufe klingen wie der Himmel auf Erden. Autorin vielleicht nicht. Dafür habe ich zu wenig Fantasie.«

»Na dann«, meint Marcus. »Bewirb dich für ein Übersetzerstudium. Oder schick eine Initiativbewerbung an die nächste Buchhandlung.«

Ich lache. »Aber ich bin doch ausgebildete Lehrerin.«

»Du musst den Lehrerberuf ja nicht dein Leben lang machen. Wer hat denn davon angefangen, völlig unvoreingenommen zu träumen?«

Ich wedele abwehrend mit der Hand. »Ich weiß. Aber das ist wohl der Sinn von Träumen, schätze ich. Dass sie nicht immer etwas mit der harten Wirklichkeit zu tun haben.«

Marcus sieht mich verständnislos an, und ich kann es ihm nicht vorwerfen. Gerade noch habe ich so geredet, als säße ich eingepfercht in Aladins Lampe, aber sobald es konkret wird, mache ich einen Rückzieher, zurück in die langweiligen, trockenen, altbekannten Abläufe.

»Die Sache ist die«, sage ich. »Lehrerin zu sein war wirklich mein Traum. War es schon, als ich noch klein war. Deshalb habe ich das Gefühl … Klar, ich kann aussteigen. Aber das wäre so viel mehr, als nur meinen Job zu kündigen. Es würde bedeuten, dass ich alles loslassen würde, von dem ich dachte, dass …«

»Es deine Berufung wäre?«, fragt Marcus sanft.

Verdammt, was soll denn der Kloß im Hals auf einmal? Er kommt sehr ungelegen. Und wir reden hier nur über meine *Arbeit,* niemand ist gestorben.

»Ja«, gestehe ich und höre verzweifelt, wie dünn meine Stimme klingt.

»Ein Rat vom Jobcoach: Lass nicht zu, dass die harte Wirklichkeit dir alle Kraft raubt«, sagt Marcus freundlich. »Es gibt bestimmt noch mehr Berufe, in denen du richtig gut wärst. Alles, was wir schon aufgezählt haben, inklusive Astronautin. Und nur weil du als Kind einen Traum hattest, musst du nicht um jeden Preis daran festhalten. Die fünfzehnjährige Clara konnte ja nicht wissen, wie es heutzutage ist, als Lehrerin zu arbeiten – sie würde dich sicher nicht verurteilen, wenn du etwas anderes machen würdest. Oder habe ich unrecht?«

Ich drehe den Kopf und sehe, wie die Müllabfuhr langsam weiterfährt. Marcus' Bemerkung ist mir unter die Haut gegangen, und ich muss ein paarmal heftig blinzeln, bevor ich ihn wieder ansehen kann.

»Das ist sehr nett«, flüstere ich und wende rasch den Blick wieder ab.

Er streckt die Hand aus und drückt leicht meine Schulter, die unter einem Schluchzer zu erbeben droht. Ich bin ein einziger Vulkan, der jede Sekunde ausbrechen könnte.

»Du, das wird schon«, sagt Marcus leise und sucht meinen

Blick. Ich fixiere jedoch meine Hände im Schoß, um weitere Gefühlsaufwallungen zu vermeiden.

Ich hole tief Luft. »Es hat aufgehört zu regnen.«

Marcus sieht aus dem Fenster und dann auf seine Armbanduhr. »Viertel nach zwei, wie ist das denn möglich? Es tut mir leid, ich muss los.«

Ich murmele etwas, stehe auf und greife nach den Kaffeetassen. Was mache ich eigentlich? Sitze hier und schütte einem fremden Mann mein Herz aus? Nein, dem Freund meiner Schwester, korrigiere ich mich widerwillig. Heule und zittere, weil mich jemand an der Schulter berührt. Langsam entgleitet mir wirklich alles.

Die Jacke tropft nicht mehr, und Marcus schlüpft hinein.

»Na dann … Alles Gute für die Festvorbereitungen!«, sagt er und nickt zu der Zeitschrift, die auf der kleinen Kommode im Flur liegt. »Und … pass auf dich auf.« Er lächelt schnell, öffnet die Tür und verschwindet in dem dunklen Treppenhaus, während ich irgendetwas Unverständliches stammele.

Zwölf

Rot vor Scham werfe ich die Decke zur Seite und haste in die Küchennische, um mir schnell einen Kaffee zu machen. *So eine bin ich nicht.* Untreueskandale und Affären und sich an vergebene Männer heranmachen, das ist nichts für mich.

Warum habe ich dann geträumt, dass ich mit dem Freund meiner Schwester bei einem romantischen Date war? Ich fluche laut, als ich mir die Zunge am Kaffee verbrenne. Geschieht mir ganz recht, wenn ich mein krankes Unterbewusstsein nicht im Griff habe.

Und warum vergesse ich den Traum nicht wie sonst immer? Normalerweise weiß ich meine Träume schon nicht mehr, wenn ich die Augen aufschlage. Doch das Bild, wie sich Marcus vorbeugt und seine Hand auf meinen Nacken legt, mir tief in die Augen sieht und immer näher kommt… Es will einfach nicht verschwinden. So viel dazu, dass ich zu wenig Fantasie habe. Rasch mache ich mich fertig und gehe zur S-Bahn, die mich hoffentlich von unangemessenen Träumen wegbringt.

Welche Droge hatte ich gestern überhaupt intus, dass ich fähig war, Marcus nicht nur auf einen Kaffee hereinzubitten, sondern ihm auch noch mein Herz auszuschütten? Was habe ich mir nur dabei gedacht?

Und, um mich der wirklich brennenden Frage zu stellen: Warum in aller Welt sind Marcus und Paulina ein Paar? Klar,

Gegensätze ziehen sich oft an, aber im Ernst? Ist ihm nicht aufgefallen, wie sie wirklich ist?

In der Arbeit stürze ich mich dankbar auf alle Aufgaben und hoffe, dass sie mich ablenken. Gleichzeitig versuche ich, Fragen nach meiner Erkältung auszuweichen. Gerade als ich Feierabend machen will und schon denke, dass der Tag letztendlich doch gar nicht so übel war, erreicht mich eine Mail von Torbjörn, in der er mich an »unsere Vereinbarung« mit Måns Aspegren und dessen Eltern erinnert. Seufzend fahre ich den Laptop herunter und verstaue ihn in meiner Tasche.

»Clara!«, ruft Mathe-Mattias. »Kommst du mit ins *O'Learys?*«

»Heute kann ich leider nicht«, antworte ich. »Beim nächsten Mal gern.«

Dass ich nach Hause zu meiner Mutter fahre und mit ihr meine eingekreisten Favoriten in einer Zeitschrift besprechen werde, verschweige ich.

Seit meiner Kindheit versteht mein Vater unter Trost, dass er die Aufmerksamkeit von mir auf das Unglück anderer Menschen lenkt. Statt seine weinende kleine Tochter auf den Schoß zu nehmen, begann er verärgert von den hungernden Kindern in Afrika zu erzählen und den armen Mädchen im Nahen Osten, die nicht einmal in die Schule gehen durften. Als ich einmal von einer Biene gestochen wurde, sagte Papa nur: »Aber denk doch mal an die Biene, Schatz – sie ist gestorben!«

Jetzt sitzt er mit flackerndem Blick in der Sofaecke, als ich ihm den Inhalt des schrecklichen Eltern-Schüler-Gesprächs vom Mittwoch anvertraue.

»Verstehst du, dass er versprochen hat, dass ich den Jungen

nicht durchfallen lasse?« Ich stehe auf und gestikuliere wild, worauf sich Papa noch mehr in die Sofaecke drängt, als ob ich es auf ihn abgesehen hätte. »Und weißt du, was das Lustige ist?«

»Nein?« Ein Hoffnungsschimmer blitzt in seinen Augen auf, als ob diese Geschichte tatsächlich irgendetwas Amüsantes an sich haben könnte.

»Das Lustige«, wiederhole ich, »ist, dass *ich* damit zur Presse gehen könnte. Was glaubst du, was er dann wohl sagen würde?« Meine Stimme wird immer schriller, und Papa sieht sich suchend nach Fluchtmöglichkeiten um.

»Du darfst das nicht so persönlich nehmen«, sagt er.

»Ach nein? Wer landet deiner Meinung nach wohl auf seiner schwarzen Liste, wenn ich dem Jungen die schlechte Note gebe, die er verdient?«

Papa sieht mich bekümmert an. »Das wird sich schon klären«, murmelt er. »Apropos stressiges Arbeitsumfeld, ich habe letztens eine Dokumentation gesehen über die Arbeitsbedingungen der Grubenarbeiter in Kasachstan. O weh, diese Männer würden sicher wer weiß was für einen aufmerksamen Chef geben.«

Überrascht stelle ich fest, dass meine Augen brennen. Tränen des Ärgers und der Erniedrigung kämpfen gegeneinander und drohen mir in die Augen zu steigen. Dass mein Vater mich nicht in den Arm nehmen und mir recht geben würde, war mir eigentlich klar, aber insgeheim habe ich es trotzdem gehofft, und jetzt bin ich enttäuscht.

»Wann kommt Mama nach Hause?«, frage ich und wende den Blick ab, damit Papa nicht sieht, wie traurig ich bin.

Es war ein Fehler, überhaupt mit ihm über die Arbeit zu sprechen. Höchste Zeit, mich auf den Grund meines Besuchs zu konzentrieren, nämlich die Planung der Feier zusammen mit Mama.

»Da fragst du was«, antwortet Papa und schaltet ein Tennismatch im Fernsehen ein. »Heute Abend kommen die Lesekreisfrauen, da ist sie wahrscheinlich unterwegs und stöbert an den Gebäcktheken.«

»Hat sie gesagt, wann sie zurückkommt?« Ich trete unruhig von einem Fuß auf den anderen. Wenn Mama sowieso nicht da ist, will ich nicht hier herumhängen und Zeit vergeuden.

Papa stößt einen bewundernden Ruf aus, und aus dem Fernseher dringt der Jubel des Publikums.

»Du weißt doch, wie deine Mutter ist«, sagt er. »Sie holt nicht einfach die erstbesten Muffins bei ICA. Da müssen schon die Preise verglichen, die Supermarktangestellten befragt werden …«

Ich flüchte in die Küche und setze mich mit einem Stapel von Aufsätzen zum Korrigieren an den Tisch. Papa hat vermutlich recht, aber ich habe keine Lust, ihm zuzuhören. Ich finde nicht, dass er so über Mamas Eigenarten reden darf. Stattdessen sollte er sie, die rosarote Brille auf der Nase, in Schutz nehmen und ihre guten Seiten betonen und allen erzählen, wie schön sie ist, wenn sie morgens aufwacht.

Meine Mutter war noch nie der klassische Mamatyp. Als Kinder beneideten Paulina und ich oft unsere Freundinnen, deren Mütter ihnen Kostüme schneiderten, mit ihnen zusammen buken und Feiern für alle Mädchen in der Klasse ausrichteten. Natürlich hatten wir auch Geburtstagsfeiern, Mama frankierte Einladungen und kaufte Eis, aber es kam nie vor, dass sie Spiele erfand oder für Stimmung sorgte, nachdem die Gäste eingetroffen waren. Einige Male sprang Jesper ein und veranstaltete mit uns ein Fußballturnier oder spielte Brennball, wofür ich ihm immer noch dankbar bin. Doch ein Teenagerjunge ist trotz allem nicht die verlässlichste Karte bei einem Kindergeburtstag. Auf der Feier zu Paulinas elftem Geburtstag spielten Jesper und seine Freunde eine Art Flaschendrehen, was damit endete, dass Paulina – als Jesper auf dem Klo war – bei einem seiner Kumpel auf dem Schoß saß und ihn küsste. Als Jesper zurückkam, stürzte er sich auf den Freund und schlug ihn nieder. Papa kam tobend herein und machte später Mama Vorwürfe, die ihn verständnislos ansah, und dann wurde nicht mehr über die Sache gesprochen.

Doch meine Mutter liebt Bücher und las uns schon ganz früh vor. Oft wählte sie unbewusst Titel, die für uns eigentlich noch zu schwer waren, weshalb Paulina bald ungeduldig wurde oder sogar beim Vorlesen einschlief. Im Gegensatz zu mir. Andächtig lauschte ich jedem Wort, sog jede Zeile in mich auf und lebte in den Welten, die ich mir in meinem Kopf ausmalte. Wenn ich etwas nicht verstand, fragte ich manchmal, und Mama erklärte es mir, so gut sie konnte, waren es auch Themen wie Krieg, Tod oder Schimpfworte. Doch meistens ließ ich sie lesen, ohne sie zu unterbrechen, gewährte den fremden Wörtern Einlass in meine Gedankenwelt, wo sie dann lange Zeit vor sich hin köchelten. Rückblickend betrachtet weiß ich, dass dies das Beste war, was meine Mutter mir mitgeben konnte: den Schlüssel zur Welt der Bücher.

Den Lesekreis hat Mama vor zwanzig Jahren mit ein paar Nachbarinnen ins Leben gerufen. Egal, was so alles im Leben passiert, sie treffen sich immer noch jeden fünften Freitag, um über ihre aktuelle Buchauswahl zu diskutieren.

Das Zuschlagen der Haustür reißt mich aus meinen Gedanken, im Flur rascheln Plastiktüten.

»Hallo?« Mama steckt den Kopf zur Küchentür herein. Ihre Haare sind zerzaust und deuten zusammen mit ihrem schnell gehenden Atem, auf ein hartes Tagewerk hin. »Tut mir leid, dass ich ein bisschen spät bin, Liebes«, fährt sie fort. »Der Lesekreis kommt heute Abend.«

»Papa hat es mir erzählt.« Ich mustere meine Mutter. »Ganz ruhig, Mama, es ist doch nur der Lesekreis.« Ich stehe auf und helfe ihr mit den Tüten. »Himmel, wie viel Gebäck braucht man denn, um fünf Frauen durchzufüttern?«, ächze ich.

»Sechs«, korrigiert mich Mama.

Ich sehe sie überrascht an. »Ach ja?« Solange ich mich erinnern kann, waren es immer dieselben fünf Frauen: Mama, Ing-Britt, Marianne, Gunborg und Lena. »Ich wusste nicht, dass ihr neue aufnehmt.«

»Das tun wir auch nicht. Aber die Dame, die ins Haus der Lindgrens gezogen ist, kam vorbei und hat sich vorgestellt, und da dachte ich, es wäre doch nett, sie einzuladen.«

»Wie schön, Mama!«, sage ich enthusiastisch. »Einfach so! Gut gemacht.«

Mamas Wangen röten sich leicht, und sie sieht verlegen zu Boden. »Ach, das macht man doch so als gute Nachbarin. Aber jetzt genug davon!« Sie räumt die letzte Gebäckpackung in den Schrank und setzt sich mir gegenüber. »Jetzt lass mal sehen, was dir für die Feier gefallen würde!«

Um ehrlich zu sein, habe ich mich nicht allzu viel mit der Zeitschrift beschäftigt, sondern hauptsächlich versucht, seltsame Gedanken aus meinem Unterbewusstsein zu verscheuchen. Zum Beispiel, dass Marcus sie kurz vorher noch in den Händen gehalten hatte. Dass er bloß schnell auf die Toilette gehen wollte und dann zwei Stunden und fünfundzwanzig Minuten geblieben war.

»Ich verstehe nicht richtig«, sagt Mama und blättert durch die Seiten. »Welche sind deine Markierungen, und welche sind von Paulina? Hat sie gar nichts eingekreist?«

Kurz liebäugele ich damit, Mama in dem Glauben zu lassen, ich hätte meine Hausaufgaben gemacht und Paulina nicht, doch leider hindert mich mein Gewissen daran. »Doch, sie hat alles Mögliche markiert. Tolle Sachen, weshalb ich mir alles nur angesehen habe und ihr zustimme.«

Mama runzelt die Stirn und blättert weiter. Dann legt sie das Magazin auf den Tisch und sieht mich lange an. »Ich weiß ja nicht«, meint sie leise. »Manchmal *glaubt* man, man möchte etwas, nur weil man sieht, dass jemand anders es will.«

Ich werde schon ganz nervös, bis mir klar wird, dass Mama von Lachsmousseschnittchen und Vollkornbrot mit Rentierkäse spricht, nicht von einem gewissen Barkeeper.

»Wie geht es dir denn, Liebes? Tut mir leid, ich wollte dich nicht zurechtweisen. Ich weiß ja, wie viel du in der Arbeit zu tun hast, und ich kann nicht erwarten, dass du deine wertvolle Zeit für den sechzigsten Geburtstag deiner alten Mutter vergeudest. Ich wollte nur sagen, dass mir eure Meinung wirklich wichtig ist.«

»Keine Angst, es ist alles in Ordnung.«

»Bist du wirklich einer Meinung mit deiner Schwester?« Mama lacht auf. »Das muss das erste Mal in der Weltgeschichte sein, dass ihr genau denselben Geschmack habt.«

»Wir haben überhaupt nicht genau denselben Geschmack«, wehre ich ab. »Außer offenbar bei Schnittchen.«

»Hm.«

Ich lege die Zeitschrift in ein Regal, während ich meine Mutter mustere. Ihr Blick wirkt gehetzt, sie hat dunkle Ringe unter den Augen, und ihre Haltung würde einen Erdnussflip stolz aussehen lassen. Warum ist ihr diese Feier eigentlich so wichtig? Oder will sie einen großartigen ersten Eindruck auf den Lesekreisneuzugang machen, und das zehrt an ihr? Ich wünschte fast, Paulina wäre hier. Man kann über meine Schwester sagen, was man will, aber sie hat ein Talent dafür, die Stimmung aufzuheitern.

»Warum ist Paulina nicht da?«, frage ich. »Muss sie wieder arbeiten?«

Mama schüttelt den Kopf. »Nein, sie trifft sich mit Marcus.« Sie sieht mich hoffnungsvoll über ihre Teetasse hinweg an. »Glaubst du, dass sie es dieses Mal ernst meint?«

Ich zucke mit den Schultern und sehe aus dem Fenster. Eine Amsel sitzt auf der leeren Terrasse vor dem Haus und pickt an ein paar Samen. Trotzig jagt sie alle kleineren Vögel davon, die sich heranwagen.

»Woher soll ich das wissen?«, antworte ich etwas schärfer als beabsichtigt.

»Sie sind jetzt schon ungewöhnlich lange zusammen. Wie lange geht das nun schon – einen Monat?«

»Sicher nicht mehr als ein paar Wochen«, erwidere ich und zucke zusammen, als die Amsel plötzlich davonfliegt. »Ich treffe mich öfter mit Jonathan«, sage ich dann, den Blick immer noch aus dem Fenster gerichtet. »Jonathan Palm.«

Mama reißt die Augen auf. »Das ist nicht dein Ernst.« Sie lacht auf, und ich muss ebenfalls lächeln bei der Wirkung, die meine Enthüllung auf sie hat. »Er war so ein netter Junge«, fährt Mama träumerisch fort. Sie steht auf und stellt die Teetassen in die Spülmaschine. »Ehrlich gesagt, habe ich nie verstanden, warum ihr plötzlich keinen Kontakt mehr hattet. Ich dachte sogar, dass etwas zwischen euch war, damals schon …« Sie zwinkert mir zu, und zu meinem Ärger werde ich rot.

»Wir waren doch nur Teenager«, erwidere ich und wedele abwehrend mit der Hand.

»Ja, aber zwischen euch war etwas Besonderes, das habe sogar ich gesehen.« Mama klatscht in die Hände. »Oh, wie schön! Du musst ihn mal mitbringen. Denk nur«, sagt sie, und ihr Blick wird träumerisch. »Wir haben Jespers Freundin kennengelernt, Paulina scheint endlich jemanden getroffen zu haben, mit dem sie es ernst meint, und sogar du …«

»Okay, Mama«, unterbreche ich sie. »Jetzt musst du doch sicher alles für deine Gäste vorbereiten. Du willst bestimmt einen guten ersten Eindruck auf …«

»Sari«, hilft Mama mir weiter. Mein Ablenkungsversuch hat den gewünschten Effekt, schon stresst sich meine Mutter wieder wegen des Lesekreises. »Eine entzückende Frau«, sagt sie. »Wenn heute Abend alles gut läuft, lade ich sie auch zu meiner Feier ein.«

Offenbar sind ihr Gäste wichtig, die ein wenig Glanz verbreiten, denke ich und nehme mir vor, rechtzeitig ein hübsches Kleid zu besorgen. Vielleicht werden Paulina und ich der armen Yvonne kleidertechnisch auch ein wenig auf die Sprünge helfen, damit unsere Tante sich auf Mamas Galaabend nicht total verloren fühlen muss.

»Viel Glück, Mama.« Ich tätschele ihre Schulter. Dann rufe ich meinem Vater zu, dass ich jetzt gehe, und ziehe die Stiefel an.

»Dir auch viel Glück, Schatz!«, sagt Mama und zwinkert mir übertrieben zu.

»Und …«

Ich bin schon halb aus der Tür und drehe mich noch einmal um. »Ja?«

»Lass nicht zu, dass dir die Angst im Weg steht, wieder verletzt zu werden.«

Mit einem schwachen Lächeln gehe ich die ungleichmäßig geölte Treppe hinunter. Ich verstehe, dass Mama Klas meint, und merke verwundert, dass der Gedanke an ihn nicht mehr wehtut. Dann wird mir der Grund dafür klar. Das ist der Jonathan-Effekt.

Dreizehn

»Ich hasse die Schule.«

»Hm, okay. Möchtest du mehr dazu sagen? Vielleicht ein Beispiel, was dir nicht gefällt?« Kelly sitzt mit mürrischem Gesichtsausdruck in der letzten Reihe im Klassenzimmer und lehnt sich an die Wand hinter ihr. Unglaublicherweise ist sie vor allen anderen da, zehn Minuten vor Unterrichtsbeginn.

»Alles. Diese Schule hat sich nie für mich eingesetzt.«

Ich beuge mich ein wenig vor und versuche, Kellys Blick unter den grau geschminkten Lidern einzufangen. Ich bereue schon, dass ich dieses sinnlose Gespräch überhaupt begonnen habe. »Wenn ich versuchen soll, dir zu helfen, muss ich aber etwas mehr wissen.«

»Alles, das habe ich doch gesagt! Alles läuft falsch. Alle hier sind Idioten.«

»So kann man das natürlich empfinden«, sage ich sanft und fühle mich wie eine selbst ernannte Gesprächstherapeutin. »Aber wir Lehrer sind alle für euch da.«

»Einen Scheiß sind sie! Keinen kümmert es, dass man einsam ist. Wenn man ein Freak ist, der nicht in der ersten Reihe sitzen und die Klappe halten und sich ständig melden kann, ist man hier selbst schuld.«

Geht es darum? Unsicherheit? Sich verloren fühlen? Damit kann ich arbeiten, im Gegensatz zu reinem Unwillen.

»Wenn du so empfindest ...«, beginne ich, doch Kelly hat schon wieder ihre Mauern hochgezogen.

»Ich empfinde gar nichts.«

Ich drehe mich um und gehe zur Tür.

»Bin gleich wieder da!«, rufe ich über die Schulter. Rasch gehe ich zurück ins Büro und hole ein Buch aus meinem Regal, in dem ich die Bücher sammele, die vielleicht mal ein Schüler oder eine Schülerin haben möchte, und das ich nach jedem Flohmarktbesuch auffülle. Dann gehe ich zurück ins Klassenzimmer.

Kelly liegt halb auf dem Tisch, ihre Kiefer mahlen langsam, als wäre der Kaugummi in ihrem Mund extrazäh, um ihr – wie alles andere auch – das Leben schwer zu machen.

»Hier, Kelly.« Ich lege ihr das Buch vor die Nase. »Lies das. Und gib mir Bescheid, wenn du damit fertig bist.«

Kelly reagiert demonstrativ erst nach einer Weile. Dann setzt sie sich auf und starrt das Buch wütend mit hochgezogener Augenbraue an.

»Bis(s) zum Morgengrauen?«

»Das ist der erste Band. Hast du ihn gelesen?«

Kelly antwortet nicht, doch ich kann ihren Blick sehr gut deuten: Verarschen Sie mich gerade?

»Na dann«, sage ich. »Lies es und denk darüber nach, ob man unbedingt wie alle anderen sein muss.«

Nach und nach kommt der Rest der Klasse herein, und ich fange mit dem Unterricht an. Eine Stunde später sehe ich, wie Kelly das Buch nimmt und in ihrer Tasche verstaut.

»Frau Rennel, darf ich Sie was fragen?«

Ich drehe den Kopf, Yousif steht neben mir. Er verlagert unruhig das Gewicht von einem Fuß auf den anderen und schielt zur Tür.

»Na klar.«

»Äh, also, ich habe mich gefragt, ob Sie mir erklären könnten … Ich habe gehört, dass man sich auch mit Weltenbau auseinandersetzen muss, wenn man Fantasy schreibt.«

»Hey, Yousif! Kommst du, Bro?«, ruft Dani vom Flur, und Yousif steuert auf die Tür zu. Ich gehe ihm nach.

»Ja?«

Yousif zuckt mit den Schultern. »Ich dachte nur, vielleicht wissen Sie, worauf man da achten muss.« Dann eilt er davon, bevor ich noch etwas antworten kann.

Die Schicksalsstunde ist da. Es ist Montag, halb vier Uhr nachmittags. Solveig räuspert sich und wühlt in ihrem Korb, um schließlich einen langen Streifen runder Aufkleber herauszuziehen.

»Also, mittlerweile haben wir uns für zehn Titel entschieden«, verkündet sie dann feierlich.

Ich sehe mich überrascht um. Alle anderen scheinen zu wissen, wovon sie spricht. Lillemor öffnet ein leeres Dokument auf ihrem Laptop, Niklas sieht zu Solveig und streicht sich die langen Haarsträhnen aus der Stirn.

»Haben wir das?«, frage ich. »Seit wann?«

»Ja … Da warst du wohl erkältet«, erklärt Solveig, ohne mich anzusehen. Wieder taucht sie in ihren Korb ab und holt eine laminierte Liste mit ihrer ordentlichen Handschrift heraus. »Ich habe mit den Schwedischlehrkräften gesprochen, die am Donnerstag da waren, damit alle ihre Meinung abgeben konnten. Die

Liste wird natürlich noch etwas erweitert, aber im Moment haben wir folgende Titel: *Das rote Zimmer, Candide oder der Optimismus, Mutter verheiratet sich …*«

Ich kneife fest die Augen zusammen, während Solveig weitere Buchtitel aufzählt. Als sie fertig ist, brechen Niklas und Lillemor in spontanen Applaus aus.

»Ich hätte da ein paar praktische Fragen«, melde ich mich zu Wort. Ich habe nicht die Absicht, über die Bücherauswahl zu diskutieren, das Ganze ist zu absurd. »Die Bücher, die ihr nicht in die Liste aufnehmt … Ich meine, wir haben ganze Klassensätze von zum Beispiel *So lonely, Winterbucht* und *Evil – Das Böse.* Was machen wir damit?«

Daran hat Solveig offensichtlich nicht gedacht. Einen Augenblick wirkt sie verloren, doch dann strafft sie die Schultern und antwortet abwehrend: »Ja, da finden wir schon gemeinsam eine Lösung. Hat jemand einen Vorschlag?«

Lillemor legt die Stirn in tiefe Falten, und Niklas wippt unruhig mit dem Bein.

»Ich hab's!« Lillemor strahlt und hebt den Zeigefinger, als hätte sie gerade das Rätsel der Entstehung des Lebens gelöst. »Wir veranstalten einen Flohmarkt!«

Solveig scheint zu zweifeln, hat aber offensichtlich auch keine bessere Idee. »Wie stellst du dir das vor?«, fragt sie.

»Wir holen die Schülerinnen und Schüler mit ins Boot und veranstalten jetzt im Frühjahr einen Flohmarkt im Freien«, erklärt Lillemor aufgeregt. »Wir laden ganz Sollentuna ein, und das Geld fließt in die Klassenkassen. Ich habe ja jahrelange Erfahrung im Verkauf!« Sie wippt auf ihrem Stuhl, sodass ihre zehn Zentimeter langen Ohrringe klimpern.

»Ich weiß nicht«, entgegne ich. »Sähe das nicht sehr seltsam aus, wenn wir als Schwedischlehrer die Bücher der Schüler auf dem Flohmarkt verkaufen?«

Solveig klingt nachdenklich, als würde sie die Idee tatsächlich in Erwägung ziehen. »Es ginge ja nur um die Bücher, die wir im Unterricht nicht einsetzen wollen. Wir wählen die aus, die ein ausreichend hohes Niveau haben, und werden den Rest los.«

»Wir behalten ›the real stuff‹«, sagt Niklas und bläst sich die Haare aus den Augen. »Und verkaufen nur den unwertvollen Schrott, mit dem wir nicht arbeiten wollen.«

»Und verkaufen *was?*« Fassungslos starre ich Niklas an.

»Den unwertvollen Schrott«, wiederholt er etwas lauter.

Solveig windet sich verlegen. »Meinst du vielleicht ›wertlos‹, Niklas?«

»Das habe ich doch gesagt«, erwidert er. »Ihr Frauen wiederholt aber auch alles, was man sagt.« Er zwinkert mir zu. Ich stehe auf und verlasse den Raum.

Leise gehe ich durch die leeren Flure. Das Gebäude wirkt völlig anders ohne Schüler. Kalte Steinmauern, schmutzige Böden, ein leichter Geruch nach Feuchtigkeit. Das harte Licht der Neonröhren beleuchtet vollgekritzelte Schließfächer, Schokoriegelpapiere und Limodosen auf dem Boden, vergessene Jacken. Die Lüftung surrt beharrlich. Ich grüße die Putzfrau, die ihren Wagen von einer Toilette zur nächsten schiebt. Auf dem Weg zum Büro komme ich bei Torbjörn vorbei. Er sitzt an seinem großen Schreibtisch, den Kopf in die Hände gestützt. Ich habe das Gefühl, als hätte ich ihn schutzlos erwischt, als wäre ich einfach in sein Wohnzimmer marschiert, ohne ihm die Möglichkeit zu geben, seine offizielle Miene aufzusetzen. Mein Handy klingelt in der Tasche, und Torbjörn hebt den Kopf. Er setzt sich aufrecht hin, als er mich sieht.

»Hallo, Clara! Wie gut, dass du gerade hier bist. Hast du einen Moment Zeit?«

Er steht auf und kommt zu mir.

»Natürlich.« Ich ziehe das Handy aus der Tasche und werfe einen Blick aufs Display. Ein verpasster Anruf von Jonathan. »Ich … äh, wollte nur etwas für unsere Fachbereichsbesprechung holen.«

Ich sehe geradezu, wie die Worte bei Torbjörn bei einem Ohr hinein- und beim anderen wieder hinausgehen. Sehr wahrscheinlich weiß er nicht mal, dass seine Angestellten zu dieser Zeit eine Besprechung haben.

»Ich habe vorhin einen Anruf erhalten«, sagt er. Er beobachtet mich, scheint auf meine Reaktion zu warten.

»Und …?«

»Also …« Torbjörn räuspert sich und verlagert das Gewicht von einem Fuß auf den anderen. »Es war wieder Kelly Edskogs Mutter. Sie macht sich Sorgen wegen der Schwedischnote ihrer Tochter.«

Ich packe den Laptop in meinem Arm fester. »Dann kannst du sie von mir grüßen und sagen, dass ich das auch tue«, antworte ich. »So wie in den diversen Mails, die ich ihr deswegen geschickt habe.«

»Ja, also, sie will auf jeden Fall, dass wir dafür eine Lösung finden. Du weißt ja«, er lacht, »jetzt kurz vor den Zeugnissen wachen sie auf.« Er sieht mich verschwörerisch an und verdreht die Augen.

»Super«, meine ich und spüre, wie mich eine überwältigende

Müdigkeit überkommt. Ich setze mich auf eine übel zugerichtete Bank mit Bleistiftschmierereien. »Dann kann Kelly ja damit anfangen, ihre Hausaufgaben selbst zu machen, anstatt sie von Amina zu kaufen.«

Torbjörn winkt ab, als wolle er sich mit den Details nicht beschäftigen. »Ich weiß nicht, was bisher vorgefallen ist, aber jetzt müssen wir nach vorne blicken.« Seine Stimme klingt entschiedener, und er sieht mir fest in die Augen. »Die Familie hat gezeigt, dass sie lösungsorientiert ist, und ich will nächste Woche kein Gespräch über das Thema führen müssen, dass meine Mitarbeiter ihr nicht entgegenkommen wollen. Können wir uns darauf verständigen?«

Mein Magen verkrampft sich vor ungerechtfertigter Scham. Als ob ich etwas anderes getan hätte, als zu versuchen, mit den Schülern zusammenzuarbeiten. Und jetzt sitze ich zusammengesunken hier auf einer abgestoßenen, verschmierten Bank und werde wie ein aufmüpfiges Kind zurechtgewiesen.

»Nein«, antworte ich und überrasche mich damit selbst. Die Wut verleiht mir neue Kraft, und ich stehe hastig auf. »Das können wir nicht.«

Torbjörn stutzt. »Wie bitte?«

»Was soll ich deiner Meinung nach denn tun? Oh, Moment, jetzt weiß ich es! Wenn dem Mädchen die Bücher nicht gefallen, kann ich ihr ja vielleicht einen *Pelefant*-Comic mitbringen? Den ich ihr dann vorlese, damit sie das auf gar keinen Fall selbst machen muss! Natürlich darf sie sich auch den Zeitpunkt dafür aussuchen. Ruf mich einfach an, dann komme ich sofort. Und wenn ich frage, ob sie alles verstanden hat, muss sie einfach nur einmal zwinkern, dann bekommt sie ihre gute Note!«

Torbjörn verengt die Augen, und ich kann geradezu den Rauch sehen, der aus seinen asymmetrischen Nasenlöchern quillt. Hilfe, habe ich das alles wirklich laut gesagt?

»Clara, wir machen es folgendermaßen«, erklärt Torbjörn und klingt, als würde er über die Freilassung einer Geisel verhandeln. »Wir gehen jetzt nach Hause, und wenn wir uns wiedersehen, haben wir dieses kleine Gespräch vergessen. Okay?«

Ich zögere lange genug mit meiner Antwort – ich kann unmöglich versprechen, dass ich das hier vergessen werde, im Gegenteil, es wird mich noch im Schlaf verfolgen –, damit Torbjörn einfach davonstapfen kann. Wahrscheinlich ist er so wütend, dass er von hier weg und etwas kaputt schlagen muss.

Sobald er außer Sichtweite ist, hole ich das Handy hervor und rufe Jonathan zurück.

»Hallo, Clara«, meldet er sich.

Ich höre sofort, dass er nicht mit mir in eine Penthouse-Bar gehen und mich auf ein Glas Wein einladen will. Seine Stimme ist ernst und belegt.

»Hallo! Ich konnte nicht drangehen, als du angerufen hast.«

Ein paar Sekunden herrscht drückendes Schweigen, und ich werde unruhig.

»Du, ich wollte dich um etwas bitten«, sagt Jonathan schließlich. »Kannst du mich morgen ins Krankenhaus begleiten, wenn ich meine Mutter besuche? Ich weiß, dass du arbeiten musst, aber ich würde mich sehr viel besser fühlen, wenn du dabei wärst.« Seine Stimme zittert. »Verdammt, ich weiß einfach nicht, ob ich das alleine schaffe …«

»Aber klar, Jonathan. Ich komme mit.«

Vierzehn

Es hat seinen Grund, warum ich keine Chips mehr esse. Ich muss einfach noch einen nehmen und noch einen und noch einen, egal, wie sehr ich mir eingeredet habe, dass ich nur mal probieren will. Nur ein paar, wegen des Salzes. Eine Handvoll nur, weil man auf Partys mit ein paar Chips in der Hand entspannter wirkt. Doch wenn ich einmal angefangen habe, dann denke ich direkt: *nur ein paar noch.* Und irgendwann denke ich gar nicht mehr, sondern bewege meine Hand nur noch zwischen der Chipsschale und dem Mund hin und her.

Vielleicht wurde derselbe Mechanismus in Gang gesetzt, als ich mich letzte Woche krankgemeldet habe. Ich wusste, dass es moralisch verwerflich war. Ich habe mich in dem Moment verachtet, in dem ich Violas Nummer in meinen Kontakten gesucht habe. Der Nachgeschmack der Lüge war genauso widerlich wie der Belag, den Chips auf den Zähnen hinterlassen. Aber nachdem ich die Grenze einmal überschritten habe, ist das zweite Mal einfacher. Die doppelte Erniedrigung des vergangenen Tages trägt auch dazu bei, die Aufkleber der Kollegen und die Rüge des Direktors. Das Telefonat mit Jonathan war nur der letzte Anstoß, der aus Zögern Gewissheit werden ließ.

»Ach herrje! Magen-Darm ist ja so furchtbar. Kann dir jemand Cola vorbeibringen?« Viola klingt besorgt, und ich bereue schon, dass ich so dick aufgetragen habe. Ein Magen-Darm-Infekt?

Hätte nicht einfach die Erkältung wiederkommen können? Ich murmele etwas davon, dass ich Hilfe habe.

»Heute ist Dienstag, da hast du vier Stunden. Ich versuche, eine Vertretung zu bekommen. Und du bleibst sicher mindestens ein paar Tage daheim?«

»Ja … Ich schätze schon.«

»Na dann, leg dich jetzt hin und ruh dich aus«, ermahnt mich Viola. »Ich höre ja, dass du ganz schwach auf den Beinen bist. Und mach dir keine Gedanken wegen uns, wir kommen zurecht!«

Auf der Station bewegen sich die Pflegekräfte lautlos durch die Flure. Ihre Mienen drücken beherrschtes Mitgefühl aus. Die Schuhüberzüge der Besucher rascheln. Sorge und Angst hängen so kompakt in der Luft, dass sie geradezu greifbar sind, genauso deutlich wie die schmutzig gelben Wände mit Anatomiepostern und Bildern von untalentierten Künstlern.

»Zimmer Nummer sieben«, murmelt Jonathan. »Da ist es.«

Er verharrt vor der Tür, die angelehnt ist. Dann sieht er zur Decke, holt tief Luft und atmet langsam aus. Für jemanden, der ihn nicht kennt, wirkt er vielleicht so, als habe er sich unter Kontrolle, doch ich sehe zum ersten Mal, wie er die Fassung verliert.

»Komm«, sage ich, lege ihm eine Hand auf den Arm und öffne mit der anderen die Tür. Eine kleine Gestalt liegt im Bett unter diversen Decken, in beide Arme führen Schläuche. Erst denke ich, dass sie schläft, doch dann gibt sie ein rasselndes Geräusch von sich und dreht den Kopf zu uns.

»Oh, hallo!«, sagt Gun schwach. »Das ist aber eine Überraschung.«

Sie lässt sich wieder ins Kissen sinken, als ob die paar Worte sie alle Kraft gekostet hätten, und meine Kehle wird eng. Weil Jonathan immer noch wie gelähmt ist, gehe ich zum Bett und lege meine Hand auf Guns Arm, wo keine Pflaster und Zugänge sind.

»Hallo«, sage ich. »Jonathan hat so viel an Sie gedacht. Wie lief die Operation?«

»Na ja, jetzt sind sie ab. Beide.« Gun atmet schwer. Aus dem Augenwinkel sehe ich, wie Jonathan langsam näher kommt. »Aber wir müssen noch abwarten, ob sie den ganzen Krebs erwischt haben«, spricht sie weiter.

»Das haben sie bestimmt«, versichere ich. »So fähig wie die Ärzte heutzutage sind. Sie sind auf jeden Fall in guten Händen.« Ich lächele schwach, höre selbst, wie schmalzig ich klinge, doch irgendetwas muss ich ja sagen. Erkennt mich Gun überhaupt wieder? Glaubt sie vielleicht, ich bin Felicia?

»Clara.« Plötzlich ist ihre Stimme klar und fest. »Dich habe ich immer gerngehabt.« Ich lächele wieder, drücke ihren Arm und trete etwas zurück, um Jonathan ans Bett zu schieben. Er setzt sich auf den danebenstehenden Stuhl und legt den Kopf auf die Decke, neben Guns Hand. Sie streicht ihm über die Haare.

»Mein kleiner Junge.«

Ich unterhalte mich noch ein bisschen mit ihr, dann gehe ich auf den Flur und lasse Mutter und Sohn allein. Bei den hohen Fenstern bleibe ich stehen und zupfe ein paar verwelkte Blätter von den dunkelgrünen, üppigen Topfpflanzen. Das Bild, wie Jonathans Kopf neben der kläglichen Gestalt im Krankenhausbett liegt, verfolgt mich. Ich denke daran, wie abhängig wir von den Menschen sind, die uns am nächsten stehen. Wie essenziell ihre Existenz für uns ist, egal, wie oft wir sie sehen. Diese Menschen, die, wenn sie einmal nicht mehr da sind, große Lücken hinterlassen werden, die man nicht wieder füllen kann.

Und dann denke ich an Violas Antwort heute Morgen: *Wir kommen zurecht.* Worte, die mich beruhigen sollten, jedoch die entgegengesetzte Wirkung haben. Natürlich kommen sie klar. In der Arbeit könnten sie mich leicht durch jemand anderen ersetzen. Ich bin nur eine Spielfigur, austauschbar wie ein Paar Strümpfe.

In der S-Bahn nach Hause schweigen wir. Ich streichele Jonathan über den Rücken. Er hat das Kinn auf die Faust gestützt und starrt vor sich hin. »Bald geht es ihr schon besser«, versuche ich, ihn zu trösten. »Sie ist ja ganz frisch operiert. Soll ich mit zu dir fahren?«

Er schüttelt den Kopf. »Nein… Ich glaube, ich muss eine Weile allein sein. Aber danke, dass du mitgekommen bist.«

Ich bin enttäuscht, doch ich zwinge mich, nicht so egoistisch zu sein und Jonathans Gefühle zu respektieren.

Gerade mal fünf Minuten bin ich zu Hause, da klopft es schon an der Tür, und auch wenn ich eine ziemlich genaue Vorstellung davon habe, wer es sein könnte, schaffe ich es nicht, mich zu schämen, dass ich nicht in der Arbeit bin. Ich öffne die Tür, und Mama drängt sich mit einer ICA-Tüte in der Hand an mir vorbei in den kleinen Flur. Sie redet die ganze Zeit, während sie den Tüteninhalt auf dem Tisch ausbreitet.

»Gut, dass du zu Hause bist! Ich wollte sie dir eigentlich durch den Briefschlitz werfen.«

Sieben Kataloge bilden einen Fächer aus Entscheidungsangst. Mit einem leisen Seufzer setze ich Teewasser auf und lasse mich neben Mama auf dem Sofa nieder.

Der Neuzugang des Lesekreises war ein voller Erfolg, erfahre ich. Sari hat sich als weltgewandte Frau entpuppt, die Eleganz in die ansonsten ziemlich durchschnittliche Runde gebracht hat. Mama wirkt regelrecht verblüfft, dass Sari sich dazu herablässt, sich mit fünf völlig normalen älteren Damen mit Wohlfühlgewicht und unmoderner Kleidung zu treffen. Doch jetzt macht sie sich natürlich noch viel mehr Gedanken wegen ihrer Feier – wenn das überhaupt möglich ist.

»Schau mal, was findest du am besten? Ein großes oder drei kleine?« Mama seufzt nachdenklich und legt die Hände auf die Knie. Ich beuge mich vor. Ah, offensichtlich sind wir beim Thema Partyzelt angekommen.

»Ich weiß nicht, Mama. Ein großes ist bestimmt am billigsten.«

»Ja, aber wenn man sich mal aufteilen möchte? Kannst du dir zum Beispiel Sari und Yvonne im selben Zelt vorstellen? Sie werden einander rein gar nichts zu sagen haben. Da ist es doch besser, wenn sich Sari mit Paulina und ihren Freundinnen unterhält, und Yvonne ... Um sie könnten sich vielleicht Ing-Britt oder du ein wenig kümmern? Verstehst du, was ich meine? Es wollen vielleicht nicht alle ständig auf einem Haufen stehen.«

Dass ich mir Sari überhaupt nicht in einem Zelt vorstellen kann, weil ich sie ja noch nie getroffen habe, erwähne ich nicht extra. Stattdessen schiele ich zu meinem Handy und öffne den Posteingang meiner Arbeitsmails. Ich mache bestätigende Geräusche Richtung Mama, während ich die Mails durchgehe. Ob Yousif wohl auf meine Nachricht geantwortet hat? Nach ein wenig Recherche hatte ich einen Artikel gefunden, wie man in Fantasyromanen Welten konzipiert, und ihn Yousif gestern Abend geschickt, weil er sein neues Interesse offensichtlich vor seinen Kumpels verheimlichen möchte.

Mama überlegt laut weiter. Keine Nachricht von Yousif, dafür einige andere Mails. Unter anderem eine von Torbjörn. Hat er sich wieder gefasst? Hatte er jetzt Zeit, meine Kündigung zu formulieren, nachdem ich es gewagt habe, mich ihm zu widersetzen? Der Betreff lautet: DARF ICH VORSTELLEN … Mit dem Daumen tippe ich auf die Mail. UNSER NEUER IKT-EXPERTE! Darunter ist ein Bild von Niklas eingefügt, wie er versucht, sich die langen, glänzenden Strähnen aus der Stirn zu streichen, sowie ein kurzer Text:

Ich freue mich sehr, euch allen mitteilen zu können, dass Niklas von kommendem Montag an die Hälfte seiner Zeit dem Ausbau der IKT-Arbeit an der Schule widmen wird. Mir ist aufgefallen, dass wir im Bereich der Informations- und Kommunikationstechnologie Nachholbedarf haben, und ich bin sehr erleichtert, diese Verantwortung in Niklas' kompetente Hände legen zu dürfen. Seit ich den Posten als Schulleiter angetreten habe, habe ich seine Erfolge auf dem IKT-Sektor mit Bewunderung verfolgt. Die Stunden, die er dann nicht mehr wahrnehmen kann, werden auf euch andere verteilt. Denn wir arbeiten ja schließlich als Team!!

»Liebes, was ist denn los?«

Ich drehe mich zu meiner Mutter, die mich besorgt mustert.

»Du siehst ja ganz krank aus. Musst du dich übergeben?«

Lass mich überlegen. Ja, ich glaube schon.

Niklas' sogenannte IKT-Erfolge bestehen darin, dass er für die

Schule einen Twitteraccount angelegt hat, auf dem er unermüdlich irgendwelche Gedanken zum Wohl und Wehe des schwedischen Schulsystems postet. Gedanken ist aber auch schon zu viel gesagt. Es sind sinnlose, ausgelutschte Allgemeinplätze (wie das Letzte: »Eine Schule ohne Bildung ist wie ein Traktor ohne Motor.«). Er postet auch gern Selfies von sich selbst, bevor er zum Unterricht geht, mit Bildunterschriften wie *Let's make a difference!* oder *Der wichtigste Job der Welt.* Dann geht er ins Klassenzimmer, lässt die Schülerinnen und Schüler die Bücher aufschlagen oder Gruppenarbeit machen, während er selbst am Pult sitzt und nachsieht, wie viele Likes er bekommen hat. Ich weiß das, weil ich oft im Raum nebenan unterrichte und in sein Klassenzimmer sehen kann, wenn ich etwas holen oder kopieren gehe.

»Das ist nicht mehr lustig.« Meine Stimme klingt hohl und fremdartig.

»Oh, Clara, entschuldige bitte, dass ich dir die ganze Arbeit mit der Feier zumute. Paulina ist nur im Salon und …« Sie stutzt und stellt die Teetasse ab. »Warum bist du nicht in der Schule?«

»Überstunden abbauen«, lüge ich automatisch und sehe meine Mutter an. »Ich habe nicht die Feier gemeint.« Ich presse schuldbewusst die Kiefer aufeinander, denn ganz ehrlich, Mama macht mir das Leben nicht gerade leichter mit ihren ständigen Katalogen und den sinnlosen Grübeleien. »Es geht um die Arbeit.«

Doch das stimmt nur zum Teil. Es geht auch darum, dass ich mein halbes Leben lang auf einen Beruf hingearbeitet habe, der mir jetzt, da ich ihn ausübe, nicht guttut.

Fünfzehn

Ich habe keinen Appetit, was praktisch ist, da ich ja angeblich wegen eines Magen-Darm-Infekts zu Hause bin. Wenn ich aufmerksam in mich hineinhöre, ist mir tatsächlich ein wenig schlecht.

Eine Zusammenfassung meines Lebens: Mein Job ist eine Farce, meine Familie ein Haufen Irrer, und den romantischen Vorschlag des Mannes, in den ich ungefähr fünf lange Jahre meines Lebens verliebt gewesen bin, habe ich mit »das geht vielleicht ein bisschen schnell« abgebügelt.

Heute Abend rief Sahar an, eine Freundin aus dem Studium, und wollte mich zu einer Art Klassentreffen überreden. Ich hätte beinahe zugestimmt, habe aber dann doch mit Verweis auf meine Magenverstimmung abgesagt. Es wäre verheerend, wenn mich jemand von der Schule sehen würde.

Nachdem ich ein dürftiges Frühstück hinuntergezwungen habe, überlege ich, joggen zu gehen. Das Risiko, dabei jemanden von der Arbeit zu treffen, sollte überschaubar sein (außer, es schwänzt noch jemand), und ich weiß, dass es mir nach einer Joggingrunde immer besser geht. Doch stattdessen wende ich mich meinem VIP-Regal zu, dem einzigen kleinen Bücherregal, das ich in Marielles Wohnung aufgestellt habe. Ein Großteil meiner Bücher ist eingelagert, doch für ein paar hatte ich einfach Platz schaffen müssen. Für fünf Lotta-Bände, zum Beispiel. Entschlossen hole ich mein Exemplar von *Ja, ja, unsere Lotta!* hervor und lasse mich aufs Sofa sinken. Laufen ist gut für die Psyche, doch nichts übertrifft Lotta.

Ich bin noch nicht einmal beim zweiten Kapitel, da klingelt das Handy, und Paulinas Name erscheint auf dem Display.

»Sag, dass Mama mich nicht als Einzige terrorisiert! Ernsthaft, ist sie völlig verrückt geworden?« Paulinas Stimme dröhnt mir theatralisch und aggressiv in das Ohr, und ich nehme unsere Mutter automatisch in Schutz.

»Sie hat vielleicht erkannt, dass sie ausnahmsweise auch einmal im Mittelpunkt stehen kann. Das ist doch schön für sie.«

Widerwillig lege ich das Lesezeichen zwischen die Seiten und klappe das Buch zu.

»Für sie schon, ja«, stöhnt Paulina. »Für uns nicht. Gestern Abend hat sie mich viermal angerufen. Viermal! Wie viel kann man eigentlich zu einem Partyzelt sagen? Entweder hat man eins, oder man hat keins.«

Jetzt muss ich doch kichern. »Ja, langsam wird sie etwas manisch, das stimmt. Aber wenn wir Glück haben, ist das nach der Feier vorbei. Wie gesagt, es wird wirklich Zeit, dass sie mal ein wenig Aufmerksamkeit bekommt.«

»Hm.«

»Wie läuft es mit deinem Barkeeper?«, frage ich leichthin.

»Als ob dich das interessieren würde.«

»Was? Warum denn nicht?«

»Ich weiß sehr wohl, was du über mein Liebesleben denkst. Und als du Marcus kennengelernt hast, warst du noch verächtlicher als sonst.«

»Jetzt hör schon auf. Ich habe vielleicht eine andere Einstellung …«

»Egal«, unterbricht mich Paulina. »Ich bin ja keine Psychologin, aber mir ist klar, dass du bloß eifersüchtig bist.«

»Nein!«, rufe ich. Haha, eifersüchtig! Auf Paulinas chaotisches Liebesleben? So ein Blödsinn.

»Nein? Wie viele ernsthafte Beziehungen hast du eigentlich gehabt?«

Ich verdrehe die Augen. »Dass man betrunken mit jemandem ins Bett geht, heißt nicht, dass man eine ernsthafte Beziehung hat, weißt du?!« Autsch, das war gemein. Warum benehme ich mich bei meiner Schwester immer noch wie ein Teenager?

»Das ist so typisch«, murmelt Paulina. »Du verurteilst andere, weil du dich selbst nicht traust, etwas aus deinem Leben zu machen.«

Ich hole tief Luft und beschließe, nicht über die Definition von *etwas aus seinem Leben machen* zu diskutieren.

»Aber ich mache doch etwas aus meinem Leben«, antworte ich stattdessen. »Ich treffe mich mit Jonathan, zum Beispiel. Wenn du es genau wissen willst.«

Da wird mir klar, dass Paulina überhaupt nicht danach gefragt hat, aber das ist jetzt auch egal.

»Jonathan? Welcher Jonathan?«

»Palm.«

Paulina sucht schweigend nach einem Bild zu dem Namen.

»Jonathan Palm!«, ruft sie schließlich. »Warum …?«

»Warum? Was ist das denn für eine Frage? Erinnerst du dich nicht mehr an Jonathan?«

Paulina schweigt, was nicht oft vorkommt., dann sagt sie:

»Ja doch, sehr gut sogar. Hat er keine Lust mehr auf Felicia? Oder will er nur ein bisschen herumspielen?«

Die Worte treffen mich wie ein Schlag in den Magen, und ich hole tief Luft. »Vierzehn Jahre sind vergangen«, erwidere ich. »Er ist jetzt ein erwachsener Mann.«

Paulina kichert. »Ein erwachsener Mann? Ach, Clara, manchmal bist du so niedlich naiv. Glaubst du, dass alle Männer zu Rittern mutieren, sobald sie dreißig werden? Dass die Lust auf Gelegenheitssex einfach verschwindet?«

Jetzt ist mir definitiv schlecht. »Nicht alle sind so wie du und deine Typen«, sage ich leise.

»Nein, natürlich nicht. Ich bin eine unromantische Zynikerin, entschuldige«, antwortet Paulina. Dann fügt sie sanfter hinzu: »Aber nimm einen gutgemeinten Rat von deiner leichtfertigen kleinen Schwester an. Pass auf, dass er dich nicht wieder verletzt.«

Nach dem Telefonat kehre ich zu Lotta zurück, die sich geopfert hat und auf dem Weg zu Tante Trude ist (nachdem ihre Schwestern sie mit Ohrclips und Karamellbonbons bestochen haben, wofür sie meiner Meinung nach dankbar sein sollte – meine eigene Schwester hat mir noch nicht einmal ein Haargummi gegeben, damit ich mich mit Mama oder Tante Yvonne beschäftige). Doch schon bald klappe ich das Buch wieder zu.

Das ist so typisch für Paulina, ihre Missgunst hinter gut gemeinten Ratschlägen zu verbergen. Es war ja nicht unbedingt Jonathans Schuld, dass ich beim letzten Mal verletzt wurde. Wie hätte er wissen können, dass ich in ihn verliebt war? Außerdem ist es irgendwie ironisch, dass sich jetzt alle auf einmal Sorgen machen, ich könnte wieder verletzt werden, seit ich mich mit dem Mann treffe, den ich immer geliebt habe. Wo waren Mama und Paulina und ihre Warnungen und ihre ernüchternden Belehrungen, als ich mit Klas, dem Clara-Hasser, zusammengekommen bin?

Als ob ich auf einmal Beziehungsratschläge von Paulina annehmen würde. Haha! Niemand ist unreifer als sie. Wenn irgendjemand in dieser Sache Ratschläge verteilen sollte, dann doch wohl ich. Ich würde dem offenbar netten und sehr viel ernsthafteren und außerdem sehr attraktiven (nicht dass das eine Rolle spielen würde) Marcus sagen, er solle sich lieber von Paulina trennen und davonlaufen.

Mir ist klar, dass du nur eifersüchtig bist.

Völlig absurd. Klar, Marcus wirkt nett, aber hallo, ein Barkeeper? Ohne akademische Ambitionen? Wir würden nicht zusammenpassen. Jonathan ist vielleicht kein Akademiker, aber er ist ehrgeizig und zielorientiert und will sich weiterentwickeln. (*Das will Niklas auch,* unterbricht mich eine Stimme im Hinterkopf, doch ich verdränge sie.)

Jonathan. Vielleicht war er gar nicht so gekränkt, wie ich zuerst dachte, nachdem ich nach unserem Date allein nach Hause gefahren war. Er wollte mich nicht nur wiedersehen – er hat mich sogar ins Krankenhaus zu Gun mitgenommen! Angesichts dieses Vertrauens werden meine Augen feucht. Es beweist auch, dass Paulina unrecht hat (das wusste ich natürlich vorher schon, aber das hier ist der unbestreitbare Beweis) und es ihm nicht nur um schnellen Sex geht. Wir schaffen eine Grundlage für eine echte, gute Beziehung, jawohl.

Und in dem ganzen Kopfchaos aus unreifen Schwestern, irrsinnigen Beförderungen und Barkeepern ohne Ehrgeiz erkenne ich es, und der Gedanke ist mit einem Mal so klar, dass er die Übelkeit vertreibt und mir das Atmen erleichtert. Jonathan und ich. Ich hatte meine Bedenkzeit, er hat mich abbremsen lassen, doch jetzt gebe ich Gas und setze alles auf eine Karte.

Sechzehn

Endlich haben sich die grauen Wolken verzogen, Licht strömt durch die schmutzigen Fenster herein und blendet mich, als ich das Hackfleisch in der Pfanne umrühre. Eine richtige Bolognese ist eine enorme Herausforderung, aus zwei Gründen. Ich kann nicht gut kochen, und meine Küche ist winzig.

Mama hat natürlich geahnt, dass etwas Besonderes los ist. Immerhin habe ich sie zum ersten Mal in meinem Leben angerufen und sie um Hilfe beim Kochen gebeten. Und die Götter wissen, dass das schon oft nötig gewesen wäre. Schließlich hat sie den Grund für meine Mühe aus mir herausgelockt und so laut in die Hände geklatscht, dass es in der Leitung geknackt hat.

Ich will Jonathan meine Liebe mit einem guten, selbst gekochten Mittagessen beweisen. Ich hätte ihm natürlich auch vorschlagen können, dass wir uns in einem Restaurant treffen, aber ihn zu mir einzuladen hat sowohl symbolische Gründe (willkommen in meinem Leben) als auch praktische (sollen wir uns vielleicht aufs Sofa setzen und es uns bequemer machen?). Weil mein übliches Essen (Tiefkühlpizza und so was) die Beziehung eher abtöten als stärken würde, rief ich Mama an und ließ mir ihr Rezept für Hackfleischsoße geben. Eine Viertelstunde später, als ich gerade im Hemköp-Supermarkt die Zutaten zusammensuchte, rief sie noch einmal an. »Liebes, ich habe mich ein wenig umgehört. Spaghetti und Hackfleischsoße sind schon in Ordnung, aber es gibt kaum ein banaleres Essen. Ich finde, du solltest eine richtige Bolognese-Soße machen.«

Und so irrte ich weiter durch den Supermarkt auf der Suche nach Knollensellerie.

Der drängt sich jetzt zusammen mit Karotten und Zwiebeln auf der kleinen Arbeitsfläche, während der uralte Dunstabzug die Kochdämpfe mit der Effektivität einer sanften Sommerbrise bekämpft.

Zwischendurch werfe ich immer wieder einen Blick auf das Handy, auf dem ich einen Artikel zum Thema Verlieben lese. Zur Sicherheit habe ich ein paar Tipps recherchiert. Nicht dass ich dem Knistern zwischen Jonathan und mir nicht vertrauen würde, doch ich wollte mein Flirtrepertoire weder mit dem einen noch dem anderen Trick erweitern, den ich bei Bedarf auspacken kann. Am wichtigsten scheint der Blickkontakt zu sein. Bei langem Blickkontakt können sich Verliebtheitsgefühle entwickeln. Der darf gern zwei Minuten dauern, für die beste Wirkung.

»Autsch!« Ich habe die Messerspitze in meinen Finger statt in den Knoblauch gerammt und ziehe die Hand rasch zurück, damit kein Blut ins Essen tropft. Also gut. Jetzt habe ich dieses verdammte Mittagessen buchstäblich unter Blut, Schweiß und Tränen zustande gebracht. Immerhin durchzieht bald ein vielversprechender Duft die Wohnung, das Essen blubbert bei niedriger Hitze auf dem Herd, und ich kann schnell duschen gehen.

Das Kochelend hat länger gedauert als gedacht, und um Viertel vor eins hetze ich zum Schrank und reiße mein dünnes Jeanskleid vom Kleiderbügel. Dünne Strumpfhosen, die Haare zu einem lockeren Zopf geflochten, himbeerrotes Lipgloss – fertig.

Pünktlich um eins klopft es an der Tür. Ich öffne und lasse ihn in meine geschmacklose Wohnung. In mein Leben.

»Oh, là, là! Ciao, bella!« Er stellt eine Plastiktüte ab, umarmt mich und gibt mir einen Kuss auf die Wange. Dann schlüpft er aus den Schuhen und hängt seine Jacke neben meine, bevor er die Tüte wieder aufnimmt. »Ich habe einen Cava mitgebracht. Sollen wir ihn in den Kühlschrank stellen?«

»Oh, wie nett! Danke!« Ich nehme die Flasche und gehe damit zum Kühlschrank.

Jonathan nickt in Richtung der Bilder an der Wand und fragt: »Warum hängst du nicht etwas von dem Mist hier ab und ersetzt ihn durch ein bisschen ehrenwerte Kunst von IKEA?«

»Ich wohne hier ja nur vorübergehend und bin sicher nicht mehr so lange hier.«

Das stimmt natürlich nicht, aber das muss Jonathan jetzt nicht erfahren.

»Trotzdem. Ist das nicht peinlich, wenn du eine Party veranstaltest?«

Ich ziehe die Augenbrauen hoch. »Ich wohne auf einundzwanzig Quadratmetern. Sieht es so aus, als würde ich regelmäßig einen Haufen Leute einladen?«

Sehe ich so aus wie jemand, der überhaupt mal feiert?

Ich zeige auf den gedeckten Tisch. »Setz dich! Ich hoffe, es ist in Ordnung, dass wir auf dem Sofa essen.« (Mein geplanter Vorschlag, ob wir es uns nach dem Essen nicht auf dem Sofa gemütlich machen wollen, hat sich leider erledigt, nachdem mir eingefallen ist, dass ich nicht in einer schicken, großen Wohnung mit so etwas wie einem Küchentisch und Stühlen lebe, von denen man aufstehen und umziehen kann. Doch ich plane natürlich immer noch, dass wir uns nach dem Essen sozusagen ein wenig zurücklehnen werden.)

»Kein Problem.« Er setzt sich und streicht fasziniert mit der Hand über den Stoff. »Da macht es nichts aus, wenn man mal kleckert! Hier fällt kein Fleck auf.«

Ich richte das Essen auf zwei Tellern an, einem gelben und einem lilafarbenen, und trage sie zum Tisch. Nicht ohne Stolz, dass mir etwas gelungen ist, das gut aussieht und gut riecht. Hoffentlich schmeckt es jetzt auch noch dementsprechend.

»Bitte sehr, Spaghetti bolognese«, sage ich und versuche, nicht, so zu klingen, als hätte ich gerade die Großtat meines Lebens vor ihm abgestellt.

Die Großtat meines Lebens für die Liebe meines Lebens. Ich muss mich in den Arm kneifen, kann immer noch nicht fassen, dass das hier wirklich passiert.

»Cool!« Er schaufelt schon die ersten Nudeln in sich hinein, während ich mich neben ihn setze.

Ich schiebe mir auch eine Gabel voll in den Mund und atme aus. Es schmeckt göttlich.

Da steht Jonathan plötzlich auf und geht zum Kühlschrank. »Hast du vielleicht Ketchup?«, fragt er über die Schulter. »Bleib sitzen, ich habe es gefunden!«, ruft er gleich darauf und kommt mit der kleinen Flasche in der Hand zurück.

Wenn ich es nicht besser wüsste, würde ich glauben, dass er nervös ist. Er hat etwas Rastloses, Nervöses an sich. Ich mustere ihn aus dem Augenwinkel, und mir wird ganz warm von dem Gedanken, dass ich den lässigen, weltgewandten Jonathan aus der Fassung bringe.

Er schüttelt die Ketchupflasche und stürzt sich damit auf seinen Teller, als wäre sie ein Löschflugzeug und meine Bolognese ein gefährlicher Waldbrand. Ich unterdrücke den Impuls, ihm die Flasche zu entreißen, und lege stattdessen meine Hand auf seinen Unterarm.

»Ganz ruhig, Jonathan«, sage ich.

Er hält inne und sieht mich an, und ich zwinge mich, den Blick nicht abzuwenden. Eins, zwei, drei. Mir bricht der Schweiß aus. Vier, fünf – dann erbarmt er sich und schaut weg. Mein Herz klopft wie wild, wie nach dem härtesten Training. Hundertzwanzig Sekunden würde ich nie schaffen.

»Du, Gullan«, sagt er leise. »Deine Wohnung ist unglaublich scheußlich, aber das verstärkt den Gegensatz nur noch. Du bist so irre hübsch.«

Es funktioniert! Gelobt sei Google, es funktioniert wirklich! Ich werde später einen Kommentar zu dem Artikel posten und meine Dankbarkeit ausdrücken. Dann kann ich auch gleich anmerken, dass fünf Sekunden reichen, damit nicht noch mehr arme Seelen sich durch zwei Minuten Blickkontakt quälen müssen.

»Oh, danke. Ich meine, du auch. Warst du schon immer.«

Jonathan mischt sein Essen durch, bis es völlig rot ist.

»Also … Was treibt Felicia eigentlich gerade so?« Warum habe ich das gefragt? Ich bin mir ziemlich sicher, dass »Stell ihm Fragen zu seiner Ex« nicht in dem Artikel mit Flirtratschlägen stand.

Jonathans Stimme klingt hohl, als er antwortet. »Sie ist noch in London.«

»Oh.« Was soll ich sagen? Wie bringe ich das in Ordnung? Kann ich den Schaden mit ein paar Extrasekunden reparieren?

Da sehe ich, dass eine neue Nachricht auf meinem Handy

blinkt, und werfe rasch einen Blick darauf. Eine Mail von Viola? Braucht sie genauere Anweisungen für die Vertretung? Ich öffne die Mail und spucke fast das Essen wieder auf den Teller.

Von: Viola Berg
An: Clara Rennel
Betreff: Attest

Hallo, Clara!
Tut mir furchtbar leid, dich deshalb stören zu müssen, nachdem es dir so schlecht ging, aber wir bräuchten ein ärztliches Attest von dir. Ich hoffe, es geht dir bald besser!
Mit freundlichen Grüßen, Viola

Plötzlich scheint die Schwerkraft mein ganzes Blut in die Füße befördert zu haben, während mein restlicher Körper sich kalt und leer anfühlt. Ein Attest? Meine Gedanken rasen. Kann ich sagen, dass ich mit Magen-Darm gar nicht zum Arzt gekommen bin? Kein vernünftiger Mensch setzt sich mit so was in eine Arztpraxis, oder?

Jonathan hat über meine Schulter mitgelesen und massiert mir jetzt leicht den Nacken.

»Mach dir keine Gedanken, das klärt sich schon.«

Ich drehe mich zu ihm, versuche, seine Sorglosigkeit in mich aufzunehmen, doch es gelingt mir nicht. Was soll das heißen, *klärt sich schon?*

Nachdem wir gegessen haben, bringe ich unsere Teller in die Küche. Dann koche ich uns Kaffee und gehe zum Sofa zurück, während ich Violas Mail zu verdrängen versuche, sowie die Tatsache, dass ich meinen Job verlieren und auf der Straße landen werde. Darum muss ich mich später kümmern. Jetzt bin ich mit etwas viel Wichtigerem beschäftigt.

»Clara«, sagt Jonathan nachdenklich, als er mir seine Kaffeetasse abnimmt. »Schon irgendwie seltsam, dass wir uns nach all den Jahren jetzt über den Weg gelaufen sind, oder?«

Was er nicht sagt. Natürlich hatte ich gehofft und mir erträumt, dass so etwas passieren würde. Dass er vor meiner Tür auftauchen und mich im Sturm erobern und mit seinen Zärtlichkeiten den Stillstand in meinem Leben und die Verletzungen von früher vergessen machen würde. Doch dass es tatsächlich so kommen würde, hätte ich nie ernsthaft zu glauben gewagt.

»Ja«, antworte ich. »Und gleichzeitig auch irgendwie nicht. Ich meine, wenn etwas geschehen soll …«

Er sieht aus dem Fenster, und statt den Satz zu beenden, mustere ich sein Gesicht. Immer ist er entspannt, egal, ob er in einer schicken Bar sitzt oder auf einem schrecklichen Sofa. Er strahlt immer Selbstvertrauen aus. Als hätte die Welt überall und jederzeit einen sicheren Platz für ihn. Und doch ist etwas anders an ihm. Er hat etwas Verletzliches an sich, wirkt nicht mehr rastlos, sondern betroffen. Seine hellblauen Augen blicken ins Leere.

Gerührt und entschlossen strecke ich die Hand aus, lege sie auf seinen Nacken und ziehe ihn vorsichtig zu mir. Ich beuge mich vor und küsse ihn, und er küsst mich zurück, und wenn jetzt ein Orchester neben uns *My Heart Will Go On* spielen würde, könnte es auch nicht romantischer und perfekter sein. Ich öffne einen Knopf an meinem Kleid und drücke mich an ihn, als mir eine Veränderung in seinen Bewegungen auffällt. Bevor ich noch verstehen kann, was passiert, sitzt er einen halben Meter von mir entfernt auf dem Sofa, schlägt die Hände vors Gesicht und weint.

Wie bitte? Ich weiß, dass ich nicht die heißeste Frau der Welt bin, aber so abstoßend kann ich nun auch nicht sein.

»Äh. Okay. Jonathan, tut mir leid, ich …«

Er schüttelt den Kopf und sieht mich aus verweinten Augen an. »Clara, verdammt, nein, es liegt nicht an dir.«

Erst denke ich, dass ich mit dem Klassiker abserviert werde (»Es liegt nicht an dir, sondern an mir!«), doch dann wird mir klar, was er meint, und sofort fühle ich mich wie ein egoistisches Arschloch. Um Himmels willen, seine Mutter hat Krebs. Es kann sich nicht alles um mich und mein aufgeknöpftes Jeanskleid und meine Bolognese drehen.

Ich seufze traurig und rutsche zu ihm, um ihm den Arm um die gekrümmten Schultern zu legen.

»Bitte entschuldige«, murmele ich beschämt. »Ich habe nicht an sie gedacht.«

»Nein, warum solltest du auch? Es ist meine Sache, an sie zu denken.«

Okay, das klang jetzt vielleicht ein wenig unsensibel, aber das kann ich ihm schlecht vorwerfen, da er ja der mit den Sorgen ist.

»Ist sie schon wieder zu Hause?«

Er sieht mich an und schweigt lange, etwas zu lange für meine einfache Ja-Nein-Frage, aber ich darf ihn nicht drängen.

»Bekommt sie noch irgendeine Reha, oder geht es so?«, frage ich nach.

Da steht er auf. »Tut mir furchtbar leid, Clara, aber ich muss jetzt gehen.«

»Nein!« Ich springe auf und lege die Hände auf seine Arme. »Bleib. Wir müssen nicht ... Können wir nicht einfach Zeit miteinander verbringen? Vielleicht möchtest du reden? Ich höre gern zu.«

Er sieht mich an, und ich Egoistin hoffe, dass seine gequälte Miene auf Gun zurückzuführen ist, nicht auf meine Annäherungsversuche.

»Ein andermal«, sagt er. »Danke für das Essen.«

Ich umarme ihn fest. »Pass auf dich auf und grüß Gun von mir.«

Zehn Minuten nach Jonathans abruptem Aufbruch überlege ich ernsthaft, ob ich den Cava aufmachen soll, der immer noch im Kühlschrank steht. Denkt er, dass wir ihn uns bei seinem nächsten Besuch teilen? Denkt er überhaupt daran, noch einmal wiederzukommen, oder hat er mich gerade abserviert? Weiter komme ich nicht mit meinen düsteren Gedanken, denn das Handy klingelt, und Paulinas Name erscheint auf dem Display.

»Du musst zu Marcus fahren.«

Ich hole tief Luft. Diese Frau geht mir wirklich auf die Nerven. Es ist unfair, dass man Geschwister hat, die man nicht einfach aus seinem Leben verbannen kann. Sie behandelt mich wie einen Hofnarren, und das Schlimmste ist, dass ich sie meistens gewähren lasse. Bis jetzt. Das Maß ist voll.

»Das kannst du vergessen.«

»Was?«

Paulina klingt völlig sprachlos, so als ob es ihre Vorstellungskraft übersteigt, dass ich einen eigenen Willen und ein eigenes Leben habe.

»Selbst wenn es mir *nicht* schlecht ginge, hätte ich ja wohl keinen Grund, sofort zu springen, wenn dir danach ist, oder?«

»Was denn nun? Geht es dir jetzt schlecht oder nicht?«

»Wir können es dabei belassen, dass ich nicht in der Stimmung bin.«

»Äh. Aha. Auf jeden Fall«, spricht Paulina einfach weiter, als hätte sie nichts von dem gehört, was ich gesagt habe, »habe ich hier ein kleines Problem. Marcus hat ein Buch mit Cocktailrezepten, das sich Mama ausleihen darf, und ich habe versprochen, es ihr heute mitzubringen. Ich konnte es allerdings noch nicht abholen, und du weißt ja, wie sie ist.«

Ich starre auf die zwei leeren Kaffeetassen auf meinem Sofatisch und frage mich, was Jonathan gerade macht.

»Sag ihr, sie soll nach einem Rezept googeln. Oder Marcus kann es ihr mailen?«

»Aber kapierst du das nicht«, antwortet Paulina ungeduldig, »wir reden hier nicht davon, dass unsere Mutter zu Hause sitzt und Lust auf einen Cocktail hat. Wir reden von ihrer Geburtstagsfeier, und sie will sich durch alle Drinks in seinem exklusiven Buch probieren, um dann zu entscheiden, was auf der Party angeboten werden soll.«

Das klingt allerdings nach unserer Mutter.

»Aber sie braucht es doch bestimmt nicht ausgerechnet heute? Bis zu der Feier sind es noch viele Wochen.«

»Hast du unsere Mutter schon mal *erlebt,* Clara?«

Ich schweige, denn ich kann mir sehr gut vorstellen, wie Mama gerade ist, da sie sich nun mal in den Kopf gesetzt hat, sich mit der Getränkeauswahl zu beschäftigen.

Paulina spricht weiter: »Sie wird ausrasten, sie ist sowieso schon sauer auf mich, weil ich Tijana nicht fragen will, ob sie mit Mama auf Kleidersuche für die Feier geht und sie berät.«

Ich unterdrücke ein Lachen. »Deine Kollegin?«

Mama war einmal im Salon und redet seither überschwänglich und oft über Tijanas besonderen Kleidungsstil, an dem ihr die Kreativität und der Einfallsreichtum gefällt.

»Genau die.«

»Okay. Und warum kannst du das wichtige Buch jetzt nicht abholen?«

Allmählich klingt das Gespräch, als sei das Buch ein Ring, der von einer gegen ihren Willen ausgewählten Person vernichtet werden soll.

»Ich habe bis gerade eben gearbeitet, und jetzt muss ich in die Stadt, Schuhe für Samstag kaufen.«

Am Samstag wird Paulina dreißig (auch wenn alles an ihr darauf hindeutet, dass sie erst dreizehn wird), und sie will in einem Club feiern.

»Clara, biiiitteee. Sieh's als dein Geburtstagsgeschenk für mich.«

Ich seufze. »Na gut, schick mir seine Adresse.«

»Danke, danke, danke! Übrigens, du kommst doch am Samstag?«

»Jaja.« Bei meinem ergebenen Tonfall füge ich noch hinzu: »Ich freue mich darauf.«

»Super. Bring Jonathan mit.«

Siebzehn

Als ich vor Marcus' Wohnungstür stehe, im fünften Stock in einer netten Gegend in Solna, versuche ich, den umständlichen Ankleideprozess nicht übermäßig zu analysieren, der vor der S-Bahn-Fahrt stattgefunden hat. Ich war zufrieden mit meiner Kleidung. Verdammt, Jonathan war bei mir zu Besuch – ihn würde ich ja gar nicht erst reinlassen, ohne mich vorher hübsch gemacht zu haben. Warum dann die plötzliche Kleiderkrise? Ob das Ergebnis die Mühe wert war, kann man auch diskutieren, denke ich und blicke auf meine schwarzen Jeans und den grau melierten Pullover. Ist das nicht etwas langweilig …?

Die Tür wird geöffnet. Marcus wirkt überrascht, und erst da wird mir klar, dass ich meinen Besuch nicht angekündigt habe.

»Hallo«, sage ich. »Paulina hat mich angerufen und gesagt, dass sie Mama ein Buch von dir mitbringen sollte, ein Buch mit Cocktailrezepten, das du ihr leihen wolltest?«

»Klar doch.« Er geht ein Stück zur Seite und bedeutet mir, in den kleinen Flur zu treten. »Willkommen.«

Ich mache einen Schritt in den hellen, schmalen Vorraum und schließe die Tür hinter mir, während ich überlege, ob ich die Schuhe ausziehen soll, oder ob Marcus, der in die Wohnung weitergegangen ist, mir das Buch bringen will.

»Hast du Hunger?«, ruft Marcus aus der Küche.

Okay, ich kehre wohl nicht gleich wieder auf der Türschwelle um. Ich stelle meine Schuhe auf ein ordentliches Schuhregal und hänge meine Jacke über einen freien Kleiderbügel.

»Nein, ich habe gerade gegessen«, sage ich. »Ich bleibe nicht lange.«

Ich komme in eine kleine, grau gestrichene Küche mit dunkler Arbeitsfläche und einem Fenster, das auf einen dicht bewachsenen Innenhof hinausgeht. Dort liegen geschälte Kartoffeln neben einer Schüssel.

»Ist es in Ordnung, wenn ich trotzdem schnell etwas koche?«, fragt Marcus und holt ein Reibeisen aus dem Unterschrank.

Was meint er damit? Während ich selbst in seiner Wohnung nach dem Buch suche?

»Na klar!« Ich setze mich auf einen der Hocker, die um den Bartisch vor dem Fenster stehen.

Marcus beginnt, die Kartoffeln zu reiben, und sieht zu mir. »Suchst du Musik aus? Schau mal bei Spotify.« Er nickt zu dem iPad auf dem Tisch, und ich strecke mich danach. Wenn Marcus Gesellschaft möchte, kann ich auch ein bisschen bleiben.

Die Aufgabe erscheint mir unangemessen groß. Welche Musik wählt man, wenn man wegen der Faulheit und des Egoismus der eigenen Schwester plötzlich bei ihrem unnötig attraktiven Freund in der Wohnung sitzt? Definitiv keine romantischen Balladen. Nichts mit Sexanspielungen. Nichts zu Langweiliges, nichts zu Anspruchsvolles. Was bleibt da noch … die Beatles? Nach einer ganzen Weile entscheide ich mich für Keane, und schon ertönt die Musik aus dem Lautsprecher über mir im Regal.

»Muss Paulina noch arbeiten?«, fragt Marcus.

Soll ich die Wahrheit sagen und die weniger sympathischen

Seiten meiner Schwester offenbaren, oder soll ich ihr zuliebe zu einer Notlüge greifen?

»Sie ist jetzt fertig«, antworte ich zögernd, »aber sie ist ziemlich im Stress wegen Samstag und muss noch ein paar Sachen erledigen.« Ich mustere Marcus und suche nach Anzeichen von Enttäuschung, dass seine Freundin Besseres zu tun hat, als ihn zu sehen, aber er wirkt fast schon amüsiert.

»In eurer Familie nimmt man das Thema Partyplanung sehr ernst«, bemerkt er.

Ich lache trocken. »Ja, das stimmt. Kommst du auch?«

Gleichzeitig denke ich: *Du kommst doch?* Innerlich seufze ich über mein pathetisches Unterbewusstsein. Es geht natürlich darum, was ich aus lauter Blödheit nach seinem Besuch bei mir geträumt habe. Und um die Enttäuschung darüber, dass Jonathan bei meinen Verführungsversuchen die Beine in die Hand genommen hat.

»Ja«, antwortet Marcus und reibt weiter Kartoffeln.

Um nicht die ganze Zeit seine Muskeln anzuglotzen, die sich bei der Arbeit anspannen (im Ernst, Clara, er *reibt Kartoffeln!* Reiß dich zusammen!), betrachte ich die Wand, an der gerahmte Fotos hängen. Sie zeigen hauptsächlich Naturmotive, aber auch einige Gebäude. Und Menschen, aus der Ferne oder einem Winkel, der ihre Gesichter verbirgt. Die Bilder sind sehr schön. Lebendig und tiefgründig, als ob jedes einzelne eine Geschichte erzählen würde.

»Sind die Fotos von dir?«

Marcus blickt auf und sieht, worauf mein Blick gerichtet ist. »Ja«, antwortet er knapp.

Schweigend betrachte ich die Bilder weiter und frage schließlich: »Welches magst du am liebsten?«

»Von denen?« Marcus deutet zur Wand.

»Ja.

Er mustert sie nachdenklich, während er die Flüssigkeit aus den geriebenen Kartoffeln drückt. »Vielleicht das mit den Regentropfen. Ich mag die Bewegung darin.«

Ich nicke.

»Und du?«, fragt Marcus und holt Milch und Eier aus dem Kühlschrank. »Gefallen sie dir?«

»Sehr«, sage ich wahrheitsgemäß. »Vor allem das mit dem Mann und dem Kind auf der Parkbank. Aus dem entgegengesetzten Grund – ich mag die Abwesenheit von Bewegung. Die Zufriedenheit und Ruhe, die sie ausstrahlen.«

»Jetzt werde ich ja fast verlegen«, antwortet Marcus und verquirlt etwas in einer Schüssel. »Vielen Dank.«

»Das fällt mir schwer zu glauben«, sage ich. »Du siehst nicht aus wie jemand, der verlegen wird.«

Marcus lacht laut. »Nicht? Und wie sieht so jemand aus?«

Ich bleibe ihm eine Antwort schuldig, da mich immer mehr fesselt, was er da gerade tut. Als er Teig in die Pfanne gibt, steigt mir ein verlockender Duft in die Nase.

»Was kochst du?«

Marcus lächelt wieder, als ob ich gerade etwas total Lustiges gesagt hätte, und antwortet mit einer Gegenfrage. »Kochst du selbst auch?«

»So selten wie möglich«, gebe ich zu.

»Das werden Kartoffelpuffer. Bist du sicher, dass du nichts möchtest?«

»Oh, eine ganz kleine Portion vielleicht … Wenn genug da ist, natürlich. Ich habe ja schon gegessen.«

»Hier.« Marcus reicht mir zwei Teller, einen stelle ich vor mir ab, den anderen gegenüber. Dann stehe ich auf und deute fragend auf die Schubladen, woraufhin Marcus auf die oberste zeigt. Ich hole Besteck heraus, lege es zu den Tellern und stelle dann noch Gläser dazu, die ich in einem Oberschrank finde.

»Also …«, sage ich zögernd. Ich sollte langsam mal herausfinden, warum ich gleich an seinem Tisch sitze und ein zweites Mittagessen zu mir nehme, statt mit einem enorm wichtigen Rezeptbuch für Cocktails in der S-Bahn zu sitzen. »Also, Mama darf sich das Buch von dir ausleihen, um ein wenig herumzuprobieren. Was sieht der Plan sonst noch vor?«

Marcus legt die letzten Kartoffelpuffer auf einen Servierteller, schiebt die Pfanne von der Kochplatte und schaltet den Herd aus. »Ehrlich gesagt, habe ich den Plan noch nicht richtig verstanden.« Er lächelt. »Deine Mutter schien ein paar allgemeine Tipps zur Getränkeauswahl haben zu wollen, die ich ihr über Paulina geben sollte.«

»Ah. Das klingt ganz nach meiner Mutter«, sage ich.

Kurz darauf stehen ein Servierteller mit duftenden Kartoffelpuffern, eine Schale mit Speck sowie ein Glas kalt gerührter Preiselbeeren zwischen uns auf dem kleinen Tisch. Marcus bedeutet mir anzufangen, und ich nehme mir von allem etwas, während er Mineralwasser in unsere Gläser füllt.

»Wie läuft es mit den Büchern?«, fragt er, statt mir Tipps zur Getränkeauswahl zu geben.

Ich bin mir zwar nicht ganz sicher, was er genau wissen möchte, antworte aber rasch:

»Mit der Privatlektüre läuft es super. Ich habe gerade ein Buch von Kristan Higgins fertig gelesen, eine meiner Lieblingsautorinnen, und stehe jetzt vor dem angenehmen Dilemma, ein neues Buch aus dem Stapel ungelesener Bücher auswählen zu können.«

»Dabei stelle ich mir etwas vor, das ungefähr so hoch ist wie der schiefe Turm von Pisa«, meint Marcus. »Stimmt's?«

»Möglich«, gebe ich zu. »Aber das liegt vor allem daran, dass ich nicht so viel lesen kann, wie ich eigentlich möchte, weil die Arbeit so viel Zeit frisst.«

Wenn ich nicht gerade zu Hause bleibe und eine Magen-Darm-Grippe vorschiebe.

»Habt ihr Kollegen einen Lesekreis?«, fragt Marcus. »Es muss schön sein, wenn man eine so große Leidenschaft mit seinen Arbeitskollegen teilen kann.«

»Ja, das sollte man meinen. Das Problem ist nur, dass meine Kollegen – zumindest die eine, die immer das letzte Wort hat – meine Bücherauswahl unangemessen finden.«

Marcus hebt fragend die Augenbrauen, weshalb ich hinzufüge: »Sie hat mich sogar aufgefordert, solche Bücher nicht mehr zur Arbeit mitzubringen. Ich wäre ein schlechtes Vorbild für die Schüler.«

Marcus gibt sich erschrocken. »Was liest du denn bloß, Clara? Nein, sag es mir lieber nicht. Vielleicht werde ich dann auch noch negativ beeinflusst.«

Ich lache. »Wahrscheinlich. Allein schon beim Cover würdest du sicher Analphabet werden. Aber sag mal, wie hast du das hier eigentlich gemacht? Es ist fantastisch.«

»Freut mich, dass es dir schmeckt! Mein Spezialtrick ist, ein wenig Hartkäse in den Teig zu reiben.«

»Ich fürchte, mir wird auch kein Spezialtrick helfen. Ich beherrsche nicht einmal die grundlegenden Techniken. Es schmeckt auf jeden Fall großartig.«

»Super.« Eine Weile ist nur das Klappern von Besteck zu hören, dann lehnt sich Marcus zurück und betrachtet mich nachdenklich. »Ihr seid ganz schön verschieden, oder? Paulina und du.«

Und ich hatte schon Angst, dass er keine Menschenkenntnis besitzt. Im Gegenteil, ihm kann man nichts vormachen.

Ich lege das Besteck auf den Teller und trinke einen Schluck Wasser. »Ja«, antworte ich. »Wir haben normalerweise nicht dieselben Freunde, du darfst dich also geehrt fühlen.«

Ich beiße mir auf die Lippe. Du darfst dich geehrt fühlen!

Ich bin nicht dumm. Mir ist klar, dass meine Unbeholfenheit und das häufige Erröten in seiner Gegenwart darauf zurückzuführen sind, dass mein Gehirn mir einen Streich spielt. Weil das Glück, Jonathan wieder über den Weg gelaufen zu sein, schier unbegreiflich ist, tut mein Hirn so, als würde es sich für andere Männer in meiner Umgebung interessieren. Dahinter liegt die (bestimmt völlig unbegründete) Angst, enttäuscht zu werden, die Unfähigkeit zu akzeptieren, dass mir tatsächlich auch gute Dinge geschehen können. Sicher total normal. Wahrscheinlich gibt es einen psychologischen Fachbegriff dafür. Wenn ich wieder zu Hause bin, werde ich gleich mal recherchieren.

»Ich habe auch eine Schwester«, sagt Marcus nach einer Weile. »Rebecka. Sie ist ein ziemlich hoffnungsloser Fall.«

»Inwiefern?«, frage ich neugierig.

»Generell, fürchte ich. Sie trifft ständig schlechte Entscheidungen und gerät dann in Schwierigkeiten.«

Er wendet den Blick ab und sammelt die Teller zusammen. Ich überlege, wie viel ich in Marcus' Worte hineinlesen soll. Vielleicht wollte er einfach nur von seiner Schwester erzählen. Oder er wollte mir dadurch etwas über Paulina und mich sagen.

»Es ist nicht immer einfach zuzusehen, wie jemand, der einem am Herzen liegt, sich selbst schadet«, erwidere ich.

»Nein«, sagt Marcus leise, und ein Schatten huscht über sein ruhiges Gesicht. »Bestimmt nicht. Aber man muss versuchen, loszulassen, einzusehen, dass erwachsene Menschen die Verantwortung für ihr Verhalten selbst übernehmen müssen. Man kann nur versuchen, da zu sein.«

»Ja, ich schätze schon.« Ich blicke auf den Tisch, folge den Linien im Holz mit den Fingerspitzen und schäme mich ein wenig, wie ich normalerweise über meine Schwester denke und spreche.

»Kaffee? Tee?« Marcus nimmt den Servierteller und stellt ihn auf die Arbeitsfläche.

»Gerne Kaffee, vielen Dank.«

»Geht klar. Wir könnten uns ja auf den Balkon setzen? Er ist verglast, wir werden also nicht frieren.«

Ich blicke zum wolkenlosen Himmel. »Ja, das machen wir!«

Marcus schiebt die Balkontür auf, ich trete hinaus und sehe auf den Innenhof, der allmählich grün wird. Endlich Frühling.

»Setz dich schon mal«, sagt Marcus. »Nimm dir eine Decke, falls dir kalt ist. Milch, Zucker?« Ich schüttele den Kopf, und er verschwindet wieder in der Küche. Ich ziehe einen der Klappstühle heran und setze mich. Über jeder Rückenlehne liegt eine rote Decke, und ich wickele mich in eine ein, auch wenn es hier fast so warm ist wie in der Wohnung.

Bald kommt Marcus mit zwei dampfenden Tassen und setzt sich auf den anderen Stuhl. Ein paar Kinder streiten sich im Innenhof um eine der Schaukeln. Ich trinke einen Schluck Kaffee und sehe aus dem Augenwinkel, dass Marcus mich beobachtet. Oder sieht er zu den Kindern bei den Schaukeln? Vorsichtig drehe ich den Kopf. Nein. Die Kinder interessieren ihn nicht. Ich werde rot.

Schnell, sag etwas Unverfängliches. Irgendwas Neutrales.

»Also, scheint die Sonne in Luleå auch?«

Großartig. Genau das neutrale Gesprächsthema, das ich gesucht habe.

»Luleå?« Marcus sieht mich verständnislos an.

»Ja, ich meine … Du hast doch gesagt, dass deine Eltern dort leben. Habt ihr ein gutes Verhältnis?«

»Ja, schon.« Er lacht. »Vielleicht nicht so eng für einen täglichen Wetterbericht, aber es ist wirklich okay. Ich habe sie übrigens gerade erst besucht.«

Ich lächele widerwillig. »Wohnt deine Schwester auch dort?«

»Nein, sie wohnt in Sollentuna.«

»Hm.« Ich trinke einen Schluck Kaffee und sehe zu dem Spielplatz. Ein Vater hält die Hand eines kleinen Mädchens, während es um die Sandkiste balanciert. Auch wenn Klas' Anmerkungen zu meiner sogenannten Fortpflanzungsfixierung immer noch schmerzen, überlege ich, ob ich jemals ein Kind haben werde, das ich an der Hand halten kann. Ich versuche, mir Jonathan mit unseren Kleinen im Arm vorzustellen, und lächele. Eines habe ich auf jeden Fall gelernt. Ich werde das Gespräch während der ersten Jahre nicht auf das Thema bringen. Wenn man bedenkt, dass Jonathan es gewohnt ist, kreuz und quer durch die Weltgeschichte zu reisen, würde er wahrscheinlich sofort Schluss machen, wenn ich auch nur etwas von Familienplanung andeutete. Wenn er nicht schon längst Schluss gemacht hat.

»Woran denkst du?«, fragt Marcus.

Wenn er nur nicht eine so schöne Stimme hätte, wäre das hier viel leichter. Und wenn er nur nicht so interessiert klänge. Schlimm genug, dass ich höchst unpassend von ihm geträumt und immer noch nicht die kleinste Gemeinsamkeit zwischen ihm und Paulina gefunden habe. Dass er außerdem tatsächlich so klingt, als wolle er hören, was ich denke, macht das Ganze extra anstrengend.

Da kommt mir ein Geistesblitz. Die Lösung ist natürlich, wahrheitsgemäß zu antworten. Danach sollte er doch auf Abstand gehen.

»Ich denke daran, wie es wäre, wenn wir Kinder hätten … mein Freund und ich.«

Schon habe ich das Gefühl, wieder viel leichter atmen zu können. Es ist so schön, das sagen zu können: *mein Freund.* Gelogen ist es auch nicht. Vielleicht greife ich den Ereignissen nur ein wenig vorweg.

Marcus wirkt überhaupt nicht eifersüchtig – warum sollte er das auch? –, sondern höchstens ein wenig überrascht. »Seid ihr schon lange zusammen?«

Hm, vielleicht muss ich meine Taktik, bei der Wahrheit zu bleiben, ändern. Nach ein paar Dates schon von Kindern zu sprechen, würde sogar auf mich fortpflanzungsfixiert wirken.

»Wir kennen uns schon sehr lange«, sage ich mit einem Nicken und werfe Marcus aus dem Augenwinkel einen Blick zu, während er mich geradeheraus ansieht, und dann kann ich nicht mehr lügen. Nicht einmal eine Notlüge oder eine kleine Anpassung der Wahrheit bringe ich zustande, wenn er mich so anschaut. Ich atme tief durch. »Wir waren auf dem Gymnasium befreundet, und ich war damals schon in ihn verliebt. Aber wir haben uns erst jetzt … wiedergetroffen. Er hat einige Jahre im Ausland gearbeitet und ist kürzlich wieder hergezogen.«

»Wow«, sagt Marcus. »Das ist ja wie ein Märchen.« Jetzt klingt er vielleicht ein klein wenig eifersüchtiger als zuvor. Zumindest scheint er es nicht so romantisch zu finden wie ich. (Andererseits waren wegen mir noch nicht viele Menschen zu Tränen gerührt. Wahrscheinlich ist seine Reaktion total normal.)

»Ja«, antworte ich.

»Also«, sagt Marcus und steht auf. »Wenn du schon mal da bist, gebe ich dir etwas mit. Moment.«

Ich sehe ihm nach, als er hineingeht, und überlege, was er mir wohl mitgeben will. Sicher etwas, das Paulina hier vergessen hat. Solange es nicht ihre Unterwäsche ist… Mit den leeren Tassen folge ich Marcus in die Wohnung, wo ich sie in der Küche abstelle. Marcus kommt aus einem Zimmer, das sicher sein Schlafzimmer ist, und reicht mir ein Buch. Ich sehe auf den ersten Blick, dass es kein Bildband mit Cocktailrezepten ist.

Ich nehme es und mustere den hübschen Umschlag und den ebenso hübschen Titel: *Die Abenteuer des Tom Bombadil.* Überrascht sehe ich auf.

»Wegen des *Hobbits*«, erklärt er. »Das hier ist eines von Tolkiens unbekannteren Werken, aber als ich es im Bücherregal meines Vaters gefunden habe, musste ich es einfach mitnehmen. Vielleicht möchte dein Schüler es ja haben. Yousif, richtig?«

Jetzt bin ich platt. Er macht es mir wirklich nicht leicht, mit… wie auch immer sich dieses psychologische Phänomen nennt zurechtzukommen. Ich muss das gleich recherchieren. Wenn ich Glück habe, kann man was dagegen tun.

»Wie nett von dir… vielen Dank. Ich werde es ihm auf jeden Fall geben. Wenn es deinem Vater nichts ausmacht…?«, murmele ich.

»Klar. Wenn ich ihn fragen würde, hätte er garantiert nichts dagegen.« Marcus lächelt breit und zwinkert mir zu. Mit hämmerndem Herzen gehe ich weiter zur Diele.

»Na, dann gehe ich jetzt mal. Danke für den Kaffee. Und das Essen. Und das Buch.« Ich schwenke den Band lächelnd.

Marcus kommt mir nach. »Schön, dass du hier warst«, sagt er.

»Sehr schön«, antworte ich und reiße schon die Tür auf, um zu flüchten. Da legt Marcus eine Hand aufs Türblatt und holt mit der anderen etwas von der Hutablage.

»Und das hier. Ich schätze, meine Ratschläge kann ich auch wann anders geben«, meint er lachend.

Ich nehme ihm ein dickes cremeweißes Buch ab, auf dessen Cover verschnörkelte Buchstaben und hübsche Gläser abgebildet sind.

Ich sehe ihn erschrocken an. Wollte ich gerade ohne das Buch gehen? Und als ob das nicht schon reichen würde: Haben wir den Nachmittag wirklich zusammen verbracht, ohne über Mamas Party nachzudenken, dem eigentlichen Grund für unser Treffen? Mama wird mich dafür zur Rechenschaft ziehen. Genauso wie mein Über-Ich und mein Gewissen, sobald sie sich gegen das wilde Klopfen meines Herzens durchgesetzt haben.

Marcus lacht. »Schau nicht so bestürzt.« Und dann umarmt er mich. »Ich verspreche, dass wir alles so organisieren, dass deine Mutter zufrieden ist«, sagt er mit seinem Mund an meinem Ohr.

Mhm. Sie wäre eher weniger zufrieden, wenn sie wüsste, welche ihrer Töchter gerade in Marcus' warmen Armen lag.

»Tschüs«, flüstere ich, dann flüchte ich ins Treppenhaus und schließe vorsichtig die Tür hinter mir.

Achtzehn

Endlich schmilzt der Schneematsch weg, und vor dem Fenster fährt brummend die Straßenreinigung vorbei. Sie sind meine Lieblingsanzeichen für den Frühling. Buschwindröschen und Zitronenfalter in allen Ehren, aber es ist etwas Besonderes, in dünnen Stoffschuhen auf freien Wegen zu gehen.

Am nächsten Nachmittag klemme ich mir eine Tüte unter den Arm und spaziere nach Süden, auf das Zentrum von Sollentuna zu. Ich habe mir die Adresse der Familie Aspegren eingeprägt und auf dem Stadtplan den kürzesten Weg angesehen. Måns' sarkastische Worte konnte ich seit dem Elterngespräch nicht vergessen. Sein Versuch, den *Hobbit* lächerlich zu machen, hat mich zuerst verärgert, dann herausgefordert. Wenn dem Jungen der *Hobbit* nicht gefällt, was könnte ich ihm dann geben? Was will ein überheblicher junger Mann lesen, der so erzogen wird, als sei er der absolute Überflieger? Dass er überhaupt nicht lesen mag, kann ich mir nicht vorstellen.

Meine Wahl fiel auf J. D. Salingers *Der Fänger im Roggen.* Vor der hellgelben Villa, die vom Anfang des zwanzigsten Jahrhunderts zu sein scheint und bestimmt geschmackvoll und behutsam renoviert wurde, überprüfe ich noch einmal die Hausnummer, bevor ich den gepflasterten Weg zur Tür gehe und klingele. Als ich gerade ein zweites Mal auf die Klingel drücken will, wird die Tür einen Spalt geöffnet. Måns späht heraus. Auf seiner Wange prangt ein Kissenabdruck, und seine Haare stehen in alle Richtungen ab.

»Was machen Sie hier?«

»Hallo, Måns. Ich war gerade in der Gegend und habe dir etwas zu lesen mitgebracht.«

Måns will schon protestieren, doch ich reiche ihm die Tüte und spreche weiter:

»Es wäre einfach so unnötig, wenn du im Zeugnis eine Sechs in Schwedisch hättest. Wenn du aus welchen Gründen auch immer nicht in den Unterricht kommen kannst, dann liest du das hier zu Hause und bekommst von mir Aufgaben dazu.«

Måns mustert skeptisch die Tüte, als ob er sich nicht sicher wäre, ob ich ihm irgendetwas Ekliges unterjubeln will. Dann holt er immerhin umständlich das Buch heraus, betrachtet die Vorderseite, liest den Text auf der Rückseite und sieht mich dann an.

»Das hier lesen wir dann jetzt also?«

Ich schüttele den Kopf. »Nein, das ist nur für dich.«

Offenbar war das die richtige Antwort, denn Måns strafft ein wenig die Schultern. Er kratzt sich an der Brust und mustert wieder die Vorderseite des Buchs.

»Schreib mir eine Mail, wenn du fertig bist«, sage ich, hebe die Hand zum Abschied und gehe den Pflasterweg der Aspegrens zurück.

»Ich habe etwas für dich.« Jonathan vergräbt seinen Mund an meinem Hals. Ich spüre seinen warmen Atem und rieche Bier. Ich schiebe eine Haarnadel zurück, die sich verabschieden will, und stelle meinen Drink auf den klebrigen Tresen.

»Für mich? Du weißt schon, dass meine Schwester Geburtstag hat, ja?«

»Ja … das weiß ich.« Er schiebt mir eine Haarsträhne aus dem Gesicht und küsst mich auf die Wange. »Aber du bist die Prinzessin, die meine Hilfe benötigt. Wirkt es so, als bräuchte deine Schwester bei irgendetwas Hilfe?«

Ich sehe zu Paulina, die auf der Tanzfläche inmitten der verschwitzten Menge steht und die Arme nach oben streckt, sodass ihr kurzes Glitzertop über dem flachen Bauch nach oben rutscht. Sie wiegt die Hüften, und das kleine Carpe-diem-Tattoo schaukelt dabei wie eine Ente auf dem Meer. Ihre rosa geschminkten Lippen formen den Text des Liedes, dessen Bässe die Tanzfläche erbeben lassen. Die Frauen, die um sie herumtanzen, sehen sie bewundernd an. Mir fällt auf, dass Jana, Jennica und Paulinas andere Freundinnen nicht dabei sind.

»Ehrlich gesagt, weiß ich nicht genau, was ich darauf antworten soll«, sage ich. »Was hast du für mich, das mir helfen könnte?«

Wenn es nicht irgendeine abgegriffene alte Ausgabe eines fast vergessenen Tolkien-Buches ist, übertreibt er wahrscheinlich. Doch das kann ich ihm nicht ins Gesicht sagen. Ich sehe Jonathan an, den hübschen, funkelnden Jonathan, der, ohne zu zögern, zugestimmt hat, als ich ihn gebeten habe, mich heute zu begleiten. Der das Ende unseres letzten Treffens nicht einmal erwähnt hat, der mich auf die Wange küsst und Prinzessin nennt. Glücklich stelle ich fest, dass ich wohl doch nicht verlassen wurde, trotz allem.

»Das bekommst du später«, sagt Jonathan. »Aber ich garantiere dir, dass es all deine Probleme lösen wird. Versprichst du jetzt, dass du heute Abend mal so richtig Party machst?«

Ich winde mich. Findet er mich langweilig? Er scheint meine Gedanken zu erraten, denn er stößt mich mit dem Ellbogen an und fügt hinzu: »Du musst tanzen, das meine ich, tanzen, trinken und dich mit lockeren Menschen umgeben. Oh, das ist super!« Er macht einen Schritt Richtung Tanzfläche und wippt im Takt der Musik.

Ich lache erleichtert. »Ich verspreche, dass ich keine Grammatikklausuren an der Bar korrigieren werde.«

Bevor er davoneilt, deutet er noch auf mein Glas. »Lecker, was?«

Ich blicke auf die Reste meines bunten Drinks. »Schon, ja. Sehr süß.« Ich versuche, es wenigstens neutral klingen zu lassen. Jonathan wirkt zufrieden.

»Also genau wie du.« Er blinzelt und hält den Daumen hoch. »Noch einen?«

»Später vielleicht«, antworte ich. »Geh nur tanzen, ich komme nach. Muss nur noch schnell auf die Toilette.«

Die Schlange vor dem Klo ist lang, und ich stelle mich hinter ein dünnes Mädchen, das das Mindestalter für den Einlass mit Sicherheit noch nicht erreicht hat. Sie betrachtet sich in einem kleinen Taschenspiegel und zieht mit sicherem Strich den Kajal an den Unterlidern nach. Plötzlich werde ich fünfzehn Jahre zurückgeworfen und weiß noch genau, wie mein Herz schneller schlug, während ich in der Warteschlange vor dem Pub stand, den gefälschten Ausweis fest in der Hand. Ein nervöser Gruß, Haare, die nach hinten geworfen wurden, ein schief gelegter Kopf. Und dann die Euphorie, wenn der Türsteher mich vorbeiließ. Felicia und mich. Schon seltsam, wie eingeschworen wir damals waren: Felicia, ich, Jonathan und Olle. Felicia hatte sich um die gefälschten Ausweise gekümmert, mit einem Schulterzucken, als ginge es um einen Liter Milch aus dem Supermarkt. Für mich war es der Einblick in eine verbotene und fremde Welt.

Drei Frauen kommen aus der Toilette, und das Mädchen vor mir schwankt einen Schritt nach vorn. Ich bleibe dicht hinter ihr, falls ich sie stützen muss. Hat sie auch eine Freundin, die einen gefälschten Ausweis für sie organisiert hat? Nein, sie ist definitiv der Typ, der sich selbst darum kümmert. Sie ist eine Felicia.

Kichernd und kreischend eilen die drei Frauen an der Warteschlange vorbei. Erst da sehe ich, dass eine von ihnen Paulina ist. Meine Schwester kreischt begeistert auf, fällt mir um den Hals und schreit mir ins Ohr, um die laute Musik zu übertönen: »Jetzt entspann dich mal, Clara! Man darf sich auch mal ein bisschen amüsieren!« Sie grinst breit, und ich wische mir einen Speicheltropfen vom Kinn, den Paulina beim Sprechen verspritzt hat. Haben alle um mich herum beschlossen, dass ich zu wenig Spaß habe, oder warum reden auf einmal alle mit mir, als sei mein Leben langweiliger als das eines Wurms?

»Klar, der Abend ist doch wirklich sehr vergnüglich.« Hilfe, ich klinge wie eine verkniffene alte Tante beim Kaffeekränzchen. »Wo ist Marcus eigentlich?« Ich will ganz beiläufig klingen, was mir nicht gelingt, doch Paulina fragt zum Glück nicht nach.

»Er kommt später«, sagt sie, dann beugt sie sich vor und brüllt mir nuschelnd ins Ohr: »Marcus … du, der ist wirklich was völlig Neues für mich.«

»Aha.«

»Ich meine, sexuell gesehen.«

»O bitte!«

Diese Milchsäure in den Beinen. Woher kommt die denn auf einmal, obwohl ich seit drei Tagen nicht gejoggt bin?

Das Mädchen vor mir schwankt in den Toilettenvorraum, und ich schwanke ihr auf meinen Milchsäurebeinen hinterher. Paulina bleibt mir dicht auf den Fersen und beugt sich wieder zu mir.

»Und wie läuft es für dich, Fräulein Prüde?« Sie wirft den Kopf in den Nacken, sodass ihre Haarmähne nach hinten schwingt, und kichert. »Ich hoffe wirklich, dass du jede Chance ergreifst, Jontes Götterkörper anzufassen.«

Zu meiner Erleichterung öffnet sich die Tür, und das Mädchen schwankt an uns vorbei. Der Türgriff klebt unter meiner Hand, als ich in die Kabine schlüpfe. Bevor ich die Tür hinter mir schließe, werfe ich meiner Schwester ein rasches Lächeln zu.

»Gerade hast du doch noch gesagt, ich solle mich nicht verletzen lassen, deshalb weiß ich jetzt nicht so genau, was ich von deinen Ratschlägen halten soll.«

Als ich die Tür ins Schloss ziehen will, schiebt Paulina ihre perlenbesetzte Sandale in den Spalt. »Ach, da war ich wohl ein bisschen verklemmt«, zischt sie. »Man lebt nur einmal.« Vorsichtig schiebe ich Paulinas Fuß zurück und ziehe die Tür zu.

»Lausch lieber der Saite, die gerissen ist«, theaterflüstert sie, »als niemals eine Geige besessen zu haben.«

Ich will schon ihre Interpretation der Gedichtzeile von Verner von Heidenstam verbessern, doch da spricht sie bereits weiter:

»Außerdem hatte ich vergessen, wie süß er ist. Er hat diese Ausstrahlung, dass er auf alles scheißt und das Leben genießt, verstehst du, was ich meine?«

Ich sitze auf der Kloschüssel und schließe die Augen. »Und

sein Körper erst! Schlank, aber trotzdem muskulös. Du siehst, du solltest also schnell wieder rauskommen.« Sie kichert, dann wird es still. Bevor ich wieder nach draußen gehe, atme ich tief durch. Paulina hat Geburtstag. Ich werde mir jetzt ein Bier bestellen, die Gedanken abschütteln, die in meinem Kopf kreisen, und tun, was man mir befiehlt: Spaß haben.

Ich muss mich nur erst ein wenig sammeln. Zurück im Club lasse ich mich auf das nächstbeste Sofa fallen, wo die Musik nicht ganz so laut ist, und lehne mich zurück. Der Lederüberzug klebt an meinen Oberschenkeln, die endlich nicht mehr zittern. Eine übertriebene Reaktion auf Paulinas Kommentar, sollte man meinen. Sie hat neue sexuelle Erfahrungen gemacht, na und? Das ist mir egal. Ich finde nur, dass sie und Marcus so überhaupt nicht zusammenpassen. Als ob Mr. Darcy mit … Madame Bovary zusammen wäre. Um mich abzulenken, hole ich mein dünnes Taschenbuch aus der Handtasche (Paulina hat mir tatsächlich vor der Party geschrieben und nur zu deutlich gemacht, dass ich meine »Büchertasche« zu Hause lassen soll, deshalb habe ich nur ein kleines Taschenbuch untergebracht). Zu meiner Verteidigung kann ich sagen, dass ich nicht die Einzige bin, die herumsitzt und liest (auch wenn die anderen nicht in Bücher, sondern auf ihre Handys starren, und dabei sicher auch nicht zum fünfzehnten Mal den *Kaiser von Portugallien* lesen). Schon nach kurzer Zeit bin ich völlig von dem Buch absorbiert und habe alles um mich herum vergessen.

»Clara?«

Ich erstarre. Diese tiefe, ernste Stimme kenne ich. Ich hebe den Kopf und blicke direkt in Marcus' Augen. Plötzlich sitzt er mir gegenüber. Das schwarze T-Shirt steht ihm, denke ich.

Er wäre wahrscheinlich auch in einem rostigen Kettenhemd attraktiv, doch es sitzt wirklich … Aber das ist mir ja sowieso egal.

Es heißt übrigens Parathymie, diese Störung, an der ich leide, affektive Inadäquatheit (und ja, ehrlich gesagt, leide ich gar nicht so sehr darunter). Ich starre Marcus an, während der Text, den ich letztens bei meiner Google-Recherche gefunden habe, in meinem Hinterkopf herumschwirrt: Gefühlsäußerungen, die nicht mit der Situation übereinstimmen. Ich wusste doch, dass es eine Erklärung gibt!

»Hallo!« Ich setze mich auf und zupfe mein rotes Kleid nach unten, das irgendwie doch verflixt kurz ist. »Ich dachte, du kommst erst später.«

»Ich bin gerade gekommen«, antwortet Marcus. »Alles in Ordnung?« Er nickt Richtung Buch.

»Äh, ja. Ich habe nur eine kleine Pause gebraucht«, gebe ich zu.

Marcus nickt, als wäre es überhaupt nicht komisch, dass jemand in einem Club Selma Lagerlöf liest, anstatt sich zu betrinken und irgendwen aufzureißen wie die meisten normalen Menschen.

»Was liest du gerade?«

Statt das Buch zuzuklappen und ihm das Cover zu zeigen, schiebe ich es ihm aufgeschlagen zu. Er beugt sich vor, und ich sehe, wie sein Blick über die Zeilen huscht. Dann sieht er mich an.

»Der Kaiser von Portugallien?«

Ich muss lachen. »Echt jetzt? Das hast du an einem Absatz erkannt?«

Er hebt die Augenbrauen. »Klara Fina. Da war alles klar.«

Er lächelt breit, nicht das feine Lächeln wie sonst, und ich rufe mir energisch in Erinnerung, dass er von der Hauptperson des Buches spricht, nicht von mir. Auch wenn einem bei diesem Lächeln schon ganz anders werden könnte … schätze ich. Wenn ich in mich hineinhorchen würde – wozu ich überhaupt keinen Anlass oder das Recht habe. Parathymie hin oder her.

»Glaub mir, viele könnten das nicht«, erwidere ich lächelnd. »Nicht jeder hat das Buch gelesen, und selbst wenn, könnte man ihren Namen auch vergessen haben.«

»Möglich. Aber ich finde, den Namen merkt man sich.« Er sieht fast verlegen aus, und mein Herz schlägt sofort schneller, als es vernünftig ist. Wieder muss ich mir ins Gedächtnis rufen, dass er über eine andere Klara spricht. Er hat schon recht, an Klara Fina Gulleborg erinnert man sich.

»Hm, ja, schon. Hast du viel von Selma Lagerlöf gelesen?«, versuche ich abzulenken.

»Einiges. Mein Vater ist Professor für Literaturwissenschaft, und viele Jahre lang habe ich sehr viel gelesen, als ich noch dachte, ich würde in seine Fußstapfen treten.«

Aha. Sofort sehe ich vollgestopfte Professorenbücherregale vor mir, die vor alten, neuen, dicken und dünnen Büchern geradezu aus allen Nähten platzen. Mit einer schmalen Lücke, in der *Die Abenteuer des Tom Bombadil* bis vor Kurzem noch stand. Flüchtig denke ich auch, dass es toll wäre, seinen Vater mal kennenzulernen. Wenn Paulina und er heiraten oder Kinder bekommen (da ist sie wieder, die Milchsäure … im Kopf?), ergibt sich bestimmt eine Gelegenheit.

»Wow«, sage ich. »Aber …?«

»Aber meine Füße haben nicht so richtig in seine Fußstapfen

gepasst. Ich lese gern zum Vergnügen, aber mir war nicht ganz klar, welches Niveau für einen solchen Beruf erforderlich ist.«

Ich schäme mich für meine Versuche, Marcus als ungebildet und ohne akademische Ambitionen abzustempeln. Er hat sich schließlich die ganze Zeit für meine Arbeit und meine Privatlektüre interessiert.

»Nein, das stimmt. Sein Hobby zum Beruf zu machen muss nicht automatisch funktionieren. Liest du jetzt immer noch?«

»Zeitweise«, antwortet Marcus. »Sonst schaue ich meistens Filme.«

Ich nicke und überlege wieder, wie gut Marcus und Paulina einander wohl kennen. Sie scheinen völlig gegensätzlich zu sein. Auf der anderen Seite reden sie vielleicht gar nicht so viel. Wenn man Paulina glauben darf, beschäftigen sie sich mit anderen Sachen. Ich schaudere beim Gedanken an ihre Bemerkung von zuvor und senke den Blick, während ich nach einem harmlosen Thema suche.

»Was sind deine Lieblingsbücher?«, fragt Marcus.

Ich beginne von den Büchern zu sprechen, die mir besonders viel bedeutet haben, und nach einer Weile hat sich mein Unbehagen gelegt. Mir wird warm beim Gedanken an meine Lieblingsbücher, und ich fühle mich – wie immer – gestärkt von meinen fiktiven Mitschwestern.

»*Gulla* kenne ich ein wenig«, sagt Marcus. »Ich glaube, meine Mutter wollte meiner Schwester die Reihe mal näherbringen.« Er lächelt schief, als wäre klar, wie gut das geklappt hat. »Bei *Lotta* muss ich allerdings meine Unkenntnis gestehen.«

»Oh, *Lotta*«, seufze ich. »Sie ist richtig toll. Manchmal ist sie immer noch wie meine beste Freundin.«

Marcus lacht, als hätte ich gerade einen Witz gemacht. Glück für mich, denke ich, als mir klar wird, wie viel ich tatsächlich gerade von mir preisgebe. Wenn er wüsste, dass ich es ernst gemeint habe, würde er sich höflich entschuldigen und zu Paulina flüchten.

Was natürlich völlig in Ordnung wäre. Er kann ja wohl kaum bleiben.

»Also … Paulina ist auf der Tanzfläche, glaube ich«, sage ich hilfsbereit.

Marcus reckt den Hals und spät in die Richtung.

»Das wundert mich nicht«, meint er lächelnd. »Ich bin direkt von der Arbeit gekommen und wollte erst noch kurz verschnaufen, bevor ich mich ins Getümmel stürze.« Er deutet zur Tanzfläche, und ich überlege fieberhaft, was ich für eine Ausrede habe, keinen *Spaß zu haben,* wie man mir jetzt schon ein paarmal aufgetragen hat.

»Wo arbeitest du?« Ich sehe zu dem flachsblonden Typen hinter der Bar, der stark tätowiert ist und extrem entspannt wirkt. Irgendwie kann ich mir Marcus schwerlich neben ihm vorstellen.

»Im *Scotch and Sons* in der Österlånggatan. Der Fokus liegt mehr auf schottischem Whisky und britischem Bier als auf pappsüßen Cocktails.«

Ich lege die Hände auf den Bauch, als ob ich das mintgrüne Gesöff darin verbergen wolle. »Okay. Da ist dann wohl nichts für mich dabei.«

»Du magst also lieber Cocktails? Oder Rosé?«

Ich schlage ein Bein über das andere. Meine Absätze sind viel höher, als ich es gewohnt bin, und es tut gut, die Füße zwischendurch auszuruhen. »Vielleicht. Oder nein, ich weiß es nicht.« *Ich mag eigentlich lieber zu Hause in meiner Einzimmerwohnung Tee trinken, mit den Aufsätzen meiner Schülerinnen und Schüler als einziger Gesellschaft.* Ich hebe den Kopf. Marcus sieht mich an, ohne den Blick abzuwenden, als ob er auf eine ausführlichere Antwort warten würde. »Ich gehe nicht mehr so oft aus«, sage ich schließlich. »Die anderen finden, ich solle mich mal entspannen und heute Abend Spaß haben. Wahrscheinlich haben sie recht.«

Marcus nickt. »Und findest du, dass man sich hier entspannen kann?« Er macht eine Geste in Richtung der lauten Bar und der verschwitzten Tanzfläche, auf der sich die Menschen immer näher kommen.

Etwas in mir macht klick, als wäre ein Schlüssel in einem Schloss umgedreht worden. Klick. Einfach und mit sofortiger Wirkung. Denn mit einem Mal weiß ich es ganz sicher. Der Geruch nach Schweiß, verschüttetem Bier und ein wenig nach Erbrochenem wird immer aufdringlicher. Eine Frau in meinem Alter stolpert auf ultrahohen Absätzen und mit mindestens so hohem Promillegehalt an uns vorbei. Ein Mann kreuzt ihren Weg, und sie fällt ihm kichernd in die Arme. Ich schüttele mich und stütze die Ellbogen auf die Tischplatte. Dann sehe ich zu Marcus.

»Weißt du, wo ich jetzt gern wäre?«, frage ich. »In einem Café mit einem guten Buch. Oder vielleicht auf einer Autorenlesung.«

»Das habe ich mir gedacht.« Marcus mustert mich forschend. »Weißt du, wo es dir besser gefallen würde als hier? Im *Scotch and Sons.* Mit einem guten Buch und einem ordentlichen Single Malt.«

Ich schüttele lachend den Kopf. Ehrlich sein zu dürfen hilft schon sehr. Nicht mit einem gezwungenen Lächeln herumgehen und so tun zu müssen, als hätte ich genauso viel Spaß wie Paulina.

Ich werde einfach nie der Carpe-diem-Typ werden. »Whisky? Lieber nicht.«

»Wann hast du zuletzt welchen getrunken?«

»Keine Ahnung … Um das Abitur herum vielleicht?«

»Moment.« Marcus verschwindet im Gedränge und lässt mich in einem Meer von Gefühlen zurück. Ich frage mich, ob Jonathan mich vermisst, ob ich vielleicht besser auf die Tanzfläche gehen und ihn suchen sollte, bevor meine Schwester doch noch seinen Geigensaiten lauscht. Ich versuche, nicht daran zu denken, was Paulina in sexueller Hinsicht alles von Marcus gelernt hat. Doch es kribbelt auch vor Erwartung in meinem Bauch. Mein Körper entspannt sich, und ich fühle mich betrunkener, als ich es nach dem einen Drink sein sollte. Bald kommt Marcus mit zwei Gläsern zurück.

»Hier.« Er schiebt mir eines zu.

Ich betrachte die goldgelbe Flüssigkeit, nehme das Glas und halte es unter die Nase. Der starke Geruch schreckt mich ab, ich stelle das Glas mit einem leisen Klirren ab und lache. »Also, ich glaube nicht, dass das was für mich ist.«

Marcus trinkt einen Schluck. »Kein Problem, ich zwinge dich nicht.« Er stellt sein Glas ab und beugt sich über den Tisch. »Wie läuft es in der Arbeit?«

»Äh, ja. Ich war diese Woche nicht dort.«

Marcus verzieht das Gesicht. »Oje. Entschuldige, dass ich frage, aber … Passiert es oft, dass du es nicht schaffst hinzugehen? Denn dann scheint das nicht die richtige Stelle für dich zu sein.«

»Nein! Das passiert sonst nie! Ich habe immer mein Bestes gegeben, war immer pünktlich, habe immer die Zähne zusammengebissen. Du musst mir nicht glauben, aber tief in mir drin besitze ich Arbeitsmoral. Deshalb fühle ich mich jetzt auch wirklich mies.«

Ohne nachzudenken nehme ich das Glas und lasse einen kleinen Tropfen auf die Zunge fließen. Er ist stark und schmeckt wie nichts, was ich schon einmal getrunken habe.

»Gar nicht so schlecht, was? Lagavulin, vielleicht der beste von Islay. Das genaue Gegenteil zu dem billigen Bourbon, den du bestimmt damals getrunken hast. Und zu den Getränken hier.« Er lächelt, sodass die Lachfältchen in seinen Augenwinkeln sichtbar werden, und ich erwidere das Lächeln widerwillig.

»Meine Schwester war also in deiner Whiskybar?«

ZACK.

Die Stimmung platzt wie ein Ballon, und ich bereue meine Frage sofort. Warum musste ich das Gespräch auf Paulina und die seltsame Beziehung bringen, die Marcus mit ihr hat? Warum konnte ich nicht einfach ein wenig carpe diem in mein Leben lassen, nur einmal?

»Es war die letzte Station ihrer Kneipentour«, sagt Marcus mit neutraler Stimme. Eine ganz neue Distanz liegt zwischen uns.

»Aha.« Ich versuche, ebenfalls neutral zu klingen, spreche aber mindestens eine Oktave zu hoch. »Aber ihr hattet trotzdem Zeit … einander zu finden?«

Was mache ich hier eigentlich? Warum kann ich nicht einfach die Klappe halten? Ich will es ja nicht einmal wissen. Ich sehe vor mir, wie Paulina in Marcus' Pub stolpert, sturzbetrunken und leichter umzuwerfen als ein schlecht gebautes Kartenhaus. Ich lehne mich auf dem Sofa zurück und sehe Marcus an, dem die Wendung des Gesprächs offenbar unangenehm ist.

»Ich würde lieber nicht darüber reden, wenn das in Ordnung ist. Ich meine, es fühlt sich falsch an, mit dir darüber zu sprechen.« Er redet langsamer, gedehnter, als müsse er sich zu diesen Worten zwingen.

»Nein, natürlich! Bitte entschuldige.« Ich trinke noch einen Schluck. Als ob ich hören will, wie sich ihre erste Liebesnacht angebahnt hat. Wie diese Hände, die auf dem Tisch zwischen uns ruhen, über die schimmernde Haut meiner Schwester strichen. Ich schaudere und richte mich auf. »Also … Ich suche mal nach meinem Date. Danke für den Whisky.« Ich lächele rasch und mache mich auf die Jagd nach Jonathan.

Neunzehn

Im selben Augenblick, als ich Jonathan entdecke, beginnt *Livin' La Vida Loca* aus den Lautsprechern zu dröhnen. Jonathan und Paulina kreischen verzückt auf, und ihre Bewegungen werden noch intensiver, ihre Gesichter bekommen einen ganz neuen Glanz. Rhythmus und Text sind wie für die beiden gemacht, denke ich, als würde hier gerade das Leitmotiv ihres Lebens abgespielt. Komisch. Die beiden bedeuten mir so viel, und doch sind sie ganz anders als ich. Ich dränge mich zu ihnen hindurch und lege die Hand auf Jonathans Arm. Strahlend zieht er mich an sich, und ich falle dankbar in seine warme Umarmung, wobei ich mir der Frauen sehr wohl bewusst bin, die um ihn herumtanzen. Ihre Blicke treffen mich wie Hagelkörner. Jonathan und Paulina sind der offensichtliche Mittelpunkt der wogenden Menge. Sogar ich werde mitgerissen. Zum ersten Mal seit Langem tanze ich, ohne mich zurückzuhalten, und merke, dass es mir tatsächlich Spaß macht. Jonathan sieht mich an und lacht, und als er sich vorbeugt, seine Hand unter mein Kinn legt und mich küsst, sind Enttäuschung und Missgunst um uns herum nahezu greifbar. Mir tun die Frauen leid, die Jonathan ins Visier genommen hatten. Na ja, fast.

»Clara!« Paulinas Stimme übertönt die Musik. »Du musst dich um Yvonne kümmern!«

Es dauert eine Weile, bis ich aus der Verzauberung wegen

Jonathans Kuss auftauche und in die Wirklichkeit zurückkehre. Neben Paulina steht unsere siebenundfünfzigjährige Tante. Aufgerüscht bis zum Haaransatz, mit einer kleinen goldglitzernden Handtasche in der Achselhöhle und einem Ausschnitt, der tiefer ist als der Marianengraben. Die Brüste drängen aus dem straff anliegenden Stoff, und die wachen Augen scheinen aus den Höhlen auf die Tanzfläche springen zu wollen.

Paulina berührt mit ihren Lippen mein Ohr, und der Geruch nach süßen Cocktails umweht sie, als sie wiederholt: »Du musst dich um Yvonne kümmern! Was hat sie hier zu suchen? Ich *steeerbe!*«

Ich drehe mich zu meiner Schwester, die mich panisch ansieht. Seufzend trete ich vor und nehme die Hand meiner Tante. »Hallo, Yvonne! Komm, wir bestellen uns was!« Ohne auf ihre Antwort zu warten, ziehe ich sie mit mir über die Tanzfläche und schiebe mich auf einen freien Hocker an der Bar. Ich bedeute Yvonne, sich neben mich zu setzen. Hier muss man nicht schreien, es ist wie eine kleine Oase in dem Gedränge.

»Weißt du, wie lange es her ist, dass ich in einer Bar war?«, fragt Yvonne mit strahlenden Augen. »Dreißig Jahre. Dreißig Jahre putzen, kochen, schmutzige Unterhosen vom Boden aufheben. Einen Cosmopolitan, bitte!« Sie dreht sich zur Bar und lächelt den tätowierten Barkeeper strahlend an.

»Kaum zu glauben«, sage ich.

Es stimmt. Yvonne wirkt vielleicht ein wenig fehl am Platz, doch sie tritt selbstsicher und ruhig auf und bestellt ihren Drink mit derselben Selbstverständlichkeit, wie andere Siebenundfünfzigjährige warm geräucherten Lachs an der Fischtheke ordern. Ich mustere meine Tante und versuche zu begreifen, dass sie wirklich gekommen ist. »Du bist also wegen Paulina hier …?« Zu spät merke ich, wie skeptisch ich klinge, doch Yvonne scheint es mir nicht übel zu nehmen.

»Ich habe die Veranstaltung auf Facebook gesehen und mir gedacht: Was soll's! Ich werde nicht jünger und auch nicht schlanker.« Sie deutet an ihrem farbenprächtigen Körper entlang. »Und wer dankt es mir, dass ich zu Hause sitze und mir jeden Samstag mit Göran Wiederholungen von *Inspector Barnaby* ansehe? Zumindest weiß ich, wer es mir nicht dankt. Göran. Bei *Inspector Barnaby* sterben immer mindestens drei Menschen, und sie werden alle zu Görans Schnarchen entschlafen. Manchmal habe ich das Gefühl, als wäre es ihm egal, ob ich da bin oder nicht, verstehst du? Man könnte auch einen riesigen Teddybären neben ihn auf das Sofa setzen, und er wäre genauso zufrieden.«

Während ich noch überlege, was ich darauf antworten soll – sollte ich etwas Tröstendes sagen? –, stellt der Barkeeper einen himbeerroten Cocktail vor Yvonne ab und fragt dann mich: »Und du?«

Einen Moment bin ich völlig ratlos. Ein Getränk auszuwählen scheint das Sinnbild für eine viel größere, wichtigere Frage zu sein: Was *willst* du eigentlich? Yvonne nippt an ihrem Drink und schmatzt zufrieden, und ich denke an das grüne, pappsüße Gesöff, das ich am Anfang des Abends getrunken habe. Ich lasse den Blick über die Flaschen hinter der Bar gleiten, und dann rutscht es mir heraus: »Einen Lagavulin, bitte.«

»Vier, sechs?« Er ist so geschäftsmäßig und effektiv, da bleibt keine Zeit zum Überlegen.

»Äh, einer reicht, danke.«

Der große, tätowierte Mann wirkt amüsiert, holt aber die Flasche vom Regal und gießt etwas in eines dieser dickwandigen Gläser, das er mir dann zuschiebt. »Ein Zentiliter würde kaum den Boden bedecken. Du bekommst vier zum Preis von einem.« Er zwinkert, als er mir den Kassenbeleg gibt, und ich wäre am liebsten im Boden versunken.

»Na, was ist das denn? Ich hätte nicht gedacht, dass die liebe Clara so ein Zeug trinkt!« Yvonne verzieht das Gesicht und lacht heiser.

Ich nehme einen kleinen Schluck, genieße die Geschmacksexplosion und betrachte meine Tante. »Seid ihr früher tanzen gegangen, als ihr jung wart, du und Mama?« Es ist schon komisch, wie wenig ich vom Leben meiner Mutter vor ihrer Hochzeit und den Kindern weiß.

Yvonne wirft theatralisch die Haare nach hinten und lacht lauthals. »Nein. Wir kamen nicht oft aus dem Haus, um zu tanzen. Und es war auch nicht die Rede davon, Jungs kennenzulernen oder Alkohol zu trinken oder ›sich selbst zu finden‹, oder was ihr jungen Leute heutzutage so treibt. Zumindest nicht, solange wir unter dem Dach unserer Eltern wohnten. Nein, deine Großeltern waren sehr überbehütend und altmodisch für ihre Generation. Am liebsten hätten sie deine Mutter und mich zu Hause behalten, bis unsere Flügel zu alt waren, um sie auch nur auszuprobieren.«

»Waren sie so streng?« Die Eltern meiner Mutter sind beide früh gestorben, noch vor meiner Geburt, und ich habe mit Mama fast nie über sie gesprochen.

»Oh, das Lied ist schön!« Yvonne nickt im Takt zu Aviciis *Waiting For Love.* Nur ein paar Meter von uns entfernt tanzen Paulina und ihr Hof, als gäbe es kein Morgen. Jonathan sehe ich auch irgendwo in der Menge, umringt von Frauen, die ihn anschmachten.

»Nicht direkt streng«, antwortet Yvonne. »Aber sie haben uns erst ziemlich spät bekommen. Mama war vierzig bei Anjas Geburt und Papa vierundvierzig. Drei Jahre später wurde ich geboren. Sie hatten es lange versucht und sich so sehr Kinder gewünscht, und als wir dann da waren, haben sie uns wie zerbrechliche Porzellanpuppen behandelt. Ich glaube, Mama hatte ständig Angst, dass uns etwas zustoßen könnte. Dass sie schließlich nicht nur eine, sondern zwei Töchter bekommen hatten, war fast zu schön, um wahr zu sein. Deshalb haben sie Schutzmauern um uns errichtet. Und zu ihrer Verteidigung muss ich sagen, dass sie nur das Beste für uns wollten.«

Ha! Nicht nur ich bin von dieser Parathymie betroffen. Vielleicht ist sie sogar erblich? Ich beschließe, später im Internet danach zu suchen.

»Mama scheint sich vorgenommen zu haben, jetzt alle Mauern einzureißen. Zumindest die des Alltags, wenn du verstehst. Sie dreht völlig durch wegen der Planungen zu ihrem sechzigsten Geburtstag.«

»Ach, aber das ist gut. Schön für Anja, wenn sie sich mal an erste Stelle setzt. Ein gutes Zeichen.«

»Zeichen für was?« Ich nippe an dem Whisky und sehe Yvonne forschend an.

»Dass sie vielleicht angefangen hat … Nein, vergiss es. Wie geht es Rune?«

»Papa? Gut, nehme ich an. Obwohl er in letzter Zeit auch nicht ganz er selbst war … Irgendetwas stimmt nicht bei den beiden.« Ich stelle das Glas ab, hole Luft und reiße die Augen auf. »Glaubst du, sie planen etwas? Eine große Reise? Es würde ihnen guttun.«

Yvonne sieht mich ungläubig an. »Das denkst du? Anja und Rune gemeinsam auf einer großen Reise? Du, wer ist eigentlich dieser hübsche Mann, der den Blick nicht von dir losreißen kann?«

Verwundert drehe ich den Kopf. Auf der anderen Seite des Raums lehnt Marcus an der Wand, eine Hand in der Hosentasche. Er hebt sein Glas, deutet auf meins und zeigt mir den nach oben gestreckten Daumen. Ein leichtes Lächeln, nicht mehr. Und dann diese ruhigen, freundlichen Augen. Ich lächele und hebe ebenfalls mein Glas.

»Ach was, sei nicht albern«, sage ich zu Yvonne, während eine dunkelhaarige Modelfrau dicht an Marcus vorbeigeht und ihn offen anstarrt. Sie erinnert mich an eine Katze. »Das ist Paulinas Freund.«

Yvonne hebt die Augenbrauen. »Ach ja? Seltsam, dass er dich dann mit Blicken verschlingt. Siehst du, er ist so auf dich konzentriert, dass er die exotische Frau überhaupt nicht bemerkt, die sich an ihm reibt!«

Ich schüttele entschieden den Kopf. »Du irrst dich, liebe Tante. Marcus ist mit Paulina da. Und ich bin auch mit jemandem hier.«

»Tatsächlich?« Yvonne trinkt von ihrem Cosmopolitan und sieht mich zweifelnd an.

»Glaubst du mir nicht? Ich kann ihn holen, wenn mein Wort dir nicht reicht.«

Yvonne tätschelt leicht meine Schulter und schüttelt den Kopf. »Nein, mach dir keine Gedanken. Es ist nur …«

»Ja?«

»Du wirkst selbst nicht überzeugt.«

Zwanzig

»Da steht, dass ich depressiv bin?« Ich drehe die offizielle Arbeitsunfähigkeitsbescheinigung hin und her, die vom Transport in Jonathans hinterer Hosentasche leicht zerknittert ist.

»Bitte sehr, meine Schöne. Dein Ticket für den bitter nötigen Urlaub von dem Laden. *De rien.*« Jonathan lehnt sich zurück, verschränkt die Hände im Nacken und lächelt breit. Sein Anblick auf dem grellbunten Batiksofa lässt mich an eine Collage denken. Wie heißt dieser Fotograf noch mal, der seine Bilder so zusammenschneidet, dass sie wie ein Mann in einer Plastikflasche aussehen? Er könnte Jonathan auf mein Sofa geklebt und dadurch dasselbe faszinierende Gefühl erzeugt haben, dass irgendetwas nicht hierher passte. Man sieht ihm die Party von gestern Nacht an, doch seine Augen sind so lebendig wie immer.

Yvonne ging gestern so plötzlich, wie sie aufgetaucht war, und ich fühlte mich verpflichtet, sie zu begleiten. Paulina verdrehte die Augen und wies darauf hin, dass eine siebenundfünfzigjährige Frau doch sicher allein auf sich aufpassen konnte, aber ich fand es nicht nett, unsere Tante allein in die überdrehte Stockholmer Partynacht zu schicken. Dass ich den restlichen Abend mit Jonathan verbringen würde, wurde sowieso immer unwahrscheinlicher, je mehr Bier er trank. Es überrascht mich, dass er mich heute Vormittag nicht nur angerufen, sondern sich auch gleich bei mir eingeladen hat. Und sein … Geschenk dabeihat.

»Olle hat sich darum gekümmert«, erzählt Jonathan. Er legt einen Fuß auf das andere Knie und sieht mich stolz an, wartet auf meine Reaktion.

Ich lese die Wörter auf dem Attest, versuche, sie zu begreifen. *Burn-out-Syndrom. Schlafschwierigkeiten. Gedächtnisstörungen. Schwindel.* Und dann die vielleicht bizarrsten Wörter: *Clara Rennel,* gefolgt von meiner vollständigen Personennummer. Schreckliche Schuldgefühle überkommen mich. Meine Personennummer auf diesem gefälschten Attest. Wofür könnte man mich belangen? Beihilfe zum Betrug? Oder, Gott steh mir bei, Anstiftung zum Betrug? Gibt es so etwas überhaupt?

»Aber ...«

Bevor ich weitersprechen kann, legt Jonathan seine Hände auf meine Knie und sieht mich eindringlich an. »Clara, hör mir zu. Du schuftest wie eine Irre. Dein Chef behandelt dich wie den letzten Dreck. Die Eltern können ihre Kinder nicht einmal richtig erziehen, bevor sie sie zu dir schicken.«

Ich schüttele den Kopf. »Ja, aber das hier ...« Ich wedele mit dem Zettel.

»Das hier«, sagt Jonathan und nimmt ihn mir aus der Hand, »ist eine Möglichkeit für dich zu überlegen, was du wirklich möchtest. Clara ...« Er sucht meinen Blick, doch ich senke den Kopf. »Ich finde es furchtbar, dich so zu sehen. Die Gulla, an die ich mich erinnere, war übersprudelnd, sorglos, glücklich. Und jetzt ... Du siehst aus, als würdest du gleich zusammenklappen. Klar, so ganz korrekt ist das hier nicht«, er wedelt mit der Krankschreibung, »aber es ist nur eine Frage der Zeit. In einem Monat könntest du eine echte bekommen. Ist es da nicht besser, einen Schritt voraus zu sein?«

Das Fenster ist gekippt, und eine S-Bahn fährt draußen vorbei. Ein paar Bauarbeiter rufen einander etwas zu, und das Geräusch eines Krans vermischt sich mit dem Vogelgezwitscher. Überall Menschen, die unverdrossen weiterarbeiten. Gemeinsam Mittagspause machen, sich unterhalten. Aber das hier? Dass ich überhaupt überlege, Jonathans Vorschlag zuzustimmen – was sagt das über mich aus?

Doch dann sehe ich Torbjörns tadelnden Gesichtsausdruck vor mir. Höre Lillemor mit ihrer schrillen Stimme über den Verkauf unserer Bücher reden, Solveigs zurechtweisende Seitenhiebe und sehe Niklas' überhebliches Grinsen. Kelly und Måns und die unangemessenen Erwartungen ihrer Eltern. Zugleich schaudernd und erleichtert nehme ich die Krankschreibung wieder an mich.

»Danke«, sage ich leise.

Jonathan hebt mein Kinn und sieht mir in die Augen. »Ich danke dir, dass du auf dich aufpasst.«

Er beugt sich über mich, und ich quietsche verzückt, als er meinen Hals küsst.

Paulina ruft an. Ihre Stimme ist heiser und belegt, und sie will wissen, wie ich Yvonne »losgeworden« bin. Und sie will mir danken. Ich sauge ihre seltene Dankbarkeit in mich auf, auch wenn mir bei ihrem Menschenbild und den herablassenden Worten über unsere Tante fast genauso schlecht wird, wie es Paulina sicher im Moment geht.

»Ich habe zu danken. Es war ein lustiger Abend«, sage ich.

»Läuft es gut mit Jonte? Du musst mir Bescheid sagen, falls er wieder frei ist, das verstehst du doch sicher.«

»Wie bitte? Würdest du Marcus für ihn verlassen?«

Dass ich es überhaupt laut ausspreche. Natürlich würde sie das nicht. Man wechselt nicht einfach wild seine Freunde.

»Wenn ein Typ wie Jonathan Single wird, haben die Frauen in seiner Umgebung ein Recht darauf, informiert zu werden, mehr sage ich nicht.«

»Hm, ja, aber im Moment ist er das nicht.« Ich füge nicht hinzu: Und du bist dreißig, keine fünfzehn, werd erwachsen. Laut antworte ich:

»Du weißt doch, dass ich schon auf dem Gymnasium in ihn verliebt war. Glaubst du, dass ich ihn jetzt verlasse, nachdem wir uns endlich wiedergefunden haben? Das wäre ja so, als würde Sally mit Harry Schluss machen.«

»Jaja, beruhig dich, du kleine Romantikerin. Hab's kapiert. Ich verspreche, dass ich ihn dir nicht ausspanne, okay?«

Als ob sie das *könnte?* Manchmal ist sie wirklich unerträglich.

»Hattest du gestern Spaß?«, frage ich.

»Ja«, antwortet Paulina, klingt allerdings ein wenig zweifelnd. Kurz habe ich Angst, dass sie mich gleich fragt, warum um alles in der Welt ich ihren Freund aufgehalten und mir von ihm auch noch Whisky habe spendieren lassen. Nervös balle ich die Hand zur Faust. Doch Paulina denkt an etwas ganz anderes. »Jesper hat sich nicht gemeldet.«

»Was?«

»Er hat mir nicht gratuliert. Nicht angerufen, keine Karte geschickt, nicht einmal eine beschissene SMS. Zu meinem dreißigsten Geburtstag.« Sie bemüht sich, beleidigt und wütend zu klingen, doch man merkt, dass sie vor allem traurig ist.

»Ach, du weißt doch, wie er sein kann. Sie waren ja erst vor Kurzem hier«, will ich sie trösten. »Und sie kommen bestimmt, wenn du mit der Familie feierst. Mama und Papa haben doch angeboten, die Tickets zu bezahlen?« Ich beiße mir auf die Lippe. Das hätte ich Paulina nicht erzählen sollen. Es betont nur, wie ungern Jesper herkommt und mit ihr feiern will. Dass er außerdem stinkreich ist, lässt die Lockversuche meiner Eltern noch jämmerlicher aussehen.

Es ist still in der Leitung, und ich werde unruhig. Ich muss an Paulina als Kind denken. Wie sie Jesper bewundert hat und immer um ihn herumgesprungen ist, wie er sie geneckt hat. Wie er immer auf sie aufgepasst hat, wenn seine Kumpel in der Nähe waren und das geringste Interesse an ihr zeigten. Ich selbst hatte natürlich immer die Nase in einem Buch, weit weg vom Geschehen.

»Eines ist jedenfalls klar«, sagt Paulina leise. »Wenn er NICHT kommt, dann hat er keine kleine Schwester mehr.«

Ich weise sie nicht auf die in diesem Zusammenhang unwichtige Tatsache hin, dass ich auch seine kleine Schwester bin. Paulinas ungewöhnliche Niedergeschlagenheit beunruhigt mich so sehr, dass ich Jesper eine lange, strenge Nachricht auf seine Mailbox spreche, dass er sofort Tickets nach Stockholm buchen soll, um den Geburtstag seiner Schwester zu feiern.

Von: Solveig Boström
An: Clara Rennel
Betreff: Abwesenheit

Hallo, Clara!
Wegen deiner Abwesenheit in den nächsten Tagen (Wochen??): Wenn dir ein Buchtitel einfällt, der in unsere Liste mit niveauvoller Lektüre aufgenommen

werden soll, gib mir gern Bescheid (wenn es nicht zu anstrengend ist). Es soll ja demokratisch zugehen, wir schließen niemanden aus.
PS: Dein letzter Einkauf steht nicht zur Debatte.
Schnelle Grüße von
Solveig

Von: Niklas Sjödin
An: Clara Rennel
Betreff: Coach-Tipps

Hallohallo!
Habe von Tobbe gehört, dass es dir mies geht. Als dein IKT-Pädagoge und Coach bin ich natürlich für dich da. Meine Schwester hatte letztes Jahr einen Burn-out, ich weiß daher gut Bescheid. Fühl dich nicht schlecht, wenn du es nicht schaffst, aus dem Bett zu kriechen, das gehört dazu. Ich hoffe, dass du dich bald aufrappelst und zurückkommen kannst!
Viele Grüße,
Niklas

Von: Torbjörn Skoog
An: Clara Rennel
Betreff: Deine Krankschreibung

Hallo,
vierzehn Tage garantiert der Arbeitgeber Lohnfortzahlung im Krankheitsfall, danach musst du dich

mit der Krankenkasse in Verbindung setzen. Gute Besserung.
Torbjörn

Von: Anja Rennel
An: Clara Rennel
Betreff: Liveband? (Hilfe!!)

Hallo, Schatz!
Sari fragt, welche »Band« bei meiner Feier spielen wird. Sie meint sicher eine Musikkapelle? Wie kommt man an Livemusik? Bist du so lieb und überlegst dir, welche passende Band man kontaktieren könnte? Ich bezahle natürlich.
Liebe Grüße, Mama
PS: Kein Rapper!

Seufzend fahre ich den Rechner herunter. Ich denke an Niklas' Mail. *Meine Schwester hatte letztes Jahr einen Burn-out.* Dass Menschen tatsächlich daran erkranken, wird mir erst jetzt klar und verstärkt die Schuldgefühle, die sich schon eingestellt hatten, als ich den Beschluss in die Tat umgesetzt habe. »Entschuldigung«, murmele ich an alle und niemanden gewandt, schalte das Licht aus, gehe ins Bett und ziehe mir die Decke über den Kopf.

Einundzwanzig

Die Tage vergehen, und zu meiner Überraschung erweist sich Mamas letzter Auftrag als meine Rettung. Ich gehe völlig in der Aufgabe auf, höre Playlisten durch, recherchiere nach Bands aus der Umgebung, lese Bewertungen und schicke Honoraranfragen los. Damit kann ich beinahe die Gedanken an meinen Betrug zurückdrängen.

Schnell sehe ich ein, dass es nicht billig werden wird, eine Band für einen ganzen Abend zu engagieren, deshalb grenze ich die Auswahl nach dem Budget ein. Schließlich habe ich Cover Me ausgesucht, vier Jungs und ein Mädchen im Teenageralter, die hochklassige Cover zu einem erschwinglichen Preis versprechen, sowie Kiss Me, Touch Me, deren Ansprechpartner Svante Fjäll heißt und sich als Sollentunas Antwort auf Bruce Springsteen bezeichnet. Ich kopiere Mama ein paar Infos über die beiden Bands zusammen, füge Links zu Hörproben dazu und schicke die Mail ab.

Dann gehe ich joggen. Je schwerer ich atme, desto größer werden die Zweifel. Ich denke an das, was Yvonne gesagt hat. Scheine ich unsicher wegen meiner Beziehung zu Jonathan zu sein? Vielleicht. Aber das ist ja auch nicht so verwunderlich. Der Mann, in den ich mein halbes Leben lang verliebt war, ist jetzt plötzlich mein Freund – natürlich dauert es, so etwas zu begreifen. Nach einer gewissen Zeit, wenn unsere Beziehung vorangeschritten ist und meine übersprudelnden Glücksgefühle vom grauen Alltag eingeholt werden, muss ich mich sicher nicht mehr ständig in den Arm kneifen.

Ich kämpfe mich einen Hügel hoch und versuche, Yvonnes zweifelnden Blick abzuschütteln. Fand sie, dass Jonathan und ich den ganzen Abend hätten aneinanderhängen sollen? So muss sich ein frisch verliebtes Paar doch nicht benehmen? Im Gegenteil, dass wir den Abend auch getrennt voneinander genießen konnten, zeigt doch unsere Verbundenheit. Dass ich mich lieber in ein Buch vertiefe, statt in eine Menschenmenge einzutauchen, wusste Jonathan schon immer, auch wenn er es nie richtig verstanden hat. Und Jonathan ist einfach er selbst. Der personifizierte Charme, und im Zentrum der Aufmerksamkeit ist er in seinem Element.

Ich stolpere beinahe über eine Wurzel und kann mich gerade noch auf den Beinen halten. Doch ich kann Yvonnes Skepsis nicht vergessen, weil ich mich von Jonathan schon einmal in die Irre habe führen lassen. Damals habe ich verstanden, dass ich seinen Worten zu viel Gewicht beigemessen hatte. Als er sagte, ich sei seine Lieblings-Gulla, verstand ich es so, dass er mich von allen Mädchen am liebsten mochte. Für ihn hingegen war es einfach etwas Nettes, womit er sich für meine Hilfe vor der Matheklausur bedankte. Als er mich umarmte und behauptete, er brauche mich in seinem Leben, dachte ich, dass ich dort bleiben dürfe. In seinem Leben. Er meinte jedoch nur, dass ich gelegen kam, wenn eine Romananalyse anstand. Doch das war vor vierzehn Jahren, rufe ich mir in Erinnerung. Jeder hat eine zweite Chance verdient. Vor allem Jonathan, denn um ehrlich zu sein, brauchte ich ihn damals genauso sehr wie er mich. Und es war ja auch nicht seine Schuld, dass ich mich in ihn verliebt hatte.

Nach sieben Kilometern bin ich müder, als ich sein sollte, und gehe nach Hause. Ich mache etwas Stretching, dann dusche ich lange. Als ich aus dem Badezimmer komme, klingelt das Telefon.

Jonathan! Er will wissen, wie es mir geht, und seine weiche Stimme streichelt mich.

»Willst du nach der Arbeit vorbeikommen?«, frage ich hoffnungsvoll. Ich wage es nicht, zu viel draußen unterwegs zu sein, da ich doch laut meiner Krankschreibung eigentlich im Bett liegen sollte, aber allmählich werde ich unruhig und einsam. Und ich sehne mich nach ihm.

»Auf jeden Fall, wenn ich es schaffe. Diese Woche ist viel los, und ich habe den Jungs versprochen, noch ein Bier mit ihnen trinken zu gehen.«

»Okay.« Ich sinke ein wenig in mich zusammen. Die Jungs? Und ich soll automatisch wissen, wen er damit meint? Ich habe das Gefühl, dass sich eine gewisse Distanz zwischen uns einschleicht. Geistert etwa mein »Es-geht-ein-wenig-zu-schnell«-Einwand immer noch zwischen uns herum? Oder ist Jonathan voll und ganz mit der Sorge um seine Mutter beschäftigt? Als wir uns das letzte Mal gesehen haben, klang er erleichtert, weil es ihr sehr viel besser ging, doch sie haben noch kein endgültiges Ergebnis, und natürlich nagt die Unruhe hinter seiner heiteren Fassade. Was auch immer der Grund ist, ich beschließe, etwas zu wagen.

»Du«, sage ich, »am Samstag feiert Paulina ihren Geburtstag mit der Familie. Wir essen im Golfclub zu Mittag, und dann gibt es Kaffee und Kuchen bei meinen Eltern. Ich verstehe völlig, wenn du nicht mitkommen magst, ich meine, du und ich sind vielleicht nicht …«

Fest zusammen? Etwas Ernstes? Schon in dem Stadium, in

dem man die Schwiegereltern kennenlernt? Verzweifelt suche ich nach den richtigen Worten, doch da antwortet Jonathan schon.

»Clara, ich komme sehr gern mit.«

»Ernsthaft? Also, das heißt nicht, dass ich davon ausgehe … Ich meine, wir brauchen ja eigentlich mehr Zeit, um …«

»Du bist ja schließlich nicht irgendwer. Wir kennen uns doch schon ewig«, sagt Jonathan.

Mit einer Pause von vierzehn Jahren, ja, aber darauf weise ich ihn nicht hin, denn das hat er einfach zu schön gesagt.

»Ich habe deine Eltern und deine Geschwister ja schon kennengelernt«, fährt Jonathan fort. »Das ist also keine große Sache.«

»Nein, das stimmt. Also dann, wie schön!«

Papa und Mama werden natürlich dabei sein und ihre dreißigjährige Tochter feiern. Und zu unser aller großen Erleichterung haben sich auch Jesper und Lisen angekündigt. (Jesper hat nie auf meine Sprachnachricht geantwortet, aber Lisen hat mir auf Facebook geschrieben und sich für die Erinnerung bedankt.) Und jetzt kommt auch Jonathan, und ich muss nicht als einziger trauriger Single dabeisitzen und bitter überlegen, was Marcus eigentlich in Paulina sieht.

Am Freitagabend gehe ich auf die Website des Arbeitsamtes, zögere dann aber. Was bringt es, nach einer neuen Stelle als Lehrerin zu suchen? Selbst wenn mir dadurch Solveig, Torbjörn und Niklas erspart bleiben, wäre es wirklich eine nennenswerte Veränderung, rein über den Ort des Unterrichts hinaus? Stattdessen suche ich generell nach freien Stellen in Sollentuna. Alle Berufszweige. Jetzt muss ich offen für alles sein. Ich scrolle an Anzeigen für Jobs im Verkauf vorbei, Taxifahrer werden gesucht, Mitarbeiter für ambulante Pflegedienste, Assistenzstellen, andere Pflegestellen, außerdem Lehrer. Gerade will ich schon aufhören, für alles offen zu sein, als mir eine Überschrift ins Auge fällt:

LESEOFFENSIVE 2020 –
SUCHEN WIR VIELLEICHT GENAU SIE?

Ja! Sofort klicke ich auf die Anzeige. *Ja, ich bin diejenige, die ihr sucht!* Zuerst überfliege ich hastig den Text, dann lese ich alles noch einmal in Ruhe. Dann lese ich alles noch zweimal, während ich im Kopf mein Bewerbungsanschreiben formuliere. Die Gemeinde will ein zweijähriges Projekt zur Leseförderung von Kindern und Jugendlichen ins Leben rufen. Diese Stelle ist ein Teil der Leseoffensive, und der hauptsächliche Arbeitsplatz ist scheinbar in der Bibliothek, allerdings mit einer deutlichen Außenausrichtung. »Wir möchten, dass Sie Lesekreise für Kinder und Jugendliche in der ganzen Gemeinde ins Leben rufen … Lesen ist ein Schlüssel zur eigenen Identität, regt zum Nachdenken und zu Empathie an … Denken Sie das auch?«

Ich greife nach meinem Handy und hämmere die Nummer der angegebenen Ansprechpartnerin auf das Display: Jelena Sehovic. Mir ist ganz heiß, als ich mich mit dünner Stimme vorstelle, meine bisherigen Berufserfahrungen erkläre und Jelena frage, ob ich mich ihrer Meinung nach auf die Stelle bewerben soll, auch wenn ich keine Ausbildung im Bibliothekswesen habe. Doch, das soll ich, findet sie. Wir unterhalten uns noch ein wenig, und Jelena sagt am Schluss, dass sie sich auf meine Bewerbung freut. Nach dem Gespräch stehe ich mit dem Handy in der Hand da, und mir wird etwas klar. Diese Stellenausschreibung hat etwas in Gang gesetzt. Egal, ob ich den Job bekomme oder nicht, ich weiß jetzt, dass ich nicht an der Schule bleiben kann.

Ich stehe im Flur vor dem Spiegel und schließe die Knöpfe meines fliederfarbenen, dünnen Hemdkleides, als das Telefon klingelt. Ich hole es vom Bett und melde mich nach einem raschen Blick auf das Display. Mama.

»Hallo, Mama! Gibt's ein Problem?« Ich klemme das Handy zwischen Ohr und Schulter, während ich das Kleid fertig zuknöpfe, und sehe auf die Uhr. Halb eins, noch eine halbe Stunde bis zu Paulinas Mittagessen.

»Nein, nein, Papa und ich sitzen schon im Club. Du, ich habe noch mal über das mit der Band nachgedacht.«

»Mhm?« Ich hüpfe auf einem Bein, während ich versuche, den Reißverschluss meiner Stiefelette zu schließen. Wo ist Jonathan? Er sollte schon hier sein.

»Was ist Kiss Me, Touch Me eigentlich für ein Name? Das klingt nicht danach, als würden sie auf eine Feier zu einem sechzigsten Geburtstag passen.«

Ich überprüfe meine Handtasche, ob ich alles Wichtige eingesteckt habe. Schlüssel, Geldbeutel, Taschenbuch (man weiß ja nie), Lipgloss, Geschenk, Handy. Handy? Ach ja.

»Ich weiß nicht, Mama, sie wollen wohl international klingen. Der Ansprechpartner heißt eigentlich Svante.«

»Ja, aber man würde sie ja als Kiss Me, Touch Me vorstellen.« Ich höre, wie Papa im Hintergrund gluckst. »Ich weiß nicht, ob ich das gut finde. Wie würde mich das aussehen lassen?«

Endlich klingelt es an der Tür. Jonathan ist da und lehnt sich an den Türrahmen. Er wirkt völlig entspannt. Hat er die Zeit total aus den Augen verloren?

»Dann frage ich mal bei Cover Me an. Bis gleich, Mama!« Ich schiebe das Telefon in die Handtasche und ergreife Jonathans ausgestreckte Hand. »Mama hat schon Panik vor der nächsten Feier. Los, gehen wir!«

Der Golfclub liegt einen kurzen Spaziergang von meiner Wohnung entfernt. Das Aprilwetter zeigt sich heute von seiner charakteristischsten Seite und wechselt mehrmals am Tag zwischen strahlender Sonne, peitschendem Wind und kalten Regenschauern. Wir haben Glück, und die Sonne schiebt sich hinter den dunkelgrauen Wolken hervor, die schwer am Himmel hängen. Ich genieße es, Jonathans großen, warmen Körper neben mir zu spüren, die positive Energie, die er ausstrahlt, lässt meine Schritte leichter werden. Ich drücke seinen Arm. »Wie schön, dass du mitkommst.«

Er lächelt mich an. »Natürlich. Ich kann dich doch nicht das ganze Mittagessen allein mit diesen Verrückten verbringen lassen. Stimmt es, dass Paulinas Freund Barkeeper ist und ihre Affäre damit begonnen hat, dass er sie unter den Tisch getrunken hat?«

»Hm, ja.« Gut, dass er mich erinnert. »Außerdem hat sie durch ihn ganz neue sexuelle Erfahrungen gemacht. Wenn man bedenkt, wie meine Schwester lebt, muss das wirklich was Besonderes gewesen sein.«

Jonathan lacht. »Da ist aber jemand ein bisschen wütend auf seine Schwester.«

»Ach was. Ich weiß nur nicht, ob sie so gut zusammenpassen.«

»Das klingt doch alles, als würden sie hervorragend zusammenpassen.«

Ja. Das dachte ich zuerst auch. Bis ich mich mit ihm unterhalten habe und sich gezeigt hat, dass er Tolkien mag. Oder noch früher, als er die Arbeitsfläche in der Küche sauber gemacht hat, während Paulina am Handy einen Filter für ihr Selfie ausgewählt hat.

»Ich frage mich nur, wie gut er Paulina kennt«, sage ich.

Wir kommen an ein paar weiß gekleideten Männern vorbei, die ihre Schläger schwingen, und gehen zum Eingang des gelben Clubhauses. »Ach, übrigens!« Ich spreche leiser. »Niemand weiß, dass ich krankgeschrieben bin, erwähn es also bitte nicht.«

Marcus weiß es, fällt mir ein, aber ich lasse es so stehen.

»Na klar. Das ist unser kleines Geheimnis.« Jonathan grinst und hält mir die Tür auf.

Zweiundzwanzig

Die anderen sitzen bereits aufgereiht an einem langen Tisch mit weißer Tischdecke direkt am Fenster, von dem aus man auf den grünen, perfekt gepflegten Golfplatz blickt. Nur Paare, denke ich und bin noch einmal zutiefst dankbar für Jonathans Gesellschaft.

»Wir haben schon bestellt!«, begrüßt uns Mama. »Beeilt euch, dann essen wir nicht schon, während ihr noch wartet.« Dann fügt sie leiser hinzu: »Bezahlt ist auch schon.«

Wir gehorchen und bestellen unser Essen, wodurch ich nicht weiter überlegen muss, wen ich umarmen soll und wen nicht. Oder besser gesagt, ob es komisch aussähe, nur Lisen und Marcus nicht zu umarmen. Jonathan nimmt das Fleischgericht des Tages, ich den Fisch, dann gehen wir zum Tisch zurück und setzen uns ans eine Ende zu Mama und Papa. Auf ihrer anderen Seite sitzen Paulina und Marcus einander gegenüber, und am anderen Ende sitzen Jesper und Lisen, mit Noah in seinem Kinderstuhl. Das Essen wird serviert, und wir greifen zu.

Außer den Gesprächen der anderen Gäste ist nur ein gelegentliches Brummen zu hören sowie Besteck, das klirrend auf Porzellan trifft. Während der nach Safran duftende Fischeintopf in meinem Mund zergeht, überlege ich, wie man Paulina hochleben lassen könnte. Sollte nicht jemand eine Rede halten? Papa ist, vorsichtig ausgedrückt, kein Mann der Worte, und Mama würde niemals eine Rede zustande bringen – vor allem nicht jetzt, da sie mit der Planung ihrer eigenen Feier beschäftigt ist. Jesper würde sich eher erschießen, als eine gefühlvolle Festrede zu halten. Ich sehe aus dem Augenwinkel zu meiner Schwester, die aufrecht auf ihrem Stuhl sitzt. Sie trägt einen schwarzen Jumpsuit mit Ausschnitt, eine Kette mit einem großen Silberherz um den Hals, ihre Haare sind auf dem Kopf zusammengedreht. Innerlich seufzend nehme ich mein Messer und klopfe damit vorsichtig an mein Glas. Sieben Augenpaare wenden sich mir zu, und ich räuspere mich leise.

»Paulina. Ich spreche sicher für uns alle, wenn ich sage, dass du frischen Wind in unser aller Leben bringst. Du nimmst alles leicht und … machst dir nie zu viele Gedanken.«

Hilfe, worauf habe ich mich da nur eingelassen? Denk nach, dränge ich mich und sehe mich mit wachsender Verzweiflung nach Hilfe um. Die meisten wirken recht gleichgültig. Paulina starrt mit ausdruckslosem Gesicht in die Luft, nur eine kleine Falte ist zwischen ihren Augenbrauen zu sehen. Ich sehe zu Marcus, und mein Magen verkrampft sich, als ich seinem aufmunternden, ruhigen Blick begegne.

»Wenn man dich kennenlernt, Paulina«, fahre ich fort, »fällt einem zuerst deine Schönheit auf.«

Sie strafft die Schultern ein wenig, die Falte verschwindet.

»Keiner kann abstreiten, dass du wunderhübsch bist. Im Lauf der Jahre sind vieler deiner Schönheit erlegen.«

Als ich Mama einen Blick zuwerfe, sehe ich, wie sie diskret den Kopf schüttelt.

»Ja, aber wenn man dich dann kennenlernt«, fahre ich unverdrossen fort, »sieht man eine freie Seele. Du bist … ein freier Vogel. Fliegst, wohin du willst! Du nimmst den Tag, wie er kommt, und zögerst nicht, zu neuen Abenteuern und neuen Bekanntschaften aufzubrechen.«

Die Falte ist wieder da und tiefer.

»Davon können wir uns alle eine Scheibe abschneiden, denke ich«, spreche ich weiter. »Also dann, Prost! Hoch sollst du leben!« Gläser mit Wasser und Saft werden erhoben, man stößt miteinander an, während ich die Reste des Fischeintopfs esse und versuche, die letzten drei Minuten aus meinem Gedächtnis zu löschen.

»Jetzt weiß ich es!« Mama tupft sich mit der Serviette den Mund ab, sodass der hagebuttenfarbene Lippenstift ein wenig verwischt. »Ich brauche einen Toastmaster! Und ihr alle dürft gern eine Rede halten!« Sie lässt den Blick über den Tisch schweifen und nickt allen aufmunternd zu. »Du wärst eine entzückende Toastmadame, Paulina! Wie findest du das?«

»Vielleicht, Mama.« Paulina wirkt so begeistert wie ein toter Hecht, aber sie hat immerhin so viel Anstand, gute Miene zu zeigen.

»Wie läuft es in der Arbeit, Clara?« Jesper, der sich bisher bedeckt gehalten hat, ergreift die Chance, das Thema zu wechseln. »Bei unserem letzten Treffen warst du ja nicht so glücklich.«

Ich werde rot, und Jonathan tritt mich leicht unter dem Tisch. Ohne ihn anzusehen antworte ich: »Genau. Der Lehrerberuf ist im Moment nicht gerade attraktiv, wie ihr vielleicht wisst. Das hat seine Gründe.« Ich seufze. »Tatsächlich fühle ich mich wie eine Leibeigene.«

Papa ergreift das Wort. »Aber Clara, das klingt ganz schön hart. Leibeigene? Denk mal an alle, die wirklich als Sklaven leben müssen. Was würden die wohl sagen, wenn man ihnen eine Stelle an einer normalen schwedischen Schule anbieten würde? Sie würden vor Freude wahrscheinlich in die Luft springen.«

»Schon klar, ich will mich auch nicht beschweren«, antworte ich, kapituliere, damit das Gespräch hoffentlich beendet ist.

Papa lacht. »Wo wir gerade von Sklaverei reden, erinnerst du dich nicht an diese Bella, die du früher immer gelesen hast? Die war doch eine richtige Hausmagd, oder? So schlecht kannst du es nicht haben.«

»Gulla«, korrigiere ich ihn leise.

»Rune, könntest du uns Kaffee holen?«, schlägt Mama vor. »Clara, Liebes, was ist denn für dich so schlimm in der Schule?«

»Dass ihre Kollegen die Bücher der Kinder loswerden wollen, zum Beispiel.« Jonathan sieht aus, als hätte er gerade einen lustigen Witz gemacht und wartet, dass alle in Gelächter ausbrechen.

»Die Bücher loswerden?« Marcus hebt die Augenbrauen.

»Ja, also, manche wollen die Schullektüren auf einige wenige Titel beschränken. Damit sie nicht auf einmal irgendeinen schrecklichen ›modernen Schund‹ lesen müssen.«

Marcus lacht trocken auf. »Ihr solltet vielleicht *Fahrenheit 451* auf die Liste nehmen.«

Ich nicke. »Haha, genau.«

»Es geht nicht um eine Parfümliste«, erklärt Jonathan.

»Wer will Kaffee?« Papa kommt mit einem Tablett voller Tassen zurück, die er reihum vor uns abstellt.

»Was ist eine Parfümliste?« Mama wendet sich interessiert an Jonathan.

»Er hat was von Fahrenheit gesagt«, antwortet dieser und deutet mit seiner Kaffeetasse auf Marcus. »Das ist ein Parfüm von Dior.«

Mama nickt zögernd, als wolle sie zeigen, dass der Groschen jede Sekunde fallen wird.

In mir tobt ein Kampf. Das Bedürfnis, zu schreien und alle zum Teufel zu wünschen, kämpft gegen den Wunsch, so zu tun, als gäbe es mich nicht, und einfach die Zeit vergehen zu lassen. Ich sehe zu Marcus. Der Hauch eines Lächelns und ein sehr amüsierter Blick. Ich versuche, mein eigenes Lächeln zu unterdrücken, und schüttele leicht den Kopf. *Bitte, lass es gut sein.*

»Ach, Clara, scheiß auf die Kollegen«, sagt Jesper. »Du bist doch nicht deshalb Lehrerin geworden? Du wolltest doch mit dem Zeigestock wedeln dürfen und alle dazu bringen, so wie du zu sein.« Er lacht und dreht seine Tasse zwischen den Fingern. »Weißt du noch, als du klein warst … sieben, acht? … und überall zu Hause Schilder angebracht hast. ›Man muss seine Schue in das Schuregal stelen.‹« Lisen lacht mit ihm, auch wenn es sie überhaupt nichts angeht, und Papa bemerkt: »Ja, du hast uns ganz schön herumkommandiert! ›Leg die Bücher zurück, wenn du sie gelesen hast.‹«

Lachen ertönt um den Tisch herum, und unter anderen Umständen wäre ich vielleicht dankbar für die gelöste Stimmung gewesen. Automatisch sehe ich wieder zu Marcus, ob er auch lacht. Doch er sitzt ruhig da und trinkt seinen Kaffee aus. Dann schaut er zu mir, und etwas blitzt in seinen Augen auf. Es ist, als ob er inmitten des Gelächters zu mir spricht, und mir wird bewusst, dass alle anderen verschwinden sollen. Alle außer Marcus. Dann setze ich mich aufrechter hin, erschrocken über meine Gedanken, und finde ein wenig Trost in dem Spruch, dass man einen Vogel nicht daran hindern kann, einem über den Kopf zu fliegen, doch man kann – und *soll* es auch – ihn daran hindern, dort ein Nest zu bauen. Um den Nestbau zu verhindern, lege ich meine Hand auf Jonathans Oberschenkel, und er drückt sie kurz.

Endlich ist es Zeit zum Aufbruch. Jonathan hilft mir in die helle Jeansjacke, und ich schlinge mir den Schal um den Hals. Frische Luft schlägt uns entgegen, als wir nach draußen auf die Steintreppe treten, und ich atme so tief ein, bis meine Lungen schier platzen. Ich warte auf Paulina, die auf die Toilette gegangen ist, während die anderen zum Parkplatz schlendern.

Als sie aus der Tür tritt, bleibt sie bei mir stehen.

»War das das Beste, was dir zu mir eingefallen ist?« Ihre Stimme ist schriller als sonst. »Dass mich die Männer wegen meiner Schönheit mögen und dann abhauen, wenn sie mich besser kennen? Frischer Wind, *nimmt alles leicht?*« Paulina spuckt die Worte geradezu aus, als wären sie schreckliche Beschimpfungen.

Bei den Autos drehen sich die anderen fragend zu uns um, doch sie sind zu weit entfernt, um unser Gespräch mithören zu können. Kurz bin ich sprachlos.

»Was meinst du damit?«, frage ich schließlich. »Was hätte ich sagen sollen? Hier sitzt Paulina, dreißig Jahre alt. Sie hat ein so himmelschreiendes Bedürfnis nach Bestätigung, dass sie ihren Kneipenaufriss mitgenommen hat und so tut, als sei er ihr fester Partner!« Meine Stimme wird immer gellender.

Paulina keucht auf. »*Ich* habe ein himmelschreiendes Bedürfnis nach Bestätigung?«, brüllt sie. »Und das sagst ausgerechnet du? Die solche Angst davor hat, es nicht allen recht zu machen, dass du mehrere Jahre mit Klas zusammen warst, obwohl er dich ganz offensichtlich nicht geliebt hat? Die sich über die Probleme in der Arbeit beschwert, wo das Problem doch aber bei dir liegt, weil du nie dafür einstehst, was du möchtest? Du lässt die Leute über dich hinwegtrampeln und tust dir dann leid!« Speichel spritzt aus Paulinas Mund. »Und in welcher Begleitung wir heute hergekommen sind, darüber brauchen wir gar nicht erst zu reden. Du gierst so unglaublich nach Bestätigung, dass du mit *Jonathan* zusammen bist! Im Ernst, glaubst du, dass er seine Freundin nach fünfzehn Jahren abgeschossen hat, um dann nach Hause zu ziehen und mit seiner alten Kumpelfreundin abzuhängen?«

Das nimmt mir den Wind aus den Segeln. Meine Augen brennen, Paulina wird verschwommen.

»Fahr zur Hölle!«, schreit meine Schwester, und als sie an mir vorbei zu den Autos geht, sehe ich, dass sie auch weint. »Geh nach Hause und fühl dich weiter wie das Opfer«, spuckt sie mir über die Schulter entgegen, »Grund genug dafür hast du ja!«

Ich lasse mich auf die Treppe sinken, schlinge die Arme um die Knie und weine. Jonathan nähert sich vorsichtig, als wisse er nicht, ob er stören solle. Ich schüttele den Kopf. »Ich rufe dich an«, flüstere ich, und er dreht sich so schnell um wie Barabbas das vermutlich getan hat, als das Volk entschieden hat, dass er nicht gekreuzigt werden sollte. Ich lege den Kopf auf die Knie und höre das Knirschen der Reifen auf dem Schotter, als meine Familie davonfährt.

Dreiundzwanzig

Ich sitze zusammengekrümmt auf dem Sofa und kaue an den Nägeln. Ich kaue sonst nie Nägel, aber ich weiß nicht, wohin mit mir. Mir ist schlecht, ein dicker Kloß sitzt in meinem Hals. Paulina hat überhaupt nicht gehört, was ich Nettes über sie gesagt habe. Habe ich etwa nicht betont, wie hübsch sie ist? Und dann hängt sie sich an einem negativen Aspekt auf, den sie selbst hineininterpretiert hat? Doch eigentlich ist das gar nicht so komisch, sondern passt zu ihrer unreifen, selbstbezogenen Persönlichkeit. Doch ein Gedanke drängt sich in den Vordergrund: Was, wenn Paulina recht hat? Giere ich genauso nach Bestätigung? Bin ich genauso unreif und irrational? Ohne Rückgrat und unfähig, für mich selbst einzustehen?

Ich quietsche, als ich ein zu großes Stück Nagel abreiße, und greife nach dem Handy. Keine verpassten Anrufe. Keine neue SMS seit Jonathans Nachricht, die er gleich nach der Feier geschickt hat:

Ruf an, wenn du reden willst. Kuss

Mit zitternden Fingern scrolle ich durch meine Kontakte (ich sollte mich bei Sahar melden, sie wollte mich noch einmal irgendwohin mitnehmen), doch ich drücke auf die Nummer des einzigen Menschen, mit dem ich gerade reden möchte. Es läutet ein paarmal, und ich will den Anruf schon abbrechen, als abgehoben wird.

»Hier bei Yvonne und Göran, Yvonne am Apparat.«

Yvonne und Göran haben es dem Rest der westlichen Industrienationen gleichgetan und sich ein iPhone angeschafft. Dabei unterscheidet sie jedoch von den anderen, dass sie es wie ihr altes Festnetztelefon verwenden. Es wäre Verschwendung, zwei Geräte zu haben, wenn sie doch sowieso abends und am Wochenende immer zusammen sind.

»Hallo, hier ist Clara.«

»Hallo, Clara! Moment, ich stecke das Headset ein.« Es knackt laut, dann ist Yvonne wieder da. Im Hintergrund höre ich raschelndes Gebüsch und ein ständig wiederkehrendes Geräusch, vielleicht eine Heckenschere. »Warum klingst du so, als hättest du ein Gelatineblatt im Hals?«

Ich schweige, versuche, mich zu sammeln. Ich habe Yvonne angerufen, weil ich mich nicht so schrecklich einsam fühlen will, aber wenn ich erzähle, was passiert ist, heule ich bestimmt gleich los.

»Muss man mit seiner eigenen Schwester befreundet sein? Wenn sie der totale Gegensatz zu einem ist?«, frage ich.

Die Hintergrundgeräusche verstummen. Yvonne atmet schwer, ich sehe vor mir, wie sie neben einem hohen Haufen abgeschnittener Zweige steht und sich den Schweiß von der Stirn wischt. »Nein, Clara, das muss man nicht«, antwortet sie ernst. »Aber man muss nett zu ihr sein.«

Ich schniefe. »Ja. Das müsste doch aber für sie auch gelten? Wenn Mama gemein zu dir ist, kannst du da einfach mit den Schultern zucken und weiter nett sein?«

»Wenn jemand gemein zu einem ist, dann liegt es ziemlich sicher nicht an einem selbst. Sondern am Gegenüber.« Yvonne hustet. »Sollte man da nicht erst recht nett sein?«

Ich versuche, die würgenden Schluchzer zurückzuhalten, die in meiner Kehle lauern, und mir entfährt ein zischendes Geräusch. »Und man selbst soll immer gut drauf sein? Damit es allen anderen schlecht gehen darf?«

»Das habe ich nicht gesagt«, erwidert Yvonne. »Was hat Paulina denn getan?«

Nach kurzem Schweigen sage ich: »Ich habe heute bei ihrem Geburtstagsmittagessen eine Rede gehalten, und dafür hat sie mich angeschrien und auch viele böse Sachen über mich gesagt.«

»Ach herrje! Was hast du denn gesagt, dass sie sich so aufgeregt hat?«

»Hm. Ich weiß nicht, ich habe von ihrem ansprechenden Äußeren gesprochen, das viele Männer anzieht, und ihrem spontanen Wesen.«

»Und?«

»Ja. Du weißt schon, dass sie so frei wie ein Vogel ist. Sorglos, macht sich nicht viele Gedanken, lässt Sachen hinter sich, wenn der nächste Schritt im Leben auf sie wartet.«

Einen Moment lang höre ich nur die Heckenschere, die sich entschlossen auf ein paar Zweige stürzt.

»Der nächste Schritt oder der nächste Mann?« Ich schweige, und Yvonne spricht weiter: »Da hast du wohl schon deine Antwort. Denn es klingt, als hättest du die Rede vor dem Hintergrund deiner eigenen Vorurteile gehalten.«

Ich schnappe nach Luft. »Was? Wieso sollte ich das tun?«

Die Heckenschere verstummt. »Ich weiß es nicht. Warum würdest du bewusst Paulina in einem schlechten Licht darstellen wollen?«

Yvonne lässt es so klingen, als läge die Antwort in blinkenden Großbuchstaben vor mir.

Ich werfe das Telefon auf den Couchtisch, als hätte es mich verspottet. Denn hat Yvonne das nicht gerade getan? Mich verspottet? Angedeutet, es wäre mein Fehler gewesen. Ich kneife die Augen zusammen und versuche zu verdrängen, was ich zu Jonathan gesagt habe: *Ich frage mich nur, wie gut er Paulina kennt.* Ich boxe ein Kissen zurecht und lege mich aufs Sofa. Nachdem ich mich geschnäuzt habe, schließe ich die Augen und warte darauf, dass Mama anruft und fragt, wo Jonathan und ich abgeblieben sind. Die Minuten vergehen. Das Telefon bleibt stumm, und schon bald schlafe ich mit dem Gerät in der Hand ein.

Als es klingelt, wache ich auf. »Hallo, Mama. Wir kommen nicht«, sage ich.

Kurzes, verwirrtes Schweigen. »Ja, das habe ich schon gemerkt«, antwortet Mama. »Paulina und Marcus sind vor einer Stunde gefahren. So richtig Stimmung kam nicht mehr auf, wenn man so sagen darf. Sie hat erzählt, dass ihr euch gestritten habt?«

Schlaftrunken sehe ich auf die Uhr. Halb sechs? Ich habe stundenlang geschlafen! »Mhm.«

»Das müsst ihr klären.« Mama klingt kurz angebunden und geschäftsmäßig, als wäre der Streit eine praktische Aufgabe, wie zum Beispiel das Eis ins Gefrierfach zu stellen. »Ich rufe aber eigentlich an, um zu fragen, ob du herkommen und dich eine Weile um Noah kümmern kannst. Jesper und Lisen wollen heute Abend essen gehen. Paulina war eigentlich als Babysitter geplant, aber sie war sehr aufgewühlt, als sie gegangen ist, und wusste nicht, ob sie es heute Abend schaffen würde.«

Na klar. Die arme Paulina muss ihre Wunden lecken, statt ihrem Bruder zu helfen, wie sie es versprochen hatte.

»Ein bisschen bin ich noch zu Hause, aber ich muss bald zur Nachtschicht, und Papa ist draußen im Schrebergarten«, spricht Mama weiter.

»Im Schrebergarten?« Meine Eltern haben vor über zehn Jahren die kleine Parzelle gekauft, weil sie sich mehr selbst versorgen wollten. Man sollte ja meinen, dass ein normales Beet und ein paar Hochbeete im eigenen Garten reichen, doch für den groß angelegten Plan war das zu wenig. In den ersten Jahren gediehen nur ein paar welke Pflanzen und Radieschen im Schrebergarten, und nachdem das nicht zur Selbstversorgung reichte, verloren sie die Lust. Warum Papa ausgerechnet heute dorthin gefahren ist, noch dazu, wo jemand zum Babysitten gebraucht wird, ist mehr als seltsam.

»Ja, frag nicht«, antwortet Mama. »Ich glaube, er muss manchmal raus und etwas für sich machen. Der Schrebergarten kommt dem Jagen und Fischen im Moment wohl am nächsten. Da fühlt er sich dann geschäftig.«

Ich hole frustriert Luft. Bei Papa zieht Mama wirklich immer die unwahrscheinlichsten Schlüsse. Sie ist loyal wie ein adoptierter Streunerhund, und es bringt nichts, darüber zu diskutieren.

»Ich komme«, sage ich seufzend.

Mama sitzt in der Küche und füttert Noah, dessen ganzes Gesicht mit Brei verschmiert ist. Als ich hereinkomme, springt sie auf und umarmt mich fest. »Danke, das ist so lieb. Ich wusste nicht, was ich tun sollte. Jesper und Lisen waren schon weg, als Paulina sich weggeschlichen hat.« Sie sieht mich bedeutungsvoll an. »Ich weiß nicht, was ihr beiden da treibt, aber es wäre schön, wenn ihr es bald klärt.«

Ich breite nur ergeben die Arme aus und antworte nicht.

»Wie auch immer«, fährt Mama fort, »ich habe Paulina geschrieben, dass ich zur Arbeit muss, aber sie hat nicht geantwortet. Sie kommt bestimmt, wenn sie die Nachricht gelesen hat, dann kannst du nach Hause fahren.«

Da bin ich mir nicht so sicher. Ich habe schon unter normalen Umständen keine hohe Meinung von Paulina, und jetzt ist sie in meiner Wertschätzung noch tiefer gesunken. Mama wischt Noah das Gesicht ab und hebt ihn aus dem Stuhl, um ihn mir zu geben. Unbeholfen nehme ich ihn auf den Arm. Dann gehen wir durchs Haus, während Mama mir Noahs kleines Reisebett im Gästezimmer zeigt (eigentlich ist es Jespers altes Zimmer, an dem sich seit seinem Auszug nur die Bezeichnung geändert hat). Sie erklärt mir Schnuller, Schlafanzug, Windeltasche, Paracetamol (für alle Fälle), Ohrthermometer (man weiß ja nie), Nasenspray (nur, wenn es wirklich nötig ist), Kuscheldecke (muss an Noahs Wange liegen, damit er schlafen kann) und das Kaninchen (fragt nicht). Kurz darauf umarmt mich Mama noch einmal, dann ist sie weg. Ich sehe auf den kleinen Jungen auf meinem Arm. »Jetzt sind wir allein«, sage ich. »Wie findest du das?« Noah bricht in verzweifeltes Weinen aus.

Eine blaue Lampe im Fenster taucht den Raum in schwaches Licht. Es riecht hier drin, als hätte die Zeit stillgestanden. Jespers Fußballpokale, Zeitschriften und alte Ordner mit den Eishockey-Sammelkarten stehen und liegen überall herum, alles ist unter einer dicken Schicht Staub begraben. Im restlichen Haus ist es still, alle Geräusche konzentrieren sich hier in dem kleinen Gästezimmer im Obergeschoss. Noah weint immer noch und ist untröstlich, und verschiedenste Emotionen liefern sich einen Wettkampf in mir. Ich werde völlig von dem starken Bedürfnis überrumpelt, den Jungen gegen die Wand zu werfen und von hier zu verschwinden, doch dann überwältigen mich zärtliche Gefühle wie eine unvorhergesehene Flutwelle. Noah schreit und weint und durchnässt mein Kleid. So laut und anhaltend, dass meine Trommelfelle gleich platzen. Doch als er seinen kleinen Kopf an meine Brust legt und ich seine weichen Daunenhaare an meinem Hals spüre, wird mein Herz weit. »Na, na«, murmele ich. »Ist ja gut. Tante Clara ist doch da.« Meine Arme schmerzen, und ich frage mich, wie lange ich es noch schaffe, ihn hin- und herzuwiegen. zu wiegen. Sollte man Kindern nicht etwas vorsingen? Ich bin keine Sängerin. Mama und Papa wahrscheinlich auch nicht, denn ich kann mich nicht erinnern, zu welchen Liedern ich als Kind eingeschlafen bin. Was soll ich singen? Etwas Ruhiges, Einschläferndes. Ich fange an, Evert Taubes *Brevet Från Lillan* zu singen. Meine Stimme ist rau, nachdem ich am Nachmittag so viel geweint habe. Noah lässt sich auch davon nicht beruhigen, und ich höre sofort wieder auf. Zugegeben, eine blöde Wahl. Denk nach, ermahne ich mich. Ganz ruhig. Vielleicht etwas Englisches? Lisen spricht immer Englisch mit ihm. »*We wish you a merry Christmas*«, versuche ich. Ich weiß nicht, wieso mir gerade dieses Lied einfällt, aber in dem Takt kann ich Noah gut wiegen. Immer wieder singe ich es. Nach einer Weile wird Noah ruhig und irgendwann auch schwerer in meinen Armen. Zur Sicherheit singe ich das Lied noch dreimal, bevor ich ihn vorsichtig ins Bett lege, zusammen mit dem Kaninchen, und die Decke genau richtig um ihn herumdrapiere. Als ich mich aufrichte, könnte ich vor Schmerzen schreien. Mein Rücken ist total kaputt.

»Gut gemacht«, flüstert jemand hinter mir. Schon wieder könnte ich schreien, dieses Mal aus Angst, und drehe mich reflexartig in die Richtung, aus der das Geräusch kam. Marcus steht im Türrahmen und hält den Daumen hoch.

Vierundzwanzig

Ganz ruhig, Clara. Er ist nur ein normaler Mensch. Hoffentlich schießt mir jetzt nicht das Blut in die Wangen und lässt mich aussehen, als hätte ich etwas Dummes getan.

Wie zum Beispiel etwas Unpassendes zu träumen.

Oder seine Freundin schlechtzumachen.

Ich wühle in den Küchenschränken meiner Eltern und finde fünf verschiedene Teesorten, die alle irgendwann im letzten Jahrzehnt abgelaufen sind. Ich betrachte die Packungen und schmeiße die ältesten weg. Die neueste Packung ist erst vor einem halben Jahr abgelaufen, das sollte doch ungefährlich sein, oder?

»Grüner Tee mit Zitrone?« Ich wende mich zu Marcus, der auf einem der Kiefernholzstühle sitzt, die seit dreißig Jahren um den Esstisch meiner Familie stehen. Wenn man sich unter den Tisch legen würde, könnte man die Bilder sehen, die Paulina als Kind kichernd auf die Platte gezeichnet hat, angefeuert von Jesper.

»Du hast bestimmt auch Kaffee, oder?«

Ach ja. Mir fällt ein, dass ich ihm schon mal Tee angeboten habe und er mich um Kaffee gebeten hat. Als ich dachte, dass er überhaupt keine Zeit mit mir verbringen wollte, was gar nicht gestimmt hat.

»Ach, natürlich!« Ich nehme die Kanne aus der Kaffeemaschine, um Wasser einzufüllen.

»Setz dich doch«, sagt Marcus. »Der Instantkaffee, der bei den Teepackungen steht, reicht völlig. Warmes Wasser haben wir ja schon.«

Ich sehe ihn skeptisch an. »Für jemanden, der mit Getränken arbeitet, kümmerst du dich beunruhigend wenig darum, wie sie schmecken.«

Marcus lacht. »An Instantkaffee ist nichts verkehrt. Außerdem will ich dich nicht stressen, du siehst schon erschöpft genug aus. Wenn ich das so sagen darf.«

Er zwinkert mir zu, und ich versteife mich, bis ihm klar zu werden scheint, was er gerade getan hat. Sofort setzt er wieder eine neutrale Miene auf.

»Äh … schon okay. Ich *bin* erschöpft.«

Marcus hebt seine Tasse, die ich mit heißem Wasser fülle, während ich so tue, als würde ich nur wegen des aufsteigenden Dampfes rot werden. »Paulina hat dich also hergeschickt, damit du auf Noah aufpasst?« Ich versuche, unbeteiligt zu klingen, und sehe ihn aus dem Augenwinkel an.

»Ja.« Er wirkt nachdenklich, als ob er nicht wüsste, was er zu der Schwester sagen sollte, die der Grund für den Zusammenbruch seiner Freundin ist und wegen der sie ihren Neffen im Stich gelassen hat. »Sie war etwas panisch, weil sie nicht kommen konnte und wohl nicht wusste, dass du schon hier warst.«

Ich schnaube unwillkürlich. Panisch? Als ob wilde Pferde sie daran hindern würden hierherzukommen und nicht ihre eigene Gekränktheit.

»Und du hattest die Lage ja völlig unter Kontrolle«, fährt Marcus fort, und in seinem Blick liegt leichter Schalk. »Noah wird nach deinen vielen Wünschen ein großartiges Weihnachtsfest haben.« Er trinkt einen Schluck Kaffee und sieht über den Tassenrand zu mir. »Und ein gutes neues Jahr.«

Ich starre ihn böse an, während ich die Schultern gegen die Verspannungen lockere. »Ja, ja, ja, du hättest sicher etwas Passendes gesungen, wenn du vor mir da gewesen wärst.« Mir liegt noch etwas auf der Zunge – *aber das warst du nicht, weil Paulina Mamas Arbeitszeiten nicht wichtig genug waren, um das Problem rechtzeitig zu lösen* –, doch ich schlucke die Bemerkung hinunter.

»Ich verlasse mich immer auf *Blinka Lilla Stjärna Där*«, erwidert Marcus. »Aber beim nächsten Mal versuche ich deine Methode.«

»Immer? Hast du Kinder?« Und plötzlich bin ich sehr gespannt auf die Antwort. Doch nein, er hat doch bestimmt keine eigenen Kinder? Hätte er dann eine rotzbesoffene Paulina im Morgengrauen mit nach Hause genommen und sie dann seinen Sprösslingen vorgestellt? Hoffentlich nicht.

»*Immer* war vielleicht zu viel gesagt. Es ist lange her, seit ich ein Kind ins Bett gebracht habe«, sagt er.

Hat er bewusst nicht auf meine Frage geantwortet?

Marcus sieht sich in der grün gestrichenen Küche um, und ich betrachte seine Hände um die Kaffeetasse, die Bartstoppeln in seinem Gesicht, die ein wenig länger sind und seine Augen noch lebendiger aussehen lassen. Komisch, bisher war Jonathan immer der charmanteste Mensch, den ich kenne. Der Mann mit dem funkelnden Blick. Und jetzt sitze ich diesem Mann gegenüber und entdecke, dass es einen veritablen Unterschied gibt. Jonathans Augen sind auf den ersten Blick charmant, doch tatsächlich nehmen sie einen nie richtig wahr, sehen einen nie richtig. Sind immer auf der Jagd nach etwas Neuem. Ein rastloser

Blick. In Marcus' Augen liegt Ruhe, und er betrachtet die Dinge, als würden sie ihn ehrlich interessieren.

Gegengewicht, denke ich. In einer Beziehung ist ein Gegengewicht nötig. In Jonathans und meiner Beziehung bin wohl ich diejenige mit dem stillen, forschenden Blick. Und Paulina ist diejenige, die für das Tempo in ihrer Beziehung sorgt.

»Wohnen deine Eltern schon lange hier?«

Er hat »deine« gesagt. Nicht »eure«.

Jetzt hör aber auf und interpretier nicht in alles etwas hinein, schimpft mich mein gesunder Menschenverstand.

Ich nicke. »Schau mal unter den Tisch.« Marcus sieht mich fragend an, doch dann verschwindet er unter der Tischplatte. Wie meine Beine wohl von da unten aussehen? Zu spät wird mir klar, dass er von da unten völlig ungeniert glotzen kann. Nachdem eine Strumpfhose ja nie lange hält, habe ich bestimmt überall Laufmaschen.

Mit leicht gerötetem Gesicht taucht Marcus wieder auf. Hoffentlich ist ihm nur das Blut in den Kopf gestiegen, denke ich und überkreuze die Beine. »Hübsch. Du wolltest damit wohl sagen, dass ihr schon als Kinder hier gewohnt habt. Wer ist der oder die Künstlerin?«

Ich trinke einen Schluck Tee und stütze das Kinn in die Hand. »Was glaubst du?«

Ich sehe, wie er mit sich ringt, und verstehe, dass er zwischen mir und Paulina hin- und hergerissen ist. Seine Antwort überrascht mich.

»Ich würde sagen, Paulina. Du scheinst mehr der Typ zu sein für Prinzipien und …«

»Prinzipien und Paragrafen«, unterbreche ich ihn. »Die

strenge Paragrafenreiterin Clara. Ja, und Paulina verdient ihr Geld damit, Schamhaar zu frisieren. Natürlich ist sie die Künstlerin von uns.«

Ich schweige. Marcus sieht mich nachdenklich an, und in diesem Moment hasse ich seinen durchdringenden Blick. Hasse es, wie die Tränen hinter meinen Lidern brennen. Dass meine Scham so groß ist, dass ich aus der Haut fahren könnte. »Also«, sage ich in diesem scheinbar unbekümmerten Ton, der natürlich alles andere als sorglos ist, »jetzt, da ich hier bin, kannst du ja zu Paulina zurückfahren.«

Verflixt noch mal, stiehlt sich da etwa eine verdammte Träne hervor und läuft langsam über meine Wange? *Sieh mich an!*, schreit sie. *Siehst du, sie ist gar nicht so unbeeindruckt, wie sie tut!*

»Clara …« Seine Stimme klingt auch nicht ganz fest. Er legt seine Hand auf meine und drückt sie. Bei der Wärme seiner Berührung ist mir erst recht zum Weinen zumute. Ich schlucke und sehe ihn an, sehe, wie die schwarzen Wimpern flattern, wenn er blinzelt. Bartstoppeln auf dem kantigen Kinn, Lippen, die überraschend weich aussehen. Die Zeit scheint stehen zu bleiben. Was passiert hier gerade? Ich sollte die Hand zurückziehen, das Gespräch wieder auf Kinderlieder oder Kritzeleien unter dem Küchentisch oder das Haus meiner Eltern bringen, doch ich schaffe es nicht. Meine Hand wird dort liegen, bis er seine zurücknimmt. Er räuspert sich.

»Ich erzähle dir jetzt, wie Paulina und ich uns kennengelernt haben. Aber das bleibt unter uns, ja?«

Ich nicke überrascht.

»Wir wollten bald schließen, als sie in die Bar stolperte.«

Stolperte. So hatte ich es mir gedacht. Ich bin mir nicht sicher, ob ich das alles hören möchte.

»Sie war sehr betrunken.«

Ich schüttele den Kopf. »Du musst es nicht erzählen, Marcus. Ich werde nicht mehr nachfragen.«

»Sie war sehr betrunken«, wiederholt Marcus ruhig. »Und allein.«

»Was?« Einen Augenblick bebt der Boden unter meinem Stuhl wegen eines einzigen kleinen Wortes, das mich gerade völlig unvorbereitet trifft. »Allein? Aber was war mit ihrem Gefolge, wo waren die alle? Jennica, Tessan, Rebecca, Jana?« Ich suche Marcus' Blick, sehe in seine leuchtend blauen Augen, doch er schüttelt bedauernd den Kopf.

»Nein, sie war allein. Soweit ich es verstanden habe, hatten sie den Abend als große Gruppe begonnen, die im Lauf der Stunden immer kleiner wurde. Eine aus der Gruppe hat offenbar jemanden in einem Club am Stureplan kennengelernt und ist mit ihm mitgegangen, und nach einer Weile ist dann eine nach der anderen nach Hause gefahren.«

»Aber warum Paulina nicht?«

Marcus wirkt gequält. »Das musst du sie selbst fragen. Ich habe ihr Apfelsaft statt Bier hingestellt, und sie hat es nicht gemerkt. Als wir um zwei schließen wollten, lag sie mit dem Kopf auf dem Tresen und hat geschlafen.«

Autsch. Das tut geradezu körperlich weh. Unwillkürlich sehe ich meine kleine Schwester vor mir, wie sie sieben Jahre alt ist und lauter Kletten in ihren Haaren hängen. Die kleine Paulina weint leise, während sie erzählt, wie Tom und Staffan aus der dritten, meiner, Klasse sie gejagt und die Kletten in ihr flachsblondes, welliges Haar geworfen haben, und ich balle meine neunjährigen Fäuste und schwöre, dass das nie wieder geschehen wird. Es ist auch nie wieder passiert. Ich drohte den Jungen damit, der Lehrerin zu erzählen, dass sie in der Pause oft Süßigkeiten im ICA-Supermarkt klauten. Sie schnaubten irgendetwas Verächtliches, ließen Paulina ab da aber in Ruhe.

Weinen ertönt aus dem Obergeschoss. Ich will schon aufstehen, singe im Kopf bereits *Merry Christmas*, doch Marcus bedeutet mir sitzen zu bleiben.

»Dieses Mal übernehme ich. Bleib nur.« Mit ein paar großen Schritten geht er die Treppe hinauf, während ich aufstehe und frisches Teewasser aufsetze. Ich wühle im Schrank und finde ein paar Mandelbiscotti, die ich auf einem Kuchenteller ausbreite. Dann schleiche ich zur Treppe und lausche nach oben. Ich lächele breit, als ich Marcus leise singen höre – *»We wish you a merry Christmas …«* Ich kichere. Er hat eine schöne Stimme, tief und warm. Noah ist schon wieder still, und bald kommt Marcus zurück.

»Also, wie ging es weiter?«, frage ich, als wir wieder am Tisch sitzen.

»Ich wollte sie nach Hause bringen.« Er sieht mich an, wartet offenbar auf meine Reaktion. »Doch ich brachte nicht aus ihr heraus, wo sie wohnt. Sie hat irgendetwas von dem lila Schloss gebrabbelt, dann hat sie gekichert und ist wieder auf dem Tresen zusammengebrochen.«

»Das lila Schloss?« Ich muss lachen. »Hat sie das wirklich gesagt?« Ich dachte, Paulina hätte es vergessen. Prinzessin Paulina in dem kleinen Schloss, inmitten der Fliederbüsche, und Prinzessin Clara in dem gelben Schloss, inmitten des Strauch-Fingerkrauts. Ich habe dieses Spiel geliebt, und auch wenn Paulina zwei Jahre jünger ist, hat sie es als Erste hinter sich gelassen. Danach gab es nur die Backstreet Boys und die Spice Girls für sie, Wimperntusche und Ohrlöcher statt lächerliche Fantasiespiele.

»Deshalb habe ich sie mit zu mir genommen.«

Meine Gedanken überschlagen sich. Wie wenig ich über meine Schwester weiß. Wie ungerecht ich war, als ich ihr heute Vorwürfe gemacht habe. Welches unbeschreibliche Glück Paulina hatte, dass sie ihren letzten Drink bei Marcus bestellt hat und nicht bei irgendeinem anderen Barkeeper. Langsam dämmert mir eine Erkenntnis: Marcus war nicht Paulinas Verzweiflungsaufriss am frühen Morgen. Was war er dann? Was ist er? Er ist ja offensichtlich immer noch Teil ihres Lebens. Vielleicht gerade deshalb? Sie hatte die Chance, jemanden richtig kennenzulernen.

Ich esse ein Stück Gebäck. »Danke, dass du ihr geholfen hast«, sage ich leise.

»Du musst mir nicht danken. Ich wollte es.«

Ach wirklich. Ja, wer will nicht gern der Prinz sein, der eine Prinzessin in Nöten rettet? Gleichzeitig hat ihre Beziehung netter angefangen, als ich es vermutet hatte. Abgesehen davon, dass sie fast besinnungslos betrunken gewesen war.

Plötzlich habe ich das Bedürfnis, allein zu sein.

Marcus sieht mich ruhig und nachdenklich an. Er ist wie ein geschlossenes Buch, unlesbar, und ich frage mich, was er gerade denkt. »Ich habe dir das erzählt, weil du vielleicht wissen solltest, dass es Paulina nicht immer gut geht. Du bist ihre Familie. Sie braucht ihre Schwester, nicht jemanden, der über sie urteilt.«

Hey, Universum, wie wär's mit ein bisschen Hilfe? Wie kann Marcus vor mir sitzen und mich tadeln, nach dem, was ich in meiner Rede über Paulina erzählt habe? Ich will doch nur, dass er besser Bescheid weiß, was für ein Typ Freundin Paulina ist, und ihn in aller Freundschaft warnen – und dann sagt er so etwas?

»Über sie urteilen?«, wiederhole ich mit dünner Stimme. »Ich habe gerade ihr zu Ehren eine Rede gehalten, falls du dich erinnerst.«

»Nein, das hast du nicht.« Er sieht mich an.

Ich bin sprachlos, schockiert und wütend.

»Und wenn wir schon dabei sind, Beziehungen infrage zu stellen«, fährt Marcus schärfer fort, »dann sollten wir auch über deinen Freund sprechen. Den Mann, der Ray Bradburys Klassiker für ein Parfüm hält.«

Jetzt kann ich ihn wunderbar lesen. Die Verachtung steht ihm ins Gesicht geschrieben. Sähe er dabei nicht so überheblich aus, könnte ich darüber lachen.

»Ich kann dir versichern, dass deine Freundin auch nicht mehr Ahnung von Weltliteratur hat«, erwidere ich trocken.

Marcus hebt die Augenbrauen. »Klar, solange er dich glücklich macht. Er wirkt nur ein wenig wie jemand, mit dem du aus nostalgischen Gründen zusammen bist. Die Rückkehr der Jugendliebe.«

»Entschuldigung, aber habe ich dich um Beziehungsratschläge gebeten?«

Ich brodele innerlich, und ich hoffe, er sieht nicht, wie meine Hand zittert, als ich Kuchenteller und Tassen in die Spülmaschine räume. »Du musst mich missverstanden haben. Wenn ich Rat in Liebesdingen brauchen könnte – *wenn!* –, dann wäre ein fremder, zynischer Mann, der sein Geld damit verdient, andere Menschen betrunken zu machen, so ziemlich der Letzte, den ich fragen würde.«

Die Wut spricht aus mir. Ich weiß, dass ich nichts davon ernst meine, aber ich versuche, mich zu verteidigen.

Marcus sieht mich durchdringend an. Weder aggressiv noch aufgebracht, und ich muss mich zurückhalten, damit ich meine harten Worte nicht zurücknehme. Er steht behutsam auf und geht Richtung Ausgang.

»Tschüs, Clara«, sagt er leise und schließt langsam die Tür hinter sich.

Ich gehe nach oben zu Noah und hoffe inständig, dass er aufwacht, damit ich mich mit etwas anderem beschäftigen kann.

Fünfundzwanzig

Am Sonntagmorgen schwappt eine Woge Schuldgefühle und noch nicht erledigter Pflichten über mich hinweg. Ich liege im Bett und sehe den vorbeifahrenden Bahnen zu. Bald ist Mai, und das Schulhalbjahr rast auf sein Ende zu. Ich muss noch Noten festlegen, meinen Schülern Feuer unter dem Hintern machen und Eltern informieren. Außerdem muss der Direktor bei Laune gehalten werden. Eine Woche ist seit meinem Verbrechen vergangen. Eine Woche bekomme ich noch mein Gehalt von der Schule, finanziert von meinen schmutzigen Lügen. Ich reibe mir die Augen, stehe auf und schiebe eine Kapsel in die Kaffeemaschine. Drücke auf den Knopf und warte, während die Maschine wütend brummt und die schwarze Flüssigkeit sich in meine »Die-beste-Lehrerin-der-Welt«-Tasse ergießt. Die ist ein Geschenk von Mama, die natürlich nicht weiß, ob ich eine gute oder schlechte Lehrerin bin, die jedoch versucht, ihre Kinder so zu bestärken, wie es eine Mutter tun sollte.

Nur noch diese Woche also, dann muss ich zurück in die Arbeit. Ich werde hinter der Vertretung aufräumen, Noten vergeben und lächelnd *Den Blomstertid Nu Kommer* singen. Und im Herbst, wenn das neue Schuljahr beginnt, werde ich nicht mehr dort sein. Ich male mir Szenarien aus, in denen ich Lesekreise und Workshops leite und herumfahre und mit Schülern spreche. Ich schreibe auch ein paar Ideen auf, für den Fall, dass ich den Job bekomme. Ich versuche, die Erwartungen niedrig zu halten, weiß, dass meine Hoffnung unrealistisch ist, da ich ja nicht einmal die geforderte Ausbildung habe, doch ich will die Stelle unbedingt. Sie ist wie für mich gemacht, und ich muss alles versuchen, damit Jelena und ihre Kollegen einsehen, dass ich die Richtige bin.

Um wenigstens irgendetwas zu tun, schicke ich eine Anfrage an Cover Me. Mühsam fülle ich das Kontaktformular auf der psychedelisch gestalteten Website aus, die mit Mustern in nicht zueinanderpassenden Pastellfarben gestaltet ist.

Welche Lieder werden gewünscht? Hm. Da sollte die Band doch eigentlich etwas dazu sagen. Welche Lieder gefallen Mama? Soll ich so viele Songs angeben, dass sie für die ganze Feier reichen? Ich kratze ein paar sichere Kandidaten aus dem Gedächtnis zusammen – *Always On My Mind*, *Bright Eyes*, die üblichen Schnulzen – und tippe sie in das Feld. Seufzend klicke ich auf »Yeah, Anfrage abschicken!« und widme mich zweifelnd meinen Mails.

Von: Lillemor Persson
An: Clara Rennel, Solveig Boström, Niklas Sjödin
Betreff: Flohmarkt!

Hallo, liebe Kollegen!
Wie ihr wisst, werde ich den Flohmarkt organisieren. Und wie wir bei der Besprechung am Donnerstag diskutiert haben, soll er am 31. Mai auf dem Schulhof stattfinden. Wir suchen gerade schon die Bücher dafür zusammen. Hardcover sollen zwanzig Kronen kosten, Taschenbücher zehn. Die Klassen werden gebeten, für den Tag Kuchen zu backen.

Und jetzt kommt die aufregende Neuigkeit: Ich habe Kontakt zu den Lokalzeitungen aufgenommen!!!! Wie ihr wisst, freut sich Torbjörn, wenn die Schule positive Publicity bekommt. Bitte schickt doch die angehängte Einladung an die Eltern eurer Schülerinnen und Schüler, sobald alles fertig organisiert ist und wir grünes Licht von Torbjörn bekommen haben.
Liebe Grüße, Lillemor

Von: Solveig Boström
An: Clara Rennel, Lillemor Persson, Niklas Sjödin
Betreff: Qualitätskontrolle

Hallo,
die Qualitätskontrolle ist für dieses Halbjahr abgeschlossen. Das fertige Verzeichnis der aufgenommenen Titel ist laminiert und im Fachbereich Schwedisch hinterlegt. Für diejenigen, die gerade nicht zur Arbeit kommen können, hängt die Datei an.
Grüße, Solveig

Von: Niklas Sjödin
An: Clara Rennel, Solveig Boström, Lillemor Persson
Betreff: Der IKT-Chef erstattet Bericht

Hallohallo!
Morgen treffen wir uns zu einer der wichtigsten Besprechungen im Schulhalbjahr. Wir werden darüber reden, wie man die IKT (Informations- und Kommuni-

kationstechnik) mehr in den Schulalltag einbeziehen kann. Claras Vertretung hat sinnvolle Vorschläge eingebracht, doch wenn Clara es schafft zu kommen, wäre das natürlich gut. Ansonsten bietet Rupert Scott aus Västerås nächsten Montag eine Fortbildung an und stattet uns auf meine Initiative hin einen Besuch ab.
Wir sehen uns!
Viele Grüße von eurem IKT-Beauftragten/IKT-Chef/Coach/Motivator

Von: Automatische Antwort Buchung von Cover Me
An: Clara Rennel
Yo!
Danke für deine Buchung! *Get ready to get your ass kicked!*
Grüße, Cover Me

Gerade als ich den Laptop herunterfahren will, gibt das Handy ein Signal von sich. Ich greife danach und lächele breit, als ich auf dem Display lese:

Gulla, ich hätte gestern mitgehen und schauen sollen, wie es dir geht. Du bist hoffentlich nicht total am Boden? Magst du morgen zu mir kommen? Kuss, J.

»Na, wird gefeiert?«

Der Moorleichen-Nachbar kommt im selben Moment wie ich ins Treppenhaus mit einer ICA-Tüte in der einen und einer Tüte mit Alkohol aus dem Systembolaget in der anderen Hand. Er mustert mich, von der sorgfältig von Haarnadeln und Haarspray in Form gehaltenen Frisur über den Trenchcoat, meinen türkisfarbenen Lieblingsschal, die Jeans bis hinunter zu den Stiefeletten, die glänzen, nachdem ich sie mit feuchtem Toilettenpapier poliert habe.

»Nein, überhaupt nicht!« Ich weiß nicht, warum meine Wangen auf einmal warm werden, oder warum ich seine Frage so schnell verneine. Vielleicht weil ich ja eigentlich die erschöpfte und krankgeschriebene Lehrerin spielen sollte.

Die Augen meines Nachbarn funkeln, und einen Augenblick sehe ich an dem buschigen Bart, dem abgetragenen Hemd und den Jeans vorbei, die er seit Monaten nicht gewechselt zu haben scheint, auf den Menschen dahinter. Plötzlich ähnelt er mehr Owen Wilson. Er sieht mich vielsagend an, als ob er genau wüsste, zu wem ich auf dem Weg war, und – noch schlimmer – was für irrationale Absichten und Hoffnungen zwischen meinem Unterbewusstsein und meinem sehr bewussten Ich herumwabern. Dass etwas Ernstes daraus werden soll. Jonathan und Clara. Clara und Jonathan.

»Ich fahre zu meinem Freund.«

Oh, es auszusprechen! So süß wie Honig. Ich greife immer noch etwas voraus, wenn ich »Freund« sage, aber das weiß mein Nachbar ja nicht.

Er kratzt sich den Bart, sodass die Tüte aus dem Systembolaget gefährlich klirrt, und betrachtet mich. »Glückwunsch, Mädchen. Weniger Arbeit, mehr Liebe, so mag ich das.«

Er zwinkert mir zu, und ich verdränge sofort den Gedanken, dass mein neues Leben als schwänzende Lehrerin volle Bestätigung durch meinen Moorleichen-Nachbarn erfährt, dessen Beitrag zur Staatskasse wahrscheinlich hauptsächlich in der Mehrwertsteuer besteht, die er für seinen Alkohol zahlt.

Vier-fünf-acht-sieben-Stern. Mit leicht bebendem Finger tippe ich den Türcode ein, den Jonathan mir geschrieben hat, und ziehe die schwere Tür auf. Er wohnt in Edsberg, nur eine kurze Busfahrt von mir entfernt, und ich war natürlich noch nie hier. In den letzten fünf Jahren hat er die Wohnung untervermietet, weil er im Ausland war. Davor wohnte er mit Felicia hier.

Felicia. Ich versuche, das lauernde Unbehagen beiseitezuschieben, indem ich die Treppe nach oben haste. Als ich vor seiner Wohnungstür stehe, muss ich erst einmal wieder zu Atem kommen, bevor ich die Klingel drücke. PALM SVENSSON. Die weißen Buchstaben starren mich vom Briefkastenschlitz aus an, stellen mein Auftauchen infrage, und schon bin ich wieder nervös. Ihr Name steht noch auf dem Briefkasten!

Ich klingele, und Jonathan öffnet die Tür, zieht mich in seine nach Aftershave duftende Umarmung und gibt mir einen raschen Kuss auf die Wange.

»Palm Svensson«, begrüße ich ihn, während er meinen Trenchcoat auf einen Kleiderbügel hängt. Mein Mund hat ein Eigenleben entwickelt, und mein Verstand hetzt hinterher und versucht, die heiklen Worte einzufangen.

Doch Jonathan zuckt nur mit den Schultern. »Der Vermieter ist langsam. Unsere Namen standen auch an der Tür, während wir in London waren, die Untermieter hatten nur einen Zettel darübergeklebt.«

Er geht vor mir in ein helles Wohnzimmer mit weißem Sofazweisitzer, einem kleinen runden Couchtisch und unauffälligen Schwarz-Weiß-Fotos an den Wänden.

»Ein Glas Wein?«

Ich nicke dankbar, und er verschwindet in der Küche, während ich zum Bücherregal gehe. Manche Menschen schnüffeln gern in fremden Badezimmerschränken, ich nehme viel lieber die Bücherregale unter die Lupe. Jonathans ist schmal und enthält hauptsächlich Dessertschüsseln und Kerzenständer, ein paar Bücher hat er aber auch. Die üblichen schwedischen Krimis, ein paar Bände aus Jan Guillous Arn-Reihe, drei Bücher von Marian Keyes.

»Marian Keyes?« Mir bleibt der Mund offen stehen. Ich klinge wie eine Automatenstimme, die nur Namen aufsagen kann. Jonathan reicht mir ein Glas Wein und bedeutet mir, mich aufs Sofa zu setzen. »Wer?«

Ich trinke einen Schluck kalten Wein und deute auf das Bücherregal. »Liest du Marian Keyes?«

Jonathan sieht zum Regal, als würde es ihm erst jetzt auffallen. »Äh. Na ja, du weißt ja, dass ich kein Bücherwurm bin. Die meisten Bücher gehören Felicia.«

Ich schütte noch ein wenig von dem Wein in mich hinein und versuche, unbeteiligt zu wirken, auch wenn sich plötzlich weniger Sauerstoff in der Luft zu befinden scheint. »Oh.«

Offensichtlich wirke ich nicht so ungerührt, wie ich möchte, denn Jonathan seufzt und stellt sein Glas auf den Tisch. Er nimmt meine rechte Hand in seine Hände und sieht mir in die Augen. »Clara, kümmer dich bitte nicht darum. Felicia und ich haben hier zusammengewohnt, dann haben wir die Wohnung möbliert an ein Pärchen untervermietet, und seit ich zurückgekommen bin, habe ich es einfach noch nicht geschafft…« Er seufzt wieder und lässt die Schultern hängen. »Wie auch immer, das Wichtigste ist doch, dass wir zwei jetzt hier sind, du und ich, oder?«

Stimmt das denn?, will ich fragen. *Du und ich?*

Langsam bekomme ich wieder Luft. Jonathan geht zur Stereoanlage, und Coldplay ertönt aus kleinen Lautsprechern irgendwo im Raum. Ich mag ihm nicht sagen, dass ich mich vor fünf Jahren an Coldplay übergehört habe, sondern lächele Jonathan zu und lasse mir Wein nachschenken. Er beugt sich zu mir, nimmt ein paillettenverziertes apricotfarbenes Kissen und wirft es hinter mich, dann legt er eine Hand auf meine Schulter. Plötzlich liege ich halb auf dem Sofa, meine Haare verfangen sich in den Pailletten, Jonathans funkelnde Augen sind über mir. Ich atme schwerer, in meinem Kopf dreht sich alles, und Felicias Geist rückt in immer weitere Ferne. Als er mich küsst, schließe ich die Augen und lasse mich mitziehen. *»For you I'd wait 'til kingdom come«,* singt Coldplay, und ich denke, dass ich die ganze Zeit auf Jonathan gewartet habe. Felicia, Klas, dumme Träume von einem gewissen Barkeeper, PALM-SVENSSON-Briefkastenschilder, das alles ist unwichtig, denn wir und unsere Lippen und weinfeuchten Zungen bedeuten etwas.

»Wie schön du bist«, haucht Jonathan an meinem Hals, während er mir über den Bauch streicht und die Hand unter den BH schiebt. Ich stöhne leise, und ein Handy klingelt. Jonathans. Er zögert, dann löst er sich von meinen Lippen und meinen Brüsten, streckt sich nach dem Telefon auf dem Couchtisch. Nach einem Blick aufs Display lächelt er bedauernd. »Himmel, was für ein schlechtes Timing! Sorry, bin gleich zurück!« Er eilt ins Schlafzimmer und schließt die Tür hinter sich, und ich höre seine gedämpfte Stimme, als er sich meldet.

Dass ich mich dann aufrichte, BH und Pullover zurechtzupfe, die Haarnadeln wieder befestige und ihm nachschleiche, kann ich nur auf den Wein schieben. Meine Vernunft ist alkoholisiert, weshalb ich das Ohr an die Tür drücke und Bruchstücke des Gesprächs höre, das sich zwischen mich und meine Befriedigung geschoben hat. »Bist du sicher? … Kein Zweifel mehr? … Du ahnst nicht, was mir das bedeutet …«

Als sich Schritte hinter der Tür nähern, merke ich, dass er das Telefonat beendet hat, und zucke zurück. Jonathan kommt aus dem Schlafzimmer und verzieht das Gesicht. »Wie gesagt, verflucht schlechtes Timing.«

»Geht es ihr gut?« Ich lächele breit, freue mich so sehr für ihn. Und für mich. Jetzt können wir uns vielleicht endlich auf uns konzentrieren.

»Was?« Jonathan wirkt überrumpelt.

»Gun? Ist sie krebsfrei? Entschuldige, ich habe ein bisschen was aufgeschnappt«, sage ich.

»Ja. Ja, genau.« Jonathan mustert mich und denkt ungewöhnlich lange nach.

Seine Verwirrung wirkt gerade größer als seine Freude, aber er hat sicher viel zu verarbeiten. Vielleicht kann er sich auch erst jetzt erlauben, die Sorge in ihrer vollen Tragweite zu empfinden, die Angst, was hätte passieren können.

»Take me back to the start«, ertönt es aus der Stereoanlage, und auf einmal mag ich Coldplay wieder. Jetzt drehen wir die Uhr zurück und machen gemeinsam den Schritt in die Zukunft. Bei Jonathans nachdenklichem Gesicht denke ich an den siebzehnjährigen Jungen, den durch und durch guten Jonathan, der immer einen Witz oder ein freundliches Wort auf den Lippen hatte,

und ich spüre, wie sich Krankheiten, Unruhe und vierzehn Jahre dauernde Beziehungen auflösen und verschwinden.

»Du … Ich bin ein bisschen durcheinander. Ich glaube, ich brauche ein wenig Zeit für mich. Ist es okay, wenn ich dich anrufe?«, fragt er.

Ach so. Nun ja. Jetzt habe ich schon so lange gewartet, da halte ich es auch noch aus, bis er die Neuigkeiten von seiner Mutter verarbeitet hat.

Sechsundzwanzig

Rupert Scott ist zwei Meter groß, trägt ein gestreiftes Sakko, und seine glänzenden Schuhe sind so riesig, dass ein Kind darin sitzen könnte. Ein Lincolnbart zieht sich um Wangen und Kinn, und die Stirnglatze blitzt energisch auf, während er auf dem kleinen Podium in der Schulaula hin- und herläuft. Auf die große Leinwand hinter ihm wird in hippen Graffitibuchstaben sein Logo projiziert, zusammen mit seinem Motto: *Werde auch du ein Edutainer!* Meinen ersten Tag als Burn-out-Rekonvaleszentin verbringe ich mit der jährlichen Fortbildung. Zwei Tage soll uns Rupert Scott die Kunst beibringen, Edutainer zu werden, eine Mischung aus Educator – also Pädagoge – und Entertainer. Ganz einfach ein lustiger Lehrer. Fast verdächtige ich ja Måns Aspegrens Eltern, dafür verantwortlich zu sein.

»Macht das hier Spaß?«, fragt Rupert auf Schwedisch mit amerikanischem Akzent und hält ein Mathematikbuch hoch, sodass es offen wie ein angeschossener Vogel herunterbaumelt. »Das hier legen wir unseren Schülerinnen und Schülern vor. Natürlich werden sie davon müüüüde! Natürlich haben sie spaaaannendere Dinge zu tun! Um sie zu fesseln, müssen wir Edutainer werden! Sprecht mir nach: *I'm an edutainer!*« Das letzte Wort brüllt er heraus, und eine Rückkopplung dröhnt durch die kleine Aula. Ich reiße erschrocken die Augen auf und drücke mich gegen die Rückenlehne meines Stuhls. Dann sehe ich unauffällig zu meinen Kolleginnen, die ein paar Stühle weiter weg sitzen. Solveig hat ihre Gesichtszüge natürlich unter Kontrolle, sieht jedoch überraschend gelassen aus, selbst bei näherer Betrachtung. Sie hat die Beine übergeschlagen und wippt mit dem Fuß, legt den Kopf leicht zur Seite und wirkt ganz entspannt. Lillemor macht sich hektisch Notizen in einem Notizbuch mit lilafarbenem Einband. Ihre Stirn ist gerunzelt, was aber vermutlich eher auf tiefe Konzentration zurückzuführen ist und nicht auf Skepsis. Niklas kaut Kaugummi und wippt hektisch mit dem Bein, weshalb die ganze Stuhlreihe vibriert. Die ganze Zeit schaut er nach rechts und links, als wolle er überprüfen, wie die Botschaft von seinen Untergebenen aufgenommen wird.

Ich könnte mich nicht auf den Vortrag konzentrieren, selbst wenn ich das wollte. Ich kann nur an die Demütigung denken, dass mein Chef einen Verrückten im glänzenden Sakko bezahlt, damit er uns erzählt, wie wir unsere Schüler unterhalten sollen. Ein Kasper, der davon lebt, Mist in einer Einrichtung zu verbreiten, in der sowieso schon Dummheit und Unwesentlichkeiten regieren. Dass Solveig so unbeteiligt ist, ist mir ein Rätsel.

In der Pause steht sie hinter mir in der Schlange bei den Kaffeekannen.

»Du musst also schon wieder arbeiten? Zwei Wochen nach einer Burn-out-Diagnose ist das ja sehr ungewöhnlich.«

Ich trete vor und versuche, einen weißen Plastikbecher vom Stapel zu lösen. »Ja, der Arzt hat das auch noch nie so erlebt. Er sagte, ich müsse ja unglaubliche Kollegen haben, die mich unterstützen, wenn ich mir schon wieder vorstellen kann, zur Arbeit zu gehen«, kann ich mir nicht verkneifen. Solveig verzieht leicht das Gesicht, und ich lächele schadenfroh, während ich Kaffee aus der Thermoskanne pumpe. Den eigentlichen Grund, warum ich wieder da bin, kann ich nicht preisgeben. Dass ich nicht gewissenlos genug bin, um mit meinem gefälschten Attest Krankengeld bei der Versicherung zu beantragen, und dass ich auf mein Einkommen angewiesen bin. Unglaublicherweise erwidert Solveig nichts darauf.

Nach der Pause setze ich mich neben Lillemor. Sie sieht zu Rupert, der mit einem großen Schritt auf die Bühne springt und das Mikrofon mit theatralischem Schwung an sich reißt. »Finde das nur ich«, sagt Lillemor leise, »oder hat dieser Mann unglaublichen Sex-Appeal?«

Erst als ich aus dem Schulgebäude trete, merke ich, wie angespannt ich bin. Ich lasse die Schultern sinken und atme die laue Mailuft ein. Auch wenn ich Solveigs giftige Frage abblocken konnte, muss ich das alles in Ordnung bringen. Ich muss die Patchworkdecke aus Lügen vernünftig zusammennähen. Fest genug, dass ich nicht vor Gericht komme, denke ich, während meine Absätze auf dem regenfeuchten Asphalt klappern. Natürlich ist es unangemessen, dass ich nach zwei Wochen zurückkomme. Auf der anderen Seite bin ich nur Torbjörn Rechenschaft schuldig, und er hat bisher noch nichts gesagt. Wenn ich Glück habe, macht er keine große Sache daraus, sondern ist einfach nur froh, dass ich mich um die letzten Noten und Bewertungen des Schuljahres kümmere.

Am Bahnhof Sollentuna verpasse ich die S-Bahn knapp. Ich gehe ans andere Ende des Bahnsteigs, auf dem kaum Passagiere stehen, und beschließe, dass ich Paulina anrufen sollte. Seit dem Streit im Golfclub haben wir nicht mehr miteinander gesprochen.

Paulina meldet sich zögernd. Ich sage sofort: »Hör mal, es tut mir leid. Ich habe sehr viel unnötige Dinge gesagt.« Pause. »Schon wieder.«

Erneute Pause. Jetzt könnte Paulina sich für alle dummen Sachen entschuldigen, die *sie* über mich gesagt hat, wenn ich sie nicht wegdrücken und nie wieder mit ihr reden soll. Schließlich ringt sie sich zu einem »Jaaa … Das war nicht so toll« durch. Voilà. So klingt eine reuevolle Entschuldigung bei meiner Schwester. Ich kneife die Augen zusammen und versuche, die Erinnerung an ihre Worte zu verdrängen, den Satz, der mir keine Ruhe lässt. *Du lässt die Leute über dich hinwegtrampeln.*

Wir reden eine Weile über Mamas Feier, und Paulina erzählt, dass Mama *und* Yvonne sich Kleider von Tijana aus dem Salon leihen werden. Nachdem Paulina unnachgiebig war, hat Mama die Sache selbst in die Hände genommen und einfach Tijanas Telefonnummer gegoogelt. Tijana war so geschmeichelt von den Komplimenten, die Mama ihr zu ihrem Modegeschmack gemacht hat, dass sie Mama und Yvonne zu sich nach Hause eingeladen hat, damit die beiden sich in ihrem riesigen begehbaren Kleiderschrank umsehen konnten. Ein Punkt weniger, um den wir uns kümmern müssen, denke ich dankbar.

»Wie läuft es mit Jonathan?«

»Gut! Gut. Besser als je zuvor.«

»Wirklich?« Paulina klingt zweifelnd. »Hast du überhaupt schon mit ihm geschlafen?«

»Es muss nicht immer nur um Sex gehen.«

»Also nein.«

»Seine Mutter hat Brustkrebs, um Himmels willen. Natürlich hatte er Angst und war verunsichert. Aber jetzt scheint es ihr besser zu gehen. Die Operation ist gut verlaufen, und sobald Jonathan alles verarbeitet hat, können wir den nächsten Schritt in unserer Beziehung machen.«

Paulina schweigt.

»Hallo?«, frage ich.

»Ich wusste nicht, dass Jonathan so tiefsinnig ist, so mit seinen Gefühlen verbunden«, sagt Paulina.

»Jeder durchschnittliche Mann ist doch tiefsinnig genug, um sich wegen so etwas Sorgen zu machen«, entgegne ich. »Was ist daran so komisch?«

»Es passt nur einfach nicht richtig zusammen«, sagt Paulina. »Klar bist du prüde, aber das hindert Männer normalerweise nicht. Ich meine, du siehst ja nicht abstoßend aus.«

»Prüde?«

»Ich finde, du solltest ihm die Pistole auf die Brust setzen. Zieh dir was Sexiges an und schüttel ein wenig die Haare. Weist er dich zurück, dann stimmt definitiv etwas nicht.«

»Deine Sicht auf Männer ist erschreckend.«

»Basiert aber auf Erfahrungen.«

»Das bezweifle ich auch gar nicht. Apropos … Wie läuft es mit Marcus?« Ich kneife die Augen zusammen, um mich gegen die Antwort zu wappnen, die ich vielleicht gar nicht hören will.

Paulina seufzt glücklich. »Ich bin so unglaublich froh, dass ich ihn kennengelernt habe. Es geht mir so viel besser, wenn ich mit ihm zusammen bin. Endlich kann ich mehr ich selbst sein.«

Ich balle die Hand zur Faust, bohre die Fingernägel in die Handfläche und starre nach unten auf den Asphalt.

»Und er ist alles andere als durchschnittlich«, fährt Paulina fort. Macht sie sich bewusst über mich lustig?

Als der Zug einfährt, spreche ich lauter. »Das habe ich nicht gemeint! Jonathan ist nicht *durchschnittlich!*«

Himmel! Das ist ja wohl offensichtlich.

Oh, seine Stimme. So sanft und weich, wie das Fell an einem Katzenbauch. Ich presse das Telefon an mein Ohr, als ob ich so näher bei ihm sein könnte. Wir unterhalten uns, was wir so gemacht haben. Er lacht, als ich von Rupert Scott erzähle, findet es aber gar nicht so verrückt, dass Lehrer lustiger werden sollen.

»Du erinnerst dich doch sicher an Sture Fransson?«, fragt er. »Wie der gelabert hat. Gelabert und gelabert und gelabert.«

»Ja«, stimme ich zu und lächele bei dem Gedanken an eine gemeinsame Erinnerung, »der konnte reden. Und seine monotone Stimme! Was hat er immer gesagt …«

»›Ja, so war das damals‹?«, macht Jonathan unseren alten Lehrer mit nasaler Stimme nach, und ich kichere verzückt. Und dann schiebt sich eine andere, speziellere Erinnerung aus dem Dunkel des Vergessens.

»Weißt du noch, wie wir in die Stadt gefahren und ins *Café Vetekatten* gegangen sind, um Geschichte bei Sture zu schwänzen? Und wie wir dann die Leute aus Spanien getroffen haben?«

Jonathan erinnert sich. Zusammen beschwören wir das Bild von uns als Achtzehnjährige im Club *Fasching* herauf, an einem sorglosen Nachmittag, der allmählich in einen Abend überging, an dem alles möglich war. Wir hatten die spanischen Touristen unter unsere kaum geübten Fittiche genommen und ihnen ein Stockholm gezeigt, das an einem Frühlingsabend sanft und stilvoll pulsierte. Wir vergaßen unser normales Leben – bis Mama anrief und fragte, wo ich eigentlich abgeblieben war.

Und das Beste war: Nur er und ich waren dabei gewesen. Unsere Freunde – Felicia, Olle und die anderen – waren an diesem Tag nicht gut genug für die ganz spezielle Gemeinschaft, die zwischen uns entstanden war.

»Ja, meine Gulla«, sagt Jonathan nostalgisch. »Du hast früher schon mal für mich geschwänzt. Und jetzt habe ich es wieder geschafft.«

»Ja«, bestätige ich glücklich. »Dank dir erkenne ich, was wichtig ist, und du rückst die Dinge gerade.«

Die Worte *Ich liebe dich* liegen mir auf der Zunge, als wir das Gespräch beenden, und kreisen den restlichen Abend in meinen Gedanken.

Siebenundzwanzig

Am Dienstag ist Rupert Scott den zweiten und letzten Tag in der Schule, und ich sehe verwundert zu, wie er eine rote Gymnastikmatte auf der Bühne ausrollt und … zwei Purzelbäume darauf schlägt. Purzelbäume?? Hallo, kann da bitte jemand einschreiten? Ich sehe mich um und entdecke einige panische Blicke in den Stuhlreihen. Hinter steifem, höflichem Lächeln erkenne ich die unausgesprochene Frage: *Was zum Teufel macht der Typ da?*

»Ha!«, ruft Rupert, und ich zucke zusammen. »Jetzt habe ich eure Aufmerksamkeit! Die jedes Einzelnen! Das lässt keinen kalt, wenn ein Edutainer auf die Bühne kommt.«

Nun, kalt sicher nicht, denke ich, aber man bekommt Angst … Ich frage mich auch, wann Rupert zu dem eigentlichen Ausbildungsteil kommen will, er uns etwas beibringt, da er uns nun schon in seiner Gewalt hat, aber er bleibt stur auf der Unterhaltungsschiene. Er hüpft, läuft im Zickzack, schlingt die Arme um den Leib, als wäre ihm kalt, und Gott weiß was, bis endlich die erste Pause ansteht. Ich schiebe mich hinter Solveig. Es ist egal, ob sie mich durchschaut, ich muss wissen, wie sie, ausgerechnet sie, bei diesem Spektakel so unbeteiligt sein kann.

»Findest du nicht, dass er verrückt ist?«, frage ich. »Kannst du es fassen, dass die Schulleitung unsere Arbeitszeit und unglaublich viel Geld für das hier verschwendet? Ich meine, wer kommt schon ins Klassenzimmer und schlägt Purzelbäume?«

Solveig sieht mich ruhig über ihre tabakbraune Brille hinweg an. »Das Ganze hier gehört zum Lehrerberuf dazu«, sagt sie. »So war es schon immer. Trottel wie Rupert Scott kommen und gehen ständig, es lohnt sich nicht, sich deshalb aufzuregen. Morgen werden du und ich und alle anderen in unseren Klassenzimmern stehen und uns wieder der Wirklichkeit stellen, während Rupert auf irgendeiner anderen Bühne Purzelbäume schlägt.«

Ich starre sie an. »Sieh es als Gelegenheit, dich eine Weile auszuruhen«, fährt sie fort. »Wie eine nette Unterbrechung – oder in deinem Fall ein ruhiger Anfang nach deiner Krankschreibung.«

Solveigs Worte gehen mir den restlichen Tag nicht mehr aus dem Kopf. Ich verabschiede mich nach dem Ende der Veranstaltung und eile davon, um Fragen zu meiner sogenannten Erschöpfung zu entgehen. Schnell gehe ich Richtung Sollentuna Centrum, um vor dem Wochenende noch ein paar Einkäufe zu erledigen. Ich lächele vor mich hin, als ich an die Pläne denke, die ich geschmiedet habe. Um meine Zweifel zu kompensieren (die er aber sicher nicht bemerkt hat), werde ich Jonathan überraschen. Er hat sich während unserer Dates wirklich vorbildlich verhalten. Absolut fantastisch. Trotzdem habe ich seinen und Felicias Namen jeden Abend gegoogelt, mir Fotos von der Abiturfeier angesehen und mir den alten Jonathan zurückgewünscht, den Felicia noch nicht besudelt hat. Ich schäme mich wegen meines Verhaltens, und am Freitag werde ich mit einem Überraschungsbesuch dafür büßen.

Ich schlendere durch die Gänge im Systembolaget und fühle mich wie meine Mutter, während ich überlege, Etiketten lese und abwäge. Schließlich entscheide ich mich für eine Flasche Champagner für 369 Kronen. Im ICA kaufe ich Snacks, für die meine

Kochkünste nicht nötig sind. Tapenade, Oliven (die fand ich schon immer sexy), Brie, Weintrauben. Frisches Baguette werde ich dann am Freitag besorgen.

Zu Hause reiße ich alle meine Kleider aus dem schmalen Schrank und lege sie aufs Bett. Den ganzen Abend probiere ich verschiedene Kombinationen an. Als ich schließlich drei Alternativen ausgewählt habe – eine enge graue Hose mit apricotfarbenem Neckholder-Oberteil, ein schwarzes Hemdkleid und das kurze rote Schlauchkleid, das ich bei Paulinas Geburtstagsfeier anhatte –, schicke ich Paulina ein Foto von mir in jedem Outfit.

> Was ist das beste Verführoutfit?

Nach einer Minute kommt die Antwort:

> Dem Himmel sei Dank, es besteht noch Hoffnung für dich, Clara! Nimm das schwarze, das rote kennt er ja schon. Aber mach noch einen Knopf auf, du gehst damit ja nicht zur Arbeit. Die Hose ist hübsch, aber zeigt zu wenig Haut. Gib alles, Süße!!

Ich knöpfe noch einen Knopf auf, lege mir eine Kette mit einem türkisen Elfenanhänger um und mustere mich dann im Ganzkörperspiegel. Gar nicht so übel. Das Handy piepst wieder:

> Und steck ja die Haare hoch, damit du nicht aussiehst wie ein Pudel. Küsschen!

Ich nehme die Haare mit beiden Händen zurück und mache einen Schmollmund vor dem Spiegel. In mir kribbelt es vor Erwartung und Erleichterung, dass ich alle dummen Hemmungen abgelegt habe, und ich kichere. Also dann, Jonathan. Los geht's.

Spät am Freitagnachmittag steckt Torbjörn den Kopf ins Büro.

»Hast du kurz Zeit?«

Ich bin allein, und ich überlege schon, wie ich mich dafür rechtfertigen soll, dass Kelly immer noch keine akzeptable Note auf die Romananalyse bekommen hat.

»Klar«, sage ich so unbeteiligt wie möglich.

Torbjörn zieht Solveigs Stuhl heran und lässt sich darauf nieder. Er öffnet und schließt den Mund ein paarmal. Schließlich sieht er mich an und sagt: »Du warst doch nicht etwa enttäuscht, dass Niklas unser IKT-Experte geworden ist?«

»Äh … warum?«

Torbjörn verschränkt die Arme und runzelt die Stirn.

»Also … Es scheint da kritische Stimmen zu geben. Ich habe erfahren, dass jemand aus der Schule sich bei der Gemeindeverwaltung beschwert hat. Daher versuche ich herauszufinden, wem der Schuh drückt, und nachdem du in diesem Halbjahr einige Zeit abwesend warst, dachte ich … nun …«

Erst nach ein paar Sekunden wird mir die ganze Tragweite seiner Worte bewusst. Zischend hole ich Luft. Er ahnt, dass etwas mit meiner Krankschreibung nicht stimmt. Mist, Mist, Mist. Ist das so leicht zu durchschauen? Ich zwinge mich zur Ruhe, versuche, konzentriert zu wirken, und frage so ausdruckslos wie möglich: »Ich verstehe nicht ganz … Ich war wegen Burn-out krankgeschrieben.«

»Aber du hattest ja vielleicht trotzdem die Kraft, den einen oder anderen Anruf zu tätigen?«

Die Zimmerwände kommen näher, und ich fühle mich wie die Hauptperson in einem Roman von Kafka. Will heißen, ich habe keine Ahnung, was hier vor sich geht.

»Ich weiß nicht, wovon du sprichst«, antworte ich ehrlich. »Wie gesagt, ich war wegen Burn-out zu Hause.«

Die Falte auf Torbjörns Stirn glättet sich etwas, dafür schießen die dichten Augenbrauen in die Höhe. Sofort bricht mir der Schweiß aus.

Torbjörns Blick ist nicht mehr leer, sondern fragend und interessiert, und ich denke schon, dass jetzt alles vorbei ist. Jetzt zählt er eins und eins zusammen, und ich muss hier die Wahrheit herausschwitzen.

»Du hast also nichts gegen Niklas' Beförderung einzuwenden?«, fragt er.

Verdammt noch mal, ist das sein Ernst? Findet irgendwer hier in dem Laden, dass das eine gute Idee war? Lillemor und Mattias bestimmt nicht, die haben nämlich eine ganze Menge Extraarbeit, seit Niklas weniger unterrichtet. Und die anderen Kolleginnen und Kollegen ganz sicher auch nicht, die sich Hilfe auf dem IKT-Sektor erhofft haben und jetzt einsehen müssen, dass sie danach in den Sternen suchen können, weil Niklas seine Zeit fast ausschließlich damit verbringt, Videos von sich für YouTube aufzunehmen, in denen er nur über seinen Beruf philosophiert. Und das interessiert niemanden, so viel kann ich versprechen.

»Ich habe nirgendwo angerufen und mich beschwert«, sage ich.

Auf einmal hat es Torbjörn eilig. Er steht auf und geht zur Tür. »Na dann. Danke, dass du kurz Zeit hattest. Schön, dass du wieder da bist.«

Bevor ich nach Hause gehe, mache ich noch einen Abstecher zu meinem Postfach. Ich blättere durch Lehrmittelreklame, die ich auch bis morgen liegen lassen kann, dann muss ich nicht noch mal zurück zum Schreibtisch. Doch dann sehe ich noch etwas anderes – ein paar weiße DIN-A4-Seiten. Ich ziehe sie heraus, sie sind voller Text, und oben steht mit schwarzem Filzstift geschrieben: *Falls Sie lesen wollen. MfG, Yousif.*

Mein Herzschlag setzt einen Moment aus, als mir klar wird, was das nicht nur in Bezug auf Yousifs neu entdecktes Interesse für Fantasy bedeutet, sondern auch in Bezug auf unser gegenseitiges Vertrauen. *Falls* ich lesen möchte? Ich falte die Blätter zusammen und schiebe sie in meine Tasche. In der S-Bahn nach Hause hole ich sie wieder hervor und lese mit einem breiten Lächeln. Es handelt sich um ein Exposé zu einem Fantasyroman, der in Stockholm Mitte des neunzehnten Jahrhunderts spielt. Die Story basiert auf der Idee, dass die Gründe für die große Auswanderungswelle aus Schweden weniger schlechte Ernten oder religiöse Unterdrückung waren, sondern dass die Menschen vor der Herrschaft der Drachen flohen. Yousif beschreibt detailliert die Gesellschaft, Charaktere und Wendepunkte in der Handlung, und ganz unten hat er handschriftlich hinzugefügt: *Klingt das okay?*

Ich lache laut auf, worauf die Frau mir gegenüber mir einen verärgerten Blick zuwirft. Doch das ist mir egal. Yousif hat in die Welt der Bücher gefunden. Ich habe mich für meinen absoluten Traumjob beworben. Und jetzt fahre ich nach Hause, ziehe das schwarze Hemdkleid an und stecke die Haare hoch.

Der Busfahrer rast durch die Straßen, als hinge sein Leben davon ab. Mit Vollgas biegt er plötzlich ab, und ich kann mich gerade noch an einer Haltestange festklammern, damit ich nicht von meinem Sitz kippe. Ein Kinderwagen rollt durch den Mittelgang davon, und eine junge Mutter holt ihn schwankend zurück, während sie dem Irren hinter dem Steuer etwas zuzischt. Zum Glück ist das Kind nicht aus dem Wagen gefallen, meine Locken sitzen auch noch fest unter den Haarnadeln, und ich sehe glücklich in den Frühsommer hinaus, der am Fenster vorbeizieht. Am Kruthornsvägen bremst der Bus abrupt ab. Mir ist leicht übel, als ich aussteige, dann blicke ich an dem Hochhaus empor und spüre, wie mein ganzer Körper kribbelt. Der Busfahrer scheint gewusst zu haben, was für ein wichtiger Augenblick vor mir liegt.

Vor der Tür rücke ich die Halskette zurecht und streiche mein Kleid über den Hüften glatt. Ich klingele und sehe auf das Namensschild, das mich bei meinem letzten Besuch so verlegen gemacht hat. Jetzt lächele ich nur. Aus PALM SVENSSON wird bald schon PALM RENNEL werden. Ich klingele noch einmal und betaste die Flasche, die aus dem Korb in meiner Armbeuge ragt. Der Champagner ist immer noch verführerisch kühl. Das Baguette duftet nach Romantik, und die Oliven in ihrem Glas strahlen Sinnlichkeit und Leidenschaft aus.

Endlich werden Schritte in der Wohnung laut. Nach ein paar Sekunden macht sich jemand an der Tür zu schaffen – ich denke an Jonathans breites Lächeln, wenn er mich durch den Spion sieht. Mein Kleid, mein hochgestecktes Haar, der Korb.

Erst als die Tür einen Spalt geöffnet ist und wir einander in die Augen sehen – fremd und doch vertraut –, legen mein Herz und meine Nerven eine abrupte Hundertachzig-Grad-Wendung hin.

»Was machst *du* denn hier?«, fragt Felicia.

Achtundzwanzig

Felicias sorgfältig in einem Salon gezupfte Augenbrauen heben sich ein wenig, doch abgesehen davon wirkt sie gefasst. Sie weiß also noch nicht, wie es zwischen mir und Jonathan aussieht, was dieses Zusammentreffen ein wenig einfacher, aber auch peinlicher macht. Einfacher, weil ich nicht dabei sein muss, wenn Jonathan ihr eröffnet, dass er sich für mich entschieden hat, und peinlicher, weil sie, seine Ex, mitten in Jonathans Neuanfang geplatzt ist. Mit mir. Die Küsse und Liebeserklärungen zwischen uns sind geradezu greifbar, und ich wundere mich fast, dass sie nichts davon bemerkt.

»Jonathan!«, ruft sie über die Schulter, behält mich dabei aber im Blick. »Rotkäppchen ist hier mit Kuchen und Wein!«

O nein, der Korb! »Der ist für die Arbeit«, improvisiere ich und hebe ihn ein wenig hoch. Ich will ihr und ihrem Stolz die Wahrheit ersparen, was eigentlich vor sich geht. Immerhin war sie vierzehn Jahre mit Jonathan zusammen.

»Habt ihr Wandertag?«, fragt Felicia vergnügt und neigt den Kopf ein wenig. Sie stemmt die schmalen Hände in die hübschen, jeansbekleideten Hüften und ruft wieder: »Jonathaaan! Schau mal, wer hier steht.«

Seine Schritte nähern sich aus der Küche, und da taucht sein hübsches Gesicht schon hinter Felicia auf.

»Hallo!«, sage ich. »Ich wollte nur fragen, ob du zufällig…

Teebeutel übrig hast?« Das ist gut. Ich bin auf dem Weg zur Arbeit mit meinem Picknickkorb, habe aber Teebeutel vergessen. Nicht die geschickteste Lüge der Welt, aber ausreichend unter diesen Umständen. Ich blinzele Jonathan zu und lächele diskret, als wollte ich sagen: *Schon okay, ich verrate nicht, was zwischen uns ist.*

Jonathan und Felicia rühren sich nicht, weshalb ich weiterplappere: »Ich bin auf dem Weg zu einem Kollegenpicknick. Im Edsbergspark. Einige wollten Tee, und ich habe versprochen, Teebeutel mitzubringen, und dann habe ich sie völlig vergessen. Erst im Bus habe ich wieder daran gedacht, und dann ist mir eingefallen, dass Jonathan und Felicia doch in den Kruthornsvägen gezogen sind. Ob sie da wohl noch wohnen? Nun ja, ich dachte, es ist einen Versuch wert … Und jetzt seid ihr tatsächlich da!« Ich breite die Hände aus, als wäre etwas Wunderbares geschehen.

Felicia kichert überrascht. Jonathan wirkt, als hätte man ihm eine Lobotomie verpasst, der Arme.

»Keine Teebeutel?«, frage ich. »Na dann. Schön jedenfalls, euch zu sehen. Also … Bis bald!«

Mit angehaltenem Atem rase ich die Treppe hinunter und stoße, unten angekommen, zitternd die Luft aus. Der Bus nach Hause fährt in einem bedeutend gemächlicheren Tempo. Der Korb steht sicher auf dem Sitz neben mir, ohne die Gefahr, hinunterzufallen und den verführerischen Inhalt im ganzen Bus zu verstreuen. Die meisten Sachen halten sich ein paar Tage. Felicia kann ihr Zeug aus der Wohnung holen und sich von Jonathan verabschieden. Es ist eigentlich ganz gut, dass sie ordentlich Schluss machen, bevor Jonathan und ich den Ball richtig ins Rollen bringen. Wenn sie weg ist, kann ich einfach ein neues Baguette kaufen und zurückkommen.

Zu Hause stelle ich den Korb neben den Teekocher in der Küche und verdränge entschlossen das Gefühl des Scheiterns. Es ist nur aufgeschoben, sage ich mir. Das Glück ist nur aufgeschoben. *Vielen Dank für Ihre Geduld. Sie behalten Ihren Platz in der Warteschlange.* Ich hole eine Kaffeekapsel mit einer extrastarken Mischung aus dem Küchenschrank und starte die Maschine, die gehorsam die heiße Flüssigkeit in meine Lehrerinnentasse fließen lässt. Ich lasse mich aufs Sofa fallen und muss die Augen zusammenkneifen, damit mir von den vielen Farben nicht schlecht wird. Ich tippe eine Nachricht ins Handy, die ich auf der Heimfahrt im Kopf vorformuliert habe:

Das war jetzt ein bisschen komisch. Sehen wir uns bald?
Wo und wann? Kuss, Rotkäppchen

Mit der Signatur will ich die peinliche Situation etwas auflockern und zeigen, dass ich genug Selbstironie besitze, um darüber lachen zu können. Nach zweiundzwanzig quälenden Minuten kommt die Antwort:

Morgen, 16 Uhr, Kulturhuset?

Ich werde die graue Hose und das apricotfarbene Oberteil anziehen. Nicht noch einmal werde ich mich im Kleid und mit einem Picknickkorb über dem Arm erniedrigen lassen. Nein, ich werde als coole, selbstsichere Frau auftreten, die nach Stockholm hineinfährt. Der Ball liegt jetzt in Jonathans Platzhälfte.

Es ist wenig los in der S-Bahn, und in meinem Kopf irgendwie auch. Lange hat es sich so angefühlt, als wären meine Gedanken gackernde Hühner, die herumrennen und mir keine Ruhe gönnen, doch das ist vorbei. Ich atme tief ein und lege die Hände in den Schoß. Die Hühner brüten jetzt gemütlich auf ihren Eiern. Wie Jonathan. Die Vorstellung von unserer erblühenden Liebe als zartem Ei, das behutsam ausgebrütet wird, erfüllt mich mit Frieden. Ich lehne den Kopf gegen das vibrierende Fenster und schließe die Augen, während der Zug auf die pulsierende Hauptstadt zufährt.

Die Rolltreppen bewegen sich langsam bis ins oberste Stockwerk des Kulturhuset. Statt wie sonst zu gehen, bleibe ich heute stehen und lasse mich nach oben fahren. Im Café finde ich einen Fenstertisch und setze mich vor das Panorama des geschäftigen Stockholm. Ich habe es nicht eilig, mir etwas zu trinken und zu essen zu holen, sondern werde auf Jonathan warten und dann schauen, was er nimmt. Ich hole meinen Taschenspiegel aus der Handtasche und überprüfe mein Make-up, trage noch eine Schicht hellrosa Lippenstift auf und presse die Lippen aufeinander. Dann lege ich den Spiegel zurück in die Tasche, ziehe den Reißverschluss zu, und als ich aufblicke, sehe ich, wie er sich nähert.

Bis er mich entdeckt, kann ich ihn heimlich beobachten, und irgendetwas an ihm beunruhigt mich. Seine Augen funkeln immer noch, das sehe ich auch aus zwanzig Metern Entfernung, doch die Wärme ist daraus verschwunden. Übrig ist nur noch das Selbstbewusstsein. Er sieht mich, und erst als er bei mir ist und mich umarmt, merke ich, dass Felicia ihm folgt. Das Ei in meinem Kopf zerbricht mit einem lauten Knacken. Es ist ein lächerlicher Vergleich, aber ich halte mich beharrlich daran fest. Außerdem scheint er jetzt besser als je zuvor zu passen. Das Ganze ist zu einem stinkenden, klebrigen, zerbrochenen Ei geworden. Warum hat er sie mitgeschleppt?

»Hallo«, sagt Jonathan und setzt sich mir gegenüber. Felicia gibt mir einen Kuss auf beide Wangen, und mir wird ein bisschen schwindelig von dem Geruch nach Kokosöl, bevor sie sich auf den Stuhl neben Jonathan setzt.

»Wie schön, dass wir uns nach so vielen Jahren gleich noch mal sehen!«, zwitschert sie. Sie trägt ein cremeweißes Spitzenkleid und ein goldfarbenes Sakko mit dreiviertellangen Ärmeln, und irgendwo in meinem betäubten, mit Ei verklebten Gehirn denke ich, dass sie auf dem Weg zu ihrer Hochzeit sein könnte. Klar, eine schlichte Zeremonie, aber trotzdem. Romantisch, elegant und perfekt.

Ich wische ein Staubkorn von meiner Hose und zwinge meine Mundwinkel zu einem pflichtschuldigen Minilächeln. »Ja, wer hätte das gedacht?«, bringe ich heraus. Ich suche nach irgendeiner Erklärung in Jonathans Gesicht, doch sein Blick zuckt nur unruhig hin und her, und er fährt sich mit der Hand durch die Haare.

»Wollen wir uns was holen?«, fragt er steif.

Wir kaufen überdimensionierte Panini zu überdimensionierten Preisen. Jonathan und Felicia holen sich je ein Glas Wein, ich nehme ein Ramlösa-Mineralwasser mit Zitrusgeschmack. Wir gehen zum Tisch zurück. Felicia kompensiert Jonathans Schweigsamkeit im Übermaß. Sie schäumt geradezu vor Redseligkeit und will alles über meine Wohnung wissen (ich erzähle, dass ich nur Untermieterin bin), über meine Arbeit (Jonathan scheint ihr nichts von meinem Vergehen erzählt zu haben), über meine Familie (oh, Paulina hat einen Freund? Er ist bestimmt supersüß, wenn sie ja schon so umwerfend ist!). Der Wortschwall hört gar nicht mehr auf. Wieder suche ich Jonathans Blick, doch er sieht entweder aus dem Fenster oder zu den anderen Cafégästen. Meine Ohren gehen automatisch in den Ruhezustand, und ich nehme nur noch Bruchstücke von Felicias Bericht zu ihrem Job in London wahr, welchen Promis sie begegnet ist und welche Trends sie ausgekundschaftet hat, bis sie seinen Namen erwähnt und ich aufhorche.

»Jonathan und ich haben ja in den letzten Monaten eine kleine Pause eingelegt, während ich noch in London war.« Sie wirft ihre blonde Mähne nach hinten und tätschelt Jonathans Oberschenkel. Er sitzt so still und bleich da wie ein einbalsamierter Pharao.

»Ach ja?«, höre ich mich sagen. Zum zweiten Mal innerhalb weniger Tage fühle ich mich wie in einem Roman von Kafka. Ich wäre auch nicht ratloser bei der Entdeckung, dass ich mich in einen Käfer verwandelt habe. Ich begreife nicht, was hier los ist, weshalb ich diejenige frage, die am ehesten geneigt zu scheint, mir eine Antwort zu geben. »War denn nicht Schluss zwischen euch?«, frage ich.

Felicia dreht das Weinglas zwischen den Fingern und setzt eine nachdenkliche Miene auf. »*Schluss* klingt zu endgültig«, antwortet sie. Sie blickt aus dem Fenster, auf die Menschen, die unter uns über den großen Platz strömen. Dann sieht sie wieder zu mir, stützt ihren hübschen Kopf in die Hände und spricht weiter. »Jonathan hat mir einen Heiratsantrag gemacht, bevor er aus London abgereist ist.«

Mir bleibt der Mund offen stehen.

Felicia scheint mit meiner Reaktion zufrieden und fährt fort. »Weiße und rote Rosen, Kerzen, das volle Programm! Er hat Coldplay gespielt, er weiß, dass ich die liebe, und hat mich auf einem Knie mit einem Diamantring in einer roten Samtschachtel gefragt. Und weißt du, was ich gemacht habe?«

Ich schüttele den Kopf ebenso wie sie, als ob sie kaum glauben könnte, was sie gleich erzählen würde.

»Ich habe mir fast in die Hosen gemacht. War total panisch. Ich meine, *heiraten!* Das ist schon ein großer Schritt. Und da ist mir klar geworden, dass Jonathan mein einziger richtiger Freund war. Sollte ich den einzigen heiraten, mit dem ich je zusammen gewesen war?« Sie gestikuliert, sodass die himbeerroten Nägel aufleuchten. »Und als ich Jonathan das gesagt habe« – sie wirft ihm einen raschen Blick zu, als ob sie sich versichern wollte, dass er noch da war –, »ging es ihm genauso. Deshalb haben wir beschlossen, die nächsten Monate als Beziehungspause zu nutzen. Damit wir Zeit zum Nachdenken haben und vielleicht auch andere Leute daten, damit wir uns danach wirklich sicher sind, was wir tun.«

Ich lege das Panino auf meinen Teller, das ich wie erstarrt in der Hand gehalten habe, seit Felicia zu sprechen anfing. Übelkeit schießt zusammen mit dem Geschmack von Salami und Brie durch meinen Brustkorb hinauf. Mein Oberteil klebt am Rücken, und ich muss mich an den Armlehnen festhalten, um nicht zusammenzubrechen.

Ich sehe Jonathan an, suche nach Reue, einer stummen Entschuldigung, was auch immer. Er muss es nicht laut aussprechen. Ein entschuldigender Blick, ein mitfühlendes Lächeln, irgendetwas, das verneint, dass dieser Mann, den ich so viele Stunden, Tage, Wochen meines Lebens bewundert habe, nach dem ich mich gesehnt habe, der größte Mistkerl aller Zeiten ist. Doch er sitzt nur da, leer und unbeteiligt. Er hat nicht mal den Anstand, betroffen auszusehen.

Wieder ergreift Felicia das Wort.

»Jetzt in der Rückschau weiß ich gar nicht, wem wir etwas vormachen wollten!« Sie gluckst belustigt und trinkt ihren Wein aus. »Wir gehören einfach zusammen, von Anfang an. Meine Freundin Kate hat mich gewarnt, dass ich eifersüchtig werden könnte, aber das war ich nicht. Mit wem hätte er auch zusammen sein sollen?« Sie lacht wieder, und zum ersten Mal seit ihrer Ankunft erkenne ich eine winzige Änderung in Jonathans Gesichtsausdruck. »Wie auch immer«, fährt sie fort, »ich habe nur ein paar Wochen gebraucht, bis ich aus tiefstem Herzen wusste, was ich wollte. Letzten Montag habe ich Jonathan angerufen und ihm endlich eine ordentliche Antwort auf seinen Antrag gegeben.«

Letzten Montag. Ich starre sie an.

»Natürlich habe ich Ja gesagt«, meint Felicia lachend.

Es ging also nie um Gun. Nicht seine Mutter hat angerufen, um ihm zu erzählen, dass sie krebsfrei ist. Sondern Felicia, um ihm zu sagen, dass sie keine Zweifel mehr hat. Die ganze Zeit hat er nur auf eine Antwort auf seinen *Heiratsantrag* gewartet?

Raus. Ich muss raus hier. Die Rolltreppen schleichen viel zu langsam, und ich rase die Treppe hinunter, mein Herz schlägt viel zu schnell, und in meinen Ohren rauscht es. Auf der letzten Rolltreppe dränge ich mich an zwei Männern vorbei, die im Weg stehen und sich unterhalten. Ich kümmere mich nicht um ihre verärgerten Kommentare, höre sie kaum, muss hier raus. Sauerstoff. Die Tür öffnet sich, und ich atme so tief ein wie möglich. Die Frühsommerhitze hat zum Glück ein wenig nachgelassen, und es ist wieder angenehm kühl. Ich gehe an der Mauer in die Hocke und vergrabe das Gesicht in den Händen. Bevor die Tränen zu fließen beginnen, reiße ich mich zusammen. Versuche, vernünftig zu sein. Die beiden können jede Sekunde aus dem Gebäude kommen. Ich muss hier weg, an einen geeigneteren Ort, um zusammenzubrechen. Mit zitternden Beinen richte ich mich auf, gehe zur U-Bahn und rufe Yvonne an. Sie versteht sofort, wie schlecht es mir geht.

»Natürlich kannst du herkommen, Liebes. Wo bist du denn gerade, in der Stadt? Ich komme dir entgegen. Ich springe hier in Farsta in die U-Bahn, und wir treffen uns am Gullmarsplan.«

In der Station T-Centralen lasse ich mich von dem Gewimmel aus gestressten, zielstrebigen Menschen verschlucken. Die Menge umgibt mich wie eine dicke Schicht schützendes Styropor, und ich lasse mich dankbar mittragen. Das Risiko, dass Jonathan oder Felicia mich hier entdecken, ist zu vernachlässigen. Der Zug fährt ein, und ich finde einen freien Platz hinter einer Gruppe Jugendlicher, die laut über die letzte Folge von *Paradise Hotel* reden. Wunderbar. Sie übertönen das Geräusch meines brechenden Herzens.

Yvonne steht mit der Handtasche in beiden Händen auf dem Bahnsteig, reckt den Hals und blickt sich suchend um, bis sie mich entdeckt. Rasch kommt sie auf mich zu und legt ihren starken Arm um mich. Wir sagen kaum etwas, bis wir im *Espresso House* sitzen und sie mir eine Tasse dampfenden Kaffee in die Hände gedrückt sowie eine große Zimtschnecke vor mir abgestellt hat.

»Na?«, fragt sie, beugt sich über den Tisch und sieht mich eindringlich an.

Ich lasse nichts aus. Yvonne hört zu und nickt und brummt und stellt gelegentlich eine Frage. Als ich schließlich von der gerade erlebten Katastrophe erzähle, verzieht sie das Gesicht.

»Oje, oje. Arme Clara.« Sie sieht mich an, scheint zu überlegen, wie arm dran ich bin und wie man mit mir umgehen muss. Ich hoffe, dass sie eine Packung Morphium dabeihat und es mir intravenös verabreicht.

»Weißt du«, sagt Yvonne, während sie ein Stück von der Zimtschnecke abbricht, die immer noch unberührt vor mir liegt, und es sich in den Mund schiebt. »Ich glaube, das Ganze ist wie ein richtig gemeiner Splitter.« Sie nimmt die restliche Zimtschnecke und fährt zwischen den Bissen fort: »Du musst ihn auf einmal herausziehen. Erst tut es weh, aber dann wird es bald besser werden.«

Ich sehe sie misstrauisch an. »So fühlt es sich aber nicht an.«

»Nein, jetzt noch nicht. Aber wenn wir ganz ehrlich sein sollen, scheint dieser Jonathan jemand zu sein, auf den man gut verzichten kann. Gib dir ein wenig Zeit, dann wirst du erkennen, dass du keinen Grund hast, ihn zu vermissen.«

»Vielleicht«, sage ich leise. »Aber ich weiß nicht, ob mein Selbstvertrauen sich so schnell davon erholt. Himmel, ich fühle mich so verdammt wertlos wegen ihm!«

Yvonne scheint einen nahenden Zusammenbruch vorauszusehen und reagiert sofort. »Das hat nichts mit dir zu tun, sondern mit ihm. Wir müssen ihn aus deinem Leben verbannen. Vollständig, den ganzen Splitter. Hast du Sachen von ihm bei dir zu Hause?«

Ich überlege. Nein, mir fällt nichts ein, was Jonathan gehören könnte. War unsere Verbindung nicht enger gewesen?

»Aber was ist mit dem Korb?«, fragt Yvonne nach. »Hast du den noch?«

»Ja.«

»Er muss weg«, sagt sie bestimmt.

»Ja, vielleicht. Oder ich esse die Sachen vor lauter Kummer, wenn ich nach Hause komme.«

Yvonne schüttelt entschieden den Kopf. »Nein! Dann sitzt du nur da und weinst wegen des Dates, zu dem es nie kam, verstehst du.« Sie holt das Handy aus der Tasche und tippt darauf herum. Sie wirkt, als hätte sie noch nie etwas anderes getan, als am Boden zerstörte junge Frauen wieder aufzurichten.

»Hallo, Schatz, ich bin's. Du musst heute Nachmittag kurz in Rotebro vorbeifahren. Das geht in Ordnung, oder? Du wolltest ja sowieso mit den Extrastühlen zu Anja und Rune. Zu Clara, ja. Dort muss etwas abgeholt werden. Sehr schön, dann komme ich bald mit ihrem Schlüssel und erkläre dir alles. Gut. Kuss!«

»Er muss doch nicht …«, beginne ich. »Kein Problem, wirklich. Ich werde den Korb wegwerfen.«

»Nein, wir gehen auf Nummer sicher und machen es so, wie vereinbart. Soll Göran den Schlüssel irgendwo verstecken, wenn er fertig ist?«

Ich sehe schon, ich muss mich in die bizarre Fürsorge meiner Tante fügen. Und irgendwie ist es auch schön, sich von ihrer Tatkraft mitreißen zu lassen. Wahrscheinlich habe ich deshalb sie angerufen und nicht meine Mutter. Die hätte wahrscheinlich gegoogelt »Wie tröste ich meine Tochter, die man hinters Licht geführt hat?«, danach hätte sie ihre Lesekreisfreundinnen der Reihe nach angerufen und sie um ihre Meinung zu den Google-Ergebnissen gebeten.

Ich sehe Yvonne an und versuche, mich zu erinnern, was sie gerade gefragt hat. Ach ja. Der Schlüssel.

»Er kann ihn bei meinem Nachbarn auf der rechten Seite abgeben.«

Neunundzwanzig

Den Splitter rausziehen. Ob das so einfach geht? Weg mit Jonathan, weg mit dem Korb, weg mit den naiven Träumen, geliebt zu werden und diejenige zu sein, die seine Augen zum Funkeln bringt. Die U-Bahn-Türen öffnen sich knirschend und schlagen hinter mir wieder zu. Ich setze mich auf einen freien Platz und kneife die Augen zusammen, so wie früher, als ich klein war, kurz bevor Mama einen Splitter aus meinem Finger zog. Wenn ich nicht hinsah, ging alles gut. Zusammengekniffene Augen, abgewandter Blick. Dann feuchte, kühle Watte auf der Haut, wenn Mama sie mit Alkohollösung abtupfte.

Alkohol. Erst raus mit dem Splitter, dann mit Alkohol behandeln. Ich sehe auf die Uhr. Viertel vor sechs. Auf der digitalen Anzeige im Waggon erscheint der Name der nächsten Station, Gamla stan. Mit zitternden Beinen stehe ich auf und stelle mich vor die Tür, bereit zum Ausstieg. Bereit zur Behandlung.

Das *Scotch and Sons* ist viel gemütlicher, als ich es mir vorgestellt hatte. Weinrote Deckchen liegen auf den Tischen aus dunklem Holz, darauf stehen Teelichter in kleinen farbigen Gläsern. Die weißen Wände sind mit Naturmotiven bemalt, von der Decke hängen Lampen mit altmodischen Schirmen, die die dämmrige Bar in angenehmes Licht tauchen. Irgendetwas Jazziges spielt leise im Hintergrund. Ich sehe mich um und merke, dass sich die

Anzahl der Gäste mit meiner Ankunft verdoppelt hat. Normalerweise wäre ich in so einem Fall sofort wieder umgedreht – es stresst mich, wenn ich an öffentlichen Orten nicht in der Menge untertauchen und anonym sein kann. (Okay, wenn ich ehrlich sein soll, wäre ich auch normalerweise nie allein in eine Bar gegangen.)

Die anderen fünfzig Prozent der Gäste sitzen an einem Tisch ganz hinten im Raum mit einem riesigen, halb ausgetrunkenen Bierkrug vor und einem abgegriffenen Buch neben sich. Es handelt sich um einen älteren Mann, dessen Gehstock neben dem Tisch an der Wand lehnt. Er wirkt nett, und ich denke, dass ich gern einen Großvater hätte. Jemanden, der mir Hoffnung geben könnte, Hoffnung, dass nicht alle Männer Schweine sind.

»Möchten Sie was bestellen?« Eine junge Frau kommt durch eine schwarze Tür und beginnt damit, Gläser in die Hängevorrichtung hinter der Bar einzusortieren. Sie lächelt freundlich. Warme, mandelförmige Augen unter einem geraden blonden Pony, große Ringe in den Ohren.

Ich gehe zur Bar und schiebe mich auf einen hohen Lederhocker. Meine Beine haben so lange gezittert, dass ich mich hinsetzen muss.

»Gerne. Haben Sie Lagavulin?« Ich mustere das Angebot hinter der Barkeeperin, Reihe für Reihe, Flasche für Flasche.

»Na klar!« Sie dreht ein kleines Glas um und greift nach einer Flasche. »Vier? Sechs?«

»Äh, sechs, danke.«

Das hätte ich auch bestellt, selbst wenn ich noch so unwissend gewesen und gedacht hätte, es handelte sich um Gläser. Sechs Gläser Whisky klingt nach einem guten Anfang. Dann könnte ja vielleicht eine freundliche Seele kommen und mich an den Morphiumtropf hängen.

Der Whisky brennt auf der Zunge, er ist stärker, als ich ihn in Erinnerung habe. Doch er schmeckt gut.

»Arbeitet Marcus heute nicht?«, fragt jemand.

Die Barkeeperin sieht mich unter ihrem Pony hervor interessiert an, und peinlicherweise wird mir klar, dass ich gefragt habe. »Dunkles, lockiges Haar. Ziemlich ernster Typ. Freundliche Augen.«

Sie schüttelt den Kopf. »Nein, er hat heute frei.«

Die Enttäuschung ist überwältigend, und ich muss mich anstrengen, sie nicht zu zeigen.

»Ach so«, bringe ich mühsam heraus und füge schwach hinzu: »Wie schön für ihn.«

Ihr mitleidiges Lächeln sagt mir, dass ich sie nicht von meiner schlecht gespielten Unbekümmertheit überzeugen kann. Ich sehe mich im Raum um. Der Mann, der nicht mein Großvater ist, lächelt und prostet mir mit seinem Bierkrug schweigend zu. Ich hebe mein Glas und erwidere die Geste, dann rutsche ich von dem Hocker und gehe zu seinem Tisch. Vielleicht kann er mir doch etwas Hoffnung vermitteln. Vielleicht ist er so zuverlässig und gemütlich, wie ich mir einen Großvater vorstelle. Oder er ist einer von denen, die einem Drogen ins Glas schütten, wenn man nicht aufpasst, und einen dann kidnappen. Doch er ist immerhin eine Möglichkeit, dem Mitleid der Barkeeperin und eventuellen Nachfragen zu entkommen.

Ich ziehe den Stuhl heran, und bevor ich mich setzen kann, deklamiert der Mann in theatralischem Tonfall:

»Er kam wie ein Wind. Was kümmert sich der Wind um Verbote? Er küsste deine Wange, er küsste alles Blut in deine Haut. Dabei hätte es bleiben sollen, du gehörtest ja nicht ihm, warst nur geliehen …« Er fährt mit seinem knochigen Zeigefinger über die vergilbte Seite.

»… ein Abend zur Fliederzeit, im Goldregenmonat«, beende ich den Vers.

»Da brat mir doch einer ’nen Storch«, jubelt der ältere Mann. »Da kann jemand seine Gedichte!«

»Hjalmar Gullberg«, sage ich und muss lächeln.

»Du siehst ganz schön blass aus«, bemerkt der Mann. »Hat denn niemand Blut in deine Haut geküsst? Willst du Dante erzählen, was dir auf der Seele liegt?«

»Hm, ja. Kommt drauf an, wer Dante ist.«

Der Mann trinkt ein paar große Schlucke und blinzelt mich verzückt an. »Ich mag dich«, sagt er. »Auch wenn du wirklich zu blass bist.«

»Ja, das haben Sie bereits erwähnt. Haben Sie einen Trostvers für jemanden, der gerade betrogen wurde?« Ich nippe an meinem Whisky.

»Natürlich, Mademoiselle, einen Moment, schauen wir mal …« Er blättert eine Weile in dem abgegriffenen Band, bevor er mit einem leisen »Ah!« zu mir aufsieht. »Wie wäre es damit: ›Und der Stern fiel in die Tiefen des Brunnens, verlieh dem Sexuellen einen bitteren Beigeschmack.‹«

Ich runzele erst die Stirn und nicke dann. »Ja, okay. Ich nehme an, es hat etwas Tröstliches, dass auch andere diesen bitteren Beigeschmack erlebt haben. Glauben Sie, dass Hjalmar betrogen wurde?«

Dante lacht nur und scheint mein gebrochenes Herz nicht besonders ernst zu nehmen. Glaubt er vielleicht, dass ich Witze mache? Immerhin weine ich ja nicht. Ist das nicht komisch? Die Liebe meines Lebens hat mich hinters Licht geführt, und trotzdem sitze ich aufrecht und atme normal? In der Bar des Freundes meiner Schwester noch dazu. Der das aber gar nicht bemerkt, denn offensichtlich vergnügt er sich heute Abend mit Paulina, statt hier zu sein.

Die Bar füllt sich, während Dante weiter laut Hjalmar Gullberg vorliest. Ich lasse ihn gewähren und höre nur mit halbem Ohr zu. Ich bestelle eine Schale Nüsse und noch einen Whisky, während Dante das Bier kippt, als stünde das Jüngste Gericht vor der Tür.

»Darf man sich dazusetzen?« Ich drehe den Kopf und sehe Marcus neben unserem Tisch stehen, in einem dunkelblauen Jeanshemd, das perfekt zu seinen Augen passt. Mein Magen macht einen Purzelbaum. Er sieht von mir zu Dante und setzt sich dann neben mich.

»Lass dich nicht stören, ich mag Gedichte«, sagt Marcus mit einer Geste zu Dante.

Der murmelt etwas Unverständliches und blättert beharrlich schweigend weiter in dem Buch.

»Was hast du gesagt?«, fragt Marcus.

»Ich habe gesagt, dass es so typisch ist, dass du genau im falschen Moment auftauchst. Was habe ich denn jetzt noch für Chancen, wenn du da bist?«

»Was?« Verwirrt sehe ich zwischen den beiden hin und her. Marcus schüttelt amüsiert den Kopf.

»Deine Chancen sind noch genau wie vorher, Dante. Du bist mehr als doppelt so alt wie Clara.«

»Was?«, wiederhole ich. »Haben Sie geglaubt, dass ich … Dass Sie und ich …?«

Dante legt seine Hand auf meine. »Du hast gesagt, du seist gerade betrogen worden. Nimm es mir nicht übel, aber weißt du, was die beste Chance eines Mannes ist? Die Treulosigkeit eines anderen Mannes.«

Ich ziehe rasch meine Hand zurück. »Oh. Was für ein Gentleman.«

»Tschüs, Dante.« Marcus steht auf. »Benimm dich jetzt.«

Da ich Dante anstarre und zu begreifen versuche, dass er dachte, zwischen uns würde etwas laufen, bemerke ich Marcus' ausgestreckte Hand erst nach einer Weile.

»Komm, Clara«, sagt er, und ich habe das deutliche Gefühl, dass ich nicht mehr besonders blass bin.

Dreißig

Die Luft ist kühl, was mir und meinen glühenden Wangen sehr recht ist. Vermutlich ist der Lagavulin schuld, dass ich mich bei Marcus einhake, während wir am Wasser entlang Richtung Slussen gehen. Ich muss den Moment nutzen, weil wir bestimmt irgendwohin gehen, wo Paulina wartet. Clara goes carpe diem, vielleicht zum ersten Mal im Leben.

»Wohin gehen wir?«, frage ich.

»Hast du Hunger?«, erwidert er und sieht mich an.

Ich überlege. Bin ich hungrig? Nein. Bin ich satt? Nein. Ist das Gefühl in meinem Bauch überhaupt so etwas Triviales wie Hunger? Nein.

»Ich weiß es nicht … Es ist schon eine Weile her, seit ich etwas gegessen habe«, sage ich zögernd, weil ich ahne, dass meine gemeinsame Zeit mit Marcus von meiner Antwort abhängt.

»Dann gehen wir zum *Soldaten Švejk*«, verkündet Marcus. »Whisky auf leeren Magen ist keine gute Idee. Vor allem nicht, wenn man traurig ist«, fügt er hinzu und wirft mir einen Seitenblick zu.

»Das klingt gut. Ich habe nur das Buch gelesen, aber wenn du das sagst, schmeckt es dort bestimmt gut.«

»Das Essen ist großartig.«

»Ich will dich aber nicht aufhalten. Ich meine …«

Ich meine, ich will dich unglaublich gern aufhalten.

»Kein Problem«, meint Marcus. »Heute ist mein freier Abend.«

»Ja, aber ...« Ich verstumme, weil ich ihn wahrscheinlich nicht an Paulina erinnern muss. »Warum bist du dann trotzdem in die Bar gekommen?«, frage ich stattdessen.

»Nina hat mir eine SMS geschickt.«

»Nina?«

»Meine Kollegin, die dich bedient hat. Sie schrieb, dass du nach mir gefragt hast und etwas ... verloren ausgesehen hast.«

Ach herrje! Ich senke den Kopf, starre auf meine Füße, warte, dass mein Gesicht nicht mehr so rot ist. »Aber wieso verloren?«, frage ich schließlich, weil ich das Gefühl habe, mich ein wenig verteidigen zu müssen. »Ich habe doch nur etwas bestellt und mich hingesetzt.«

»Ach, sie hat das sicher nur so allgemein gesagt.«

»Gut.«

»Aber sie hat mir ein Bild geschickt.«

»Wie bitte?«

Marcus lächelt. »Du hast geduldig zugehört, wie Dante dir wild gestikulierend einen Vortrag gehalten hat.«

»Wir hatten es tatsächlich ganz nett«, erwidere ich. »Wir haben über Gullberg diskutiert.«

»Ja, vor Dante braucht man keine Angst zu haben. Auch wenn er etwas plump sein kann, wärst du seinen Anbaggerversuchen auch ohne meine Hilfe entkommen. Aber da war etwas in deinem Gesicht ... Du hast so traurig ausgesehen.«

Verdammt, wie nah hat Nina denn herangezoomt? Darf man seine Gäste eigentlich heimlich fotografieren und die Bilder in der Gegend herumschicken? Aber klar, hätte sie es nicht getan, säße ich immer noch bei Dante, und ehrlich gesagt, hatte ich auch irgendwie die Nase voll von Gedichten.

Wir sind da, gehen eine kleine Treppe hinauf und stehen in einem winzigen Restaurant, das voll besetzt ist. Hinter der Bar stehen ein Mann und eine Frau und bedienen die Gästescharen an der Theke. Im Raum verteilt stehen rustikale Tische, um die sich fröhliche Menschen drängen. Marcus nimmt meine Hand und geht voraus, und ich bilde mir für einen Moment ein, dass er mich nicht im Trubel verlieren will. Seine Hand ist warm und fest. Am Durchgang zum nächsten Raum wird Marcus von einer Bedienung wiedererkannt und begrüßt.

»Wollt ihr was essen? Es ist gerade was frei geworden«, sagt sie und führt uns zu einem kleinen Tisch für zwei ganz hinten. Wir setzen uns einander gegenüber und nehmen die Speisekarten. Um mich von seiner Berührung zu erholen, seiner Hand um meiner, verstecke ich mich hinter der Karte und versuche, mich auf die Gerichte zu konzentrieren. Vepřová à la kock Jurajda. Schnitzel Feldkurat Katz.

»Was möchtest du?«, fragt Marcus nach einer Weile.

Dich.

O Gott. Was tue ich hier eigentlich? Wie viel habe ich getrunken? Der Alkohol wird wohl langsam abgebaut, denn mir wird allmählich bewusst, wie warm und schön seine Stimme ist, und wie sehr ich mich werde zurückhalten müssen, ihn nicht zu bitten, jedes Wort zu wiederholen, weil ich es noch mal hören möchte.

»Äh, Gulasch, glaube ich.«

Gulasch, vielleicht das hässlichste Wort, das es gibt. Na super. Damit lässt sich die Stimmung vielleicht entschärfen. Gulasch, Gulasch, Gulasch …

»Das nehme ich auch.«

Die Bedienung kommt zurück, und wir bestellen.

Dann wendet sich Marcus zu mir. »Willst du erzählen, was passiert ist?«

»Jonathan ist verlobt.« Ich zucke mit den Schultern, als ob sich herausgestellt hätte, dass meine neuen Handschuhe zu sehr kratzen.

Im Ernst, was ist nur mit mir los? Warum breche ich nicht zusammen wie jeder normale Mensch? Warum bin ich nicht am Boden zerstört wegen dem, was passiert ist? Doch, das bin ich natürlich. Einerseits. Doch meine vernünftige Seite sitzt irgendwo auf ihrem hohen Ross und flüstert: *Na, was habe ich dir gesagt?*

Marcus verzieht das Gesicht. »Das tut mir leid.«

»Danke. Es ist schon … okay. Wahrscheinlich geht es mir schlechter, wenn ich es erst mal begriffen habe.«

Marcus sieht mich an und nickt, wirkt aber nicht völlig überzeugt.

»Findest du, dass ich dumm war?«, frage ich.

Er hebt eine Augenbraue.

»Weil ich mit Jonathan zusammen war«, erkläre ich. »Ich weiß ja, dass du Vorbehalte hattest.«

Er wendet den Blick ab, sieht zum Fenster und antwortet leise: »Entschuldige bitte, Clara. Was ich gesagt habe, war nicht nett. Ich habe es nur nicht ertragen, dich zu sehen, mit …«

Er schweigt, und eine Weile höre ich nur das Blut in meinem Kopf hämmern. War Marcus eifersüchtig? Oder nur ein sehr guter Menschenkenner, der da schon voraussehen konnte, dass Jonathan mich ohne ein Wort fallen lassen würde?

»Er schien einfach nicht der Richtige für dich zu sein«, sagt Marcus schließlich.

»Gulasch!«, ruft die Bedienung, Gott segne sie, und stellt große Teller vor uns ab. »Lasst es euch schmecken.«

Ich stürze mich auf das Essen, erleichtert, dass ich mich auf etwas anderes konzentrieren kann. Soll ich ihm meine Bedenken hinsichtlich seiner eigenen Beziehung mitteilen? Ihm erklären, dass ihn seine Menschenkenntnis bei Paulina im Stich gelassen hat?

»Du hattest recht«, sage ich. »Es war wirklich eine aufgefrischte Jugendliebe. In den Schuljahren bis zum Abitur habe ich ihn vergöttert. Vor ein paar Wochen hatte mich mein Ex zu einem Treffen zitiert, um mich zwei Jahre nach dem Ende unserer Beziehung runterzumachen, und da bin ich zufällig Jonathan begegnet. Wahrscheinlich war ich da extraempfänglich für seine gespielte Aufmerksamkeit.«

Marcus verzieht das Gesicht. »Vorwürfe von einem alten Ex? Machst du Witze?«

Jetzt ziehe ich eine Augenbraue hoch. »Ich wünschte, es wäre so. Nein. Ein Ex, der sich mit einem trifft, um einem dann eine zwölf Punkte lange Liste vorzulesen, worin man alles versagt hat – das ist nicht witzig. Mmm … Das hier schmeckt *fantastisch.*«

Marcus wirkt erst erschrocken, dann zucken seine Mundwinkel, und er lacht.

»Tut mir leid!«, sagt er. »Ich meine … Es ist einfach nur so absurd.«

Ich lache ebenfalls. »Danke, dass du das sagst. Ich stimme dir voll und ganz zu. Aber ich muss dich warnen: Wenn deine Ex den neuen Bestseller *Hilf dir selbst* gelesen hat, könnte dir dasselbe passieren. Daraus hatte er die Idee.«

Marcus schüttelt den Kopf. »Meine Ex hat mir das alles sehr

deutlich gesagt, als sie mich verlassen hat, ich glaube, da gibt es nicht viel hinzuzufügen. Die Vorwürfe waren sehr ausführlich.«

Auch wenn es mich nichts angeht, kann ich meine Neugier nicht zurückhalten. Wie kann jemand freiwillig mit Marcus Schluss machen und ihn am Ende sogar noch herunterputzen?

»Entschuldige, wenn ich frage, aber… Was ist schiefgelaufen?«

Er sieht mich amüsiert an. »Wo ich versagt habe, meinst du?« Doch dann wird er wieder ernst. »Ich glaube, dass wir beide die Beziehung mit einem falschen oder zumindest fehlerhaften Bild voneinander begonnen haben. Kurz gesagt hat sie Abenteuer gesucht und nicht gefunden.«

Ich sehe ihn an, suche nach Anzeichen, dass er deshalb verletzt und traurig ist. Seine Ex muss völlig verrückt sein. Hier gegenüber von Marcus zu sitzen und Gulasch zu essen ist das Spannendste, was mir je passiert ist. Auf der anderen Seite verstehe ich sie aber auch. Er strahlt so viel Sicherheit aus. Er ist ruhig, stark und stabil.

»Manchmal kann gerade Sicherheit unglaublich spannend sein«, sage ich, und erst nach ein paar Sekunden wird mir klar, dass ich es laut ausgesprochen habe.

Marcus sieht mich an. »Wie meinst du das?« Er spricht leise.

Ich hole tief Luft. »Ich meine, dass das Spannendste vielleicht sogar ist, wenn man etwas findet, das sich so sicher anfühlt, dass man sich eine gemeinsame Zukunft vorstellen kann.«

Marcus senkt den Blick zur Tischplatte, und ich bin so verlegen, dass ich fast schon aus dem Fenster klettern will. Was war das denn? Warum kann ich meine pathetischen, romantischen, von Büchern befeuerten Träumereien nicht für mich behalten, sondern muss sie Marcus sofort offenbaren? Mein Über-Ich macht den tapferen Versuch, mir etwas ins Gedächtnis zu rufen:

ER

IST

MIT

PAULINA

ZUSAMMEN

DU

DUMME

KUH

Als ob ich das vergessen haben könnte.

»Wie heißt das hier eigentlich?«, frage ich mit dünner Stimme und schneide ein Stück von dem brotartigen Kloß ab.

Marcus räuspert sich. »Knödel.«

Fantastisch. Wie Gulasch, nur besser.

Knödel, Knödel, Knödel.

Einunddreißig

Um Viertel vor elf klopfe ich vorsichtig an die Tür meines Nachbarn. Viel später als noch rücksichtsvoll wäre, aber was soll ich machen? Ohne Schlüssel habe ich keinen Platz zum Schlafen. Die Zeit ist so schnell vergangen. Marcus hat trotz meiner Einwände für uns beide bezahlt, dann sind wir langsam zum Hauptbahnhof gelaufen, wobei wir uns über Bücher, Essen und seine Kindheit in Luleå unterhalten haben. Unbelastete, entspannte Gesprächsthemen. Wir haben dieselbe S-Bahn genommen. In Solna hat er mich vor dem Aussteigen schnell umarmt.

Ich klopfe noch einmal, so sanft ich kann. Wenn er jetzt nicht aufmacht, muss ich zu Mama und Papa fahren. Da höre ich schlurfende Geräusche in der Wohnung, es wird aufgeschlossen und die Tür geöffnet.

Mein Nachbar mustert mich durch den Türspalt.

»Na, das lief ja gut, wie ich sehe.«

»Äh, was denn?«

»Das Date. Sie haben endlich mal Farbe im Gesicht.«

Date? Ah, er spricht von Jonathan! Ich wundere mich, wie weit weg er schon zu sein scheint. Natürlich tut es weh, aber Wut und Erniedrigung sind größer als die Trauer.

»Es lief tatsächlich nicht ganz so wie gedacht«, gebe ich zu. Wenn er schon auf meinen Schlüssel aufgepasst hat, dann kann ich auch ein wenig ehrlich zu ihm sein.

»Ach so, hm. Na, rosige Wangen lügen jedenfalls nicht. Wenn Sie jetzt noch einen anderen Job finden, dann dürfen Sie Ihr Leuchten behalten.«

Ich lache. »Mal sehen. Haben Sie meinen Schlüssel?«

Er dreht sich um und sucht in einem Schlüsselschrank an der Wand, dann gibt er mir meinen Schlüssel. »Netter Kerl, dieser Göran. Er hat einen hübsch gefüllten Korb mitgenommen, wollte damit sicher seine Frau überraschen.«

Ich sehe Göran und Yvonne vor mir, wie sie auf dem Sofa vor *Inspector Barnaby* sitzen und sich auf meine Oliven stürzen.

»Vielen Dank. Und tut mir leid, dass ich so spät vorbeigekommen bin.«

»Kein Problem. Jetzt bin ich gespannt, wie es weitergeht.« Er zwinkert mir zu und schließt die Tür.

Das Büro scheint geschrumpft zu sein. Ich betrachte die Papierstapel auf den Tischen meiner Kollegen, die Türme zurückgegebener Bücher, die Bücherwagen, die sich auf jeder freien Fläche stauen. An der Pinnwand über Niklas' Schreibtisch hängt ein großes Plakat mit Rupert Scotts clownesker Gestalt und seinem Kampfspruch *Be an edutainer!*. Mit gerümpfter Nase beuge ich mich vor und sehe, dass es signiert ist. *Rock on, bro!,* zusammen mit einer gekritzelten Unterschrift.

Ich habe mich gerade auf meinen Stuhl gesetzt, als die Tür aufgeht und Torbjörn hereinstürzt.

»Ich habe mich erkundigt«, schleudert er mir grußlos entgegen. »Offenbar ist es sehr ungewöhnlich, so schnell nach einem Burn-out zurückzukommen. Die Verwaltung drängt darauf, dass du den Rest des Schuljahres zu Hause bleibst, aber wir wissen ja, was das für ein Durcheinander jetzt am Ende bedeutet.«

»Ja …«

»Wenn du die Unterrichtsstunden schaffst, Noten vergibst und dich um die Kommunikation mit Schülern und Eltern kümmerst, bekommst du bei allen anderen Sachen freie Hand. Du bist von Sitzungen befreit, kannst von zu Hause aus arbeiten – was du eben benötigst. Okay?«

»Äh, ja, das ist in Ordnung. Vielen Dank.«

»Gut«, sagt Torbjörn spürbar erleichtert. »Ja, und dann wollte ich dich noch etwas fragen. Lillemor hat etwas von einem Flohmarkt erzählt, den ihr veranstaltet.«

»Nun … Daran bin ich tatsächlich nur am Rand beteiligt.«

»Und deshalb wende ich mich an dich. Ich hatte gehofft, jemand, der nicht involviert ist, kann mir erklären, warum ich genehmigen soll, dass stapelweise Bücher, die vom Schulbudget eingekauft wurden – in diversen Fällen sogar erst kürzlich –, plötzlich verschleudert werden sollen.«

Was soll ich darauf jetzt antworten? Wem gegenüber soll ich loyal sein – meinen Kollegen oder meiner Vernunft? Ich drehe den Bürostuhl ein wenig und sehe Torbjörn an. »Kürzlich, sagst du?«

»Ja, da war zum Beispiel ein ganzer Klassensatz von neu gekauften Jugendbüchern … *Ball,* oder wie es hieß.«

»Zirkel?«

»Das war es.«

»Woher weißt du, dass sie sie verkaufen wollen?«

Torbjörn antwortet ungeduldig: »Weil sie stapelweise auf den Tischen im Lehrerzimmer liegen und aussehen, als sollten sie geopfert werden.«

Jetzt reicht's. Ich hole tief Luft.

»Weißt du, Torbjörn, ich sehe überhaupt keinen Grund, warum wir die Bücher aussortieren sollten.«

»Danke für deine ehrliche Antwort.« Er dreht auf dem Absatz um und marschiert aus der Tür.

Plötzlich erscheint mir die vertraute Umgebung in der Arbeit anders, als würde ich alles aus der Distanz sehen. Das Bonbonpapier auf dem Boden, die Limodosen, die auf den Tischen liegen und aus denen die letzten Tropfen herauslaufen, Kolleginnen und Kollegen, die mit gehetzten Blicken vorbeilaufen – das alles hat nicht mehr dieselbe Wirkung auf mich. Es erreicht mich nicht. In Gedanken bin ich bereits bei der nächsten Stelle. Neue Ideen zur Leseoffensive der Gemeinde ploppen in meinem Kopf auf – Buchtitel, Diskussionsfragen, mögliche Autorenbesuche. Ich sehe die Autobahn von Möglichkeiten vor mir, für die ich mich vielleicht entscheiden kann. Erschaffe mir eine Traumwelt, die, sollte ich die Stelle nicht bekommen, platzen und mich am Rand der Auffahrt liegen lassen wird, ohne Fahrzeug, Karte oder Kompass.

Der Lärm im Klassenzimmer ist ohrenbetäubend. Kelly beschäftigt sich mit ihrem Handy und reagiert nicht mal, als ich sie anspreche. Eine Viertelstunde vor Unterrichtsende steht sie auf und geht zur Tür.

»Kelly? Wo willst du hin?«

»Arzttermin«, antwortet sie ausdruckslos, ohne den Kopf zu drehen. Die Tür fällt hinter ihr zu.

Zurück im Büro trage ich ihre Abwesenheit ein und scrolle durch meine Mails, kann mich aber nicht konzentrieren. Stattdessen gehe ich ans Fenster und sehe hinaus. Ein bisschen fühle ich mich wie Rapunzel in ihrem Turm. Als ich gerade an einen Prinzen denke, der heute zufällig an der Björkskola vorbeikommen und eine blasse, niedergeschlagene Frau mit blonden Locken sehen und das drängende Bedürfnis haben könnte, sie zu retten, entdecke ich Kelly. Sie steht beim Basketballkorb und tritt von einem Fuß auf den anderen, sieht sich um und holt das Handy hervor, um sich wieder darin zu verlieren. Wenn sie doch dem Buch, das ich ihr gegeben habe, auch nur einen Bruchteil derselben Aufmerksamkeit widmen könnte! Wartet sie auf jemanden? Sie wohnt in Laufweite zur Schule, wenn ich mich richtig erinnere. Stimmt es etwa, dass sie einen Arzttermin hat?

Doch, jetzt nähert sich rasch jemand. Kelly strahlt und steckt das Handy in die Hosentasche. Sie umarmt den Mann, und sie gehen Richtung Parkplatz. Da sehe ich es. Es dauert ein wenig, bis mein Gehirn es begreift, aber ich bin mir ganz sicher. Marcus!? Was macht der denn hier? Dunkel erinnere ich mich an seine ausweichende Antwort auf die Frage in der Küche meiner Eltern, ob er eigene Kinder hat. *Es ist lange her, dass ich ein Kind ins Bett gebracht habe.* Na klar. Er ist *Kellys Vater.* Meine Gedanken rasen. Nein, das stimmt nicht. Kelly wohnt hier in Sollentuna, Marcus in Solna. Und er kann bei ihrer Geburt ja wohl kaum älter als zwanzig gewesen sein? Dann fällt mir das Gespräch mit Lillemor vor einiger Zeit ein. Kellys Eltern sind wohl getrennt, der Vater offenbar Alkoholiker. Könnte Marcus wirklich der Vater sein? Plötzlich fällt mir der Nachname ein, der an seiner Wohnungstür gestanden hat: Edskog.

Genau wie Kelly.

Am liebsten will ich in irgendeinen Kanal abtauchen und nie

wieder in das finstere Leben an der Oberfläche zurückkehren. Lillemor hustet an der Tür. Ich wirbele herum und will sie schon begrüßen, da sehe ich Solveig, die mit mörderischem Blick hinter ihr steht.

»Hallo«, sage ich. »Ist was passiert?«

Solveigs Stimme klingt, als würden große Messer gewetzt. »Tja, Clara, ist etwas passiert? Denk mal genau nach.« Sie starrt mich an. Lillemor windet sich unruhig und wischt sich die Nase mit einem zerknüllten Taschentuch ab.

»Was meinst du?«

Vermutlich hätte mich Solveig gerne noch eine Weile auf die Folter gespannt. Hätte mit ihrer passiv-aggressiven Schuldzuweisung weitergemacht, bis ich darum gebettelt hätte zu erfahren, was denn eigentlich los ist. Doch ihre Wut ist zu groß.

»Der Flohmarkt, Clara! Du hast alles kaputtgemacht!«

Ich sehe sie überrascht an. Torbjörn hat den Flohmarkt also gestoppt – und macht mich dafür verantwortlich? Das würde mich nicht wundern, der Mann geht mit Konflikten um wie andere mit brennenden Häusern – er hält so viel Abstand wie möglich.

»Weißt du, was Torbjörn gesagt hat?«, fragt Solveig. Sie verengt bedenklich die Augen. »Er hat gesagt, dass du Einwände gegen den Plan erhoben hast. Dass du keinen guten Grund wüsstest, den Flohmarkt abzuhalten.«

Ich hole tief Luft. »Er hat mich direkt gefragt«, erwidere ich leise. »Es stimmt, dass ich von dem Plan nicht gerade begeistert war, dass ich unsere neuen Bücher lieber nicht verkaufen möchte, aber ich glaube, dass er selbst von Anfang an skeptisch war. Meine Meinung hat ihn sicher nicht so sehr beeinflusst.«

Solveig verengt die Augen noch mehr, falls das überhaupt möglich ist. »Spiel hier nicht die Dumme«, zischt sie. »Glaubst du, mir ist nicht klar, was du treibst? Dass du zu ihm gegangen und deine Locken ein bisschen nach hinten geworfen hast, mit deinen großen Augen geblinzelt und ihn mit einem Schmollmund gebeten hast, unser Projekt einzustampfen? So etwas Hinterhältiges ist mir noch nicht untergekommen!«

»Aber so war es nicht«, protestiere ich. »Er hat mich gefragt.«

Solveig schüttelt den Kopf. »Du konntest uns dieses Projekt nicht gönnen, was? Hattest du solche Angst davor, was für einen Erfolg wir haben könnten? Dass die Prinzessin Rennel, Gott bewahre, vielleicht einen Augenblick nicht im Rampenlicht stehen könnte?«

»Wovon redest du?« Jetzt schüttele ich den Kopf.

Solveig holt Luft und spricht abfällig weiter: »Die Lokalzeitung wollte kommen, weißt du. Die ganze Stadt hätte unsere Bemühungen um gute Literatur und ordentliche Bildung sehen sollen. Und das hast du jetzt verhindert! Was sollen wir der Zeitung sagen, hm?«

Ich schüttele langsam den Kopf und sehe von Solveig zu Lillemor. Die blickt auf ihre Schuhe.

»Du weißt schon, Clara«, sagt Solveig, »dass es einen speziellen Platz in der Hölle gibt für Frauen, die andere Frauen nicht unterstützen.«

Mit einem letzten vernichtenden Blick rauscht sie davon, Lillemor dicht hinter sich, und die Tür fällt ins Schloss.

Zweiunddreißig

Anderthalb Wochen sind es noch bis zum großen Ereignis im Leben meiner Mutter, der glanzvollen Feier zu ihrem sechzigsten Geburtstag, und Cover Me hat immer noch nicht auf meine Anfrage geantwortet. Während ich an einer aufgewärmten Teigtasche kaue, suche ich auf ihrer Website nach einer Telefonnummer.

Ich finde eine Handynummer und versuche es.

»Hallo?« Eine junge Stimme, wie einer meiner Schüler.

»Ja, hallo, ich heiße Clara Rennel. Ich habe euch für eine Feier nächsten Samstag gebucht und wollte noch ein paar Details mit euch besprechen, wann und wo zum Beispiel.«

Jemand spricht im Hintergrund, und die junge Stimme lacht. »'tschuldigung, was haben Sie gesagt?«

Ich räuspere mich. »Ich habe die Band Cover Me gebucht, bin ich da richtig?«

Schreie sind zu hören, ein Basketball, der wiederholt auf dem Boden aufkommt, bis sich der Teenager wieder meldet. »Also, wir machen eigentlich gerade 'ne Pause.«

»Wie bitte? Eine Pause, was soll das heißen? Wann kann ich mich dann melden?«

»Wir fangen vielleicht irgendwann wieder an, wenn wir Bock haben. Jetzt müssen wir ein bisschen chillen.«

»Chi… Was? Und was ist mit meiner Buchung?«

»Schauen Sie in ein paar Monaten noch mal auf die Website, vielleicht spielen wir dann wieder.«

Ergeben beende ich das Gespräch und googele hektisch nach Kiss Me, Touch Me.

Am nächsten Morgen treffe ich Yousif vor der Schule. Er steht bei einer Gruppe Jungen mit Baseballcaps und Kopfhörern, alle haben die Hände in den Hosentaschen. Ich nicke ihm zu, als er mich sieht, und er kommt zu mir. Vielleicht will er auch nur verhindern, dass ich näher komme und vor seinen Kumpeln mit ihm über Fantasy rede.

»Danke für Ihre Antwort.«

Ich nicke enthusiastisch. »Es hat wirklich Spaß gemacht, das zu lesen, Yousif! Ich hoffe, dass dir meine Kommentare helfen. Wie läuft es mit dem Worldbuilding?«

»Ganz gut, glaube ich. Ich weiß nicht, ob ich es richtig gemacht habe, aber ein Mädchen will den Text lesen, wenn ich noch mehr geschrieben habe.«

»Wie toll! Jemand aus der Klasse?«

Yousif schüttelt den Kopf. »Wir kennen uns aus einem Internetforum.« Er lächelt schüchtern. »Die Leute dort können einem viele Tipps geben und posten auch ihre Texte.« Er lacht und tritt gegen einen Stein.

»Großartig, Yousif!«, sage ich.

»Auch wenn ich gar nicht richtig weiß, was ich da tue. Vielleicht ist das nicht einmal Fantasy?«

»Doch, das ist es. Schreib einfach weiter und lass mich wissen, wie es vorangeht!« Ich klopfe ihm auf die Schulter und gehe weiter Richtung Eingang. Die anderen Jungen sehen neugierig von mir zu Yousif. Da klingelt es in meiner Handtasche. Ich hole das Handy heraus und bleibe abrupt stehen, als ich den Namen auf dem Display lese. Jelena.

»Hallo, Clara! Ich hoffe, ich störe nicht?«

»Überhaupt nicht!«, zwitschere ich einige Oktaven zu hoch, während mein Herz wild schlägt. Jetzt kommt es darauf an.

Wir tauschen ein paar Höflichkeitsfloskeln aus, bevor Jelena einen professionelleren Ton anschlägt:

»Wir würden Sie gern zu einem Gespräch treffen. Oder besser gesagt, in diesem Stadium der Bewerbung würden wir zwei uns unterhalten. Falls Sie noch Interesse an der Stelle haben?«

Ich muss mich zusammenreißen, um nicht vor Eifer laut aufzuschreien. Ob ich noch Interesse habe?

»Ja, natürlich.«

»Wie schön. Könnten wir uns diese Woche schon treffen? Wie wäre es mit Freitag?«

»Kein Problem, sagen Sie mir einfach, wann und wo.« Nichts kann mich davon abhalten, zu diesem Vorstellungsgespräch zu gehen.

Von: Kiss Me, Touch Me
An: Clara Rennel
Betreff: Re: Dringende Buchungsanfrage!

Hallo, Clara!
Danke für deine Anfrage. Wir spielen gern auf der Feier deiner Mutter. Im Anhang findest du unsere Preisliste.
Liebe Grüße, Svante

Liebe Grüße?! Wer schreibt das denn an einen wildfremden Menschen? Aber egal, jetzt kann ich nicht wählerisch sein. Schnell tippe ich eine Antwort – dankbar, aber höflich – und hoffe, dass Svante nicht die Gäste begrapscht. Ich rufe Mama besser an und erzähle ihr von der Planänderung. Hoffentlich flippt sie jetzt nicht total aus.

Doch im Gegenteil, Mama klingt fast erleichtert.

»Ehrlich gesagt, habe ich mir schon Gedanken gemacht, ob es nicht komisch aussieht, wenn eine so junge Gruppe auf einem sechzigsten Geburtstag spielt. Würde das nicht wirken, als hätte ich eine Midlife-Crisis und würde mich jünger machen wollen?«

Schon wieder so eine absurde Idee.

»Na, dann ist es ja gut. Mit Svante wird es sicher viel besser.« Wenn Mama sich mit seinem Bandnamen ausgesöhnt hat, dann will ich da nichts riskieren. »Er klang total nett in der Mail«, füge ich hinzu, um sie in Sicherheit zu wiegen, dass alles so gut gelingen wird, wie sie es sich vorstellt.

Die Woche vergeht mit hektischen Vorbereitungen. Während draußen die Bäume ausschlagen und alles ergrünt, was noch vor ein paar Wochen kahl und verdorrt war, erreicht Mamas Manie neue Höhen. Sie ruft mich mehrmals am Tag an. Manchmal hat sie nur eine schnelle Frage (»Hast du genug Zucker für die Baisertorte gekauft?«), manchmal fällt ihr aber auch etwas ein, was sie in Panik versetzt (»Hast du gefragt, ob Svante eine eigene Soundanlage hat?«). Manchmal ist sie den Tränen nahe und wird fast verrückt (»Was ist, wenn niemand kommt? Oder, noch schlimmer, wenn sich alle langweilen?«). In dem ganzen Chaos versuche ich, Ruhe zu bewahren und an den einen positiven Aspekt zu denken: So habe ich wenigstens keine Zeit, über Marcus nachzugrübeln, ob er nun Alkoholikervater einer Teenagertochter ist oder warum ich überhaupt ständig an ihn denken muss.

Die Enttäuschung und der Zorn wegen Jonathan sind zu einer Art wehmütigem, hoffnungslosem Selbstmitleid geworden. Doch manchmal bricht der Zorn noch durch. Das ist gut. Danach ist mein Make-up nicht ganz so verlaufen, und ich verbrauche nicht so viele Taschentücher. Außerdem kann ich ihn durch die energische Besessenheit kanalisieren, die ich brauche, um Mamas Feier zu überstehen.

Dreiunddreißig

»Willkommen, Clara!« Jelena schüttelt mir fest die Hand, während ich mich bedanke und versuche, den Schwindel zu ignorieren. Jelenas Büro liegt im elften Stock der Gemeindeverwaltung Sollentuna.

Ich setze mich auf ein grau meliertes Zweisitzersofa und stelle die Tasche zu meinen Füßen ab. Jelena setzt sich auf einen Stuhl und legt einige Unterlagen auf den Tisch zwischen uns.

»Also, Clara. Ich würde Ihnen jetzt gern die Stelle etwas eingehender vorstellen, dann können Sie etwas mehr von sich erzählen. Ist Ihnen das recht?«

»Das klingt gut, ja.« Ich nicke.

»Das Besondere an dieser Stelle ist, dass sie zu einem großen Teil nach eigenen Ideen und Vorstellungen gestaltet werden kann. Natürlich in Absprache mit der Projektgruppe, aber wir suchen jemanden, der selbstständig arbeitet und viel Eigeninitiative besitzt.«

Ich steuere bejahende Geräusche und entsprechende Gesten bei, während Jelena weitererzählt. Dann lehnt sie sich zurück und schlägt die Beine übereinander. »Das Wichtigste«, fasst sie zusammen, »ist, dass die- oder derjenige für Bücher und das Lesen brennt und diese Begeisterung auch anderen vermitteln möchte.«

Ich reiße mich zusammen, um nicht laut aufzulachen, auf dem Sofa herumzuhüpfen und zu schreien: NEHMT MICH!

»Also«, sagt Jelena. »Erzählen Sie mir, was Ihnen Bücher bedeuten. Und warum Sie finden, dass jeder lesen sollte.«

Ich hole tief Luft, streiche das Haar hinter die Ohren und sehe Jelena an.

»Ich liebe Bücher, seit ich fünf Jahre alt war und mir meine Mutter abends auf der Bettkante *Die Chroniken von Narnia* vorgelesen hat. Da habe ich erkannt, dass ich sicher und warm im Bett liegen und gleichzeitig bei Lucy sein, die Weiße Hexe fürchten und mich von Aslan verzaubern lassen konnte. Ich habe mich ins Lesen verliebt, als ich sechs Jahre alt war und selbst lesen gelernt habe; als ich zu ahnen begann, was für eine neue Welt sich vor mir auftat in meinem normalen Leben, das von meinen Eltern und Lehrern bestimmt wurde. Ich habe mich ins Lesen verliebt, als ich dreizehn war und *Little Women* gelesen habe – ich habe mit den Schwestern gelacht und geweint und getrauert und mich gefreut. Sie waren wie meine eigenen Schwestern. Ich könnte noch ewig so weitermachen, aber ich will Ihre zweite Frage ja auch noch beantworten. Warum ich finde, dass jeder lesen sollte? Weil es ein demokratisches Recht ist, sich Texte anzueignen. Weil ich glaube, dass andere ebenfalls eine reichere Kindheit haben, wenn sie die vielen Welten in den Büchern entdecken dürfen. Weil Bücher Gesellschaft sind für diejenigen, die allein sind, und den Gemeinen zeigen, dass sie nicht gemein sein müssen. Weil sie Kindern und Jugendlichen Empathie beibringen und was es heißt, die Welt eines anderen Menschen zu verstehen, diese als so lebendig und fesselnd zu erleben, dass man aus tiefstem Herzen mitfiebert und hofft, dass alles gut ausgeht.«

Jelena räuspert sich. Ich sehe aus dem Fenster und denke, dass ich genauso gut auch hätte hinausspringen und darauf vertrauen können, dass genau darunter ein Auffangnetz aufgespannt ist. Auf Gedeih und Verderb. Sehr wahrscheinlich hält mich Jelena für einen überspannten Freak. Vermutlich hat sie recht. Doch niemand kann mir vorwerfen, es nicht wenigstens versucht zu haben. Ich habe alles gegeben. Und vielleicht, vielleicht lande ich ja in einem Auffangnetz.

»Danke, Clara«, sagt Jelena freundlich. »Wir melden uns. Haben Sie denn Referenzen, Empfehlungen? Sie können uns die Kontaktdaten gern schicken.«

»Natürlich!« Hoffentlich zeigt sich Torbjörn von seiner besten Seite, wenn Jelena anruft.

Ich lasse meine Tasche und die Arbeiten, die ich zum Korrigieren mitgenommen habe, im Flur meiner Eltern stehen und gehe in die Küche, wo Paulina nach Kräften versucht, Mama davon zu überzeugen, dass zwei verschiedene Arten Schnittchen reichen.

»Ernsthaft, Mama, niemand wird auch nur daran denken, dass du nicht DREI oder mehr verschiedene Varianten anbietest.«

Mama umarmt mich rasch und sieht dann zu Paulina. »Glaubst du? Ich bin mir da nicht so sicher. Sari hat eine Freundin, die bei ihren Einladungen immer fünf Sorten serviert.«

Paulina und ich tauschen einen Blick.

»Und was hat Saris Freundin mit deiner Feier zu tun?«, schnaubt Paulina.

Mama wirkt verletzt, und ich glätte schnell die Wogen. »Bei allen schickeren Feiern, bei denen ich bisher war, gab es zwei Varianten«, lüge ich, obwohl ich mich nicht erinnern kann, wann ich zuletzt auf einer Veranstaltung mit Schnittchen war. In meiner Welt gibt es gefüllte Tunnbrödrollen.

Mama lässt sich auf den Stuhl neben Paulina sinken. Ich strecke mich über die Tischplatte und drücke ihre Hand, sehe sie an. Sie sieht müde und schmal aus – hat sie abgenommen? –, und mein Herz verkrampft sich. »Mama«, sage ich sanft, aber entschieden. »Es wird ganz bestimmt eine total schöne Feier. Und auch wenn belegte Brötchen und eine Liveband toll sind, das Wichtigste ist doch, dass wir alle da sein und dich feiern werden, nicht wahr?«

Mamas Mundwinkel heben sich ein wenig. Paulina reckt den Hals und späht ins Wohnzimmer. »Apropos, wann kommt Papa eigentlich?«

»Ich weiß es nicht genau«, sagt Mama, reißt ein Stück von der Küchenrolle ab und schnäuzt sich. »Er ist im Moment viel in der Arbeit.«

Paulina verdreht die Augen. »Ah, *der* alte Klassiker. Ich habe heute alle Termine abgesagt. Man muss Prioritäten setzen.«

Ich starre Paulina böse an, versuche, ihr stumm zu vermitteln, dass sie es nicht noch schlimmer machen soll, doch sie sieht nicht zu mir. »Jaja«, seufzt sie. »Wir müssen wahrscheinlich froh sein, wenn er sich heute Abend von seinem kostbaren Schrebergarten losreißen kann.«

Dass Jonathan und ich uns nicht mehr treffen und er mich schnöde hat fallen lassen, habe ich meiner Familie verschwiegen. Mama wäre traurig, und das will ich ihr vor ihrer Feier nicht antun. Meine schlechten Neuigkeiten können warten. Ich versuche, entspannt zu wirken, während ich die Baisermasse schlage. Mama summt vor sich hin, während sie Sachen aus den Schränken holt und Zutaten abmisst. Wage ich zu hoffen, dass sie allmählich ruhiger wird und sich auf ihre Party freuen kann?

»Wie läuft es mit Jonathan?«, fragt sie.

Mist. Ich schalte den Handmixer schneller und gebe vor, sie nicht gehört zu haben.

Mama wiederholt die Frage lauter. Ich blicke rasch auf, nicke und mache ein unbestimmtes Geräusch. »Hmhm.«

Mama scheint zufrieden, doch Paulina mustert mich skeptisch hinter der Torte mit den fünf Schichten. Als ich den Handmixer ausschalten muss, fragt sie sofort:

»Was ist los bei dir und Jonte?«

»Ach«, erwidere ich gespielt heiter und streiche die Baisermasse auf ein Backblech. »Nichts Besonderes.« Was ja auch stimmt. Doch Paulina lässt nicht locker, sie ist wie ein Hai, der Blut gewittert hat.

»Seht ihr euch noch?«

Ich zögere eine Sekunde zu lang, und sofort kreist auch Mama um meine offene Wunde. »Clara?«

Ich versuche, so neutral wie möglich zu antworten: »Wir müssen schauen, was daraus wird. Ich denke, er hat Felicia immer noch sehr gern.«

Hm. Eine kleine Untertreibung, aber wenigstens lüge ich ihnen nicht direkt ins Gesicht.

Mama lacht. »Ach, Liebes. Gib dem Ganzen noch ein wenig Zeit.« Sie wendet sich an Paulina. »Und was ist mit dir? Wie läuft es mit *deinem* Schwiegermuttertraum?«

Ich versteife mich und starre eisern auf die Baisermasse.

»Super!«, sagt Paulina und klingt genauso gespielt heiter wie ich gerade. Das kann alles bedeuten, aber ich habe das Gefühl, dass Paulina auch keine Lust hat, lang und breit mit Mama über ihr Liebesleben zu sprechen.

»Wenn ich vor einem halben Jahr gewusst hätte, dass du mit

einem Barkeeper zusammen bist, wäre ich etwas unruhig gewesen, das muss ich zugeben. Ich hatte da wohl Vorurteile. Konnte mir nicht vorstellen, dass ein Barkeeper so sympathisch, vernünftig und bescheiden sein könnte«, schwärmt Mama.

Vier Stunden später platzt die Küche geradezu vor Kuchen, und Paulina wird einiges davon mit nach Hause nehmen und dort in den Kühlschrank stellen. Da ich mit den öffentlichen Verkehrsmitteln da bin, bleibe ich verschont.

»Tschüs, Mama.« Ich umarme sie fest. »Bis morgen.«

Mama nickt und umarmt Paulina. »Danke, Mädchen. Fahrt jetzt nach Hause und schlaft!«

Ich begleite Paulina zu ihrem Opel, den sie mit der Fernbedienung entriegelt.

»Papa wird doch wohl wenigstens morgen helfen, die Zelte aufzubauen?«, sage ich leise.

Paulina öffnet die Tür und steigt ein. »Ja, sonst sorge ich persönlich dafür, dass eine Rattenplage in seinem kleinen Schrebergarten ausbricht.«

»Was soll das eigentlich mit dem Schrebergarten?«, frage ich. »Und die Feier … Die beiden scheinen völlig verrückt geworden zu sein, jeder auf seine Art.«

Paulina zuckt mit den Schultern. »Wenn du mich fragst, waren sie schon immer ein bisschen verrückt. Aber es ist doch gut, dass sie endlich etwas in Angriff nehmen.«

Sie schlägt die Tür zu, und wir winken einander zu, als sie rückwärts aus der Einfahrt rollt und davonfährt. Ich hebe das Gesicht zum Himmel und atme die kühle Abendluft ein, dann gehe ich los. Die Straßen sind still und ruhig. Statt zum Bahnhof zu gehen, schlage ich den Fußweg nach Rotebro ein. Es ist erst acht, und ich muss einen klaren Kopf bekommen, frische Luft, etwas anderes sehen, bevor ich mich wieder in meiner kleinen Wohnung einschließe.

Das letzte Sonnenlicht fällt auf den Asphalt. Ich begegne ein paar Spaziergängern, Rad- und Hoverboard-Fahrern, doch ansonsten habe ich meine Ruhe. Vor einer Pizzeria sitzt ein Mann auf einer Bank und trinkt eine Dose Bier.

»Willst du 'nen Schluck?«, ruft er mir hinterher. Ich drehe mich halb um und lächele ihm entschuldigend zu, dann gehe ich rasch weiter.

Es dämmert. Ich hole das Handy aus der Tasche und rufe Jonathans Nachrichten auf. Lese sie im Gehen alle der Reihe nach durch und kratze mich am Kopf. Soll ich ihn anrufen? Ein wenig plaudern, vielleicht so etwas wie eine Erklärung oder Entschuldigung aus ihm herausbringen? Scheiß drauf, dass Felicia da sein könnte, denke ich. Es ist ja wohl Jonathans Problem, dass er nicht mit offenen Karten gespielt hat, oder? Wenn er doch nur etwas gesagt hätte. Am meisten schmerzt gar nicht mal, dass er mit Felicia verlobt ist. Nein, es ist die Art und Weise, wie er sich verhalten hat. Das totale Schweigen, sobald Felicia wieder in Schweden war. Ab da hat er mich wie eine Fremde behandelt und so getan, als hätte es unsere Dates nie gegeben, statt Klartext zu reden. So was wie »Übrigens, wie dir vielleicht aufgefallen ist, bin ich vergeben – falls du einen anderen Eindruck hattest, als wir geflirtet und geknutscht haben und ich gesagt habe, wie schön ich dich finde. Meine Verlobte ist wieder da, eine Affäre wird also schwierig.« Ich drücke auf seine Nummer.

»Ja?« Er spricht mit seiner Verkäuferstimme.

»Hallo, ich bin's. Wie geht's?«

»Kann nicht klagen! Und selbst?« Knapp, höflich, kalt.

Idiotisch, egoistisch, gefühllos.

»So weit okay«, sage ich mit einem automatischen Hauch von Selbstmitleid. »Ich bin gerade auf dem Weg nach Hause, ich war bei Mama, wir haben ihre Feier vorbereitet.«

Jetzt höre ich *sie* im Hintergrund. Sie ruft irgendetwas, und ich sehe vor mir, wie sie in der PALM-SVENSSON-Wohnung herumstolziert, als hätte sie nie etwas anderes getan, als ob ihr Verlobter sie nicht gerade erst auf ihrem eigenen Sofa betrogen hätte.

»Ach ja. Du, wolltest du was Bestimmtes? Wir wollten hier gerade was auf Netflix ansehen …«

Wir. Die Wut kocht aufs Neue in mir hoch. Wie kann er nur so tun, als sei nichts passiert? Die Machtlosigkeit entzieht mir die Kraft, und ich bringe nicht das heraus, was ich ihm eigentlich hinknallen sollte. »Ach so. Dann noch einen schönen Abend«, sage ich wie der letzte Feigling. Wir legen auf, und ich gehe immer schneller, bis ich fast renne.

Ich platze fast vor Wut. Fühle mich emotional ausgenutzt. Doch da ist noch etwas anderes. Jetzt, da Jonathan aus meinem Leben verschwunden ist, bin ich allein mit meinem Geheimnis. Solange ich mit ihm über die Arbeit reden und er mich beruhigen, mich zu meiner gefälschten Krankschreibung ermuntern konnte, war das irgendwie akzeptabler. Jetzt fühlt es sich nur noch verdorben an. Am schlimmsten ist es, wenn ich von jemandem lese, der tatsächlich an Burn-out erkrankt ist. Das klingt furchtbar, und ich schäme mich unendlich, dass ich behauptet habe, es ginge mir genauso schlecht.

Als ich nach Hause komme und den Türcode eintippe, ist es stockfinster.

Vierunddreißig

»Hallo, hallo«, höre ich eine Stimme hinter mir, und ich lasse vor Schreck den Schlüssel fallen, mit dem ich gerade die Tür absperren will. Der Moorleichen-Nachbar steckt den Kopf aus seiner Wohnung, frisch rasiert und nach Aftershave riechend. Heute könnte man ihn tatsächlich für Owen Wilson(s Großvater) halten. Ich schiele in seine Richtung. Wieso treffen wir uns eigentlich ständig? Zum ersten Mal kommt mir der Gedanke, dass ich vielleicht die Polizei rufen sollte. Zuerst habe ich die Stalker-Warnsignale nicht ernst genommen, doch jetzt wird es mir allmählich unheimlich.

»Hallo«, antworte ich knapp. »Sie wollen auch gerade los? Was für ein Zufall.«

Er scheint es mir nicht übel zu nehmen, sondern bedeutet mir, zuerst die Treppe hinunterzugehen. »Ladys first.«

Er trägt eine große, lange Tasche auf dem Rücken. Ich habe keine Ahnung, was dieser Mann treibt oder was in der Tasche sein könnte. Er könnte auch gut und gern Baseballschläger, Tape und Äxte transportieren.

»Nein, Sie zuerst«, sage ich entschieden.

»Na, ich zwinge niemanden«, antwortet er und geht voraus. Im Erdgeschoss hält er mir die Tür auf, dann gehen wir nebeneinanderher.

»Wollen Sie auch zum S-Bahnhof?«, frage ich, verkneife mir aber ein zweites »Was für ein Zufall«.

»Genau, ich habe heute einen Gig.«

Wieder schiele ich zu der langen Tasche auf seinem Rücken und verwerfe den bedrohlichen Gedanken an ein Waffenarsenal. Eine Gitarre, natürlich.

»Wie schön!«, sage ich. Mir wird bewusst, dass ich nie daran gedacht habe, dass der Moorleichen-Mann auch noch was anderes tun könnte als in der Tür stehen und nach Alkohol riechen. Die Erkenntnis, dass er vielleicht zwar kein Geld verdient, aber zumindest eine Beschäftigung hat, freut mich. »Wo spielen Sie denn?«

Orte wie die Stammkneipe am Bahnhof Sollentuna, ein heruntergekommener alter Hinterhof und ein Wildwestsaloon mit Zeb Macahan unter den Gästen blitzen vor meinem inneren Auge auf.

»In Helenelund«, antwortet er. »Eine Dame feiert Geburtstag, und ich habe die Ehre, sie und ihre Gäste zu unterhalten.«

Wie bitte? *Wie* bitte? Bitte sag jetzt nicht, dass ich meinen Nachbarn für Mamas großen Tag gebucht habe. Panisch denke ich nach. Was weiß ich eigentlich über Kiss Me, Touch Me? Nichts. Das ist das große Problem mit dem Internet. Man kann eine Band engagieren, sie für eine ganz normale Partytruppe halten, und am anderen Ende der Verbindung sitzt das alkoholisierte Überbleibsel eines vergangenen Jahrhunderts und vermittelt einem falsche Hoffnungen, dass schon alles gut gehen wird, wenn man die Buchung annimmt.

Der Mann, bei dem ich gebucht habe, nannte sich Svante. Svante Fjäll – Mist. Ich weiß ja, wie mein Nachbar heißt. Jeden Tag sehe ich das Namensschild an seiner Tür, auch wenn er in meinem Kopf noch nie so geheißen hat: ÖRJAN FJÄLL.

»Spielen Sie vielleicht bei Kiss Me, Touch Me?«, frage ich und versuche, nicht zu zeigen, was ich von dieser Möglichkeit halte.

Er lacht ausgelassen. »Wir sind wohl bekannter, als wir denken«, sagt er und vernichtet damit jede Hoffnung, dass das Musikprogramm des heutigen Tages, das ich organisiert habe – sicher nicht ganz nüchtern und die langen O-Beine in zerschlissenen Jeans – nicht neben mir hergeht.

»Kiss Me, Touch Me ist unser Bandname«, sagt Örjan. »Meiner und der meines Bruders Svante.«

»Tunnbrödrolle mit Rentierfleisch und Meerrettich?« Paulina streckt mir ein voll beladenes Tablett entgegen, und ich nehme mir etwas. Wir stehen auf dem Rasen, in den unsere Absätze einsinken, und mustern das, was einmal Mamas Feier sein wird, wenn die Gäste kommen. Papa hat während der letzten drei Stunden fluchend und stöhnend die Zelte aufgebaut, drei kleine weiße Würfel, die beunruhigend schwanken, sobald ein leichter Wind aufkommt. Aber sie stehen. Auf einem langen Tisch sind unsere Kuchen und Torten, Thermoskannen, Flaschen, Teller und Gläser platziert. Paulina wird mit den Schnittchen herumgehen, Marcus wird sich um den Champagner und die Cocktails kümmern. Jesper, Lisen und Noah sind später als geplant auch noch angekommen und laden gerade ihre Sachen im Gästezimmer ab.

»Hübsch siehst du aus«, sage ich und meine es ernst. Es ist sogar untertrieben. Paulina ist wunderschön in ihrem petrolblauen Cocktailkleid und mit dem frisch gesträhnten, glatten Haar. Um ihren schwanengleichen Hals tanzen weiße Perlen, an den Ohrläppchen baumeln die dazupassenden Ohrringe. Ich fasse an mein eigenes Ohrläppchen und nestele an dem Silberengel herum, den ich auf einmal ziemlich albern finde.

»Danke!« Paulina sieht mich an. »Du aber auch. Das Kleid ist hübsch.«

»Oh, danke.« Ich streiche lächelnd mit der Hand über mein hellgelbes Chiffonkleid. Zum ersten Mal seit Langem scheinen wir wieder entspannt miteinander umgehen zu können.

»Erzählst du mir jetzt, was mit Jonte passiert ist, oder nicht?«

Verlegen werfe ich meiner Schwester einen Blick zu. Im schlimmsten Fall wird sie mein Unglück aufblasen und alle wissen lassen, dass man mich sitzen gelassen hat. Mama soll das im Moment wirklich nicht erfahren. Nicht heute. Auf der anderen Seite kann ich Paulina auch nicht anlügen, wenn sie mich so mit dem Blick festnagelt.

»Er hat Schluss gemacht«, antworte ich leise.

»Warum?« Paulina klingt wie eine Polizistin bei einem Verhör.

»Ist das wichtig?« Doch mein Versuch, der Frage auszuweichen, bewirkt natürlich das Gegenteil.

»Habt ihr im Bett nicht zueinandergepasst?«

»Er ist mit Felicia verlobt.« Ich sehe Paulina an, die tatsächlich einen Augenblick die Fassung verliert.

»Im Ernst? Dieses *Arschloch*.«

Ich nicke.

»Wie hast du es erfahren?«

»Hm, also … Er hat sie zu einem Treffen mitgebracht, von dem ich ursprünglich dachte, es sei ein Date.«

Paulina verzieht ihr hübsches Gesicht zu einer wütenden Grimasse. »Arsch.«

»Mhm.«

»Und wer zur Hölle ist das da?«, fragt Paulina, und schon bevor ich mich umgedreht habe, weiß ich, dass Örjan auf die Bühne getreten ist. Ich drehe den Kopf und sehe, wie er auf dem kleinen Podium hin- und hergeht und sich über den üppigen Bauch streicht.

»Äh, das ist das Musikprogramm für heute«, antworte ich und nenne bewusst nicht den Bandnamen.

»Aber Clara, was zum …« Paulina sieht von Örjan zu mir und wieder zurück und schüttelt den Kopf. »Du solltest dich um *eine* Sache kümmern. Die Livemusik. Und dann schleppst du irgendeinen Penner an?«

»Er gilt als Sollentunas Antwort auf Bruce Springsteen«, erwidere ich verzagt.

»Bei wem – sich selbst?«

Ich sage lieber nichts, weil das schwer zu widerlegen ist.

»Weiß Mama davon?«

»Jetzt komm schon«, sage ich und breite genervt die Arme aus. »Ich habe doch keinen Drogenhändler hergebracht, der den Gästen dann reihum Heroinspritzen verpasst.«

»Sei dir da nicht so sicher«, murmelt Paulina und geht mit den Schnittchen davon.

Die Gäste strömen allmählich in den Garten. Die Sonne scheint, und ich sehe blinzelnd Yvonne entgegen, die über den Rasen auf mich zukommt.

»Wie geht es dir, Liebes?« Meine Tante umarmt mich, und ich entspanne mich in ihren starken Armen und dem vertrauten Duft.

»Gut. Mach dir keine Gedanken um mich«, sage ich und sehe über Yvonnes Schulter hinweg, wie die Lesekreisdamen schick zurechtgemacht mit Hüten und Pumps und feinen Kleidern einlaufen. Angeführt werden sie von einer großen Frau, die ich noch nie gesehen habe. Sie hat die Nase hoch erhoben und zieht eine kleine Schleppe (ernsthaft??) aus weinroter Spitze hinter sich her. Die anderen Frauen behandeln sie wie ein gekröntes Haupt. Offenbar ist nicht nur Mama ganz verrückt nach ein bisschen Glamour.

»Wow, was für eine schöne Stimme! Erinnert ein bisschen an Springsteen, oder?« Yvonne reckt den Hals und sieht zur Bühne. Ich stoße erleichtert die angehaltene Luft aus und bin dankbar, dass Örjan und Svante beweisen, dass sie weder unmusikalisch sind noch Heroindealer. Gerade singen sie irgendein Lied von Bob Dylan, und es klingt tatsächlich richtig gut.

»Apropos schön«, zischt Yvonne und nickt vielsagend mit dem Kopf nach links. »Willst du deinen Bewunderer nicht begrüßen?«

Vorsichtig drehe ich den Kopf und begegne Marcus' warmem Blick. Er trägt ein weißes Hemd und balanciert ein Tablett voller Gläser mit perlendem Champagner. Er nickt mir fast unmerklich zu, und ich lächele.

»Ich dachte, wir hätten darüber gesprochen«, sage ich zu Yvonne, ohne den Blick von Marcus losreißen zu können, während er die anderen Gäste bedient und mit ihnen redet und lacht. »Er ist mit Paulina zusammen.«

Yvonne verschränkt die Arme vor der Brust und wirkt nachdenklich. »Davon bin ich nicht überzeugt«, erwidert sie. »Ah, da ist Göran. Ich rette ihn mal vor Anjas Snobfreundinnen, er hasst es, Small Talk machen zu müssen. Und kann es auch nicht. Bis später!«

Lächelnd sehe ich zu, wie Göran erleichtert strahlt, als Yvonne sich ihm und der Gruppe Frauen mit den feinen Hüten nähert.

»Champagner?«

Es brennt in der Brust, als ich die warme Stimme direkt neben mir höre. Ich drehe mich zu Marcus und nehme ein Glas von dem halb vollen Tablett. Ich reiße mich zusammen. *Knödel.*

»Danke!« Ich muss mich auf meine Stimme und meine Bewegungen konzentrieren, sonst kichere ich gleich nervös und trete von einem Fuß auf den anderen. Marcus ist die Ruhe selbst, wie immer. Das strahlend weiße Hemd, das er bestimmt wegen Mama trägt, hat er ein wenig hochgekrempelt, sodass man seine Unterarme sieht. Er stellt sich neben mich und betrachtet die Gäste, die sich in den Zelten und unter freiem Himmel miteinander unterhalten. »Ich hoffe, du hattest nicht das Gefühl, servieren zu müssen?«, frage ich. Ich könnte mir vorstellen, dass Mama Paulina überredet hat, ihn als Fachmann um Hilfe zu bitten.

»Überhaupt nicht«, erwidert Marcus. »Ich habe es von mir aus angeboten.«

Ich nicke, sehe in sein freundliches, schönes Gesicht und versuche, nicht zu zeigen, welche Wirkung er auf mich hat.

»Danke für letztens«, sage ich. »Das war sehr nett von dir. Du hättest wirklich nicht kommen müssen, nur weil ich zufällig an deinem Arbeitsplatz gelandet bin und traurig war.«

Äh, ja. Also, statt »zufällig an deinem Arbeitsplatz gelandet« muss es natürlich heißen: »als ich bewusst diese Bar angesteuert habe«. Über den Grund dafür will ich gerade nicht näher nachdenken.

Wir schweigen, doch ich sehe aus dem Augenwinkel, dass Marcus mich beobachtet.

»Das Gulasch war lecker«, bringe ich mühsam heraus.

Das Wort zeigt immer noch seine Wirkung, ein Zauberspruch, um Romantik abzutöten.

»Ja, es schmeckt da wirklich gut«, sagt Marcus. Als er mich strahlend anlächelt, wird mir klar, dass diese Feier meine moralischen Grundsätze auf eine harte Probe stellen wird, meine Loyalität gegenüber Paulina und die Einstellung meines Über-Ichs, was für Gedanken und Gefühle gegenüber dem aufregenden Sexpartner der eigenen Schwester gerade noch akzeptabel sind.

Fünfunddreißig

Die Stimmung wird ausgelassener, und Örjan singt *Have You Ever Seen The Rain* von Credence Clearwater Revival, während Svante alles an der Gitarre gibt.

Das Schnittchen, mein siebtes, scheint in meinem Mund immer größer zu werden, während ich dastehe und mich um eine würdevolle Miene bemühe und gleichzeitig Sari beobachte, die mit dem Lesekreis im Schlepptau herumstolziert. Sie kommt auf mich zu, und ich kaue schneller, um etwas sagen zu können. Sie reicht mir eine weiße, dünne Hand, die ich schüttele. Die anderen Lesekreisdamen schließen auf.

»Da habt ihr aber ein wirklich wunderschönes Fest auf die Beine gestellt, Clara«, schwärmt Ing-Britt, Mamas engste Freundin.

»Ja, der Tag ist wirklich schön«, sage ich.

Sari geht ein paar Schritte weiter und rafft ihre Schleppe, um nicht daraufzutreten. Unter den Stoffmassen erspähe ich hohe, dünne Absätze, mit denen sie fast vollständig im Gras versinkt.

»Wie hübsch du aussiehst, Clara!«, sagt Ing-Britt. »Das Kleid steht dir wirklich gut. Du strahlst geradezu.«

»Danke!«, erwidere ich, gerührt von dem vielen Lob. »Aber du siehst auch toll aus. Als kämst du geradewegs von einem roten Teppich!«

Ing-Britt ist wirklich schicker, als ich sie je gesehen habe, genau wie Mama. Als hätten sie vereinbart, die Gelegenheit zu nutzen und sich fein herauszuputzen. Jetzt oder nie!

»KappAhl, nicht wahr?«, sagt Sari und mustert Ing-Britt von oben bis unten. »Das Kleid habe ich auch anprobiert, aber es schmeichelt überhaupt nicht. Sogar an *mir* wölbt es sich über die Wülste am Rücken.«

Ich bin sprachlos. Wie können Menschen absichtlich so gemein sein? Und warum suchen nette Menschen ihre Gesellschaft? Ich werfe Ing-Britt einen Blick aus dem Augenwinkel zu, die errötend den Kopf senkt.

»Na, was für ein Glück, dass du noch ein anderes Kleid gefunden hast, um die Wülste unterzubringen«, bemerke ich in Saris Richtung.

Wir messen einander mit Blicken, und einen Moment fechten wir einen stillen Machtkampf aus. Ich weigere mich, zuerst wegzusehen, und als Sari schließlich mit dem Kopf zuckt und davonstakst, straffe ich triumphierend die Schultern.

Einige Stunden später, als die Gäste langsam aufbrechen und die Dämmerung naht, kommen Yvonne und Göran zu mir, um sich zu verabschieden. Ich stelle die Thermoskannen ab, die ich gerade in die Küche bringen wollte.

»Ihr brecht auf?«

Yvonne nickt. »Es soll bald ein paar Morde geben, um die sich Inspector Barnaby kümmern muss. Außerdem müssen die hier«, sie hebt einen Fuß samt hochhackigem Schuh, »hochgelegt werden. Und bekommen vielleicht eine kleine Massage?« Sie blinzelt Göran zu, der mir statt einer Antwort die Hand reicht.

»Danke«, sagt er. Wie mein Vater ist er kein Mann großer

Worte, aber ich habe das Gefühl, dass er seiner Frau später bei ihren wehen Füßen behilflich sein wird. Die beiden haben etwas Ruhiges und Vertrautes an sich, zwei verschiedene Persönlichkeiten mit viel Respekt füreinander.

Lächelnd schüttele ich Göran die Hand. »Danke, dass ihr da wart.«

Yvonne umarmt mich und flüstert mir ins Ohr: »Marcus sieht aus, als könnte er ein wenig Aufmunterung brauchen.«

Störrische Frau. Ich sage schon nichts mehr und weise nicht mehr darauf hin, wie unpassend es ist, dass ich den Freund meiner Schwester aufheitern soll. Zumindest, wenn Yvonne mit ihrem Blinzeln eine ganz bestimmte Aufmunterung meint.

»Bis bald«, sage ich daher nur. »Gute Fahrt, und helft Barnaby bei den Morden.«

Ich bringe die Thermoskannen in die Küche, wo Mama gerade abwäscht und Paulina ihr dabei zusieht. Doch das scheint Mama nicht zu stören, die glücklich über das gelungene Fest ist. »Alles war perfekt«, sagt sie. »Jesper und Lisen sind gekommen. Alle schienen Spaß zu haben und sich zu verstehen. Marianne fand, dass die Schnittchen wie im Restaurant geschmeckt haben, habt ihr das gehört? Und Yvonne wäre fast in Ohnmacht gefallen, als sie die Baisertorte probiert hat. Auch wenn das wohl mehr über Yvonne aussagt als über die Torte, aber trotzdem. Alles hat geklappt!«

Aus dem Obergeschoss hört man, wie Jesper und Lisen versuchen, Noah ins Bett zu bringen, und Papa ist nirgends zu sehen. Ich gehe wieder nach draußen, um Teller und Abfall in den Zelten zusammenzusammeln. Ich zucke zusammen, als ich Marcus entdecke, der in einem Zelt neben dem Tisch steht und einen schwarzen Müllsack zusammenknotet. Es liegt nichts mehr herum, fällt mir auf.

»Da warst du aber schnell«, sage ich. »Vielen Dank für die Hilfe.«

»Keine Ursache.«

Ich will schon wieder ins Haus gehen, zögere aber noch, spüre seinen Blick im Rücken.

»Clara.«

In diesem Ton stellt man nicht gleich eine Frage wie: »Könntest du den Müllbeutel mitnehmen?« So langsam macht mich sein Verhalten ganz schön verlegen. Flirtet er etwa? Ich bin mir nicht sicher, aber ich glaube schon, dass er nicht einfach nur nett ist. Da ist etwas in seinen Augen, das für Paulina reserviert sein sollte. Und als ob das nicht genug wäre, habe ich gerade erfahren, dass er der Vater meiner anstrengendsten Schülerin ist und wahrscheinlich auch ein Alkoholproblem hat.

Weshalb finde ich es dann nicht abstoßend, dass er so mit mir spricht?

»Ja?« Meine Stimme klingt dünn. Langsam drehe ich mich wieder um, und Marcus kommt einen Schritt auf mich zu. Jetzt steht er dicht vor mir.

»Ich möchte dir wirklich erklären, wie die Dinge liegen«, sagt er gedämpft.

Ach was, will er jetzt beichten? Seine Vaterschaft bekannt geben, die laut Lillemor ja einiges zu wünschen übrig lässt, und sein ungesundes Verhältnis zum Alkohol? O Gott – hat er sich etwa bei Paulina eingenistet, weil er weiß, dass ich Kellys Lehrerin bin? Wollte er sich einschleimen (das hat er auch geschafft), um mich dann dazu zu bringen, Kelly eine gute Note zu geben? Als ich ihm antworte, kann ich ihn nicht ansehen.

»Weißt du, ich fände es besser, wenn du mit Paulina redest«, sage ich.

»Paulina ist sich darüber im Klaren.«

Ach so. Will sie jetzt Kellys Stiefmutter werden?

Schweigend sehe ich nach unten auf den Rasen, weiß nicht, was ich sagen, geschweige denn, was ich tun soll. Da kommt Marcus noch einen Schritt näher, sodass ich seine Körperwärme spüre. Er streicht über meinen Arm, sein Geruch lässt mich schwindeln, und in der Stille hämmert mein Herz wie wild. Er streckt die Hand nach meiner Wange aus, ich hebe endlich den Kopf, sehe ihn an, und alle Zweifel und Fragen verschwinden, als seine Lippen so nahe sind.

Da höre ich Mamas gellende Stimme.

»Wie kannst du *sie* auf *meiner* Feier küssen, du Widerling?«

Ich zucke zitternd zurück und höre das ergebene Seufzen meines Über-Ichs.

Jetzt hast du es wirklich kompliziert gemacht, was?

Mein Über-Ich soll einfach den Mund halten, denn jetzt sind andere Dinge wichtiger. Mama steht vor dem Zelt, die Hände in die Hüften gestützt, und starrt wütend auf … jedenfalls nicht auf uns. Sie sieht in eine andere Richtung, und als ich ihrem Blick folge, schnappe ich nach Luft. Papa und Sari sind knallrot, Papas Lippen mit ihrem roten Lippenstift verschmiert, und er weiß nicht, wo er hinsehen soll.

»Und *du*«, knurrt Mama und geht langsam auf die beiden zu. Sie fixiert Sari mit dem Blick und mit erhobenem Zeigefinger. »Du bist ein falsches Biest, das bist du!«

Ich schlage die Hand vor den Mund und kämpfe gegen die

Tränen an. So will ich meine Eltern nicht sehen. Marcus nimmt meinen Ellbogen, und ich lehne mich dankbar gegen ihn. Ein hoher Schrei von der Terrassentür zeigt, dass Paulina auch bemerkt hat, was vor sich geht. Barfuß kommt sie über den Rasen und schubst Sari so fest gegen die Brust, dass diese auf ihrem Hinterteil landet.

»Du … Du kleine …«, ruft Paulina und wedelt aufgebracht mit den Armen.

Mama zieht Paulina sanft, aber bestimmt zur Seite. »Lass sie«, sagt sie. »Sie ist es nicht wert.« Dann wendet sie sich an ihre ehemalige neue Freundin. »Verschwinde«, befiehlt sie ruhig. »Und du auch – sofort!«, fügt sie an Papa gerichtet hinzu.

Die kühle Luft liebkost unsere Wangen, als wir nebeneinander auf einer Decke im Gras liegen, genau wie früher als Kinder. Ich damals natürlich mit einem Buch, Paulina mit drei verschiedenen Nagellackfläschchen, einem Walkman oder einer Teeniezeitschrift. Jetzt haben wir nur einander. Wir liegen auf dem Rücken, haben die Hände auf dem Bauch verschränkt und blicken in den dunklen Himmel hinauf, an dem die Wolken vorbeiziehen. Paulina liegt neben den Fliederbüschen, ihrem liafarbenen, kleinen Schloss, deren Blüten gerade durchbrechen.

»Glaubst du, dass sie das schon vorher getan haben?«, frage ich.

»Was, miteinander rumgemacht?«

»Bitte, sag das nicht.«

»Du hast doch gefragt.«

»Ja, aber ich meine, glaubst du, dass er schon vorher mit Sari fremdgegangen ist?«

Paulina zuckt mit den Schultern. »Ehrlich gesagt, ist mir das egal. Er ist ein Arsch.«

Ich wimmere leise. »Aber er ist doch trotzdem unser *Papa.* Wie viel hatte er getrunken? Was könnte Sari getan haben, um ihn zu verführen? Hatte sie ihn schon die ganze Zeit im Visier?«

»Hör auf, ihn zu entschuldigen«, erwidert Paulina scharf. »Dass Sari ihre Möpse in einen Push-up-BH gezwängt und sich falsche Wimpern angeklebt hat, macht ihn nicht zu einem Opfer.«

»Nein, aber ...« Ich verstumme. Paulina hat ja recht. Ich denke an Mama. Es tut mir im Herzen weh, wenn ich daran denke, wie sie diesen Tag geplant hat. Wie viele Hoffnungen und Träume sie darauf verschwendet hat.

Und doch wirkte sie ungewöhnlich gefasst, nachdem Sari und Papa gegangen waren, Papa mit eingezogenem Schwanz. Paulina drückte ihr ein Glas Wein in die Hand, und wir wollten sie schon ins Bett packen und bei ihr bleiben, doch sie scheuchte uns davon. »Ich bin kein kleines Kind«, sagte sie. »Ich kann schon noch allein ins Bett gehen. Schließt hinter euch ab, wenn ihr geht, Mädchen, seid so lieb. Und danke für eure Hilfe heute.«

Paulina zieht sich einen Fliederzweig an die Nase, atmet den Duft ein, der gerade noch in den Knospen eingeschlossen war. Ich sehe hinüber zum Strauch-Fingerkraut. Dass ich mich damit zufriedengeben muss, während meine Schwester den Flieder bekommen hat, ist natürlich kein Zufall. Ihr Leben ist schon immer einfach gewesen. Doch dann fällt mir ein, was Marcus mir von dem einen Abend erzählt hat, als sie allein und betrunken in der Stadt unterwegs war, und ich beschließe, mal genauer nachzuforschen.

»Du, darf ich dich was fragen?«, sage ich.

»Klar.«

»Als du Marcus kennengelernt hast, mit wem warst du da unterwegs?«

Paulina runzelt die Stirn, als sie sich zu mir dreht. »Hat er was darüber gesagt?«

»Äh …«

»Ach, ich habe es auch nicht anders erwartet«, antwortet sie seufzend. »Warum fragst du? Du weißt doch sicher schon alles.«

»Nicht alles«, sage ich. »Warum warst du am Ende allein? Mit wem warst du ursprünglich aus?«

Paulina schweigt. Eine Weile hören wir nur die Grillen und gelegentlich ein vorbeifahrendes Auto.

»Wir hatten Streit«, erwidert sie schließlich. »Jana und ich. Die anderen haben sich auf ihre Seite geschlagen, deshalb habe ich zu ihnen gesagt, sie sollen gehen.«

Ich überlege, was der Mindestaufwand für eine »unterstützende Schwester« ist, ob es reicht, nur mitfühlende Geräusche von mir zu geben, doch dann schäme ich mich wegen meiner Feigheit.

»Weshalb habt ihr gestritten?«

Paulina sieht mich an. »Versprich, dass du mir nicht gleich wieder eine Moralpredigt hältst, ja?«

»Was? Aber klar doch.« Mache ich das sonst? »Erzähl.«

»Jana hat gesagt, dass ich mein Leben mit sinnvolleren Sachen verbringen soll als mit Drinks und Affären, wenn ich nicht als tragische White-Trash-Tussi enden will.«

Die wunderbare, kluge Jana. Die mochte ich schon immer. »Aha?«, sage ich. »Das war doch aufmerksam von ihr, oder?«

Paulina wirft mir einen verärgerten Blick zu, und ich nehme mich zurück. »Ich meine, formuliert hat sie es nicht besonders einfühlsam«, füge ich hinzu.

»Und was, glaubst du, treiben sie selbst so?«, fragt Paulina. »Von wegen ›wer im Gewächshaus sitzt‹ und so.«

»Glashaus.«

»Nein, sie meinten, dass *ich* die Kontrolle über mein Leben verliere. Dass *ich* ja so viel schlimmer als die anderen wäre. Verdammte Heuchlerinnen.«

»Und jetzt? Habt ihr seither voneinander gehört?«

»Sie hat ein paarmal angerufen.«

»Aber du bist nicht rangegangen?«, vermute ich.

»Nein.« Paulinas Stimme ist kaum ein Flüstern. Ich drehe den Kopf und sehe noch, wie sie sich Tränen unter den Augen wegwischt.

Bevor ich vorschlagen kann, dass sie Jana anrufen soll, die sicher nur das Beste für Paulina will, wird die Terrassentür geöffnet, und Jesper kommt mit einem Bier in der Hand in den Garten.

»Hier versteckt ihr euch also?«

Er setzt sich neben Paulina und zerzaust ihr die Haare. »Wie geht's meiner Prinzessin? Ist dein Barkeeper nett zu dir?«

»Er ist ein größerer Gentleman, als du je sein wirst«, sagt Paulina und boxt ihn gegen den Arm. Doch ihrer Stimme fehlt das übliche Selbstvertrauen, und ich erwarte fast, dass sie wieder zu weinen beginnt.

»Wo ist denn deine Lebensgefährtin?«, fragt Paulina.

»Sie versucht, Noah zum Einschlafen zu bewegen. Sie hat euch beide hier draußen entdeckt und gesagt, ich solle mich doch lieber mit euch unterhalten. So richtig frei sprechen kann man ja nicht, wenn Mama und Papa in der Nähe sind.«

Paulina lacht heiser, und ich kichere. Doch dann bleibt uns das Lachen im Hals stecken, als wir daran denken, wie der Abend für unsere Eltern geendet hat.

»Wisst ihr noch, als wir auf Mallorca waren?«, fragt Jesper. »Als Papa mit uns zu diesem Bergwerk wollte und Mama am Durchdrehen war und gedacht hat, wir würden lebendig begraben?«

Wir lachen laut. Wir tauschen noch mehr Erinnerungen aus, füllen gegenseitig die Lücken und kreischen vor Lachen, als wir eine Verrücktheit nach der anderen Revue passieren lassen. Plötzlich ist es dunkel, doch keiner von uns will aufstehen. Es ist das erste Mal seit vielen Jahren, dass wir drei so viel miteinander geredet und gelacht haben.

Sechsunddreißig

Am nächsten Morgen gehe ich langsam in die Küche, mache mir Sorgen, in welchem Zustand ich Mama wohl vorfinden werde. Nach unserer nächtlichen Runde im Garten hatte ich beschlossen, auf dem Sofa zu schlafen. Ich konnte Mama einfach nicht allein lassen. Und meine nackten Statuen kommen auch mal eine Nacht ohne mich zurecht.

Was sagt man zu einer Frau, die so schändlich betrogen wurde? Wenn der Betrüger der eigene Vater ist und der Grund seines Betrugs die Frau ist, deren Respekt Mama erringen wollte? Mir wird schlecht bei der Vorstellung, wie Mama um Sari herumscharwenzelt ist, von ihrem guten Geschmack und ihrer Eleganz geschwärmt hat, ihrer Weltgewandtheit. Was für Sorgen sie sich gemacht hat, was Sari wohl von diesem und jenem halten könnte. Dein Mann hat ihr zumindest schon mal gefallen.

Mama sitzt am Küchentisch und hat einen aufgeschlagenen Katalog vor sich liegen. Klar. Neben ihr steht ein Teller mit zwei Marmeladenbroten sowie eine Tasse mit dampfendem Tee. Sie sieht auf, als ich hereinkomme.

»Guten Morgen, Liebes, du hättest nicht wegen mir bleiben müssen!«

Ich gehe zu ihr und umarme sie rasch. »Wie geht es dir?«

»Es ist noch heißes Wasser da«, sagt sie und ignoriert meine Frage. Ich hole eine Tasse aus dem Schrank und gieße Wasser hinein. Dann setze ich mich ihr gegenüber an den Tisch und hänge den benutzten Teebeutel in meine Tasse.

Während der Tee zieht, beobachte ich Mama, suche nach Worten. Wird der Schock bald nachlassen? Soll ich mich darauf vorbereiten, dass sie gleich zusammenbricht? Doch Mama ist die Ruhe selbst.

»Hast du das gesehen?«, fragt sie und deutet auf eine Seite – es handelt sich offenbar um einen Reisekatalog. »Diese kleine Stadt hatte ursprünglich zweiundsiebzig Türme. Jetzt sind es nur noch dreizehn. Sieht das nicht wunderhübsch aus?«

»Ich schätze schon.« Ich mustere meine Mutter skeptisch und rufe mir die klassischen Schutzmechanismen in Erinnerung. Verleugnung gehört definitiv dazu. Verdrängung auch.

»San Gimignano«, fährt Mama verträumt fort. »Ich war noch nie in der Toskana.«

Ich hole den Teebeutel aus der Tasse und wickele ihn um einen Löffel, um die Flüssigkeit herauszudrücken. Dann trinke ich einen Schluck. »Die Toskana ist schön.« Ich war vor drei Jahren dort gewesen, hatte gedacht, es würde ein romantischer Urlaub werden. Weinberge, Mittelmeersonne und warmer Wind, vielleicht gekrönt von einem Heiratsantrag. Doch Klas' Überraschung bestand darin, dass er zwei seiner Freunde auf den Trip eingeladen und Tickets für ein Fußballderby gekauft hatte.

Mama sieht aus dem Fenster. Sie scheint ganz weit weg zu sein, und ich habe das Gefühl, dass sie mich gar nicht wahrnimmt.

»Dort fahre ich hin.«

»Wie bitte?«

So habe ich Mamas Stimme noch nie gehört. Eine Gewissheit liegt darin, Ruhe, ein Ziel.

»Dort werde ich hinfahren. San Gimignano. Ich werde die kleinen Straßen entlanglaufen und die Türme sehen. Sie fotografieren und unter ihnen Eis essen.«

Ach herrje! Was passiert hier? Wer ist diese Frau, und was hat sie mit meiner verwirrten, unentschlossenen Mutter angestellt? Sollte ich beim psychiatrischen Notdienst anrufen?

»Mama«, sage ich sanft, »hast du noch mal mit Papa gesprochen?«

Der Stuhl schabt über den Boden, als Mama ihn zurückschiebt und aufsteht. Ihre Pantoffeln knarren, während sie den Tisch abdeckt. »Nein«, antwortet sie knapp.

»Hast du das noch vor?«

»Wenn er sich meldet«, antwortet sie neutral. Dann setzt sie sich wieder und sieht mich an. »Clara. Was geschehen ist, ist eine Sache zwischen deinem Vater und mir. Er ist natürlich immer noch euer Papa, egal, was er mit Sari getrieben hat.« Sie ignoriert meinen bestürzten Gesichtsausdruck und fährt fort: »Es wird sich vieles ändern, aber wir sind beide für euch da.«

Ich lächele schwach und drücke ihre Hand, die sie mir hinstreckt. Ich fühle mich wie acht, weshalb ich aufstehe, mir die Zähne putzen und meine Sachen holen werde. Wir können wann anders weiterreden. Denn ich habe das Gefühl, dass Mama recht hat: Es wird sich einiges ändern.

Zurück im Alltag. Die Inbox ist jeden Morgen voll mit Wünschen, Beschwerden, Lehrmittelreklame und wichtigen und unwichtigen Informationen. Meistens mit unwichtigen. Der Unterricht geht seinen Gang. Måns' Anwesenheit im Klassenzimmer hat ein neues Tief erreicht. Zu Kelly lässt sich noch schwerer als sonst Kontakt aufbauen, da sie den Blick nie von ihrem Handy löst. Doch wer bin ich schon, eine einfache Lehrerin, dass ich mit *Paradise Hotel* konkurrieren könnte? Außerdem ist es auch in Ordnung, wenn wir so wenig Kontakt wie möglich haben. Ihr Anblick erinnert mich an das Gefühl von Marcus' Hand auf meinem Arm. Ein verheerendes Gefühl, weil ich auch wieder Hoffnung geschöpft habe, dass Paulina und ich ein normales schwesterliches Verhältnis zueinander haben können. Wie ich mit ihr Zeit verbringen und gleichzeitig nett und kameradschaftlich zu ihm sein soll, als ob es nicht zwischen uns knistern würde, daran wage ich überhaupt nicht zu denken.

Beim Mittagessen lande ich neben Lillemor und ergreife die Gelegenheit. »Wie läuft es mit Kelly und ihren Eltern? Du dachtest doch, dass die beiden wieder zusammen sind?«, frage ich.

Lillemor lässt sich Zeit mit ihrer Antwort, um mir zu zeigen, dass sie immer noch glaubt, ich hätte ihren Flohmarkterfolg vereitelt. Sie tut lange so, als wäre sie zu beschäftigt, Gyros aus einer Styroporschachtel zu essen, um mit mir zu reden.

Dann wird das Bedürfnis nach Tratsch allerdings doch zu groß, denn sie verzieht den Mund und wischt sich Knoblauchsoße vom Kinn, während sie antwortet: »Ja, die beiden haben wohl eine Weile unter einem Dach gewohnt. Auch wenn ich glaube, dass es Kelly und ihrer Mutter ohne ihn besser geht.«

Ich lasse meine Gabel voller Nudelsalat sinken. »Hm, aha. Und jetzt?«

»Er hat eine neue Adresse. Soweit ich weiß, hat die Mutter ihn rausgeworfen, um ein neues, gesünderes Leben zu führen.«

»Weil er Alkoholiker ist?«

Lillemor spießt Fleisch und Pommes frites mit der Gabel auf

und spricht leise weiter. »Weil er ein geiler Bock ist, der nicht aufhören will fremdzugehen. Ich kenne nicht alle Einzelheiten, aber es gibt gewisse Gerüchte.«

Ein kalter Kloß setzt sich irgendwie zwischen meinem Bauch und meiner Kehle fest. Ich will nicht mehr wissen, doch ich höre mich selbst fragen: »Wo wohnt er jetzt?«

»Das weiß ich nicht mehr genau. Spånga vielleicht? Solna, Sundbyberg? Irgendwie so was.«

Die Übelkeit betäubt mich. Ist Paulina an einen noch schlimmeren Betrüger geraten als ich selbst? Sie glaubt, sie hätte etwas völlig Neues gefunden, etwas, auf dem man aufbauen kann, und dann ist er in Wahrheit ein geiler Bock, der sich nur durch die Gegend vögeln will?

»Ich wette, sie ist Löwe und er Stier«, plappert Lillemor weiter, »und dann müssten sie ja selbst verstanden haben, dass das nicht funktionieren kann. Am Anfang ist man ganz verrückt nacheinander. Und wer wäre nicht beim ersten Blick scharf auf diesen Mann … doch auf lange Sicht? Keine Chance.«

Ich höre nicht mehr zu. Mir ist eiskalt.

Du bist auch darauf reingefallen, flüstert eine Stimme in meinem Kopf. *Du hast zugelassen, dass er mit dir flirtet, du bist zu seiner Arbeitsstelle gegangen, wolltest Trost und Bestätigung durch ihn, du hast es genossen, ihn auf Paulinas Geburtstagsfeier für dich zu haben.*

Wie dumm kann man eigentlich sein? Ich bin eine schreckliche große Schwester. Neben mir wirkt sogar Jonathan wie ein aufrichtiger Freund. Außerdem bin ich naiv, peinlich und jämmerlich.

»Himmel!«, ruft Lillemor und holt ein soßengetränktes Stück Eisbergsalat von ihrem Schoß. »Wie soll man das eigentlich auf anständige Weise essen?«

Ich weiß nicht, was ich antworte, oder wie ich meine Beine zwinge, mir zu gehorchen, doch irgendwie kann ich flüchten. An Violas Büro angekommen, stecke ich den Kopf durch die Tür.

»Meinst du, jemand kann meine Stunde um eins übernehmen?«

»Oh, Clara!« Viola eilt zu mir und legt mir eine Hand auf die Stirn. »Du siehst ja aus, als würdest du gleich umkippen! Und du schwitzt auch. Fahr sofort nach Hause! Soll ich dir ein Taxi rufen?«

»Nein, das ist nicht nötig. Ich glaube, ich brauche frische Luft.«

»Ja, sieht ganz so aus.« Viola seufzt und schüttelt den Kopf. »Wir haben einen Fehler gemacht. Du solltest überhaupt nicht arbeiten. Soll ich dich ein Stück begleiten?«

Ich danke ihr für die Fürsorge, schüttele dann aber den Kopf. »Ich komme schon klar.«

Am nächsten Morgen scheint die Sonne. Trotz Violas entschiedener Ermahnungen, dass ich mich ausruhen muss, bin ich auf dem Weg zur Arbeit. Auch wenn Viola davon ausgeht, hat mich kein Burn-out erwischt. Mir wurde nur zum zweiten Mal innerhalb eines Monats das Herz gebrochen. Nein, korrigiere ich mich, mir wurde *ein*mal das Herz gebrochen, von Jonathan, und wenn wir ehrlich sein sollen, dann war mein Herz auch eher etwas geplättet und nicht gebrochen. Ich kann nicht einmal behaupten, dass ich deswegen noch traurig bin, nur wütend. Und jetzt habe ich ja auch eher Sachen erfahren, die Paulina das Herz brechen werden, doch natürlich macht mich das auch traurig.

Das Handy vibriert in der Tasche. Ich hole es heraus und sehe, dass Jelena anruft. Wie schon beim ersten Mal erwischt sie mich genau vor der Eingangstür zur Schule. Ich nehme den Anruf an.

»Hallo, Clara!« Jelena klingt munter und fröhlich, als ob sie gerade einen grünen Smoothie zum Frühstück getrunken und das Fahrrad abgestellt hätte, mit dem sie vermutlich jeden Morgen zur Arbeit fährt. »Sie müssen sicher gleich zum Unterricht, deshalb mache ich es kurz. Wir würden Sie gern zu einem weiteren Gespräch treffen.«

»Oh!«

»Dieses Mal wird außer mir auch Uno Halvardsson dabei sein, vom Kultur- und Freizeitausschuss.«

»Okay«, sage ich und versuche, so ruhig wie möglich zu klingen, auch wenn das Blut in meinen Schläfen pulsiert. »Wann hatten Sie sich vorgestellt?«

»Können Sie am neunzehnten Juni vorbeikommen?«

Meine Gedanken rasen. Einerseits juble ich, andererseits frage ich mich seufzend, was das Ganze überhaupt soll. Der Lehrerjob, die Bewerbung auf die neue Stelle, einfach alles. Die Jugendlichen wollen ja offenbar nicht lesen, wieso soll ich ihnen dann Bücher aufschwatzen, von denen sie nichts wissen wollen? Wer sagt, dass Bücher sie glücklicher machen, nur weil es bei mir so war, als ich in ihrem Alter war?

»Äh, ja, das sollte klappen«, bringe ich heraus. »Um wie viel Uhr?«

»Hervorragend. Passt Ihnen drei Uhr?«

»Ja, das ist in Ordnung. Am selben Ort?«

»Am selben Ort.«

Als ich nach einem Abstecher zur Kaffeemaschine ins Büro komme, sitzen Solveig und Lillemor einander gegenüber und unterhalten sich auf diese halb flüsternde, halb sensationslüsterne Art von Menschen, die sich über die Verfehlungen von anderen das Maul zerreißen. So wie Menschen es wohl schon seit Urzeiten tun. Hast du gehört, dass Maja aus Svartbäcken einen Braten in der Röhre hat? Hast du gehört, dass der Moorleichen-Mann seine Runen in den Stein des Nachbarn geritzt hat? Hast du gehört, dass diese Eva von dem verbotenen Apfel gegessen hat? Als sie mich bemerken, schrecken sie ertappt auseinander.

»Guten Morgen«, sage ich. »Ist was passiert?«

Solveig und Lillemor tauschen einen Blick. Dann wendet sich Solveig zu mir. »Kann es sein, dass die Prinzessin auf der Suche nach einer neuen Stelle ist?«

»Wie bitte?«

Solveig starrt mich aus zusammengekniffenen Augen an und versucht dabei wahrscheinlich, bedrohlich zu wirken, sieht dabei aber nur kurzsichtig aus. »Lillemor hat dich gehört. Ein Gespräch? Für das du auf jeden Fall Zeit hast?«

Lillemor windet sich, es ist ihr unangenehm, als Zeugin genannt zu werden. Ich gehe zu meinem Schreibtisch und hänge meine Tasche über die Stuhllehne. »Ja«, antworte ich und schalte den Rechner ein. »Ich sehe mich nach einem anderen Job um.«

»Hast du etwas Bestimmtes im Auge, so aufgekratzt, wie du bist? Willst wohl ein bisschen vorankommen, was?«

»Nein«, sage ich seufzend, »das versuche ich nicht. Ich versuche nur, das Richtige zu finden.«

»Ach ja. Wer versucht das nicht? Glaubst du nicht, dass ein Flohmarkt, mit dem wir unser chaotisches Bücherlager endlich hätten aufräumen können, das Richtige für mich gewesen wäre?«

»Äh. Ich dachte nicht, dass …«

»Nein, du hast nicht nachgedacht.« Solveig kneift wieder die

Augen zusammen. »Und du hast eine Betriebskultur hereingebracht, in der man anderen Steine in den Weg legen darf.«

»Also, das ist jetzt …«

»Glaubst du, dass Torbjörn eine Lehrerin empfehlen wird, die heimlich ihre männlichen Schüler zu Hause besucht?«

Ich runzele die Stirn. »Was meinst du?«

»Ich habe dich gesehen. Du hast nicht damit gerechnet, dass meine Mutter gegenüber von Måns Aspegren wohnt, was? Und dass ich von ihrem Küchenfenster aus deinen höchst unpassenden Besuch beobachten würde?«

Ich lache auf. »Ich weiß nicht, wovon du sprichst. Ich war einmal zufällig in Måns' Gegend und habe ihm ein Buch vorbeigebracht, weil er ja nicht mehr in den Unterricht kommt.«

Solveig schüttelt langsam den Kopf. »Wir werden sehen, was Torbjörn von der Sache hält. Er lässt sich ja gern beeinflussen, wenn man etwas in einem gewissen Licht darstellt. Aber das weißt du natürlich schon.«

Jetzt bleibt mir das Lachen im Hals stecken. Meint diese Frau es ernst, dass sie mich anschwärzen will? Ich drehe mich um, will aus dem Raum gehen, als Solveig noch mal nachlegt.

»Übrigens finde nicht nur ich es sehr merkwürdig, dass du nach zwei Wochen Burn-out schon wieder Vollzeit arbeitest.«

Vor Angst und Unbehagen schließe ich die Augen. Jetzt hat es mich doch eingeholt. Ich zwinge meine Füße, sich zu bewegen, und verlasse den Raum, höre aber noch das Finale von Solveigs Clara-Vernichtung:

»Ich sehe schon die Schlagzeilen vor mir: ›Völlig gesunde Gymnasiallehrerin ließ sich krankschreiben und fing an, ihre Schüler sexuell zu belästigen.‹«

Siebenunddreißig

Paulina schwebt in einer Wolke aus Eleganz, Selbstbewusstsein und Michael-Kors-Parfüm auf die Terrasse von *Medis Kök & Bar*. Sie fährt sich mit den Händen durch das lange Haar, das immer frisch gesträhnt aussieht, schiebt die Sonnenbrille nach oben und lässt sich geschmeidig auf der anderen Seite des wackligen kleinen Tisches nieder. Ich lasse meine Sonnenbrille auf, um meine rot geweinten Augen zu verbergen. Es ist lange her, dass ich so froh war, meine Schwester zu sehen.

»Verdammt.« Sie seufzt theatralisch, während sie Lipgloss aus ihrer kleinen Tasche holt und eine neue Schicht aufträgt. »Wenn du dachtest, dass Mama vor ihrer Feier hysterisch war, dann solltest du sie jetzt sehen. Sie ist völlig durchgedreht. Redet die ganze Zeit von dieser italienischen Stadt und weigert sich zu erzählen, was zwischen ihr und Papa vorgefallen ist.«

Um ehrlich zu sein, wird mein sowieso schon schwer belastetes Gewissen noch schlechter, weil ich Mama die ganze Woche über nicht gesehen habe. Ich habe fast jeden Tag bei ihr angerufen, und sie klang so verblüffend fröhlich und unbekümmert, dass ich mir vorgenommen habe, bald hinzufahren und mit eigenen Augen zu sehen, wie es ihr geht.

Die Bedienung kommt, und wir bestellen jede ein Bier. Dann wende ich mich wieder an Paulina. »Sie meint es also ernst mit der Reise nach Italien?«

Paulina hebt die Augenbrauen. »Fand Hugh Hefner nackte Frauen toll?« Sie fährt sich wieder mit den Händen durch das sowieso schon perfekte Haar und mustert mich. »Und warum siehst du aus, als wärst du auf dem Weg zu deiner eigenen Hinrichtung? Sag nicht, dass du Jonathan wieder an dich rangelassen hast.«

Ich versuche, desinteressiert zu schnauben und gleichzeitig einen Schluck Bier zu trinken, und das geht schief. Als ich fertig gehustet habe, sage ich: »Nein, ganz bestimmt nicht. Doch ich sollte vielleicht ein paar Lehren daraus ziehen. Klas und Jonathan haben alles getan, um mir klarzumachen, dass ich als ernst zu nehmende Partnerin völlig undenkbar bin. Man hätte ja glauben können, dass ich den Wink bei Klas' Abgang schon verstanden habe, aber nein. Ich brauchte noch ein bisschen mehr Erniedrigung, bis der Groschen dann endlich gefallen ist.«

Paulina schüttelt den Kopf, sodass die langen Ohrringe klimpern. »Hörst du jetzt bitte auf, dich runterzumachen? Wer ist denn *nicht* schon verlassen worden?«

»Du?«, vermute ich, worauf Paulina in schallendes Gelächter ausbricht.

»Machst du Witze? Wenn ich mich jedes Mal fertigmachen würde, wenn mich ein wertloser Trottel abschießt, dann würde ich nur noch zu Hause liegen und heulen.«

Sie sagt das, als würde es ihr nicht das Geringste ausmachen. »Man muss einfach nur kapieren, dass die meisten Männer Idioten sind«, fügt sie aufmunternd hinzu.

Wir schweigen, während ich über ihre Worte nachdenke. Vielleicht ist da ja was dran? Möglicherweise etwas undifferenziert ausgedrückt, aber vielleicht habe ja nicht nur ich, die Naive, Fehler und Defizite in diesem Chaos?

»Nun ja. Ich habe ja dann wahrscheinlich mehr als genug Zeit für Dates, wenn ich arbeitslos bin«, bemerke ich.

»Genau«, sagt Paulina fröhlich und scheint mein Selbstmitleid überhaupt nicht wahrgenommen zu haben. »Wird höchste Zeit, dass du dir Tinder anschaffst.«

»Hm, mal schauen. Ich sollte mir erst einmal die App des Arbeitsamtes herunterladen. Und die der Sozialversicherung.«

»Jetzt beruhig dich mal ein bisschen, ja? Du bist Lehrerin, um Himmels willen, es wimmelt doch nur so von anderen Stellen, wenn du nicht länger an deiner Schule bleiben willst.«

»Ich denke schon«, stimme ich zu. »Aber ich glaube nicht, dass ich weiter als Lehrerin arbeiten möchte.« Ich verschweige, dass ich außerdem bezweifle, dass mich irgendeine Schulleitung einstellen wird, nachdem Solveig mit ihrem Rachefeldzug fertig ist.

»Dann such dir was anderes. Aber hör auf, zu jammern und dich selbst zu bemitleiden.«

Ich lache trocken über die unversöhnliche Seite meiner Schwester und wünschte, es wäre so einfach.

»Ich habe mich tatsächlich schon auf eine neue Stelle beworben«, gebe ich zu. »Ich war auch schon beim ersten Vorstellungsgespräch.«

»Was ist das für eine Stelle?« Paulina sieht ehrlich überrascht aus. Vielleicht hat sie damit gerechnet, dass ich meinen Kummer wie Mama früher angehen würde – mit Unentschlossenheit.

Ich erzähle kurz, und Paulina nickt zustimmend. Aber ich will die Erwartungen nicht aufbauschen – nicht Paulinas und definitiv nicht meine eigenen. Nicht bevor ich weiß, zu was Solveigs Rachedurst führt. Ich will mir gar nicht vorstellen, was sie mittlerweile alles zu Torbjörn gesagt haben könnte. Außerdem –

doch es tut weh, es mir überhaupt einzugestehen – bin ich mir nicht sicher, ob ich den Job noch haben möchte. Es besteht das Risiko, dass er ein noch größeres Scheitern als mein Lehrerinnendasein mit sich bringen und nur bestätigen wird, dass die meisten einfach keine Lust auf Bücher haben.

Ich wechsele rasch das Thema. »Wie läuft es bei dir in der Arbeit?«, frage ich.

Paulina lächelt geheimnisvoll und antwortet erst nach einer Kunstpause. »Felicia war da«, sagt sie schließlich.

Es verschlägt mir die Sprache, und Paulina ist zufrieden. Ihre Augen blitzen unter den langen Wimpern auf. »Sie wollte ein Brasilian Waxing.«

Ich verziehe das Gesicht. »Danke, aber das will ich gar nicht wissen.«

»Ich habe sie nach ihrem Freund gefragt«, fährt Paulina lächelnd fort. »Du weißt ja, man fängt mit Small Talk an, und wenn die Kundin sich entspannt, schüttet sie jemandem wie mir gern ihr Herz aus. Und sie hat erzählt, wie verliebt und glücklich sie und Jonathan sind.«

Ich stöhne. »Nimm doch gleich eine Gabel und stich sie mir in den Kopf.«

Paulina bringt mich mit einem Zeigefingerwedeln zum Schweigen. »Nein, jetzt kommt es: Ich habe ihr ganz zufällig anvertraut, was ich über Jonathans sogenanntes Singleleben gehört habe, während sie noch in London war.«

Ich schlage die Hand vor den Mund. »Nein! Du hast doch nichts von mir gesagt?«

Einen Moment wirkt Paulina gekränkt. »Hältst du mich für dumm? Nein, ich habe ausschweifend davon erzählt, dass Jonathan gerüchteweise das Maximum aus seiner Zeit als Single herausgeholt hat, sozusagen.« Meine Schwester sieht sehr zufrieden aus, und ich kichere schadenfroh.

»Du bist ja verrückt. Wie hat sie reagiert?«

»Sie hat so getan, als sei es ihr egal, aber ich bin mir ziemlich sicher, dass sie nicht nur vom Waxing gewimmert hat.«

Ich schüttele den Kopf, gerührt und gleichzeitig betroffen. »Arme Felicia.«

»Die seine Verlobte ist, ja. Ich habe ihr einen Gefallen getan, indem ich ihr sein wahres Ich gezeigt habe, bevor er ihr den Ring auf den Finger schiebt. Apropos Hochzeit«, sagt Paulina zögernd und lässt den Blick über die Menschen schweifen, die immer mehr Tische um uns herum besetzen und den Medborgarplatsen bevölkern. »Wusstest du, dass Mamas Eltern darauf bestanden haben, dass sie Papa heiratet?«

Ich hole tief Luft, weiß nicht, ob ich mich diesem Schnellfeuer aus Wahrheiten noch länger aussetzen will. »Was meinst du, sie haben darauf bestanden?«

Paulina zuckt mit den Schultern und leert ihr Glas. »Ich weiß nicht, was sie gesagt haben, aber Mama hatte einen seltsamen Blick gestern Abend und sagte zu mir, dass niemand zu bestimmen hat, mit wem ich zusammen bin. ›Du musst deinem Herzen folgen, hörst du, Paulina?‹«, macht meine Schwester Mamas besorgte Stimme nach. »Und dann kann man ja eins und eins zusammenzählen. Außerdem ist es eine plausible Erklärung, warum sie sich als doch recht hübsche Frau ausgerechnet Papa ausgesucht hat.«

Ich kneife die Augen zusammen. »Sari hat es ja offensichtlich auch getan«, kann ich mir nicht verkneifen.

Paulina schnaubt. »Die Alte schmeißt sich sicher an alles ran, was sich bewegt. Hast du gehört, dass sie im Sommer Urlaub in den Bergen machen wollen?«

Ich johle auf. »Nicht dein Ernst?«

Paulina nickt zufrieden, scheint sich wohl in der Rolle der Überbringerin von sensationellem Tratsch zu fühlen. »Papa ist natürlich Feuer und Flamme, glaubt, dass er sich da oben in der Wildnis selbst finden wird. Kannst du dir Sari vorstellen, wie sie in ihren billigen Pfennigabsätzen durch die Berge wackelt?«

Ich bezweifle, dass Sari Absatzschuhe für diesen Urlaub mitnehmen wird, aber ich verstehe, worauf Paulina hinauswill, und muss bei der Vorstellung lächeln. Zwei Männer nähern sich und fragen, ob der Tisch neben uns frei ist, worauf Paulina nickt und mit den Wimpern klimpert, als wären sie kaputte Jalousien. Die Männer setzen sich und drehen sich uns halb zu, machen sich bereit für eine Flirtoffensive. Demonstrativ drehe ich mich von ihnen weg.

»Du scheinst ja bestens über das Liebesleben von allen Bescheid zu wissen«, bemerke ich. »Wie ist es mit deinem eigenen?« Ich mache die vorbeigehende Bedienung auf mich aufmerksam und zeige mit dem Finger auf mein leeres Glas, zufrieden, dass mir so ein beiläufiger, unbekümmerter Tonfall gelungen ist.

»Unverändert«, erwidert Paulina und lächelt breit. »Ein schönes Gefühl, das zu sagen. Aber erzähl es Jana nicht weiter.«

»Äh, ne, natürlich nicht. Wie schön.«

Sollte ich Kelly erwähnen? Stimmt es wirklich, was Marcus gesagt hat, dass Paulina weiß, wie die Dinge stehen? Und dann diese ganze Sache, dass er ein unverbesserlicher geiler Bock sein soll, das sollte ich ihr wohl auf jeden Fall erzählen. Soweit Lillemor das nicht falsch verstanden hat. Ich versuche besser erst herauszufinden, ob die Gerüchte stimmen, bevor ich auf Paulinas Glück losgehe.

»Also, wie sollte deiner Meinung nach mein Plan B an der Arbeitsfront aussehen?«, frage ich locker. »Wenn ich die Stelle, auf die ich mich beworben habe, nicht bekomme.«

Paulina neigt den Kopf. »Hm … Du könntest im Salon arbeiten.«

Ich lache laut.

»Nein, ernsthaft. Du könntest irgendwas mit Büchern einführen. Eine Leseecke einrichten, gute Bücher für Frauen verkaufen, so was wie *Fifty Shades* und so.«

Die *Fifty-Shades-of-Grey*-Reihe sind die einzigen Bücher, die Paulina jemals freiwillig gelesen hat. Ich lächele bei ihrem aufmunternden Versuch, ein Geschäftsmodell für mich zu finden. »So in etwa: *Neuer Muschi-Style, neues Buch?«*

»Warum nicht?«, fragt Paulina. »Und Sie hören jetzt endlich auf, meine Schwester anzusabbern«, weist sie den immer betrunkeneren Mann neben mir zurecht und durchbohrt ihn mit Blicken.

Achtunddreißig

Von: Marcus Edskog
An: Clara Rennel
Betreff: Treffen …?
Hallo, Clara!
Hast du mal Zeit für ein Treffen? Ich würde wirklich gern ein paar Sachen mit dir klären.
Liebe Grüße, Marcus

Atmen.

Lass dich nicht einwickeln.

Er ist ein geiler Bock, der sich weiter durch die Gegend vögeln will.

Es gibt gewisse Gerüchte.

Atmen.

Ich schalte den Rechner aus, ohne zu antworten.

Ich finde Kelly auf einem der rostroten Sofas in der Cafeteria. Sie liegt quer darauf und hält das Handy so dicht vors Gesicht, als wolle sie es als Fernglas benutzen. Im Kopf gehe ich verschiedene Alternativen zur Gesprächseröffnung durch und beschließe, ohne Umschweife zur Sache zu kommen. Dreimal muss ich ihren Namen sagen, bevor sie aufblickt.

»Was ist denn?«

»Ich habe nur eine kurze Frage. Ich habe gesehen, dass

unsere Kontaktinformationen für deine Angehörigen nicht vollständig sind, und … äh …« Mein Herzschlag beschleunigt sich jetzt schon. Ich würde nicht einmal mit einer Notlüge einen Lügendetektortest bestehen. Komm schon, ermahne ich mich. Der Zweck heiligt in diesem Fall die Mittel – ich muss es einfach wissen. »Dein Vater war nicht so oft bei uns, nicht wahr?«

Kelly runzelt die Stirn. »Nein, wieso? Ist er hier?«

»Nein, nein, überhaupt nicht!« Mir wird klar, dass ich keinen guten Plan habe. Nun ja. Ich muss sie wohl einfach zum Reden bringen und sehen, was sie erzählt. »Ich muss nur abgleichen, ob unsere Kontaktinformationen für ihn stimmen.«

»Okay, aber meine Mutter hat das alleinige Sorgerecht.«

»Ja, schon, aber …«

»Und ist nicht Frau Persson meine Betreuungslehrerin?«

»Klar, aber wir helfen einander in allen Bereichen aus«, lüge ich. Meine Handflächen sind schweißnass. »Es ist trotzdem wichtig, dass wir wissen, wie wir deinen Vater erreichen können. Er ist kürzlich umgezogen, nicht wahr?«

»Ja.«

Sie zum Reden zu bringen ist schwerer, als ich mir vorgestellt hatte. »Wohnt er mit jemandem zusammen?«

Jetzt wirft mir Kelly einen misstrauischen Blick zu, und ich gebe mir Mühe, vertrauenswürdig auszusehen.

»Nein, er wohnt allein.«

»Okay, na dann. Danke, Kelly, das war alles.«

Ich will schon gehen, und Kelly tippt auch wieder auf ihrem Handy herum, doch dann murmelt sie: »Außer es zählt, dass er jedes Wochenende mit jemand Neuem zusammenwohnt.«

Ich räuspere mich verlegen. »Äh, nein, das glaube ich nicht … Oder wie meinst du das?«

»Die Tussis, die er in den Bars abschleppt. Wollen Sie die Telefonnummern auch?«

Meine Wangen beginnen zu glühen, und ich glaube allmählich, dass Kelly mich absichtlich in Verlegenheit bringen will. Doch ich habe erfahren, was ich wissen wollte, und sogar noch mehr als das. Ich winke Kelly kurz zu und eile zum Ausgang. »Danke, das war alles.«

Ich fahre entschlossen den Rechner hoch und lese Marcus' Mail noch einmal. Dann hacke ich meine Antwort in die Tasten:

Von: Clara Rennel
An: Marcus Edskog
Betreff: Re: Treffen …?

Hallo, Marcus!
Wenn du glaubst, dass ich so dumm bin, dann hast du dich getäuscht. Du hast vielleicht meine Schwester rumgekriegt, aber sie wird bald erfahren, was für ein Mann du bist. Ich wünschte, ich könnte es allen Frauen der Welt auf einmal erzählen.
Clara

Neununddreißig

Zu Hause im Poppelvägen ist nichts mehr, wie es war, am wenigsten Mama, die mir mit festem Schritt und selbstbewusst funkelnden Augen entgegenkommt. »Hallo, Schatz«, sagt sie, und ich stelle meine Tasche im Flur ab, in dem lauter Kram steht, der sich in dreißig Jahren angesammelt hat. »Wie geht es dir? Paulina hat gesagt, dass du keine Lust mehr auf deine Arbeit hast?«

Hatte ich wirklich etwas anderes erwartet? Paulina erzählt man nichts im Vertrauen. Wenn man sich aber nicht die Mühe machen will, dem Rest der Menschheit etwas mitzuteilen, dann ist meine Schwester eine ausgezeichnete Gesprächspartnerin.

»Ja.« Ich mache mir nicht die Mühe, sie zu korrigieren. »Gelinde gesagt. Aber wie geht es dir?« Ich umarme meine Mutter fest und lange, atme den warmen, sicheren, vertrauten Duft ein und streiche mit den Fingern über ihre fusselige Strickjacke. Gleichzeitig strahlt sie etwas ganz Neues aus. Ich lehne mich zurück und betrachte sie, die Hände auf ihren Schultern. »Du hältst dich also trotz allem aufrecht?«

Mama wedelt abwehrend mit den Händen. »Wie du redest. Natürlich halte ich mich aufrecht. Ich sterbe ja schließlich nicht.«

»Nein, aber … Bist du nicht traurig?«

Mama macht sich los und geht in die Küche. Auch dort herrscht ein einziges Durcheinander. Halb ausgepackte Kartons stehen überall herum. Kleider, Bücher, Küchengeräte und allerlei alte Einrichtungsgegenstände belegen jede freie Fläche.

»Ich habe angefangen, ein wenig auszumisten«, sagt Mama. »Möchtest du einen Kaffee?«

Ja, ich will einen Kaffee. Und ich will meine Mutter zurück – oder zumindest eine gute Erklärung. Mama klappert mit den Tassen und fördert ein paar alte Kekse aus der Speisekammer zutage, bevor sie sich zu mir an den Tisch setzt.

»Ist es gerade sehr stressig mit der Notenvergabe?«

Ich nehme mir einen Keks und beiße ab. »Ja, aber wir sollten jetzt nicht über mich sprechen. Ich bin hier, weil ich wissen will, wie es dir geht! Wie geht es jetzt weiter? Wie lange wird Papa im Hotel wohnen? Meinst du es ernst mit der Italienreise? Wie lange wirst du dort sein? Kannst du überhaupt irgendein Wort Italienisch?«

Ich wollte sie eigentlich nicht mit allen Fragen gleichzeitig bombardieren, doch sie lagen mir alle auf der Zunge und drängten hinaus, sobald ich den Mund geöffnet hatte.

»Ein bisschen Italienisch kann ich. Und ich habe mir eine sehr gute App heruntergeladen. Ansonsten kommuniziert man da unten ja auch viel mit Gesten.«

Ach herrje!

»Und wie lange wirst du wegbleiben?«

»Clara, Liebes, jetzt beruhig dich doch«, sagt Mama entschieden. »Ich hatte schon eine überbehütende und kontrollierende Mutter. Ich erzähle dir gern von meinen Plänen, wenn du nicht mehr wie eine KGB-Agentin beim Verhör klingst.«

»Entschuldige.«

Wir schweigen. Ich lasse den Blick über das Chaos in der

Küche schweifen, all die Sachen, die so lange verräumt gewesen waren und jetzt ans Licht gezerrt wurden.

»Ich habe erst mal für drei Monate eine kleine Wohnung gemietet«, sagt Mama freundlicher.

Ich muss mich zusammenreißen, dass meine Stimme nicht ein paar Oktaven nach oben rutscht.

»Oh«, antworte ich und füge mühsam hinzu: »Wie schön.«

Mama seufzt glücklich, trinkt von ihrem Kaffee und macht eine Geste zu den Kartons und Gegenständen. »Schau mal, ob du davon etwas haben möchtest. Das meiste werde ich zu Myrorna und anderen Wohltätigkeitsläden bringen. Papa wird hier wohnen, während ich weg bin, und in der Zeit nach etwas Neuem suchen. Wenn ich zurück bin, verkaufen wir das Haus.«

Sie stellt die leere Kaffeetasse ab und beginnt, in dem Chaos auf dem Boden zu wühlen.

Ich blinzele, versuche zu begreifen, dass das hier derselbe Mensch ist, der vor ein paar Wochen noch keine Terrassenmöbel kaufen konnte.

»Sono svedese«, sagt Mama plötzlich, *»e tu?«*

Hilfe. Meine Mutter wird sich ganz allein in die Welt hinauswagen. Sie wird bei lebendigem Leib verschlungen werden.

»Wie läuft es eigentlich mit Jonathan?«, fragt Mama aus den Tiefen einer Umzugskiste heraus, aus der sie gerade Kerzenleuchter und Serviettenringe aus einer vergangenen Zeit ausgräbt.

»Mit Jonathan wird es nichts«, antworte ich.

Mama richtet sich so schnell auf, dass sie schwankt und sich an einem Stuhl festhalten muss. »Aber Schatz, warum denn nicht?« Sie kommt zu mir und tätschelt meinen Arm. »Weißt du, was ich allmählich verstehe, Clara? Dass man etwas wagen muss. Keiner dankt dir, dass du dich ständig zurücknimmst oder die ganze Zeit innerhalb der bekannten, vertrauten Grenzen bleibst. Nur du selbst kannst dich hinauswagen und auf etwas stürzen.«

Nun gibt es für mich ja nichts, auf das ich mich stürzen könnte, nachdem Jonathan nicht mit ausgebreiteten Armen auf mich wartet. Doch das werde ich Mama sicher nicht erzählen.

»Danke, aber ich glaube, es ist wirklich am besten, wenn nichts daraus wird«, sage ich.

Eine halbe Stunde später verabschiede ich mich von meiner Mutter, die immer noch alten Krempel aussortiert, untermalt von italienischen Phrasen, und verlasse das Haus. Gleichzeitig parkt Paulina in der Einfahrt. Sie schlägt die Autotür zu und kommt zu mir.

»Wie ist sie heute drauf?«, fragt sie. »Hat sie versucht, dich mit Tiramisu zu füttern?«

Ich schüttele den Kopf. »Das muss sie vergessen haben.«

»Sei froh, es hat wie ein alter Spülschwamm geschmeckt. Ich habe versucht, ihr zu erklären, dass man sicher auch ins Land gelassen wird, ohne italienische Desserts zubereiten zu können, doch sie hat natürlich nicht auf mich gehört. Mir liegt der eklige Nachgeschmack immer noch auf der Zunge.« Sie schüttelt sich.

Ich sehe sie an und zögere nur einen kurzen Moment. »Hast du ein paar Minuten Zeit? Ich muss mit dir über etwas reden«, sage ich.

Paulina zuckt mit den Schultern. »Klar. Sollen wir reingehen?«

»Nein, bleiben wir lieber draußen. Wir können uns ja in den Garten setzen.«

Ich mache eine Geste Richtung der Fliederbüsche hinter dem Haus, und Paulina folgt mir mit fragender Miene.

»Es geht um Marcus«, sage ich, nachdem wir uns auf die Decke gesetzt haben, auf der wir nach Mamas Feier lagen.

Paulina nickt, als würde sie schon verstehen. »Jetzt kommt's«, meint sie mit einem leichten Lächeln. »Ich dachte schon, du würdest nie was sagen. Dachte, du wärst zu feige.«

»Zu feige? Was meinst du?«

Paulina wirft mir nur einen vielsagenden Blick zu, der mir leider überhaupt nichts sagt.

»Lass hören.« Sie lehnt sich zurück.

Ich hole tief Luft. »Es wird dir nicht gefallen, aber ich muss es dir sagen. Marcus ist ein Frauenheld, ein Aufreißer.«

Es klingt so schäbig, als ich es ausspreche. Paulina ist ja selbst so jemand, warum sollten das also schlechte Neuigkeiten sein? Folgerichtig wirkt sie kaum erschüttert. Sie hebt eine Augenbraue und scheint höchstens ein wenig überrascht.

»Ach ja? Und woher weißt du das?«

»Von einer Bekannten, die ihm nahesteht.«

»Was?« Paulina lacht und setzt sich auf. »Wer?«

Ich schüttele den Kopf. »Das spielt keine Rolle, der Punkt ist, dass ich erfahren habe, dass Marcus völlig verantwortungslos mit seinem direkten Umfeld umgeht. Und dass er eine Frau nach der anderen hat.«

Paulina kichert, dann sieht sie mich lange an, bevor sie schließlich leichthin sagt: »Ach herrje!«

»Glaubst du mir nicht?«

»Doch, ich glaube dir, absolut. Am besten halten wir uns also von ihm fern?« Sie klingt gleichzeitig spöttisch und scharf, und ich weiß nicht, was ich noch tun soll, um es ihr verständlich zu machen.

Seufzend legt sich Paulina auf den Rücken und schließt die Augen. »Wie gemütlich es hier ist. Ich glaube, ich sammele noch ein wenig Kraft, bevor ich mich in das Umzugskistenchaos da drinnen wage.«

Das Thema scheint beendet, und ich habe getan, was ich konnte. Wenn Paulina eine so wichtige Enthüllung lächerlich machen will, dann ist das ihre Sache.

Die Luft in meiner Wohnung ist abgestanden. Ich habe das Gefühl, in einer Sackgasse gelandet zu sein. Als ob jemand auf »Play« gedrückt und sich alles außer mir in Bewegung gesetzt hätte. Mama wird in San Gimignano leben, Papa sich mit Sari in den Bergen selbst verwirklichen, Paulinas Leben lief schon immer ohne Probleme, und nicht einmal die Wahrheit über Marcus hat sie aus der Bahn geworfen. In der Arbeit geht alles seinen gewohnten Gang, und solange Torbjörn am Steuer ist, wird ein Trottel nach dem anderen befördert werden und weitreichende Kompetenzen erhalten, mit denen er dann für Chaos sorgen kann. Und Jonathan und Felicia werden heiraten.

Nur ich bin wie ein eingefrorenes Bild ohne Zukunftsaussichten.

Nachdem ich eine Weile gegrübelt habe, beschließe ich, nach Farsta zu fahren. Ich muss mich selbst in Bewegung setzen, und da kann ich auch die grüne U-Bahn-Linie nehmen. Außerdem muss ich über Mamas neues Selbst sprechen. Und ihr altes.

Yvonne steht auf der vorderen Veranda des Reihenhauses mit der abblätternden gelben Farbe. Es ist das Eckhaus, und die anderen Häuser müssten genauso dringend gestrichen werden. Sie hält einen Teppichklopfer mit beiden Händen und schlägt ihn mit voller Kraft gegen den groben grauweißen Wohnzimmerteppich, der über einem wackligen Gerüst hängt, das bei jedem Schlag erbebt. Staub wirbelt auf, und Yvonne stöhnt jedes Mal wie ein Kugelstoßer. Als sie mich sieht, stützt sie keuchend die Hände auf die Knie.

»Schau einer an! Du kommst genau richtig!« Sie ächzt und wirft den Teppichklopfer ins Blumenbeet. »Es ist so albern, dass manche ins Fitnessstudio gehen und sinnlose Geräte bedienen, wenn man auf so viele andere Arten schwitzen kann. Möchtest du Kaffee?«

»Gern.«

Ich folge Yvonne in die Küche und setze mich auf das mit rotweiß gestreiftem Stoff bezogene Küchensofa, während Yvonne die Kaffeemaschine vorbereitet. »Ist Göran nicht da?«

»Er ist beim Einkaufen«, antwortet Yvonne und stellt Tassen und Teller auf den Tisch. »Wenn ich ihn richtig einschätze, dann irrt er gerade durch den ICA und sucht die Kokosmilch im Kühlregal. Letzte Woche habe ich ›zwei Süßkartoffeln‹ auf den Einkaufszettel geschrieben. Was glaubst du, hat er mitgebracht? Pastinaken!« Yvonne lacht laut und herzlich, und ich lächele.

Ich sehe zu, wie sie pechschwarzen Kaffee einschenkt, lasse mich zurück ins Sofakissen sinken und beschließe, gleich zur Sache zu kommen.

»Du hast ja gehört, dass Papa untreu war.«

Yvonne sitzt nur da und schüttelt fast unmerklich den Kopf, die Tasse in den Händen, den Blick auf die Straße gerichtet, auf der ein paar kleine Jungs auf Tretrollern vergnügt herumrattern.

Ich ahne verhaltenen Zorn in ihrem Gesichtsausdruck. Eine schwache Reaktion, aber immerhin mehr als bei meiner Mutter.

»Ich mache mir Sorgen um Mama«, fahre ich fort. Yvonne zuckt zusammen, sieht mich an und runzelt die Stirn.

»Will sie ihn zurücknehmen?«, fragt sie.

»Nein. Im Gegenteil, sie lässt das alles hinter sich, als ob er ein Paar ausgewaschene Jeans wäre. Sie redet nur noch von San Gimignano, und sie hat entschieden, dass das Haus nach ihrer Rückkehr verkauft wird.«

Yvonne wirkt erleichtert. »Gut.«

Ich stehe auf und hole Milch aus dem Kühlschrank, mit der ich meinen Kaffee verdünne. Normalerweise trinke ich ihn schwarz, doch der hier könnte Tote zum Leben erwecken, und ich bringe ihn kaum hinunter.

»Ist er zu stark?«, fragt Yvonne. »Wir machen ihn immer mit ein paar Extralöffeln Kaffeepulver. Man will ja schließlich kein Spülwasser trinken!«

»Er schmeckt gut«, versichere ich ihr. »Du findest es also nicht komisch, dass Mama gar nicht um ihre Ehe zu trauern scheint? Dass sie nicht einmal besonders wütend ist?«

Yvonne stellt ihre Tasse ab und sieht mich an. »Oh, sie ist wütend, das kannst du glauben! Aber man muss es auch vor dem Hintergrund sehen, dass Anja vorher noch nie auf eigenen Füßen gestanden hat. Da ist es nicht verwunderlich, dass sie ein bisschen außer sich vor Freude ist.«

»Aber das ist doch ein wenig übertrieben, oder? Papa kann schon ein Chauvi ein, aber er kettet seine Frau ja nicht in der Küche an.«

»Nein, so meine ich das nicht.« Yvonne wirft mir einen zweifelnden Blick zu. »Deine Mutter hat deinen Vater vor allem geheiratet, weil unsere Eltern das von ihr erwartet haben.«

Wir schweigen, während ein Junge auf einem Mofa vorbeifährt und Werbung in den Briefkasten vor dem Haus wirft. Ich lasse diese Information auf mich wirken. Paulina hatte also recht.

»Aber sie konnten sie doch sicher nicht zwingen, oder?«, frage ich ungläubig.

»Nicht mit vorgehaltener Waffe, nein«, gibt Yvonne zu. »Aber stell dir vor, du bist zwanzig, und deine Eltern haben dir dein ganzes Leben lang gesagt, was du tun sollst, anziehen sollst, lesen sollst. Wer der passende Umgang für dich ist und wo du wohnen sollst. Da ist es ziemlich logisch, dass man nicht weiter darüber nachdenkt, wenn die Eltern dich einem Mann vorstellen, der nett zu sein scheint und sich außerdem für dich interessiert.«

Überrascht kratze ich mich am Kopf. »Aber ich verstehe nicht ... Das klingt, als wärt ihr in einer Sekte aufgewachsen. Oder in einem Disney-Märchen.«

»Unsere Eltern haben es gut gemeint, das glaube ich wirklich. Aber sie haben viele Fehler gemacht. Vor allem, da Anja immer schon ein geringes Selbstbewusstsein hatte.«

»Und du?« Ich zögere, weiß nicht, wie ich einfühlsam nachfragen soll, falls Yvonne auch in einer quasi arrangierten Ehe lebt.

»Na ja, für mich hatten sie auch einen Mann vorgesehen. Kenneth Björk, Sohn eines Arbeitskollegen unseres Vaters. Ich habe mich gewehrt und bin von zu Hause ausgezogen. Göran habe ich erst ein paar Jahre später kennengelernt.« Sie lächelt und verliert sich in romantischen Erinnerungen.

»Aha«, sage ich. »Und jetzt hat sie also beschlossen, Hals über Kopf in die Toskana zu ziehen. Und Papa ... Ist es nicht irgendwie komisch, dass sie sich plötzlich trennen und ihrer Wege gehen? Es ist … als hätten sie es so besprochen.«

Ich denke an meine Eltern und versuche, das Ganze zu verstehen. Versuche herauszufinden, was ich von Mamas Flucht nach Italien halten soll. Sollte ich mich einfach mit ihr freuen? Braucht sie mein Mitgefühl und meine Besorgnis gar nicht?

»Das steht doch in diesem Buch«, erklärt Yvonne nach einer Weile und trommelt mit den Fingern auf die Tischplatte.

»Bitte? In welchem Buch?«

»*Hilf dir selbst.* Das letzte Kapitel handelt davon, dass die meisten im letzten Abschnitt ihres Lebens bereuen, nicht das getan zu haben, was sie wirklich wollten. Dass sie sich danach gerichtet haben, was ihrer Meinung nach von ihnen erwartet wurde.«

Mir bleibt der Mund offen stehen. »*Hilf dir selbst?* Und du glaubst, dass meine Eltern das beide gelesen haben?«

»Ich weiß es«, sagt Yvonne. »Das war ihr letztes Buch im Lesekreis. Und Anja war so begeistert, dass sie es Rune auf den Nachttisch gelegt hat.«

Stumm sitze ich da. Kann nicht glauben, dass ein abgehalfterter Dokusoap-Promi die Ehe meiner Eltern zerstört hat.

Yvonne wendet sich hastig wieder zu mir. »Hast du dich noch öfter mit Marcus getroffen?«

Allein bei seinem Namen verkrampft sich mein Magen. Ich bringe keinen Ton heraus, denke aber, dass mein gequälter Gesichtsausdruck alles sagt.

Offensichtlich nicht.

»Was ist los, hast du Periodenschmerzen? Möchtest du eine Tablette?«

Ich schüttele den Kopf. »Nein, alles in Ordnung.«

»Also, ich habe gefragt, wie es mit Marcus läuft.«

Ich seufze tief. »Yvonne, ich weiß, du meinst es gut, aber du machst es nicht einfacher für mich, indem du weiter behauptest, dass er Interesse an mir hat. Er ist der erste Mann seit Langem, den Paulina wirklich zu mögen scheint.«

Yvonne wirkt nachdenklich.

»Das war natürlich nicht meine Absicht. Entschuldige, Clara. Es ist nur … Also, so wie er dich angesehen hat …«

»Yvonne!«, piepse ich gequält. »Außerdem ist er nicht der, als der er sich ausgibt. Er ist ein Frauenheld, der am laufenden Band ahnungslose Opfer abschleppt.«

Zu meiner Überraschung lacht Yvonne laut auf. Als sie sich wieder beruhigt hat, sagt sie: »Unsinn.«

»Ich weiß, dass es nicht so wirkt, aber ich weiß das aus einer sicheren Quelle«, beharre ich.

»Bitte entschuldige«, wiederholt Yvonne. »Aber wenn ich mir nicht ein bisschen Menschenkenntnis aus den ganzen *Inspector-Barnaby*-Folgen angeeignet habe, dann kann ich genauso gut Eisen im Fitnessstudio stemmen, statt mir das da anzuschauen.«

Ich verziehe das Gesicht und trinke meinen Kaffee aus.

Vierzig

Mühsam arbeite ich mich durch die Formulare mit den vorläufigen Noten, während ich die Bewertungen des Schulhalbjahres durchgehe. Bin ich mir ganz sicher, dass Yousif eine Drei geschafft hat? Ich blättere in seinen Aufsätzen, überfliege meine Kommentare zu seiner mündlichen Mitarbeit. Ja. Solveig wird mir vorwerfen, zu gute Noten zu vergeben, und mich am liebsten einen Kopf kürzer machen, aber so ist es eben. Måns? Eine eindeutige Sechs. Vielleicht ist es sogar gut, wenn mich Solveig schon enthauptet, bevor seine Eltern mit der Streitaxt in der Hand hereinstürmen. Was er wohl mit dem *Fänger im Roggen* gemacht hat? Ob die Haushaltshilfe wohl sein Taschengeld darauf bügelt? Und Kelly? Die hat am Ende tatsächlich aufgeholt und sich zum Glück noch auf eine Fünf gerettet.

»Clara, kommst du?«

Ich reibe mir die Augen und drehe mich zu Niklas, der in der Tür zum Büro steht.

»Personalversammlung«, erinnert er mich. »Da platzen gleich ein paar Bomben, so viel kann ich schon verraten.«

»Ach ja?« Ich speichere meine Arbeit und klappe den Laptop zu, dann schließe ich mich Niklas an. Er hat die Hände in den Hosentaschen und die Nase hoch erhoben. Das macht mich nervöser, als ich zugeben mag. Was meint er damit, platzende Bomben? Werde ich vor allen an den Pranger gestellt? Meine

Handflächen sind schweißnass, und mein Gesicht beginnt zu glühen.

In der Aula setze ich mich neben Viola, während Niklas sich zu Solveig und Lillemor in der ersten Reihe gesellt. Das leise Murmeln verstummt sofort, als Torbjörn aufsteht und auf die Bühne tritt. Er ist hohläugig, lässt die Schultern hängen und trägt keine Apfelkrawatte. Seine unförmige Anzughose flattert um seine Beine, und er zieht ständig an seinem Gürtel, damit sie nicht hinunterrutscht. Dann räuspert er sich.

»Liebe Kolleginnen und Kollegen der Björkskola. Während meiner zwanzig Jahre als Direktor habe ich noch keine andere Schule erlebt, die so deutlich den Schwerpunkt auf das Wohlergehen der Schülerinnen und Schüler legt.« Geschmeicheltes Gemurmel ertönt. »Euch Lehrerinnen und Lehrern liegt das Wohl der Schüler am Herzen, das ist offensichtlich. Deshalb muss ich euch schweren Herzens mitteilen«, fährt Torbjörn fort und blickt zur Seite, »dass die Gemeindeverwaltung und ich ... beschlossen haben, getrennte Wege zu gehen.«

»Lässt er sich scheiden?«, zischt mir Viola ins Ohr. »Man hat ja schon gehört, dass Männer ihre Frauen ›die Regierung‹ nennen, aber Gemeindeverwaltung ...«

Torbjörn holt tief Luft. »Ich werde mich neuen, spannenden Aufgaben widmen« – seinem Tonfall nach freut er sich darauf genauso sehr wie ich, wenn ich den verstopften Abfluss sauber machen muss –, »und bis auf Weiteres wird Solveig Boström als stellvertretende Direktorin übernehmen.«

Solveig steht auf und geht zur Bühne. Das Kleid des Tages ist babyrosa, ihre Pumps klappern charakteristisch über den Boden. Den Kopf hält sie höher als je zuvor. Als sie sich neben Torbjörn stellt, legt er den Arm um ihre Schultern, und sie sieht aus wie eine Neunjährige, die gerade einen Wettbewerb gewonnen hat. Es kommen weniger Nachfragen zu dieser Neuigkeit, als ich erwartet hätte, und Torbjörn und Solveig beantworten sie knapp und effektiv. Danach setzt sich Solveig wieder auf ihren Platz, und Torbjörn spricht weiter.

»Und dann kommt es noch vor, dass man die richtig guten Kollegen gehen lassen muss. Mit gemischten Gefühlen darf ich verkünden, dass Niklas von einer anderen Gemeinde abgeworben wurde, um dort als IKT-Spezialist zu arbeiten. Das ist natürlich ein großer Verlust für die Björkskola, aber ein fantastischer Schritt nach vorn für Niklas. Herzlichen Glückwunsch!«

Jetzt ist Niklas an der Reihe, hochmütig vorzutreten. Torbjörn drückt ihm einen Blumenstrauß in die Arme, der so groß wie ganz Liechtenstein ist. Neben mir gähnt Viola deutlich hörbar.

Im Zug nach Hause mache ich den Fehler, in meine Mails zu schauen.

Von: Solveig Boström
An: Clara Rennel
Betreff: Referenzen

Hallo, Clara!
Da du ja gerade nach einer neuen Stelle suchst, interessiert es dich vielleicht zu erfahren, dass Torbjörn heute von deinen Ausschweifungen im Frühjahr erfahren hat. (Er war gelinde gesagt erschüttert. Ich

glaube, du solltest dich nach einer anderen Referenz umsehen, wenn du eine neue Stelle möchtest.)
Solveig

Das Boot gleitet durch das stille Wasser. Ich beuge mich ein wenig vor und betrachte die dunkle Oberfläche, während ich meine Hände reibe. Es ist nachts um Viertel nach vier (morgens, wenn es nach Papa geht), mir ist kalt, und ich bin hundemüde.

»Schh.« Papa legt den Finger auf die Lippen und wartet mit weit aufgerissenen Augen.

»Ich habe nichts gesagt«, bedeute ich ihm, doch Papa beachtet mich gar nicht. Er krümmt den Rücken, als wolle er sich anschleichen, während er darauf wartet, dass ein armer Fisch an dem verdammten Köder anbeißt.

Also, warum sitze ich mitten in der Nacht in einem Kahn auf dem Wasser, während mein untreuer Vater zum ersten Mal seit vierzig Jahren sein Angelglück probiert? Ich wollte mit ihm reden, und das hier hat er vorgeschlagen. Und es macht mein Leben ja nicht gerade schlechter. Im Gegenteil, vielleicht ist es gut, mal was Neues auszuprobieren. Wenn Solveig die Geschichte von der Schule schwänzenden, pädophilen Lehrerin erst landesweit publik macht, ist es bestimmt schön, sich draußen auf dem See Norrviken aufzuhalten. Außerdem muss ich mich ja dann sowieso selbst versorgen, wenn ich erst arbeitslos bin. Dann kann ich auch gleich angeln lernen. Auch wenn ich gelegentlich bezweifle, ob Papa der Richtige ist, um mir diese Kunst beizubringen. Er hat die Augen geschlossen und sitzt mit nach hinten gelegtem Kopf da, die Angelrute in den Händen. Vielleicht betet er zu höheren Mächten, dass sie ihm ein Rotauge vorbeischicken mögen.

»Papa«, flüstere ich. Er öffnet die Augen, und eine missbilligende Falte bildet sich dazwischen. »Es tut mir leid, aber ich habe doch gesagt, dass ich über ein paar Sachen mit dir reden möchte. Also … Ist es in Ordnung, wenn wir das Schweigen kurz unterbrechen?«

Papa sieht von mir zum Schwimmer an der Wasseroberfläche und windet sich etwas. »Kurz, ja. Sie scheinen sowieso noch nicht richtig aufgewacht zu sein.«

»Genau. Also, mir liegt da etwas auf der Seele. Du willst vielleicht nicht darüber reden, aber ich verstehe wirklich nicht, was du da gerade treibst.«

Papa beugt sich lächelnd vor und tätschelt mein Knie. »Warum sollte ich nicht darüber sprechen wollen? Natürlich möchte ich das.«

»Ach ja? Ja, also, ich dachte nur, es könnte dir unangenehm sein.«

»Überhaupt nicht«, beteuert Papa. »Siehst du die hier?« Er beugt sich nach hinten und holt eine Plastikdose, die er mir gibt. »Gummiperlen. Die dienen als Stoßdämpfer.«

Ich starre ihn aufgebracht an, was er allerdings als Wissensdurst interpretiert.

»Sonst kann das Vorfach beschädigt werden, verstehst du.«

»Papa.«

»Ja?«

»Ich bin *nicht* hier, um mit dir über Angelzubehör zu reden.«

»Nicht?« Papa klingt aufrichtig überrascht. »Aber warum wolltest du dann mitkommen?«

»Weil du gesagt hast: ›Es ist gerade ziemlich viel los, Schatz, aber was hältst du davon, mich zu begleiten, wenn ich mit dem Boot rausfahre?‹«

»Oh.« Papa wirkt verloren. »Entschuldige, ich wollte dir natürlich nicht mein Interesse am Angeln aufdrängen, wenn es dir nicht gefällt.«

Jetzt klingt er auf einmal gekränkt wie ein kleines Kind, und ehrlich gesagt verliere ich so langsam die Geduld. »Angeln interessiert mich schon«, lüge ich, »aber ich bin mitgekommen, weil ich einige Fragen habe, auf die du mir hoffentlich eine Antwort geben kannst.«

Papa will seine Märtyrermiene nicht so schnell aufgeben, doch nach kurzem Zögern nickt er. »Was möchtest du wissen?«

Ich räuspere mich und wünschte, ich hätte mir ein paar Notizen gemacht.

»Bist du in Sari verliebt?«, frage ich.

Papa seufzt tief und sieht hinaus aufs Wasser, zu den Bäumen, die die andere Seite der Bucht säumen. »Verliebt und verliebt. Ich bin verschossen, so viel kann ich sagen. Bei ihr fühle ich mich … lebendig.« Er lächelt albern, und ich wende den Blick ab. Will nicht wissen, woran er denkt.

Papa spricht weiter: »Und ich glaube, dass es an der Zeit ist, dass deine Mutter und ich etwas Neues ausprobieren. Wir hatten ja jetzt vierzig Jahre den gleichen Trott.« Er fährt sich mit der Hand durch das ungekämmte Haar und sieht aus wie ein kleiner Junge.

»Geht es denn bei einer Ehe nicht darum – um den gleichen Trott?«, frage ich.

Papa lacht. »Bei dir klingt das so schön.«

»Ja, aber das ist es doch? Wenn man das gemeinsam mit jemandem macht, den man liebt? Ich kann mir tatsächlich nichts Schöneres vorstellen.«

Ich kann mir auch nicht vorstellen, dass mir das jemals passieren wird, aber das sage ich nicht.

»Was wirst du jetzt also tun?«, fahre ich mit meinem Kreuzverhör fort. »Mit Sari dein Leben verbringen?«

»Mein Leben verbringen. Was für große Worte du verwendest, Clara. Wir treffen uns, schätze ich. Und ich werde angeln. Und den Jagdschein machen.«

»Und das hättest du zusammen mit Mama nicht machen können? Angeln und den Jagdschein machen?«

»Mama will nach Italien. Das wird ihr guttun.«

»Ja, aber dahin hättet ihr verflixt noch mal doch auch gemeinsam fahren können?« Ich atme ein paarmal tief durch, um den Frust abzumildern.

»Weißt du«, sagt Papa ruhig, »ich kenne da ein Buch, das dir sicher auch gefallen würde. *Hilf dir selbst* heißt es. Darin steht der Satz, der in letzter Zeit zu meinem Motto geworden ist: ›Wenn du dir nicht selbst hilfst, kannst du auch niemand anderem helfen.‹«

Das ist das Dämlichste und Nichtssagendste, was ich je gehört habe, aber ich bringe es nicht übers Herz, das Leuchten in Papas Augen zu zerstören.

»Wann habt ihr euch entschieden, euch zu trennen?«

Papa sieht mich verwundert an, weshalb ich hinzufüge: »Dass ihr erst auf Mamas Feier daraufgekommen seid, wird immer unwahrscheinlicher.«

Papa windet sich und blickt in die Ferne.

»Um Weihnachten herum.«

»Um *Weihnachten* herum?«

Er sieht mich wieder an. »Erinnerst du dich, was ich deiner Mutter zu Weihnachten geschenkt habe?«

»Ja, eine Bratpfanne.«

»Anja hat ausgesehen, als wollte sie sie mir über den Kopf ziehen.« Papa kichert, wird dann aber wieder ernst. »Am Abend, nachdem du und Paulina heimgefahren wart, haben wir uns dann noch lange unterhalten. Ich habe versucht, mich für mein taktloses Weihnachtsgeschenk zu entschuldigen, und versprochen, mir etwas Besseres einfallen zu lassen, doch da hat sie gesagt, dass sie keine Lust mehr hat, meine Haushälterin zu sein.«

»Super, Mama!«, entfährt es mir, dann werfe ich Papa einen entschuldigenden Blick zu.

»Jaja«, sagt er, »du warst schon immer Mamas Mädchen. Wir haben uns dann gemeinsam entschieden, nichts zu überstürzen, sondern uns noch den Frühling zu geben und in Ruhe über alles zu reden.«

»Und da seid ihr dann draufgekommen, dass ihr euch trennen wollt? War das schon vor der Feier?«

»Hm, so viel haben wir gar nicht geredet. Du weißt ja, wie es ist, man ist beschäftigt, und die Zeit vergeht.«

Und du versteckst dich im Schrebergarten, kann ich mir gerade noch verkneifen.

»Ich habe etwas gefunden, das mich interessiert«, sagt Papa, »und Anja ist völlig in der Organisation ihrer Feier aufgegangen.«

»Aber ihr habt doch miteinander geredet, bevor du mit Sari zusammengekommen bist?«, frage ich hoffnungsvoll.

»Hoppla!« Papa strahlt. »Jetzt beißen sie!«

Einundvierzig

Es ist Morgen, warmes, helles Sonnenlicht fällt ins Zimmer. Ich zwinge mich aus dem Bett und zerre mein rosa geblümtes Kleid aus dem Schrank, in dem ich wie explodierter Kaugummi aussehe, dessen romantische Farben aber trotzdem zum Schuljahresende passen. Nach intensivem Einsatz der Puderquaste sind auch die Spuren meines Schlafmangels passabel beseitigt. Die Haare bändige ich mit Haarnadeln und ziehe ein paar weiße Sandalen mit hohem Absatz an. Ich werde garantiert niemandem zeigen, wie sehr ich mich mittlerweile selbst verachte, sondern den Kopf so hoch wie möglich tragen, selbst wenn ich mich dafür mit Zehnzentimeterabsätzen behelfen muss.

Ich bin genau wie Papa. Zu diesem Schluss bin ich nach stundenlangem Grübeln über unser nächtliches Gespräch gekommen, nachdem er mich zu Hause abgeliefert hatte. Wie ich es auch drehe und wende, ich kann seinen übermäßig verletzten Ausdruck nicht vergessen, als ich seinen Vortrag abgewürgt habe. In seinem Fall ist es das Angeln, in meinem sind es die Bücher – das Prinzip ist aber dasselbe. Ich bin pathetisch, weil ich es zum Sinn meines Lebens gemacht habe, Freude am Lesen zu verbreiten. Was bin ich nur für eine jämmerliche Gestalt. Es ist höchste Zeit, damit aufzuhören und meine armen Mitmenschen in Ruhe zu lassen. Ich denke daran zurück, wie ich mit dem *Fänger im Roggen* in der Hand vor Måns' Tür stand, also mit DEM Jugendrettungsroman schlechthin, ein freches Lächeln auf den Lippen und mit dem flüchtigen Gedanken, wie passend das Buch doch war, da *ich* ja gerade die Retterin in der Not war.

Sehr flüchtig, sagt eine hämische Stimme in meinem Kopf. Ich verkrampfe mich innerlich, als mir klar wird, wie vergeudet die letzten zehn Jahre meines Lebens waren. Auf Paulina habe ich herabgesehen und insgeheim (okay, auch offen) gedacht, dass sie einen oberflächlichen und sinnlosen Job hat.

Sie macht jedenfalls das, worum ihre Kundinnen sie bitten. Eine Frau mit glatt rasierten Schamlippen ist natürlich glücklicher als ein Fünfzehnjähriger mit einem Buch in der Hand, wenn die Rasur gewünscht und das Buch aufgezwungen ist.

In der Kirche treffen Schuhe mit hohen Absätzen, Haarspraywolken und pickelige Jungs im Hemd auf Buntglasfenster und ehrwürdige Gemälde von Engeln und Seraphim. Ich setze mich auf einen freien Platz neben Lillemor, die mich mit einem zögerlichen Nicken begrüßt. Vermutlich muss sie Solveig gegenüber so loyal bleiben, dass sie mich nicht offen grüßen kann, aber sie ist auch nicht stur genug, um mich total zu ignorieren.

Lachend und redend strömen die Schülerinnen und Schüler herein. Die, die sich das ganze Schuljahr über in den Haaren gelegen haben, sind jetzt plötzlich Freunde. Jeder mag jeden. Ein Gefühl, das man sich nur erlauben kann, wenn man sich dann erst mal zwei Monate nicht mehr sieht, schätze ich. Oder, wie im Fall der neunten Klassen, wenn man sich vielleicht überhaupt nicht mehr sieht, weil ein Teil aufs Gymnasium wechselt, ein anderer nicht. Ich entdecke Kelly, die ausnahmsweise nicht finster dreinblickt, sondern breit lächelt, die Lippen sind mit Lipgloss geschminkt. Ein paar andere Mädchen deuten bewundernd auf ihre Schuhe, deren Absätze so hoch sind, dass sie fast schon als Stelzen durchgehen, und auf ihre ungleichmäßig mit Selbstbräuner besprühten Arme.

Mein Herz verkrampft sich. Sie ist eine völlig normale Fünfzehnjährige. Es scheint ihr gut zu gehen, und offensichtlich hat sie auch Freundinnen. Ich rutsche ein paar Zentimeter nach unten bei der Erinnerung daran, mit welchen Hintergedanken ich ihr das *Biss*-Buch gegeben habe – es sollte ihr ein Freund sein. Eine Leere ausfüllen, ein wenig Sinn stiften. Ich habe mir eine einsame und verlorene Kelly vorgestellt, doch die hat nur in meiner Fantasie existiert. Ich habe sie erschaffen, weil mein alberner Lebenstraum sie brauchte.

Orgeltöne erfüllen den weiten Raum, *Den Blomstertid Nu Kommer* beginnt, und die Anwesenden singen das traditionelle Lied zum Schuljahresende schief und etwas zeitversetzt mit. Lillemor kämpft sich tapfer durch den Text, allerdings einige Oktaven zu tief. Eigentlich klingt das Ganze ziemlich schrecklich, aber das ist unwichtig, und jetzt gerade muss ich an die acht-, zehn-, zwölfjährige Clara denken. Ich habe das Gefühl, als hätte ich sie im Stich gelassen. Ich hätte mir eine bessere Zukunft für sie ausdenken sollen.

Als das Lied zu Ende ist, geht Torbjörn nach vorn zum Mikrophon. Er nimmt es ungeschickt in die Hand und blickt mit zusammengekniffenen Augen über die Bankreihen. Er ist blass, die Apfelkrawatte durch ein rotes Ungetüm ersetzt, bei dem man an einen entzündeten Rachen denken muss.

»Wieder ist ein Schuljahr vorbei«, sagt er. »Äh …« Er blickt auf einen zerknitterten Zettel in seiner Hand. »Äh … Das Schuljahr ist nun schließlich zu Ende.« Wieder sieht er auf seine Handfläche, doch ich bezweifle, dass er dort findet, was er sucht. Bei seinem Zustand wird sich auf dem Zettel in seiner Hand wohl kaum eine ausformulierte Rede von der Qualität eines Barack Obama befinden.

»Es kommt die Zeit, in der wir Altes loslassen müssen, um etwas Neues zu beginnen«, bricht es plötzlich aus ihm heraus, und unwillkürlich fühle ich mich getroffen. »Das Jahr hat sich vielleicht nach euren Wünschen entwickelt, vielleicht aber auch nicht.« Er leiert weitere Sätze herunter. »Doch dann ist es das Wichtigste, dass es … sich anders entwickelt hat.«

Lillemor holt unauffällig ihr Handy aus der Glitzerhandtasche. Ich überlege, es ihr gleichzutun, als Torbjörns Stimme plötzlich so klingt, als käme er gleich zum Ende.

»Und damit, meine Freunde, möchte ich allen einen schönen Sommer wünschen. Und vergesst nicht: Eine Schule ohne Bildung ist wie ein Traktor ohne Motor. Ich danke euch.«

Ich schiele zu Niklas, der in der hintersten Reihe sitzt und vor Stolz gleich zu platzen scheint, dass sein Traktortweet so populär geworden ist.

Nachdem Torbjörn sich gesetzt hat, stakst auf einmal Kelly auf ihren hohen Absätzen nach vorn. Der Musiklehrer, der in der ersten Reihe sitzt, gibt ihr ein Mikrofon. Sie wendet sich den Anwesenden zu und holt tief Luft. Das tue ich auch und will schon einen aufmunternden Gesichtsausdruck aufsetzen, wie die Menschen im Märchen *Des Kaisers neue Kleider*, als er nackt aus der Kutsche steigt. Oh, was für schöne neue Kleider, was für edle Stoffe! Oh, so eine zarte Stimme, Balsam für die Seele! So ist es bei jeder Schulfeier. Dani, der uns mit seinem Rap-Song vor Weihnachten beeindruckt hat, war bisher die einzige Ausnahme.

»Hallo …«, sagt Kelly und beugt sich über das Mikrofon. »Eins zwei, eins zwei.« Als wäre das hier eine Probe und keine Aufführung vor einer voll besetzten Kirche. Dann ruft sie etwas auf ihrem Handy auf und fängt unsicher an:

»›Wenn ich Träume hätte, würden sie alle von dir handeln. Und ich schäme mich nicht dafür.‹«

Völlig unerwartet treffen mich die Worte direkt ins Herz. Ich spreche sie stumm nach und weiß den Grund – genau das habe ich die letzten vierundzwanzig Stunden getan. Mich für meine Träume geschämt.

Zu Recht, rufe ich mir in Erinnerung.

Nach kurzer Zeit hat Kelly die Unsicherheit überwunden und liest sicher vor, und die Schülerinnen und Schüler lauschen gefesselt. Erst als Kelly den Blick vom Handy löst und mich geradewegs ansieht, kapiere ich, was sie da eigentlich liest. Der Text stammt aus dem Buch, das ich ihr gegeben habe!

Lillemor knurrt etwas neben mir.

»Was hast du gesagt?«, frage ich, ohne Kelly aus den Augen zu lassen.

»Ich habe mich nur gefragt, was das mit einer Sommerfeier zum Schuljahresende zu tun hat«, murmelt Lillemor. »Zu meiner Zeit hat man ein Sommergedicht gelesen oder *Barfotavisan* gesungen. Ich verstehe nicht, warum man von einem gut funktionierenden Konzept abweichen soll.«

Ich antworte nicht, weil ich mich auf das Geschehen vor dem Altar konzentriere. Kelly winkt jemanden nach vorne. Als ich mich umdrehe, sehe ich Yousif, der aufsteht und zu ihr geht. Auch er bekommt ein Mikrofon. Die beiden stehen nebeneinander und tauschen Blicke, bis Kelly wieder das Wort ergreift:

»Was ihr gerade gehört habt, stammt aus dem ersten Buch, das ich jemals von vorn bis hinten gelesen habe, *Bis(s) zum Morgengrauen.* Und jetzt bekommt ihr noch etwas zu hören aus … Ja, was eigentlich, Yousif?«

»Aus dem ersten Buch, das ich je angefangen habe zu schreiben«, verkündet Yousif lächelnd.

Anerkennende Pfiffe ertönen, dann faltet er ein Blatt Papier auf und beginnt zu lesen. Nach einer Weile erkenne ich es wieder. Als er sich dem Ende nähert, hebt er den Blick und spricht die Worte auswendig. Dann brechen die Anwesenden in begeisterten Applaus aus. Ein paar Mädchen springen auf, Yousifs engster Kreis.

Als wieder Ruhe eingekehrt ist, hält Yousif das Mikrofon erneut an den Mund. »Die Schule ist nicht nur ein Haufen langweiliger Aufgaben, die wir erledigen müssen«, sagt er. »Man kann durch sie auch eine ganze neue Seite an sich selbst erkennen oder ganz neue Interessen entwickeln.«

Kelly fährt fort: »Was wir euch sagen wollen – traut euch, euren eigenen Weg zu gehen.« Mehr Pfiffe und vereinzelter Applaus. »Und wir wollen natürlich dem Menschen danken, wegen dem ihr heute diese Texte gehört habt. Ein großer Dank geht an unsere Schwedischlehrerin Clara Rennel, die an uns geglaubt und uns neue Perspektiven eröffnet hat.«

Ich spüre etwas Warmes in der Hand. Als ich nach unten blicke, sehe ich, wie Lillemor mir ein Taschentuch zuschieben will, und erst da merke ich, dass mir die Tränen die Wangen hinunterlaufen.

»Danke«, flüstere ich und nehme es. Dann stimme ich in den lauten Beifall ein, als Kelly und Yousif die Mikrofone zurückgeben und wieder zu ihren Plätzen gehen. Als sie zu mir sehen, werfe ich ihnen Luftküsse zu. Plötzlich ist alles anders. Endlich lässt die Selbstverachtung nach, und ich befinde mich in einem euphorischen Zustand, in dem ich mich beinahe schwerelos fühle.

In den Reihen wird leise gemurmelt, und irgendein Elternteil sagt laut: »Wie schön!« Lächelnd sehe ich zu, wie Kelly sich wieder hinsetzt. Da sehe ich ihn. Er sitzt zwischen Kelly und ihrer Mutter. Marcus. Die schön geschwungenen Lippen bewegen sich, als er den Arm um Kelly legt, sich zu ihr beugt und etwas sagt.

Der abwesende Vater. Mein Blick gleitet zu Kellys Mutter, die Marcus breit lächelnd ansieht. Will sie ihn vielleicht wieder zurück? Ihr sandbraunes, halblanges Haar ist teilweise hochgesteckt, abgesehen von den leuchtend roten Lippen scheint sie ungeschminkt, und die dünne weiße Bluse lässt sie sehr weiblich wirken. Klassisch, erwachsen, feminin (nicht zu verwechseln mit rosa kaugummifeminin).

Die Klasse 7b wälzt sich durch den Mittelgang und singt unsicher *School's Out.* Als ich das nächste Mal in Marcus' Richtung sehe, blickt er zu mir. Mein dummes Herz schlägt schneller, als wir einander in die Augen sehen. Ich kann ihn nicht einschätzen. Er wirkt nachdenklich, vielleicht auch traurig. Doch das ist egal. Das ist jetzt das Problem von Kellys Mutter. Ich bin meines eigenen Glückes Schmied und werde mich nicht noch mal hinters Licht führen lassen.

Den Rest der Veranstaltung nehme ich sehr viel undeutlicher wahr, als wären alle singenden Schüler und Seraphim ganz weit weg. Ich kann nur daran denken, dass ich unbedingt ein Gespräch mit Marcus vermeiden muss, wenn wir aufbrechen, denn

Gott allein weiß, was ich tun werde, wenn ich aus der Nähe in diese Augen sehe.

Nach der Feier bricht das Selfie- und Gruppenfotochaos aus und überträgt sich auf Niklas, der unbedingt ein Gruppenbild mit uns Schwedischlehrern haben möchte. Und so stehe ich da, eingequetscht zwischen dem nach Schweiß riechenden Niklas, Lillemors flatternder Tunika und Solveigs Parfüm und ihrem verächtlichen Gesichtsausdruck, während Niklas mit dem Selfiestick herumhantiert. Gleichzeitig sehe ich, wie Marcus mit der Menge Richtung Ausgang geht. Einmal dreht er sich um und wirft mir einen kurzen Blick zu, und sofort verdränge ich alle Gefühle. Nachdenklich oder traurig, ich werde nicht darüber grübeln.

»Fertig!«, verkündet Niklas, nachdem er ein paar Bilder gemacht hat, und ich versuche, mich von ihm zu lösen. Lillemors Tunika ist wie ein Spinnennetz, und ich bleibe mit ein paar Haarnadeln daran hängen. »Au!«

»Ach herrje!« Lillemor klingt aufgebracht, weil sie jetzt an mir festhängt. Zornig reißt sie mit der freien Hand an dem Stoff. »Da brauchen wir wohl Hilfe. Solveig?«

Solveig greift ein und trennt uns mit einem scharfen Ruck.

»Autsch!« Ich schiebe die losen Haarnadeln zurück an ihren Platz und entdecke, dass ein Stück Tunika darin hängt.

Ich sehe zu Lillemor, doch diese wendet sich an Niklas, der mit vor der Brust verschränkten Armen grinst. »Was für ein Halbjahr, was?«, sagt er in diesem ganz bestimmten Tonfall, in dem er sicher gleich ein völlig unrealistisches Bild der vergangenen Monate malen wird, weil er alles Unangenehme vergessen hat. Ungefähr wie damals, bei unserem Familienurlaub in Spanien. Ich war vierzehn, und dank unserer unspezifischen Buchung landeten wir in einem Hotel mit Rattendreck und Haaren im Bett. »Was für ein Urlaub, was?«, sagte Papa, als wir endlich im Flieger nach Hause saßen. »Davon können wir lange zehren.« (Was wir auch taten, denn danach fuhren wir als Familie nie wieder ins Ausland.)

»Und jetzt warten neue, wichtigere Aufgaben auf uns«, fährt Niklas zufrieden fort. »Zumindest auf dich und mich, Solveig.«

Solveig reckt nur schweigend den Kopf und nickt. Innerlich tanzt sie sicherlich und bläst in eine Trillerpfeife, doch das wäre natürlich nicht mit ihrem respektablen Ruf zu vereinbaren.

Lillemor seufzt. »Ich selbst werde bald eine stürmische Leidenschaft erleben, sagt mein Horoskop. Und glaubt mir, das ist mir viel lieber als irgendein Chefposten.«

Niemand sagt etwas zu meiner Zukunft, was vielleicht auch verständlich ist, nachdem Solveig alle meine Hoffnungen zunichtegemacht hat.

Als ich mich von der Kirche entferne, tippt mir jemand auf die Schulter, und ich bleibe stehen. Kelly. Wir gehen langsam weiter, und ich lege einen Arm um ihren schlanken Körper. »Das war fantastisch, Kelly. Wirklich fantastisch. Du hast einen sehr schönen Abschnitt ausgewählt.«

Kelly lächelt und sieht zu Boden. »Ich habe doch bestimmt scheißnervös geklungen?«

»Überhaupt nicht! Im Gegenteil, du schienst alles auswendig zu können.«

»Das kann ich auch. Das Handy hatte ich nur zur Sicherheit dabei.«

Ich lasse Kelly los, und wir gehen nebeneinanderher. »Du

hast es also doch gelesen? Das ist mehr, als ich zu hoffen gewagt hatte. Hast du den ganzen ersten Band gelesen?«

Kelly gibt ein beleidigtes Geräusch von sich. »Natürlich habe ich das. Auch wenn ich so elend langsam lese, weshalb es echt lange gedauert hat, bis jetzt. In jeder Stunde habe ich weitergelesen.«

»Was?«

»Äh …« Auf einmal wirkt Kelly schuldbewusst. »Also, ich habe natürlich den Lehrern zugehört und so …«

»Nein, ich meine nur … Ich wundere mich, weil ich dich nie mit dem Buch gesehen habe.«

Kelly wedelt mit dem Handy. »Schon mal was von E-Books gehört?«

Das hat es also die ganze Zeit getrieben, das gesegnete Kind.

»Oh.« Wir sind am Parkplatz angekommen. Bei einem dunkelgrünen Škoda steht Kellys Mutter an der offenen Fahrertür und raucht eine Zigarette. Ich bleibe abrupt stehen, als ich Marcus auf dem Beifahrersitz sehe.

»Da bist du ja. Rein mit dir, dann feiern wir mit ein bisschen Shopping.« Kellys Mutter hebt die Hand zum Gruß, und ich winke zurück, wobei ich sicherheitshalber Abstand halte. Am Auto dreht Kelly sich noch einmal um, eine Hand auf dem Türgriff. »Im Ernst, schauen Sie sich das mit den eBooks mal an. Dann wäre Ihre Tasche bestimmt zehn Kilo leichter.« Mit einem verschmitzten Lächeln setzt sie sich in den Wagen.

Lillemor schließt zu mir auf. »Aha«, sagt sie. »Ihr Vater war wenigstens so schlau, nicht zu kommen und sich respektvoll gegenüber Kelly und ihrer Mutter zu verhalten. Aber er hat natürlich auch andere Sachen zu tun.«

»Natürlich ist er da«, entgegne ich widerwillig. »Er saß schon im Auto.«

»Der da?«, sagt Lillemor. »Nein, das ist ihr Onkel. Der genaue Gegensatz zu ihrem Vater. Ein Schnittchen ist er aber auch.«

Zweiundvierzig

Wenn die Ereignisse der letzten Woche nicht ein oder zwei Gläser Wein rechtfertigen, dann weiß ich auch nicht. Normalerweise ist Wein für mich kein Mittel zur Problemlösung. Doch da schreibe ich auch keine beleidigenden Mails an nette, freundliche und sehr attraktive Menschen.

Wenn du glaubst, dass ich so dumm bin, dann hast du dich getäuscht.

Ich schaudere, als mir klar wird, was für einen Fehler ich gemacht habe.

Du hast vielleicht meine Schwester rumgekriegt, aber sie wird bald erfahren, was für ein Mann du bist.

Ich wünschte, ich könnte es allen Frauen der Welt auf einmal erzählen.

Erschießt mich.

Meine Wohnung wird immer kleiner. Ich kann kaum atmen, die Wände kommen immer näher. Ich liege auf dem Batiksofa, den Laptop im Schoß. Seine Wärme ist tröstlich. Wenn ich nicht zu genau darüber nachdenke (das ist nicht so schwer), kann ich mir einbilden, dass ein kleines Katzenjunges auf meinen Oberschenkeln liegt und zufrieden schnurrt.

Eigentlich wollte ich nach Stellenanzeigen suchen. Nach einer vernünftigen Wohnung. Vielleicht resignieren und mich auf einer Dating-Seite anmelden.

Doch dann kam der Wein dazwischen.

Ich surfe durch die schmierigsten Neunzigerjahre-Balladen

und stoße auf Bryan Adams' *Please Forgive Me.* In dem Video steht er im Studio, zusammen mit seiner Band und einem Hund. Der Hund streicht Bryan um die Beine, während dieser die reuevollen Worte singt. Ich beuge mich vor, fülle mein Glas und trinke. Je länger ich dem Text zuhöre, desto sicherer bin ich, dass dieses Lied von mir handelt. Von mir und Marcus. *Please Forgive Me.*

Das Video hat fast hundertfünfzig Millionen Klicks auf YouTube, und als Mitternacht immer näher rückt und ich fast wahnsinnig werde, glaube ich fest, dass ich für ungefähr die Hälfte davon verantwortlich bin. Ich weine und lächele abwechselnd, schüttele den Kopf und streiche mit den Fingerspitzen über Bryan. Hey, Universum, ist das nicht irre? Wie konnte Bryan einen Song schreiben, der mein Leben Jahrzehnte später so gut beschreibt? Ja, da spricht wahrhaftig das Universum zu mir. Das Schicksal. Und wenn die beiden eine Hand ausstrecken, nimmt man sie und klammert sich daran fest, schlägt den Weg ein, der sich vor einem auftut.

Dreiundvierzig

Drei Tage sind seit dem letzten Schultag vergangen, und ich habe immer noch Kopfschmerzen. Den Wein merke ich nicht mehr, doch die Geschenke, die wir Lehrer von der Schulleitung bekommen haben, könnten der Grund sein: Jedem wurde ein Exemplar des Buches *Bessere Dokumentation – Der Schlüssel zu mehr Leistung in kürzerer Zeit* überreicht. Heute habe ich jedenfalls mein Bestes getan, um meine Scham zu überschminken und mich präsentabel zu kleiden, weil Mama zu einem Abreisekaffee eingeladen hat (sie will es nicht Abschiedskaffee nennen). In einer Woche fährt sie.

Im Wohnzimmer stehen zwei Klapptische aus dem Abstellraum mit weißen Tischdecken, darauf Schalen mit Gebäck, Keksdosen, Tellern, Tassen und Servietten. Auf jeder kurzen Seite steht eine rostige Thermoskanne. Mama kommt mit zwei Duftkerzen in der Hand herein und strahlt, als sie mich sieht. Sie umarmt mich und versucht dann, die Kerzen mit einem Streichholz anzuzünden.

»Na, das wehrt sich aber …«

»Gib her«, murmelt Papa, der plötzlich hinter ihr steht. Er nimmt ihr Streichholz und Schachtel aus der Hand und zündet es mit ein paar energischen Strichen an. Bald flackern die Flammen, und Zimtduft verbreitet sich im Raum.

Er ist also da. Der Zorn pulsiert in meinen Adern, doch ich atme ein paarmal tief durch und versuche, mich zu beruhigen. Außerdem wäre ich wahrscheinlich genauso wütend, wenn er sich heute *nicht* herbequemt hätte. Und man muss ihm zugutehalten, dass er Sari zu Hause gelassen hat. Er wirkt wie ein Gast in seinem eigenen Wohnzimmer – zumindest war es das bis vor Kurzem –, seinem Zufluchtsort und festen Platz in der Welt. Hin und wieder wirft er Mama einen verstohlenen Blick zu, und ich denke: Er wird es bereuen. Jetzt mag er ja Spaß haben, aber er wird es bitter bereuen.

Die Haustür wird geöffnet, und Paulina kommt in einem perlweißen Schlauchkleid herein, das einer Barbie zu gehören scheint, auf das quer über der Brust *Life is about kicking ass, not kiss it* gedruckt ist. Ihre Haare sind ein wenig heller als sonst, die Haut mit irgendeinem Selbstbräuner behandelt. Der Zimtduft der Kerzen wird vom Michael-Kors-Parfüm ertränkt, das so durchdringend riecht, dass es auch den Geruch nach Erbrochenem hätte überdecken können. Paulina fällt Mama um den Hals.

»Das ist wirklich so krass!« Sie lässt Mama los, die etwas verwirrt und glücklich aussieht, und klatscht begeistert in die Hände. »Toskana! Das wird toll!«

Papa hustet verlegen in der Ecke. Es klingelt an der Tür, und er murmelt irgendetwas von *»Saved by the bell«,* während er den nächsten Gast hereinlässt. Er kommt mit Yvonne und Göran im Schlepptau zurück, die zu Ehren des Anlasses dieselben blauen Hemden tragen und sich vor allem durch die darunter sichtbaren Ausbuchtungen unterscheiden: Yvonnes Hemd sitzt am Oberkörper knapp, Görans am Bauch. Göran hat außerdem eine Glatze, während Yvonne ihre Haare zu einem French Twist hochgesteckt hat. Sie geht zu Mama und drückt ihr ein Päckchen in die Hand, das in glänzendes, mitternachtsblaues Papier mit Goldschleife verpackt ist.

»Oh«, sagt Mama, »das wäre doch nicht nötig gewesen!« Aber sie ist sichtlich gerührt, als sie es öffnet.

Paulina stößt mir den Ellbogen in die Rippen. »Hätten wir Geschenke mitbringen sollen?« Sie klingt aufgebracht, weil ihr niemand Bescheid gesagt hat.

Ich zucke mit den Schultern. »Ich habe nichts dabei, aber es ist doch nichts verkehrt daran, wenn Yvonne ihr etwas schenken will?«

Paulina schnaubt. »Himmel, sie hat doch gerade erst Geburtstag gehabt. Reicht das Armband nicht, das wir ihr gekauft haben? Das war scheißteuer. Außerdem – wieso soll man jemandem etwas schenken, der bald mehrere Monate verreist? Bitte sehr, hier hast du was für deinen Koffer, falls du das Höchstgewicht noch nicht erreicht hast!«

»Oh, das ist aber schön!«, sagt Mama. Sie dreht ein weinrotes und silbernes Notizbuch mit festem Einband hin und her.

Yvonne lächelt. »Ich dachte, dass du vielleicht Reisetagebuch schreiben möchtest. Weißt du noch, als wir klein waren und mit unseren Eltern im Auto nach Skåne gefahren sind? Du hast alles aufgeschrieben, bis ins kleinste Detail!«

Mama lacht, ungezwungen und frei heraus, und das Geräusch erfüllt das Wohnzimmer. »Dass du das noch weißt!« Sie schüttelt den Kopf.

»Aber Anja, wie sollte ich das vergessen?«, fragt Yvonne. »Wir konnten an keinem Rastplatz anhalten, ohne dass du erkundet hast, wie der Platz heißt, wie spät es war und wie viele Autos wir gesehen haben. Dein kleiner Block war mit unnötigem Wissen vollgekritzelt!«

Mamas Lachen verklingt, und sie seufzt in Erinnerungen versunken. Ihre Wangen haben Farbe bekommen, und ich könnte schwören, dass ihre Augen hinter der Brille feucht sind. »Danke«, sagt sie und sieht ihre Schwester lange an.

Ich sehe mich um. Es ist schwer zu sagen, wer gerade am meisten leidet – Papa und Paulina sind beide allergisch gegen Gefühlsduseleien und sehen aus, als müssten sie plötzlich dringend auf die Toilette.

Wir setzen uns an den Tisch, das Gebäck wird herumgereicht, Kaffee eingeschenkt, und das Gespräch kommt in Gang. Göran, der Gute, unterhält sich mit Papa über die Champions League, und Mama und Yvonne schwelgen in Erinnerungen an die Fahrt nach Südschweden vor all den Jahren. Ich mache Small Talk mit Paulina, bis uns Papas laute Stimme unterbricht:

»Mädchen, wo habt ihr eure Männer?«

»Wir haben keine Männer, Papa«, erklärt ihm Paulina.

Mama blickt verwirrt auf und sieht von meiner Schwester zu mir. »Aber …«

O nein! Ich kann unmöglich Mamas letztes Kaffeekränzchen mit der Familie verderben und erzählen, dass Jonathan mich sitzen gelassen hat. Und was meint Paulina eigentlich damit, dass *wir* keine Männer haben? Was ist mit Marcus?

Papa stellt sich offensichtlich dieselbe Frage. »Schatz, hast du dich etwa von Marcus getrennt? Ja, wir haben 2019, und ich weiß, dass Frauen sich nicht mehr zurückhalten müssen, aber wenn du irgendwann heiraten möchtest, solltest du ein bisschen überlegen. Nur wenige Männer wollen eine Frau, die so ausschweifend lebt.«

Paulina schreit auf. »Und das sagst ausgerechnet du, du untreuer Volltrottel?« Sie steht auf und scheint ihren halb aufgegessenen Husarenkrapfen nach ihm werfen zu wollen.

Nervöses Murmeln macht sich breit.

»Beruhige dich, Schatz. Du weißt, dass ich nur dein Bestes will. Und Marcus schien ja außerdem ein ungewöhnlich netter Kerl zu sein.«

»Du weißt einen Scheiß über mich!«, schreit Paulina, und da fliegt der Krapfen auch schon über den Tisch. Er landet in Görans Schoß, und Göran sieht unsicher nach rechts und links, bevor er ihn sich zögernd in den Mund schiebt. »Marcus ist mein Freund. Mein *Kumpelfreund.* Er war das ganze Frühjahr über für mich da, im Gegensatz zu euch allen hier.«

Sie setzt sich wieder hin, zieht die Beine an und legt die Stirn auf die Knie.

»Aber Liebes, was ist denn los?« Mama eilt zu ihr, und erst da sehe ich, dass Paulina weint. Immer heftiger, bis nur noch ihr Schluchzen und Schniefen zu hören ist.

Mama streichelt ihr über den Rücken. Papa sieht sich nervös um und murmelt: »Entschuldige«, doch ich glaube, außer mir hört ihn niemand. Nach einer Weile steht Yvonne auf und geht neben Paulina in die Hocke, reicht ihr eine Packung Taschentücher. Paulina nimmt eines und schnäuzt sich lautstark. Dann nimmt sie noch eines und wischt sich die Tränen unter den Augen und auf den Wangen weg, bis die schwarze Schminke im ganzen Gesicht verteilt ist.

»Ich habe mich ganz schön allein gefühlt.« Ihre Stimme ist kaum zu hören. »Ich habe mich von meinen Freundinnen abgewandt und wusste nicht, was ich tun sollte. Bis zu einem gewissen Punkt stimme ich Jana zu, ich sollte mein Leben in den Griff bekommen. Aber wie? Jeden Abend in den letzten Monaten habe ich mich so danach gesehnt, mit jemandem zu reden. Ich habe sogar vermisst, zu Hause zu wohnen und mit euch Tee zu trinken und zu reden.« Sie wirft Mama einen Blick zu und lächelt rasch.

»Mein Liebling«, sagt Mama und umarmt sie. »Du weißt doch, dass du hier immer willkommen bist. Wenn ich nur gewusst hätte, wie es dir geht. Ich habe schon gemerkt, dass du mit etwas zu kämpfen hast, aber du hast ja Clara. Ich war immer froh, dass ihr beiden Mädchen einander habt. Ihr könnt euch ganz anders gegenseitig stützen, als ich es kann, dachte ich immer.«

Der Kloß in meinem Magen wird immer größer, breitet sich aus, und ich bekomme kaum Luft. War ich Paulina eine Stütze? War ich nach dem Tag in der Schule, als ich ihre Peiniger in die Flucht geschlagen habe, auch nur einmal für sie da?

»Ich weiß noch, wie es in unserer Kindheit war«, sagt Mama und sieht zu Yvonne. »Unsere Mutter war in vielem gut, aber mit Problemen bin ich nicht zu ihr gegangen. Sondern zu dir.« Sie nimmt Yvonnes Finger in ihre beiden Hände und drückt sie fest. Yvonne lächelt warm, sieht jedoch dann rasch zu mir. Unsere Tante hat mehr Ahnung von Paulinas und meiner Beziehung zueinander als unsere eigene Mutter.

Ich versuche, den Kloß in mir zu vertreiben, und greife nach dem einzigen Trost, der mir einfällt. »Wie gut, dass Marcus in der Zeit für dich da war«, sage ich leise.

Paulina blickt zu mir auf. »Findest du es gut, dass ich als Einzigen einen Barkeeper an meiner Seite hatte, auf dessen Tresen ich eingeschlafen bin und der mich dann am Hals hatte?«

Ich überlege verzweifelt, was ich tun soll. Ich will zu ihr gehen, sie umarmen, aber ich glaube, Paulina will mich auf keinen Fall bei sich haben. Mama stellt mich als die unterstützende Schwester hin, wo ich Paulina doch immer nur verurteilt habe. Gerne würde ich es darauf schieben, dass ich nichts davon wusste, doch ich kann es nicht. Marcus hat mir schon nach Paulinas Geburtstagsessen im Golfclub davon erzählt und mir unmissverständlich gesagt: *Sie braucht ihre Schwester, nicht jemanden, der über sie urteilt.*

Da habe ich mich noch verteidigt. Habe es irgendwie so hingedreht, als müsste *ich* allen leidtun. Und als Paulina selbst erzählt hat, was zwischen ihr und Jana passiert ist, habe ich mir überhaupt keine Mühe gegeben, ihr zu helfen. Ob Feigheit, Neid oder schlechtes Selbstwertgefühl der Grund waren, wage ich mich nicht zu fragen.

Schließlich hole ich meine Sachen und verlasse das Haus.

Vierundvierzig

Von: Jelena Sehovic
An: Clara Rennel
Betreff: Gespräch

Hallo, Clara! Ich habe gestern ein seltsames Gespräch mit Ihrem Vorgesetzten geführt. Sehen wir uns immer noch morgen?
Mit freundlichen Grüßen, Jelena

Ich schlucke die Übelkeit hinunter und setze mich im Schneidersitz auf den Boden. In solchen Situationen braucht man eine entschlossene Mutter, die man um Rat fragen kann, denke ich und schäme mich wegen des Gedankens, kann ihn aber auch nicht wie sonst sofort unterdrücken. Was antwortet man auf so was? Versucht Jelena, mich dazu zu bringen, von selbst abzusagen, damit sie es nicht tun muss? Ich schüttele den Kopf. Dass ich überhaupt darüber nachdenke. Was Torbjörn Jelena erzählt hat, weiß ich ja. Von meiner Neigung zu Teenagerjungen, die in einem Abhängigkeitsverhältnis zu mir stehen, und vermutlich auch von meiner Unfähigkeit zur Teamarbeit und dass ich die Ideen meiner Kollegen sabotiere. Warum schleiche ich mich nicht einfach durch die Hintertür hinaus, die Jelena mir so barmherzig einen Spalt offen gelassen hat?

Doch ich weiß, weshalb. Weil tief in mir wieder ein wenig dumme Hoffnung aufgeflammt ist. Die Wärme, die ich nach Kellys und Yousifs Auftritten bei der Schulabschlussfeier in der Brust gespürt habe, ist noch da und sagt mir, dass es trotz allem vielleicht zu früh ist aufzugeben. Daher blamiere ich mich lieber vollständig, als alle Türen zu schließen, bevor es unbedingt nötig ist.

Von: Clara Rennel
An: Jelena Sehovic
Betreff: Re: Gespräch

Hallo, Jelena! Ich komme zum vereinbarten Termin.
Mit freundlichen Grüßen, Clara

Ich hole tief Luft und will gerade den Laptop zuklappen, als eine neue Mail angezeigt wird.

Von: Marcus Edskog
An: Clara Rennel
Betreff: Hellwach in Solna

Hallo, Clara!
Ich freue mich sehr, von dir zu lesen. Soll ich deine Mail dahingehend interpretieren, dass du deine Meinung geändert hast? Wie auch immer, natürlich verzeihe ich dir, wofür du auch immer um Verzeihung bittest.
Liebe Grüße, Marcus

Panisch durchforste ich meine Erinnerung. Er antwortet auf etwas. Unter Schweißausbrüchen scrolle ich nach unten und finde eine Mail, die vor ein paar Tagen um 1:50 nachts von meiner Adresse verschickt wurde.

Von: Clara Rennel
An: Marcus Edskog
Betreff: Schlaflos in Sollentuna

Ein Lied für Marcus mit den starken Schultern und den weichen Lippen

Darunter ist ein YouTube-Link eingefügt.

Ich schlage die Hände vors Gesicht. Was habe ich nur getan? Ich weiß gar nicht, worüber ich mich zuerst schämen soll. Wider besseres Wissen klicke ich auf den Link und höre, was ich an Marcus geschickt habe. Dieser erste Kuss, Liebling, verzeih mir … Verzweifelt ziehe ich ein Kissen vom Sofa und presse mein Gesicht hinein. Mit den starken Schultern? Irgendwie verstehe ich, dass ich ihn da wohl mit Jonathan (mit den knochigen Jungenschultern) verglichen habe, aber Himmel noch mal, so was schreibt man einem anderen Menschen doch nicht.

Ich gehe zum Supermarkt und kaufe Chips. Es hat keinen Sinn, sich zu beherrschen, da kann ich es auch krachen lassen. Bis zum Abend liege ich auf dem Sofa und suhle mich in Selbstverachtung und Chips. Schließlich komme ich zu einem traurigen Schluss: Ich kann ihn nicht treffen. Nicht bei den Gefühlen, die er in mir weckt. Das kann ich Paulina nicht antun.

»Ich komme mit.«

Ich stecke den linken Kopfhörer fester ins Ohr und stelle die Freisprechanlage lauter, weil ich keine Antwort von Mama höre. Als sie endlich etwas sagt, klingt sie verwirrt.

»Wohin mitkommen, Clara? Und was macht da so einen Lärm?«

Ich gehe eine Abkürzung über den Fußballplatz und biege auf einen Geh- und Fahrradweg ein, der schon bald steil eine Anhöhe hinaufführt. Na los, ich bin bereit. Meine geniale Idee, die mir nachts im Traum gekommen ist, beschleunigt meine Schritte.

»Ich bin beim Joggen, da hörst du sicher den Wind. Also, ich habe jedenfalls beschlossen, dich in die Toskana zu begleiten. Nicht die ganze Zeit, aber wenigstens für den ersten Monat, bis du ordentlich zurechtkommst.«

Wieder ernte ich Schweigen. Vielleicht ist Mama sich nicht sicher, ob es mir ernst ist, aber ich war selten so überzeugt von etwas. Sie zu begleiten ist die beste Entscheidung, die ich seit Langem getroffen habe. Dass ich Paulina im Stich gelassen habe, kann ich dadurch auch nicht wiedergutmachen, aber es ist zumindest eine Möglichkeit, wie ich für meine Familie da sein kann. Vielleicht kann ich auf lange Sicht dann auch eine bessere Schwester werden. Mit genügend Abstand zu meinem begrenzten Dasein, meiner Einzimmerwohnung zur Untermiete und meinem seelentötenden Lehrerjob bekomme ich einen anderen Blick auf das Leben und werde die Vorurteile abstreifen können, die ich übernommen habe.

Außerdem muss ich mir dann keine Sorgen mehr machen, dass die große, böse Welt meine ängstliche Mutter verschluckt.

Und als Bonus begegne ich Marcus nicht mehr. Wie ich mich

Paulina gegenüber dieses Frühjahr verhalten habe, liegt mir bleischwer auf dem Herzen, und die alkoholisierte Mail, die ich Marcus aus Versehen geschickt habe, ist schlimmer als alles andere. In Zukunft werde ich mich von ihm fernhalten und Paulinas Glück nicht im Weg stehen. Und falls ich Marcus nach meiner Rückkehr nach Schweden doch begegnen sollte, hoffe ich, dass das alles vergessen und begraben ist. Außerdem muss ich dann nicht mit ansehen, wie aus Paulina und Marcus ein echtes Liebespaar wird. Denn das wird passieren. Jetzt da Paulina ihre Probleme angeht (sie hat sogar Jana angerufen, die sofort gekommen und Paulina um den Hals gefallen ist), ist der nächste Schritt das Wagnis einer erwachsenen Beziehung. Dass Marcus sie vergöttert, ist ja offensichtlich, genauso wie er nicht der Frauenheld ist, für den ich ihn gehalten habe (was ich ihr in einer SMS voller Schuldgefühle nach Mamas Abschiedskaffee gestanden habe).

»Clara«, sagt Mama bestimmt, »du darfst nicht immer nur an andere denken. Solltest du nicht langsam anfangen, auch an dich zu denken? Und daran, was *du* möchtest? Ich bin vielleicht nicht so weltgewandt, aber ich glaube schon, dass ich mich allein zurechtfinde.«

»Mach dir keine Gedanken, Mama. Ich habe darüber nachgedacht, und ich möchte das wirklich.«

Mama antwortet erst nach einigen Sekunden. »Tatsächlich?«

»Ja«, sage ich warm. »Ich schaue nach Flugtickets, dann melde ich mich wieder.«

Der Aufzug bringt mich lautlos in den elften Stock der Gemeindeverwaltung, während mein Über-Ich lautstark protestiert. *Bist du nicht gescheit? Schämst du dich denn gar nicht? Warum lässt du dich von einer Frau ausfragen, die dich für pädophil hältst? Du kannst dich bei dem Gespräch auch genauso gut nackt ausziehen. Ach, mach doch, was du willst.*

Die Aufzugtüren öffnen sich. Ich trete hinaus und werfe dabei einen letzten Blick auf meinen schwarzen Bleistiftrock und die helllila Bluse, angemessene Kleidung, die mir hoffentlich einen seriöseren Anstrich verpasst, als ich verdiene. Jelena steht in der Tür und erwartet mich. Wir schütteln uns die Hände, und ich versuche vergeblich, etwas an ihrem Gesichtsausdruck abzulesen. Sie bedeutet mir, in ihr Büro zu gehen. Auf dem Sofa, auf dem ich bei unserem letzten Gespräch saß, sitzt ein älterer, solariumgebräunter Mann mit goldblondem, welligem Haar. Unter dem kurzärmeligen, karierten Hemd lugt ein tätowierter Zweig hervor, der sich über den ganzen rechten Arm zu erstrecken scheint.

»Uno Halvardsson«, stellt er sich forsch vor, während er meine Hand schüttelt. »Der Baum des Lebens«, erklärt er, als er meinen Blick auf sein Tattoo bemerkt. »Manche behaupten, der Baum der Erkenntnis sei der größte, doch die haben keine Ahnung vom Baum des Lebens.«

Ich nicke und schüttele unbestimmt den Kopf, weiß nicht, welche Reaktion von mir erwartet wird. Ich verkneife mir zu sagen, dass ich darin einen Zweig erkannt habe. Den Zweig des Lebens.

»Also«, sagt Jelena, nachdem wir uns in die zwei Sessel Uno Halvardsson gegenüber gesetzt haben. »Uno ist der Leiter des Projekts. Er sitzt im Kultur- und Freizeitausschuss und ist einer der Initiatoren unserer Leseoffensive.«

»Ich verstehe.« Ich nicke. »Schön, Sie kennenzulernen.«

»Ganz meinerseits!«, sagt Uno und legt los. Er stellt etwa dieselben Fragen wie Jelena bei unserem ersten Treffen. Ich antworte fast dasselbe, doch mit weniger Überzeugung, weil ich die ganze Zeit darauf warte, dass einer von beiden mich unterbricht und fragt: *Also, Sie fahren ja heimlich zu Teenagerjungen nach Hause und flirten mit ihnen – welchen Einfluss wird das auf Ihre Arbeit haben?*

»Ihre Liebe zu Büchern ist offensichtlich«, fasst Uno nach einer Weile zusammen, lehnt sich zurück und schlägt die Beine übereinander. »Genau so jemanden suchen wir.«

Ich werfe Jelena einen Blick zu, die mich ansieht und genau wie ich an den Elefanten im Raum denkt. Sie räuspert sich.

»Ich habe mit Torbjörn Skoog telefoniert.«

Mir bricht der Schweiß aus, und ich weiß, dass rote Flecken meinen Hals überziehen und einen beißenden Kontrast zu dem lila Blusenkragen bilden. Ich überlege, mich aus dem Fenster zu stürzen, und erinnere mich vage, dass ich daran bereits beim letzten Mal gedacht habe. Meine Komfortzone habe ich schon vor langer Zeit verlassen, aber ich hätte nie gedacht, dass ich mich so weit von ihr entfernen würde. Vor mir sehe ich das Bild, das einem Carpe-diem-Fans so gern aufdrängen: ein Kreis, der mit *Deine Komfortzone* beschriftet ist, und dann ein weiterer Kreis, mindestens eine Armlänge entfernt, in dem steht *Wo die Magie passiert.* Trotz meiner prekären Lage muss ich vor unterdrücktem Lachen husten, weil es doch viel eher heißen müsste: *Wo der Wahnsinn passiert.*

»Er wollte mir einiges über Sie erzählen.«

Jelenas Stimme dringt wie durch eine dicke Watteschicht zu mir.

»Ach ja?« Wie blöd kann man eigentlich sein? Hatte ich mich dumm stellen wollen?

»Ich war wirklich sprachlos, muss ich sagen. Er hat Dinge behauptet, die, sollten sie der Wahrheit entsprechen, nicht nur bei uns eine Anstellung unmöglich machen würden, sondern auch bei den meisten anderen Einrichtungen.«

Jetzt halte ich es nicht mehr länger aus. Ich stütze den Kopf in die Hände und sammle mich ein paar Sekunden lang. Was nicht besonders gut funktioniert. Mein Leben scheint zu Ende zu sein, vor meinem inneren Auge zieht gleich meine Vergangenheit an mir vorbei.

»Es tut mir furchtbar leid, dass ich Ihre Zeit gestohlen habe«, bringe ich mit belegter Stimme heraus. Langsam stehe ich auf, streiche den Rock glatt und gehe Richtung Tür.

»Warten Sie!«

Uno.

Ich drehe mich um und fixiere den Baum des Lebens.

»Hat Torbjörn mit seinen Behauptungen recht?«, fragt Uno.

Ich starre ihn an.

»Zum Beispiel«, fährt Uno fort und gestikuliert mit dem Arm, »dass Sie Ihren Kollegen systematisch das Messer in den Rücken gestoßen haben sollen. Was sagen Sie dazu?«

Mein Kopf dröhnt. Hat Solveig – und demzufolge auch Torbjörn – das gesagt? Ich werfe Uno einen Blick zu und versuche fieberhaft zu ergründen, was er sich bei dieser Frage denkt. Will er mich nur demütigen? Mir seine Meinung dazu mitteilen, dass ich die Frechheit hatte, mich zu bewerben, ohne die richtige Ausbildung und mit einer skandalösen Vergangenheit?

»Natürlich hat er nicht recht«, antworte ich. Meine Stimme ist kaum mehr als ein Flüstern. »Meine Kollegen hatten vor, den Großteil der Schullektüren abzuschaffen, und meine Meinung dazu war ausschlaggebend, dass Torbjörn als Direktor das verhindert hat.«

Uno nickt, zeigt jedoch immer noch nicht, was er denkt. »Und dann Ihre Krankschreibungseskapaden«, sagt er.

Mein Magen verkrampft sich.

»Angeblich haben Sie sich ...«, er blickt auf seine Notizen, »aus vorgetäuschten Gründen krankschreiben lassen.«

Ich hole angestrengt Luft, so viel wie möglich, und antworte: »Das stimmt.«

Uno mustert mich schweigend, und jetzt, da es sowieso gelaufen ist, kann ich ihm auch eine ehrliche Antwort geben.

»Ich habe einen riesigen Fehler begangen, und darauf bin ich nicht stolz.« Meine Stimme ist jetzt etwas fester. »Doch um ehrlich zu sein, hatte ich zu dem Zeitpunkt keine Kraft mehr für eine andere Lösung. Sie verstehen sicher, dass es keine ideale Situation ist, mit Menschen zusammenzuarbeiten, die einen so sehr verabscheuen, dass sie nicht davor zurückschrecken, einem potenziellen neuen Arbeitgeber einreden zu wollen, ich sei eine Verräterin, Lügnerin und Pädophile.«

Uno runzelt die Stirn und blickt wieder auf seine Notizen.

»Ihre unpassende Neigung zu Teenagerjungen, ja ... Wenn ich Ihre Schüler fragen würde, ob Sie sich ihnen auf diese Weise genähert haben, würden sie das wohl bestätigen?«

»Natürlich nicht.« Meine Stimme ist wieder vollständig da. »Ich kann Ihnen meine Seite erzählen, aber ich fürchte, das würde wie eine Ausrede klingen. Und Aussage würde gegen Aussage stehen.«

Uno sieht mich an und schlägt die Beine erneut übereinander, während er mit einem Stift spielt.

»Das stimmt«, sagt er nach einer Weile. »Aussage steht hier gegen Aussage. Auf der einen Seite haben wir Torbjörn Skoog, der erst vor einer Woche von seiner Position als Direktor abgesetzt wurde, weil er seine Aufgaben seit seinem Beginn an der Björkskola in mehreren Punkten unzureichend erfüllt hat. Zum Beispiel hat er die Arbeitslast nicht gerecht verteilen können, sodass einige Lehrkräfte mehr als Vollzeit gearbeitet haben, während ein anderer zum vollen Lohn nur Halbzeit gearbeitet hat. Andere haben berichtet, dass man sie unter Druck gesetzt hat, Schülern so gute Noten zu geben, dass sie das Klassenziel erreichen.«

Das wusste ich ja gar nicht! Das hat Torbjörn also damit gemeint, als er sagte, er und die Gemeindeverwaltung hätten beschlossen, getrennte Wege zu gehen. Wie immer bei so einer Formulierung steckte also auch hier dahinter, dass jemand gefeuert wurde.

Uno spricht weiter: »Auf der anderen Seiten haben wir, neben Ihnen, Clara, das Wort meiner Tochter Marita.«

Wer zur Hölle ist Marita? Jetzt verstehe ich gar nichts mehr.

»Was meinen Sie damit?«, frage ich.

»Einer meiner Enkel geht auf die Björkskola, deshalb habe ich mir erlaubt, mich ein wenig umzuhören. Es ist ein glücklicher Zufall, dass Sie seine Schwedischlehrerin waren. Er war schon ein wenig anstrengend, nicht wahr? Måns?«

Hilfe, jetzt bloß nichts Falsches sagen.

»Nun ja, nein, so würde ich das nicht …«

Uno lacht auf. »Keine Angst, Sie können ehrlich sein. Marita hat zugegeben, dass sie und Jörgen unangemessene Forderungen an Sie gestellt haben. Sie haben anscheinend eingesehen, dass sie ihren kleinen Måns doch nicht so gut kennen, wie sie dachten. Aber erzählen Sie ihnen nicht, dass ich das gesagt habe!« Uno zeigt auf mich und zwinkert.

»Wie auch immer, sie haben sich jedenfalls lange mit Måns über seine mangelhaften Noten unterhalten. Er hat dabei von einem Buch erzählt, das er gelesen hat, von einem jungen Mann, der seinen eigenen Weg geht, und er hat ihnen trotzig mitgeteilt, dass er nicht studieren will. Er will in einem Elektronikgeschäft arbeiten und über seine Zukunft nachdenken. Haben Sie so etwas Rebellisches schon mal gehört!« Uno legt die Hand auf den Bauch und lacht so sehr, dass seine Augen zu schmalen Schlitzen werden.

Jelena sieht zu mir, und ich lächele ihr rasch zu.

»*Der Fänger im Roggen*, das haben Sie ihm doch in die Hand gedrückt, oder? In seinem Fall war das der richtige Titel. Jetzt fühlt er sich frei wie ein Hundefurz und traut sich, seinen Eltern zu sagen, dass er keine Lust mehr hat, ihren hochbegabten Sohn zu spielen.«

Stumm sitze ich da. Meine Gedanken rasen, verarbeiten die neuen Informationen. Hat das Wunderkind Måns den ganzen *Fänger im Roggen* gelesen – und er hat ihm auch noch gefallen?

»Aber jetzt zurück zur Sache«, sagt Uno und wird wieder ernst. »Wollen Sie die Stelle oder nicht?«

Fünfundvierzig

Statt nach Hause zu fahren, laufe ich zum Edsbergspark. Als ich ausreichend weit weg von anderen Spaziergängern bin und trotzdem eine schöne Aussicht auf das glitzernde Wasser habe, lasse ich mich ins Gras sinken. Ich habe die Stelle! Am ersten August fange ich an, weshalb ich ziemlich genau einen Monat in der Toskana verbringen kann. Ich hole das Handy heraus, um nach Flugtickets zu suchen, doch da klingelt es. Überrascht sehe ich Jonathans Namen auf dem Display.

»Bitte, Clara, ich muss dich sehen und dir alles erklären. Können wir uns treffen?«

Ich zögere kurz, beschließe dann aber, dass ein vernünftiger Abschluss vor meiner Abreise gut sein könnte.

»Ich bin im Edsbergspark«, sage ich.

Zwanzig Minuten später ist Jonathan da. Er setzt sich neben mich und sieht mich zurückhaltend an.

»Wie geht es dir?«

»Lass den Small Talk bitte«, erwidere ich. »Worüber wolltest du mit mir sprechen?«

Jonathan holt tief Luft und blickt in den wolkenlosen Himmel.

»Ich weiß, dass ich Mist gebaut habe.«

Mist gebaut? Ich überrasche mich selbst, indem ich überlege, ob ich dieses Beispiel als Euphemismus oder Litotes im Schwedischunterricht einbauen würde. Eine verharmlosende Umschreibung oder eine massive Untertreibung? Beides passt hervorragend.

Nein, tut es nicht. Es ist einfach eine schnöde Lüge.

»Du hast keinen Mist gebaut, Jonathan«, sage ich, und er sieht mich hoffnungsvoll an. »Du bist in vollem Bewusstsein eine Beziehung mit mir eingegangen, hast mir Hoffnungen gemacht und gesagt, was ich dir bedeute, während du gleichzeitig deine Hochzeit mit Felicia geplant hast. *Mist bauen* trifft es nicht mal ansatzweise, Jonathan. Da musst du dich schon mehr bemühen.«

»Ich weiß, ich weiß, ich habe mich wie der letzte Arsch benommen. Aber ich möchte es dir gern erklären.«

»Bitte.«

»Ich hatte sehr lange Mut gesammelt. Ich bin normalerweise nie unsicher oder nervös, aber da hatte ich furchtbare Angst. Warum? Ich schätze, wie viele andere hat auch mich der Gedanke an eine Entscheidung für ein ganzes Leben erschreckt. Klar, man kann sich scheiden lassen, aber dazustehen und sich ewige Treue zu schwören, hat mich zum Nachdenken gebracht. Ein ganzes Leben? Was weiß ich denn, wer ich in zwanzig Jahren bin? Doch als die komischen Gedanken verschwunden waren, wusste ich es sicher. Ich wollte sie heiraten. Deshalb habe ich ihr einen romantischen Heiratsantrag gemacht. Ich war so dumm und habe mir keine Sorgen darüber gemacht, was sie antworten würde. Ich hätte nie gedacht, dass sie zögern könnte. *Sie* hatte doch schließlich ständig Andeutungen gemacht. Als sie dann gezögert hat, habe ich total den Halt verloren. Habe gesagt, ich würde ihr Zeit zum Nachdenken geben, die Zeit, die sie selbst auch haben wollte, und bin früher nach Schweden zurückgezogen.«

Ich werfe ihm einen Blick zu. Er sieht immer noch ins Leere, als ob er einen Monolog halten und gar nicht mit mir sprechen würde. Ich erinnere mich an einige Dinge, und zusammen ergeben sie kein schönes Bild. Jonathan, der nach unserem Date angespannt meinte, wir hätten nicht viel Zeit. Es ging also nie um Gun, sondern um seine Verlobte, die mit dem nächsten Flieger nach Stockholm kommen würde. Seine Tränendrüsengeschichte, wie er jemandem sein Herz zu Füßen gelegt hat und abgewiesen wurde – da ging es um Felicia. Sein Zusammenbruch, als ich ihn mit Bolognese und tiefen Blicken zu verführen versucht habe. Die ganze Zeit hat er nur an sie gedacht.

»Als ich dich wiedergetroffen habe«, sagt er, »ist etwas in mir zum Leben erwacht. Du hast mich an den sorglosen Teenager erinnert, der ich einmal war, und der wollte ich so gern wieder sein. Und ja – ich wollte mich an Felicia rächen, weil sie mich verletzt hat.«

Weil ich nichts zu sagen habe, schweige ich. Warte darauf, dass er fertig ist und mich in Frieden lässt. Eine neue Mail blinkt auf dem Handydisplay auf, und ich öffne sie so diskret wie möglich. Jonathan ist völlig in seine verworrenen Entschuldigungen vertieft und scheint nicht zu merken, dass ich mich kurz ausklinke.

Von: Marcus Edskog
An: Clara Rennel
Betreff: Schlaflos in Sollentuna

Clara …
Können wir Paulina und Jonathan und alle anderen
bitte jetzt endlich vergessen?
Liebe Grüße, Marcus

Darunter ist ein YouTube-Link eingefügt. Ich klicke darauf, und ein Video von Bryan Adams erscheint, *(Everything I Do) I Do It For You.* Bryan steht mit seiner Band im Wald und spielt, ein Flügel ist auch dabei, und dazwischen sind Bilder aus dem Film *Robin Hood – König der Diebe* eingeblendet, wie Kevin Costner und seine Auserwählte einander anschmachten.

»Jetzt hat sie plötzlich wieder kalte Füße bekommen, nachdem sie endlich Ja gesagt hat. Sagt, unsere Beziehungspause hat sich wie ein Keil zwischen uns geschoben und dass sie mir nicht mehr vertraut. Sie sagt, dass das, womit wir die letzten Monate verbracht haben, zeigt, was wir wirklich wollen.«

Ich starre auf das Display, und als mir die Bedeutung von Marcus' Mail aufgeht, weiß ich nicht, ob ich lachen oder weinen soll. Mir ist mit voller Wucht klar geworden, wie sehr ich Paulina in den letzten Monaten im Stich gelassen habe, und ich weiß, was ich tun werde. Ich muss ein Flugticket finden. Sofort.

»Das klingt doch ziemlich logisch, oder? Ich habe die ganze Zeit mit dir verbracht, das muss doch dann bedeuten, dass ich mit dir zusammen sein will.«

Ich stöhne laut auf bei Jonathans wirklich jämmerlichem Talent zu Schlussfolgerungen. »Nein, Jonathan, das muss es nicht. Geh zurück zu Felicia, zeig ein bisschen Rückgrat und bring in Ordnung, was du angerichtet hast, um Himmels willen.«

Er blinzelt mich verwirrt an. »Aber … Aber was ist mit dir?«

Ich stehe auf und beginne, mich zu entfernen. »Glaub mir, ich komme wunderbar ohne dich zurecht. Lass mich in Ruhe und fahr nach Hause zu Felicia, du Idiot«, rufe ich ihm über die Schulter zu.

Sechsundvierzig

Die Touristen sind in Stockholm eingefallen, und ich halte meine Handtasche fest, während ich mich durch die Menschenmenge auf der Hamngatan Richtung Kungsträdgården schlängele. Die Innenstadt von Stockholm ist wie eine Umzugskiste, in die man ganz am Ende noch die ganzen einzelnen Sachen stopft, die nicht bei den Büchern, Kleidern oder dem Geschirr gelandet sind: der Fußabstreifer, ein paar Wäscheklammern, ein unhandlicher Kerzenständer. Das Zentrum von Stockholm kann man nicht beschreiben, im Guten wie im Schlechten. Normalerweise mag ich es, im guten alten Sollentuna-Einkaufszentrum einen Kaffee zu trinken, wo ich weiß, was mich erwartet. Dies ist ein Ort, der eine eindeutige Beschriftung auf dem Umzugskarton bekommen würde.

Gleichzeitig hat das Alles-kann-passieren-Chaos etwas Verlockendes, weshalb ich auf Paulinas Bedingung, dass wir uns in der Innenstadt treffen, eingegangen bin.

Ich eile an einer Gruppe japanischer Touristen vorbei, die an einer Bushaltestelle stehen und alles Mögliche fotografieren, werfe einem Mann einen bösen Blick zu, dessen Hand sich gefährlich nahe an meinem Hintern befindet, und weiche einem Softeis auf dem Gehsteig aus, während meine Nase die Gerüche von Rauch, Imbissbuden, Schweiß und Parfüm registriert.

Paulina sitzt vor dem Café und raucht eine Zigarette, scheint die Männer nicht zu bemerken, die vorbeigehen und sich nach ihr umdrehen oder die sie von den Nebentischen aus offen anstarren.

»Du rauchst?« Zu spät registriere ich den anklagenden Ton, den ich mir während der gesamten S-Bahn-Fahrt vorgenommen habe nicht anzuschlagen. Doch Paulina scheint es nichts auszumachen.

»Irgendein Laster muss man ja haben«, sagt sie, zuckt mit den Schultern und küsst mich auf die Wange, als ich mich hinunterbeuge und sie umarme. Ein bärtiger Kellner kommt sofort, und wir bestellen zwei Caffè Latte.

»Wie geht es dir?«, frage ich und stelle meine Handtasche zwischen meinen Fuß und das Stuhlbein.

Paulina zögert und antwortet schließlich mit einer Gegenfrage. »Hast du die Selfie-Flut auf Mamas Facebook-Seite gesehen?«

»Tja …« Ich danke dem Kellner, der mit unseren Gläsern kommt, und lege die Hände um das warme Getränk. »Ich habe ein Bild gesehen, auf dem sie ihren neuen Sonnenhut trägt. Ich war nicht so viel auf Facebook unterwegs.«

Paulina verdreht die Augen. »Himmel, sie postet ununterbrochen Fotos. Und ihre Hashtags!« Paulina legt die Hand auf die Stirn. »Hashtag NochsiebenTagebiszurAbreise, Hashtag Italienichkomme.«

Ich kichere. »Aber es ist doch auch schön, dass es ihr gut geht.«

»Gut? Mama würde sich nicht zu so einer zurückhaltenden Formulierung herablassen. Als ich gestern mit ihr telefoniert habe, hat sie gesagt, dass die Buchung dieser Reise das Beste sei, was sie je getan hätte, seit sie mich aus sich herausgepresst hätte.« Paulina verzieht das Gesicht. »Sie hat gesagt, die Vermieter würden den Mietvertrag auch verlängern. Würde mich nicht wundern, wenn sie dortbleibt und so was wie *Die weiße Massai* wird.«

»Paulina!« Ich lache. »Sie fährt nach Italien, nicht nach Kenia.«

Paulina wedelt diese unbedeutende Kleinigkeit fort. »Du weißt, was ich meine.«

Und irgendwie tue ich das wirklich. Ich kann mir sehr gut vorstellen, dass Mama völlig in ihrem neuen Leben aufgehen wird. Sie wird sich kopfüber in das ganze Grün stürzen, die Wärme, die Pasta. Die Toskana wird ihren Kummer so sehr lindern, dass sie ihn bis zu ihrer Heimfahrt total vergessen hat.

»Ich begleite sie.«

Paulina verschluckt sich an ihrem Kaffee und hustet.

»Bitte, sag, dass du den Flughafen meinst.«

»Nein, nach Italien.«

Paulina starrt mich wild an.

»Bist du bescheuert? Was um Himmels willen willst du denn da?«

»Kannst du dir Mama allein in einer neuen Stadt vorstellen, in einem Land, in dem sie sich nicht verständigen kann? Sie glaubt, sie kommt mit *Gesten* durch. Sie wird schon verloren gehen, bevor sie überhaupt noch zum Gepäckband gefunden hat.«

Paulina schüttelt leicht den Kopf. »Clara, ich rate dir eins, und ich sage das wirklich zu deinem Besten: Hör auf, den Babysitter für die ganze Familie zu spielen.«

Ich trinke einen Schluck Kaffee und stelle das Glas mit einem Knall ab. »Ich spiele nicht den Babysitter. Ich finde nur, dass man sich umeinander kümmern muss.«

»Aha. Und will Mama, dass du sie begleitest?«

Die Frage überrascht mich. »Aber das ist doch klar.«

»Warum bist du dir da so sicher?«

»Aber natürlich freut sie sich über Gesellschaft. Sie klang positiv überrascht, als ich ihr angeboten habe mitzukommen.«

Paulinas Handy klingelt, und sie meldet sich. »Jana, Süße! Na klar! Ja, warum nicht? Absolut. Nein, natürlich. Klar, mach das. Doch, doch. Bis bald!«

Sie beendet das Gespräch und kichert, als sie meinen skeptischen Blick sieht. »Wir sind vielleicht keine Weltmeister darin, unsere Konflikte zu lösen, aber wenigstens sind wir nicht nachtragend.«

»Das will ich meinen! Schön, dass ihr wieder Freundinnen seid. Also …« Ich schleiche ungeduldig um das Thema herum, das ich eigentlich ansprechen will. »Wie läuft es sonst? Was macht die Liebe?«

Paulina sieht mich misstrauisch an. »Warum klingst du so?«

»Wie?«

»Als ob du erfahren hättest, dass ich Jack the Ripper date, und mich dazu bringen willst, damit aufzuhören, ohne es offen zu sagen.«

»Weißt du überhaupt, wer Jack the Ripper war?«

»Manchmal kannst du so was von oberlehrerhaft sein, weißt du das?«

»Entschuldige, ich wollte nicht …«

Ich unterbreche mich. Sehe auf mein halb leeres Glas, dann auf die Armbanduhr und beschließe, dass ich endlich zur Sache kommen muss. Um ein Thema herumzuschleichen und sich vorsichtig heranzutasten, könnte vielleicht funktionieren, wenn wir auch nur annähernd ähnlich denken würden. Doch das lasse ich jetzt besser, wenn ich nicht erst den Nachtbus nach Hause nehmen möchte.

»Marcus und du. Was ist da eigentlich zwischen euch?«

Paulina lächelt einem vorbeigehenden Mann zu, der sie mit den Augen verschlingt, dabei aber eine andere Frau im Arm hat. »Marcus«, sagt sie und lässt das Wort auf der Zunge zergehen. »Er ist so unglaublich toll.«

Ich räuspere mich. »Paulina, ich muss dir was erzählen.«

»Ach ja?« Sie klingt nicht besorgt wegen meines ernsten Tonfalls, eher amüsiert.

»Es könnte sein, dass ich Marcus falsche Signale vermittelt habe.«

Paulina trinkt von ihrem Kaffee und wartet darauf, dass ich weiterspreche.

»Ich weiß, dass das eine miese Entschuldigung ist, aber ich hatte etwas zu viel Wein getrunken, und … Ich habe alte Musikvideos auf YouTube angeschaut und einen Link aus Versehen an Marcus geschickt. Nachdem das Lied sehr romantisch war, könnte er das leicht missverstanden haben.«

Paulina mustert mich, dann bricht sie in Gelächter aus. »O Gott, das hätte ich so gern gesehen.«

»Du solltest es nur von mir hören. Es tut mir furchtbar leid, und ich hoffe wirklich, dass ihr beiden miteinander glücklich werdet. Einen besseren Partner kannst du sicher nicht finden. Also, du könntest natürlich jeden haben, aber … er scheint der beste zu sein.«

Paulinas Gesicht wird weich. »Ich dachte, ich hätte das letztens schon klargestellt? Marcus und ich sind Freunde.«

»Ach ja? Aber offensichtlich doch auch mehr.«

Paulina verzieht voller Abscheu das Gesicht. »Das wäre so, als würde ich mich in Jesper verlieben. Nein, es wäre *schlimmer*. Jesper ist ja so weit weg, dass er irgendwie schon gar kein Bruder mehr ist.« Ihr Blick wird traurig, und sie beugt sich über den Tisch. »Vielleicht fiel mir der Kontakt zu Marcus deshalb so leicht? Weil mein großer Bruder abgedankt und eine Leere hinterlassen hat?«

»Empfindest du es so?« Mein Herz schlägt auf einmal fröhlicher, und Hoffnung macht sich breit, doch ich zwinge mich, mich auf meine Schwester zu konzentrieren.

Wenn es stimmt, hegt Paulina wirklich nur platonische Gefühle für Marcus. Aber dass er quasi ein zweiter Jesper sein soll, klingt doch etwas weit hergeholt, oder? Spontan will ich es als Küchentischpsychologie abtun, doch ich weiß auch, wie viel ihr Jesper in der Kindheit bedeutet hat. Aus irgendeinem Grund habe ich mir nur Sorgen darum gemacht, wie unsere Eltern Jespers Umzug ins Ausland verkraften. Nicht jedoch um Paulina.

»Manchmal«, sagt sie mit einem Nicken. Dann verschränkt sie die Arme und sieht mich an. »Die Antwort auf deine Frage lautet also: Ja. Er ist Single. Schnapp ihn dir. Aber Gnade dir, wenn du ihm wehtust.«

Ich blicke in mein Latte-Glas und räuspere mich. »Und das mit den … ›neuen sexuellen Erfahrungen‹? Was sollte das?«

»Aber das haben wir doch schon klargestellt. Wir haben uns noch nicht mal geküsst.«

»*Das* hast du also damit gemeint?«

»Ja, und ich kann ehrlich sagen, dass mir das normalerweise nicht passiert.«

»Das glaube ich sofort.«

»Eigentlich wussten wir beide von Anfang an, dass aus uns

nichts werden würde. Aber dann war das Familienessen mit Jesper, und ich hätte es nicht geschafft, da allein aufzutauchen. Du weißt ja, wie Mama und Papa sind. Also habe ich Marcus gefragt, ob er mitkommt … als Kumpel. Ein leckeres Essen als Dank dafür, dass er mir an dem Abend geholfen hat.«

Ich betrachte meine Schwester. »Aber danach habt ihr euch weiter getroffen?«

»Ja, das hat sich so ergeben. Wir haben uns gut verstanden. Doch mit der Zeit hatte er wohl einen anderen Grund, mich zu meiner Familie zu begleiten.« Paulina zwinkert mir zu. »Ich bin nicht blind, ich habe gesehen, wie er dich anschaut.«

Ich lehne mich zurück und versuche zu verarbeiten, was ich gerade gehört habe.

»Und«, spricht Paulina weiter, »ich habe gesehen, wie du ihn anschaust.«

Plötzlich glüht mein Gesicht.

Paulina fährt fort: »Es war von Anfang an sonnenklar, Clara. Als Marcus zum ersten Mal zum Essen bei uns war und ich euch im Arbeitszimmer beobachtet habe – du hättest deinen Gesichtsausdruck sehen sollen.« Sie lacht.

»Aber … Ich verstehe es nicht«, sage ich. »Wenn zwischen euch nichts war und du wusstest, dass ich …«

»Geil auf ihn warst?«

»… ein Auge auf ihn geworfen hatte. Warum hast du mich dann glauben lassen, dass ihr zusammen seid?«

Paulina wirkt traurig. »Weil ich fand, dass du das verdient hattest. Weil es mir supermies ging und du nur arrogante, herablassende Sachen zu mir gesagt hast. Du kannst wirklich so unglaublich selbstgefällig sein, weißt du das? Du glaubst, du musst die ganze Familie auf deinen Schultern tragen, doch in Wahrheit bist du genauso unsicher wie alle anderen. Es war also tatsächlich eine kleine Genugtuung für mich, zu sehen, wie du Marcus angeschmachtet und dich gegrämt hast, dass er mit mir zusammen ist, die du mehr als je zuvor verachtet hast.«

»Aber ...« Ich bringe nur ein Flüstern heraus.

»Glaubst du, ich kann nicht lesen?«, sagt Paulina. »Ich lese in dir wie in einem offenen Buch.«

Bevor aus dem Kloß im Hals echte Tränen werden, beugt sich Paulina über den Tisch und nimmt meine Hand.

»Entschuldige«, antworte ich. »Als Marcus gesagt hat, dass du deine Schwester brauchst, habe ich es nur als Spitze gegen mich verstanden. Ich fand nicht, dass ich mich falsch verhalten hatte. Außerdem habe ich nie gedacht, dass du Hilfe oder Trost brauchst; nicht, seit wir erwachsen waren. Du bist irgendwie immer durchs Leben getanzt ... Du bist die Königin im lila Schloss, während ich bei dem hässlichen Strauch-Fingerkraut saß. Und ja, dein Leben hätte ich so nicht führen wollen, aber du schienst es zu wollen und nicht darunter zu leiden.«

Wir schweigen, und ich schäme mich, weil Jana gesehen hat, was mir verborgen geblieben ist. Paulina hat jemanden gebraucht, der Klartext mit ihr redet, doch ich war zu sehr damit beschäftigt, sie entweder zu beneiden oder mich von ihr provoziert zu fühlen.

»Du kapierst echt gar nichts«, sagt Paulina schließlich leise. »Mein Leben ist nicht so toll. Wir haben dieselben Voraussetzungen, du und ich. Okay, ich habe mir die Haare öfter gefärbt als du. Und ja, ich hatte mehr Typen. Aber wenn du das gewollt hättest, hättest du leicht genauso viele Männer haben können. Wenn du mein Leben hättest leben wollen, hättest du das tun können. Ich verstehe nicht, worum du mich beneidest.«

»Äh …« Ich denke nach. Nichts, was mir gerade durch den Kopf schießt, kann ich laut sagen. Dass ich neidisch war, weil Paulina sich nie Gedanken gemacht, nie reflektiert hat, immer nach ihren Gefühlen gehen und das tun konnte, was in dem Moment am angenehmsten zu sein schien.

»Jana hatte recht«, sagt Paulina. »Mein früheres Leben wurde allmählich destruktiv. Als sie es gesagt hat, hat es furchtbar wehgetan, weil sie eben total recht hatte. Deshalb bin ich auf meine Art damit umgegangen – ich habe sie alle zum Teufel geschickt und mir vorgenommen, mich so sehr zu betrinken wie noch nie zuvor.«

Ich drücke ihre Hand.

»Zum Glück stand Marcus an dem Abend hinter der Bar. Er hat mir nach draußen geholfen, hat mich in sein Bett gelegt und selbst auf dem Sofa geschlafen. Am nächsten Morgen hat er frisch gebackenes Brot in der Bäckerei gekauft, und dann habe ich erzählt, was passiert war. Von dem Tag an ist mein Leben langsam immer besser geworden.«

Frisch gebackenes Brot? Verdammt. Ich verdiene diesen Mann nicht.

Siebenundvierzig

Die Tür ist vertraut, doch das Gefühl, als ich hindurchtrete, ist neu. Mit zitterndem Finger rufe ich den Aufzug, der sich quietschend und ratternd nach unten quält. Ich muss ganz nach oben. Ich drücke auf den Knopf für den fünften Stock und überlege nervös, ob ich mich noch einmal im Spiegel anschauen soll, entscheide mich jedoch dagegen und versuche, so zu tun, als wäre das ein völlig normaler Besuch bei einem völlig normalen Menschen.

Was natürlich glatt gelogen ist.

Gegen verschwitzte Hände und weiche Knie bin ich machtlos. Dann stehe ich vor seiner Tür. EDSKOG.

Die Nervosität ist überwältigend. Jetzt steht nichts mehr zwischen uns. Keine Fragezeichen, keine Missverständnisse. Seine letzte Mail war klar und deutlich. *Können wir Paulina und Jonathan und alle anderen bitte jetzt endlich vergessen?* Er will mich, ich will ihn, und trotz der Gewissheit – oder vielleicht auch deswegen – habe ich solche Angst, dass ich kaum aufrecht stehen kann. Gleichzeitig will ich nichts lieber, als an der Tür zu klingeln, in die Wohnung zu stürmen, mich in Marcus' Arme und in eine kribbelnde Zukunft zu stürzen.

Ich klingele.

Stille.

Ich klingele noch mal.

Kein Geräusch, niemand öffnet.

Ich gehe wieder ins Freie, laufe die Straße zurück, debattiere mit mir selbst. Meine Beine bewegen sich Richtung U-Bahn, die mich zum *Scotch and Sons* bringt, was meine vernünftige Seite nicht gut findet. Sie weist darauf hin, wie albern es ist, durch die halbe Stadt zu fahren, wo ich ihm doch einfach eine SMS schicken oder auf seine Mail antworten könnte. Außerdem besteht das Risiko, dass er gar nicht dort ist oder – noch schlimmer – genervt ist, wenn ich einfach hereinplatze. Doch vor einem Display würde ich kneifen. Irgendetwas Spaßiges schreiben oder einen Videolink schicken oder – wenn ich ganz mutig bin – ein wenig harmlos flirten. Ich muss ihn sehen.

Leise, verspielte Saxofonklänge heißen mich willkommen, als ich durch die schwere Tür trete. Das Lachen und die Gespräche der Gäste bilden eine behagliche Kulisse, die mich zusammen mit der Musik mit Wärme erfüllt, als ob mich eine flauschige Decke einhüllen würde.

Die Wärme könnte allerdings auch mit einem gewissen Barkeeper zusammenhängen, der den Cocktailshaker schüttelt und bei der Bemerkung eines Gastes an der Bar lächelt. Dann gießt er den Drink mit einer eleganten Bewegung in das bereitstehende Glas und schiebt es dem Gast hin, der sich bedankt und davongeht. Mit klopfendem Herzen zwinge ich mich voran und quetsche mich zwischen eine große, elegante Frau mit Dauerwelle und einen schwarz gekleideten Rockertypen. Ich beobachte Marcus bei der Arbeit, er ist so effektiv und freundlich. Dann kommt er und nimmt die Bestellung der Frau neben mir auf. Dabei entdeckt er mich. Ich lächele schüchtern und hoffe, dass er mich nicht aufdringlich findet. Er serviert der Frau ein Bier, kassiert ab und sieht mich dann aus seinen dunklen Augen an.

»Hallo.« Er lächelt sein seltenes, schönes Marcus-Lächeln und wirkt auch ein wenig schüchtern.

»Hallo.«

»Einen Whisky?«

Ich schüttele den Kopf. »Nein danke. Ich bin hier, weil …« Ja, warum eigentlich? »Ich war bei dir zu Hause«, beende ich den Satz.

Es blitzt in Marcus' Augen auf, und ich spreche mit frischem Mut weiter. »Ich wollte dich sehen.«

Vier einfache Wörter, die man so leicht und selbstverständlich aussprechen könnte, wenn man nicht ich wäre. Wir sehen einander in die Augen.

Er streicht mir leicht mit der Hand über die Wange. Der Rockertyp neben mir tritt ungeduldig von einem Fuß auf den anderen. Ich könnte ihn wegstoßen, ihm erklären, wie unwichtig sein Wunsch nach einem Bier gerade ist, ihm sagen, dass er in eine andere Bar gehen soll, wenn er es so eilig hat. Dass dieser Barkeeper Wichtigeres zu tun hat, wie zum Beispiel meine glühend heiße Wange zu streicheln.

»Ich arbeite bis um zwölf«, sagt Marcus leise, gerade noch laut genug, dass ihn das Saxofon nicht übertönt. »Soll ich dann zu dir kommen, oder ist dir das zu spät?«

Meine Knie geben fast unter mir nach vor Glück. »Nein«, antworte ich lächelnd. »Es ist mir nicht zu spät.«

»Oder willst du zu mir fahren?«

Ich gebe vor zu überlegen. »Deine Wohnung ist ein wenig gemütlicher.«

»Was überhaupt nichts über meine Wohnung aussagt, weil alles besser als deine ist.« Marcus zwinkert mir neckend zu, und ich kann keinen klaren Gedanken fassen, als ich die warme Bar verlasse.

Der U-Bahn-Waggon ist ziemlich voll. Ich stehe an einer Tür und halte mich an der Stange fest, während ich meine Mitfahrer beobachte und mich wundere, wie sie so unbeteiligt aussehen können. Als ob nicht gerade etwas Unglaubliches passieren würde. Als ob Clara Rennel nicht gerade zu Marcus Edskog gegangen wäre und er ihre Wange gestreichelt hätte und sie einander versprochen hätten, sich später noch zu sehen. Wartet nur, denke ich. Wartet, bis ihr nächstes Mal mit euren Kindern durchs Naturhistorische Museum lauft und an dem Schaukasten stehen bleibt, in dem mein Herz auf einem Seidenkissen ausgestellt ist. DAS ERSTE HERZ, DAS VOR LAUTER GLÜCK AUS EINER BRUST GESPRUNGEN IST. Und ihr werdet euren Kindern dann erklären, dass ihr da wart. Dass ihr gesehen habt, wie es passiert ist. Sie hat wie eine ganz normale Frau gewirkt, doch plötzlich ist ihr Brustkorb aufgesprungen und ihr Herz durch den ganzen Waggon geschossen. Alle konnten es schlagen hören.

Zurück vor Marcus' Tür hole ich den Schlüssel hervor, den er mir gegeben hat, sperre auf und gehe hinein. Ich setze mich auf das Sofa und will gerade das Handy aus der Tasche holen, als mein Blick etwas auf dem Wohnzimmertisch streift. Etwas Wohlvertrautes mit rotem Rücken und buntem Umschlag. Verblüfft strecke ich mich nach dem Buch. *Ge aldrig upp, Lotta!* Mir wird ganz warm in der Brust, und ich halte das Buch an die Nase, atme den magischen Duft der Abenteuer meiner Kindheit ein. Wo hat er das nur gefunden? Hat er es für *mich* gekauft? Er selbst hat die *Lotta*-Bücher ja nie gelesen (aber klar, vielleicht hat er es als Empfehlung verstanden). Mit dem Buch in den Händen strecke ich mich auf dem Sofa aus, fange an zu lesen und lächele verträumt. Ich weiß ja nicht genau, ob man die Chinesische Mauer wirklich vom Mond aus sehen kann, mein breites Lächeln jedoch ganz bestimmt, als ich ein paar Minuten später einschlafe.

Das leise Klopfen an der Tür baue ich als das Klappern der italienischen Seidenpumps in meinen Traum ein, in denen Mama Stepptanz in einer pittoresken Trattoria in einem der Türme von San Gimignano tanzt. Jemand zeigt ihr ein Foto von Papa, Paulina, Jesper und mir. Mama schüttelt den Kopf und antwortet in fehlerfreiem Italienisch, dass sie diese Menschen noch nie zuvor gesehen hat. Dann steppt sie weiter über den alten Holzboden.

Als die Tür mit einem sanften Klicken ins Schloss gezogen wird, wache ich allmählich auf. Ich höre, wie Marcus seine Jacke aufhängt, die Schuhe auszieht und zu mir kommt. Er geht in die Hocke und streicht mir über die Haare.

»Hallo«, flüstert er. Dann zieht er die Strickjacke aus und legt sie über die Armlehne, bevor er sich neben mich legt und mich an sich zieht. Er gibt mir einen Kuss auf den Kopf, ich halte mich an seinen Armen fest. »Hast du angefangen, Lotta zu lesen?«, murmele ich.

»Ich habe das Buch in einer Myrorna-Filiale entdeckt«, sagt Marcus. »Und dabei an dich gedacht.« Er drückt mich fester an sich. »Um ehrlich zu sein, habe ich die ganze Zeit an dich gedacht.«

Ich drehe mich um und sehe ihm ins Gesicht. »Das ist das Netteste, was je jemand für mich getan hat.«

Nicht dass meine früheren Freunde hier eine starke Konkurrenz wären. Marcus hätte mir auch eine Packung Speck kaufen können und damit Klas' Zwölfpunkteabrechnung und Jonathans heimliche Verlobung um Längen geschlagen. Rasch verdränge ich den Gedanken an die beiden, mache ein Eselsohr in das Buch, klappe es zu und lege es auf den Tisch.

»Du wolltest etwas mit mir besprechen?«, frage ich heiser.

»Ja. Kannst du mir dann jetzt auch endlich mal zuhören?« Sein Tonfall ist neckend.

»Sehr gern.«

»Ich bin nicht mit deiner Schwester zusammen.«

»Gott sei Dank.«

Dann ziehe ich Marcus an mich und küsse ihn, und ja, seine Lippen sind genauso weich, wie sie aussehen.

Achtundvierzig

Die Atmosphäre am Flughafen Arlanda raubt mir den Atem. Es wimmelt von Menschen mit Rollkoffern und Sandalen und Sarongs und fernen Ländern im Blick. Von Kindern, die den Erwachsenen zwischen den Beinen herumlaufen, Männern und Frauen in ordentlichen Uniformen, die auf und ab gehen. Reiseziele auf Anzeigetafeln, wie eine Auflistung aller Möglichkeiten, die das Leben bereithält: ATHEN, WIEN, AMSTERDAM, LONDON, FLORENZ.

Florenz. Dorthin wird Mama fliegen und dann mit dem Bus weiter nach San Gimignano fahren. Sie hat sich einen neuen Sonnenhut gekauft, der uns andere mit seiner breiten Krempe auf Abstand hält, und ein weißes Kleid mit einem aufgedruckten Pfau. Jetzt steht sie an der Spitze der Schlange am Check-in und lacht und redet mit dem jungen Mann am Schalter. Mit einem entschlossenen Ruck hebt sie ihre riesige Tasche auf das Transportband und sieht zu, wie sie verschwindet, bevor sie dem Mann einen Luftkuss zuwirft (*wie bitte?*) und zu uns zurückkommt.

Wir bewegen uns langsam Richtung Sicherheitskontrolle und Gate, und Mama geht neben mir. Sie legt den Arm um mich, und ich ducke mich ein wenig, um nicht gegen die Hutkrempe zu stoßen.

»Wie gesagt … Tut mir leid, dass ich nicht mitkommen kann«, sage ich.

Mama schüttelt den Kopf.

»Unsinn. Natürlich bleibst du zu Hause bei Marcus! Und was mich betrifft... Also, ehrlich gesagt war ich ganz froh, als du deine Pläne geändert hast. Sei mir nicht böse, aber ich hatte mich darauf gefreut, diese Reise allein zu unternehmen.«

Ich erröte leicht, weil mir klar ist, wie dumm ich mich verhalten habe. Natürlich wird alles gut gehen. Mama wird nicht lebendig von der Welt verschlungen werden. Sie wird sie im Sturm erobern.

Mama umarmt mich und geht zu Papa. Sie laufen dicht nebeneinanderher und sprechen leise miteinander, weshalb wir anderen lauter reden müssen, um nicht doch heimlich zu lauschen.

»Ich glaube, ich fliege nach London«, sagt Paulina.

»Ach ja? Willst du Jesper besuchen?« Ich bin wirklich überrascht. Vielleicht ist Mamas neue Entschlossenheit ansteckend.

»Ja«, antwortet Paulina. »Wenn der Berg nicht zum Propheten kommt, muss eben der Prophet zum Berg. Außerdem hat Lisen erwähnt, dass sie im Herbst eine Nanny für Noah einstellen wollen, und wer wäre da besser geeignet als seine Lieblingstante?«

»Bist du dir sicher, dass du seine Lieblingstante bist?«

»Rede du nur. Glaubst du nicht, dass das toll wird?«

Ich lache und umarme sie. »Natürlich wird es das.«

Wir sind an der Sicherheitskontrolle angekommen. Mama und Papa haben aufgehört, miteinander zu flüstern. Mama umarmt uns der Reihe nach fest, dann nimmt sie Pass und Ticket und geht zur Warteschlange.

»Arrivederci!«, ruft sie uns strahlend zu.

Wir winken, manche den Tränen näher als andere.

Als sie außer Sicht ist, zieht Marcus mich an sich. »Geht es dir gut?«

»Ja«, antworte ich ehrlich. Ich habe endlich verstanden, dass ich mich weniger um meine Familie und mehr um mich kümmern muss.

»Schön. Zu dir oder zu mir?«, fragt Marcus.

Die Frage ist mittlerweile eigentlich überflüssig, aber ich freue mich, dass er sie trotzdem stellt.

»Zu dir. Und zwischendurch noch einen Ausflug von der Stadt aus? Auf eine Schäre vielleicht?«

Wenn das hier so weitergeht, wird meine eigene Wohnung bald nur noch eine amüsante Anekdote sein.